亞果號的返航

她用了三十年的時間，用自己的一條命
製作出她自己的亞果號，返航。

韓秀◎著

序—「亞果」號的返航

《折射》一九九〇年在臺北幼獅文化出版，幾年之後，修訂，加了副題，成為《折射——一個美國女孩在中國》仍然由幼獅文化出版。這本書問世以後，曾經長時間無法進入中國大陸。但是二〇一〇年，一個相對寬鬆的時間，由北京的人民文學出版社買了簡體字版權，出版了刪節本《一個美國女孩在中國》。世界已然進入數位化時代，幼獅文化與時俱進，這本書在二〇一三年出版了電子書，於是人間的藩籬被徹底消除。現在，幼獅文化期待著在保存紙本書的堅持裡再下一城，於是這本書又一次成為一名戰士，站到了保衛戰的前沿陣地，雖然，她已經是一名老兵。

一九九六年，文學批評家夏志清先生讀到初版《折射》，熱情地跟我說，他最欣賞的是這本書洋溢出的英勇與無畏，永不放棄的勇氣與智慧，一個人不屈不撓奮鬥到底，苦幹到底的精神。他為之感動。他的話讓我想到我的臺灣朋友林立君。一九九二年，立君正是在看了這本書以後，找到人生的方向，返回大學，接受完整教育，開闢了人生的坦途。我用一本接一本的新書陪伴著他的奮鬥過程，欣喜著他的成功。於是，我們成為真正的好朋友。隨著時間的推移，立君和他的家庭、他工作的公司都成為我寫作路上最有實效的積極支持者，我的感激無以言傳。二〇一四年，在《折射》出版二十四年的時候，我輾轉得到臺灣青年李建樺寫下的一段話，他說，《折射》是一本能夠改變一個人的氣質，影響一個人的人格發展、個性的書。他說，多年來《折射》所代表的精神一直折射在他的身上，面對任何艱難困苦，任何挑戰，他想著，「韓秀能夠做到，我也能夠做到。」看著未曾謀面的臺灣青年寫下的這段話，我淚流滿面。是的，《折射》的意義並不限於折射出某一個時代，她的更深切的意義在於人能夠自我培養出的一種積極的、奮發向上的精神。這種精神是任何的艱難困苦都無法壓倒的。

就在這個時候，幼獅文化準備推出新版，並且期待著新版能夠更準確地彰顯這本書的意義。

我告訴編輯朋友們一個小故事，我講這個故事的時候，用了第三人稱，冷靜而客觀。

電影院的前廳有著一個籃球場的規模。前一場「亞果出任務」已經散場，她是最後一個離開電影院的，迎面而來的是興致勃勃的觀眾，他們正在快步走向電影院。她與他們逆向而行，像一艘船，破浪前進。亞果號，獨一無二。她的臉上浮起笑容，那笑容深不可測，引得一些與她擦肩而過的人腳步慢了一下。

金羊毛象徵的幸福是搭乘亞果號的英雄們歷盡磨難前往的目的，從此，亞果號成為象徵，它和赫克力士的輝煌連在了一起。神話永生，於是會有好萊塢的大製作。

對於她來說，亞果號不是神話。她曾經被漂流，但是她獨自一人扯起風帆，在風暴中繞過激流暗礁，終於返航，終於拿到金羊毛，終於開啟了一個全然不同的人生。對於一段歷史來說，她是唯一，她是先行者。沒有人走在她前面，也沒有人再有機會複製她的境遇。

可愛的小班，那麼帥的小夥子。她在煉獄裡的時候，不會夢見有小班這樣的男人來救她。當她開始準備離開的時候，沒有加拿大大使館的庇護、沒有好萊塢善心人複雜有效的龐大計畫，甚至沒有人真的知道她，她能夠依靠的只有自己，無限的勇氣、對自己國家無限的信任、百折不回的英勇氣概、被徹底磨練過的體力，以及周密的不動聲色的計畫。

在電影院裡，她在心裡嘲笑著那六個被營救的人，這樣子的瞻前顧後，這樣子的相互猜忌，如果不是小班的勇往直前，這個任務是無法完成的。

他們乘坐的麵包車，曾經在失去理性的人群中顛簸，似乎永遠走不出去，似乎隨時有人會強行將車門打開將他們拖出去吊死。電影院裡鴉雀無聲，舉著金羊毛出生的人們無法想像那將要沒頂的威脅是多麼的恐怖。她冷靜地看著讓觀眾膽寒的這一幕，無聲地問道，你們的車子通過那裡花了多少時間？八分鐘？十五分鐘？二十五分鐘？你們能不能想像，一個人，沒有任何防護，在那樣的隨時可能滅頂的境遇裡，度過了三十年？

她用了三十年的時間，用自己的一條命製作出她自己的亞果號，返航。

你會不會後怕？她說，不會。如果必要，我會再一次從頭開始。

幼獅編輯朋友聽到這個故事，流淚了。他們問我，希臘神話裡的亞果號成功返航了嗎？沒有。但是，我的亞果號返航了，成功返航了。

於是，《折射》前進了一步，有了一個更貼切的書名。我期待親愛的讀者們都能夠擁有自己的亞果號，得到代表幸福的金羊毛，勝利返航。

寫於二十一世紀的幸運日 12-13-14

目錄

你是誰？

那一天，我們經過初級中文班的課室，裡面傳出學生們作簡單會話的聲音。「你是誰？」「我是王大年。」「你是哪國人？」「我是美國人。」「……」不知怎麼激起了你的靈感。進了我們的課堂，你劈頭就問：

「現在誰都承認你是美國人，對不對？我是說你的美國公民權。」

「嗯。」

「你是什麼時候想到，你也可能是美國人的？」

多麼簡單的問題！億萬人可以用幾個字在幾秒鐘裡說清楚的問題，國籍，我卻要躊躇再三。

我想，當時我已無法掩飾我複雜的心情。你滿懷歉意地握住我的手：「對不起，我不該這樣直接地問你。」你明澈的眼睛上竟蒙上了一層哀愁。我只好含含糊糊地回答你：「從我記事的時候起，我就知道我不是中國人，也不可能做一個中國人。儘管我不了解美國，儘管我直到今天還和美國人有文化上的距離。但是我早就知道，我的歸宿在這裡。」

「給我說一說吧。」你要求著。

「你只有五十分鐘。以後有機會再回答你。」我又開了話題，逼你念書了。

你夾著書本走了。我在課室門口站了良久，目送著你在走廊裡和同學們寒暄著，目送你歡快地下樓去。回憶像鋪天蓋地的潮水一樣湧來，內心深處自以為早已痊癒的傷口依然疼得鑽心。

我是念初中的時候，才第一次見到我父親的照片。他身穿美軍制服，高高大大的，跟你一樣有一個高高的額頭和一個又挺又直的鼻子，而眼睛，你看我的，就知道他的。我想，如果讓我把父親那一套全部披掛上，大概跟他的青年時代沒有什麼兩樣。

我母親是留美的中國學生。父親只在紐約的醫院裡看過我一眼。之後，母親和他離異，在我一歲半的時候，就託一對美國夫婦帶我到中國去了。從我母親那裡，我只聽到了這些。但是血緣關係吧，我卻總在追尋這份親情，心目中的父親永遠是那麼高大，我在心靈中編織著父親的影子。

我清楚地記得，我還是個小不點兒的時候，有一天我把一個白色的文具盒帶到幼兒園去了。那個盒子可漂亮了，上邊還有金色的外國字。王阿姨說：「這個盒子不好，小秀，阿姨給你換一個。」我乖乖地把盒子交給阿姨。一會兒，阿姨拿來了一個新的，上面有小兔子和大蘿蔔。我高高興興回了家，趕快向外婆獻寶。外婆什麼也沒說，拉上我就回幼兒園了。只聽見外婆跟阿姨說：「那個盒子是孩子爸爸的，是個紀念品。」阿姨也一言不發又把盒子還給外婆了。回家以後，外婆說：「是外婆不好，不該讓你帶出去的。」「這是我爸爸的？」「等你長大了，外婆告訴你。現在你玩兒去吧。明天去幼兒園帶那個新文具盒啊。」我答應著。可是我不懂為什麼爸爸的東西就不可以帶出去，更不懂為什麼從那以後阿姨就不太喜歡我了。雖然我最乖，手指甲洗得最乾淨，每天小口袋裡都有小手帕；可是阿姨還是不常跟我說話，也不常跟我笑，也沒有問過我什麼問題。她常問別的小朋友：「星期天，你爸爸媽媽帶你去哪兒玩兒了？」可是從來不問我。我想我家裡的事她準是什麼都知道，所以不用再問我了。

我母親很忙，不常在家，家裡就我和外婆兩個人。慢慢的我長大了一點，就常常磨外婆講故事。除了整本的《三國》、《聊齋》、《西遊記》之外，我還知道外婆運氣好。雖然她的娘家是個有一百多人的大家庭，可是她有一個開明的父親，自小她能在家讀書寫字。更有運氣的是，雖然是聽父母之命結的舊式婚姻，外公卻是一位難得的好人。他去日本念書的時候居然把外婆也帶了去。一九二九年他們回國的時候，她已經是一位放了腳，念過經濟學，滿腦子民主政治的新女性了。可是，外婆總說她是「半新半舊的」。我問她：

「您怎麼會是半新半舊的呢？」

「我贊成女子念書、做事，可是我也贊成許多舊道德。」她笑咪咪地回答。我知道，外婆三十幾歲的時候，外公就去世了，外婆一個人帶著我母親，想必就是這個道理吧。

我的童年時代是在外婆的愛護下度過的。當然在幼兒園和小學裡，小小的麻煩是斷不了的，但每次都在外婆的安慰聲中平安地過去了。

有一件小事，非常可笑，至今我還記得，講給你聽聽無妨。

那是我小學一年級的時候，有一天我哭哭啼啼地回家，外婆正在廚房裡忙著。她停下了手裡的活兒問我：「怎麼了？」「同學罵我。」「為什麼？」「我比他們高，頭髮是卷的。」外婆的表情我沒看清楚，只記得她沒說什麼。「外婆，我也要直頭髮。」「好，我們小秀也有直頭髮。」外婆用梳子沾了水，在我頭上梳起來，又在我面前放了一個鏡子。「看，現在直了吧？」我笑了。可是過了一會兒，暖烘烘的太陽又把頭髮曬乾了，又一個圈兒、一個圈兒地卷了起來，我大哭。

等我哭夠了，外婆一字一句地說：「你是跟別的孩子不一樣。記住，不一樣不是不好。你要做好孩子嗎？」我使勁兒點頭。「好，聽外婆話，好好念書，誰也拿你沒辦法。你得相信你自己，只要自己做對了，別人說什麼就只當沒聽見。」我似懂非懂的只點頭，牢牢記在心裡。

這年外婆給我買了《醜小鴨》作生日禮物。這是我第一次念安徒生的童話。「醜小鴨」給了我信心。我在學業上更用功了。

你問我外婆的話靈不靈嗎？當時真的不錯，我念書念得好，年年操行是甲等，對人有禮貌。對家裡的朋友、母親的同事、學校的老師、工友，我規規矩矩。對商店的售貨員，大街上擺小攤兒的，拉三輪兒的，搖煤球兒的，我也總是先叫「叔叔」、「伯伯」、「阿姨」才說話。這樣一來，有時候碰到點兒倒楣事，也總有人幫著我。我還是個快樂的小傻瓜，沒為自己的出身擔過心。

以全校第二名的成績畢了業。進入了一個離家很近，名譽極好的女子中學，從前的貝滿，後來的女十二中。

一九五八年愁雲慘淡的深秋是我永遠無法忘懷的。從那時起我不得不正視人生，不得不開始琢磨「我是誰？」這個問題。雖然我的少年時代剛剛開始，雖然我只有十二歲。

一進校門，被分到初一三班。我長得又高又大，當然坐在最後一排。正準備坐下的時候，定睛一看，同桌竟是一個漂亮極了的女孩兒。一頭栗色的卷髮，兩道細眉直飛鬢邊，美麗的大眼睛神彩飛揚。她伸出手來，「我是蕭華，比你大一歲。我媽是法國人。」我笑笑：「你怎麼知道我比你小一歲？」「我比你早來了十五分鐘，全打聽清楚了。」過了幾分鐘她又說：「以後有事我幫你。我功課不好，你幫我。好吧？」我被她的直率所感動，向她笑笑。

蕭華的麻煩可多了。她不單有混血兒常遇到的種種問題，而且她爸爸一九五七年被定為右派。從前坐汽車上班的工程師現在騎自行車了。同學們背後叫她「雙料反革命」。她可一點不怕。每逢有人這樣說她，不被她聽見則已，叫她聽見了一定是拳腳相加。每次我都勸她：「何必呢？」「何必？我也是人，一點兒不比她們差，她們憑什麼？」我說不過她，攤開書本，幫她複習功課。

初一第一學期的期中考試結束了，全班第一名的成績讓我真快樂，整天興匆匆的。忽然有一天，聽說為了巴拿馬運河，美國軍隊打死了多少巴拿馬人什麼的。總之抗議示威是必定有的。而且，循老例，初中以上的學生和有工作的成年人都得參加。這次，說不定街道上的婦女都得拿上小旗子去遊行，聽說是全市動員呢。我想在這種集會上必定會高呼口號什麼的，很可能我會變成眾矢之的，那就慘了。

我下決心：明天請病假。第二天早上，外婆打電話給學校門房的王奶奶，告訴她我感冒了。王奶奶平常可疼我了，所以她在電話裡一個勁兒地囑咐外婆帶我去看大夫什麼的，我心想大概什麼問題也不會有，乖乖在家待了一天。

第二天早上，我還是七點鐘就去學校了。雖然每天早晨七點三刻上早自習，可我總是早去。一是為了早晨腦子好，可以多背幾個俄文單詞，二是早點兒去可以把我和蕭華的鉛筆圓規什麼的都預備好。她常常忘了，都是我順便幫她預備的。所以，通常總是我第一個到校，而且總是王奶奶來開門。這天早上奇怪了，沒見著王奶奶，大門開著，看樣子已經有同學來了。我什麼也沒想就一直往教室樓走去。我們的教室在二樓，樓梯口正對著教室的門。我上了樓，打開門，室內燈光明亮。正對面的大黑板上用白色的美術字赫然寫著一條大標語：「美國佬從我們班裡滾出去！」

我腦子裡嗡地響了一聲，心裡只翻騰著兩個字「卑鄙！」眼前模糊了，我努力想抓住什麼東西，心底裡有一個聲音在提醒自己：「別倒下去，千萬別！」。我試著再多努一把力，兩手向前伸去，可是我沒有成功，眼前浮起一片黑霧，腿軟了，後退了一步，從二樓上一直滾下去。開始，我還感到肩、背碰到樓梯的痛楚，幾下子之後，就完全失去知覺了。

醒來的時候，第一個感覺是痛，渾身的骨頭都散了。我試著睜眼，眼前晃動著什麼金色的東西。好久我才看清楚是外婆坐在床前。看見我這唯一的親人，大滴的淚珠滾落下來。想坐起來，頭卻重得不能抬。外婆說：「想哭就大聲哭出來，別憋在心裡。」

話音沒落，母親的聲音在客廳響起，「哭什麼哭，有什麼大不了的！」砰的一聲，外婆把一隻湯碗重重地摔在桌上。「住口，混帳東西，還不是因為你，孩子受這份洋罪！」「洋罪！一點也不錯，她大概要受到死了。」客廳傳來她的冷笑聲。外婆發了大脾氣。她說的話我不全懂，但我隱隱約約地覺得只有外婆是真的心疼我，糊里糊塗地又睡了過去。晚上外婆只告訴我，我得在家休息一個月，老中醫申大夫來看過了，說是不可以上學。

一個月的時間裡，沒有老師和同學來看過我，只有蕭華每天打電話來。她告訴我：「是宋凱幹的，她純粹是假積極！她爸爸是大右派，她想入團，奉了聖旨拿你開刀呢！我把她打得爬不起來了。你在家休息多久，我就得讓她在床上趴多久！」「你怎麼樣？」「小意思，讓他們碰了兩個包。不過，有了輕傷也不好意思串門兒呀，這幾天我不去看你了，等過幾天我再去吧！」她一直沒來。我知道她話說得輕鬆可傷勢一定不輕。一個人打一群，再棒也夠受了。外婆給她媽媽打了電話，又請申大夫去看她。申大夫給她吃了白藥，還說「那姑娘鋼筋鐵骨，不妨事的。」我們才放下了心。

一個月裡，我成了大人。外婆告訴我，我母親一九五〇年回中國後，在一九五二年的「忠誠老實」運動裡，「交代」了我父親的「罪行」，足足寫了四、五十頁。我問外婆，「是人家逼她寫的嗎？」「不是，人家一問她，她就寫了一大堆。」「為什麼？」

「……」「她寫了，人家就相信她了嗎？」「大概不會，現在沒事，再有個政治運動，看她怎麼得了？」外婆這話在「史無前例」的文化大革命中不幸而言中。

然而不管怎樣講，因為她的坦白交代，更因為當權者的鐵幕政策，我這個「美帝國主義分子」的女兒得在那兒受「洋」罪了。外婆拿出了我父親的照片、名片，我的出生證，美國護照。從此，父親戎裝筆挺的大照片就端端正正地掛在我自己的小臥室裡，一直到紅衛兵來抄家為止。

父親的遺物現在都沒有了，在我隨身帶的小夾子裡只有一張他的名片了。無論當權者及其有知與無知的僕從們如何誹謗他，我作為他的女兒卻始終記得他。從那時起，我對自己發誓，永不違背自己的良心，永不屈服於強權，哪怕要經受無數苦難。

就這樣，我連唯命是從的可能性也沒有了，心裡反而輕鬆；雖然十二歲的快樂女孩變成了沉默的少女，沒有了歡笑，卻也沒有怨言。我開始行動，開始用知識武裝自己，讀我所能找到的西方文學，到處找尋有關美國真情實況的報導。我開始學習怎樣從多方面去了解被大陸報刊曲解的新聞內容，我從鐵幕裡了解世界。

初中一年級以九門功課都是五分和操行「良好」結束。操行不是優等，原因有二，病假太多及「與家庭劃不清界線」。

青年工作輔導員

一個星期五，你帶我去跳舞。我曾告訴你，我已經有十八年沒跳舞了。當時你眉飛色舞地稱讚我的舞技，我真高興。我們由跳舞說開去，說到跳傘、射擊、騎馬和別的運動，我們的心越來越近。可是，你可曾想到，多少年來我沒有看到過那麼坦誠的眼睛，你可曾想到，多少年前，我曾認為我贏得了一顆坦誠的心。然而那曾只是幻夢的瑰寶，卻出現在生命的中途，冥冥中確有公正在，我不由不信。

高中，我進入了一個名牌大學的附屬中學，住在學校裡，每周只回家一天。本著我的原則，埋頭念書。無奈書本的內容很快就消化完了。雖然有人說女孩子多半是小學、初中功課不錯，到了高中就得讓位給男生了；我不相信，而且我也始終做到了名列前茅。還有許多精力怎麼辦呢？我參加了附中的長跑隊。每到星期天下午，我實在不願坐那擁擠不堪的校車，就從學校一直跑到西直門，到了西直門再排隊等公共汽車。

逐漸地，我愛上了這項運動，它不但使我朝氣蓬勃，而且長跑給了我相當的「個人」時間。我可以思索我遇到的各種問題，還有相當的時候，我在長跑途中複習我的功課，默誦數學定理，俄文單詞、古文、詩詞。郊外清新的空氣，路旁的花木每每使我精神為之一振。再加上，參加了學校長跑隊，晚自習之後有了在操場上自由活動的四十五分鐘，也是件好事，不必馬上回到八個人占地十六平方公尺的宿舍裡去。等我跑完了自己規定的長度之後，同屋的人差不多都睡了，屋裡的熱氣和廉價肥皂味兒也差不多消散乾淨了，我可以悄悄登上我的鋪位而不必和下鋪及鄰鋪的人寒暄，省了無數麻煩，還落下一個「群眾關係良好」的好名聲。

基於以上原因，高中三年，我始終在學校長跑隊堅持運動，練就了毅力和耐力。

在長跑的路上，有時也能遇到其他校隊的成員，我的同班卻只有一人，他叫方朔。高高的身材，雖然只有十六、七歲，但是一個運動家的體魄已基本形成。他是籃球和田徑健將，最擅長跳高。衣著樸實無華，不善言詞卻寫得一手好文字，是我們班共青團的宣傳委員。據說他父親是一位紅得發紫的文學翻譯家，早年即參加革命活動。他的兩個姊姊都在中國駐外使館工作，還有一個哥哥在什麼廠當工人。總之人家是革命家庭的後代，我犯不上跟他囉嗦，所以從來沒有說過一句話。

一個星期六，那是高一的第二學期，正是春天，百花盛開的時節。我穿著一身天藍的運動衣褲，白網球鞋，背著書包一步三跳地上路了。天那麼藍，路旁的樹那麼青。青春總是美的，我快樂了。體內積蓄的精力讓我興奮，清靜的環境更令人舒暢，新網球鞋增加了我的彈跳力，我不禁忘了一切。真想大喊：「活著多麼好！年輕多麼好！」

正跑著，路旁一大叢白玫瑰花吸引了我。那旁邊並沒有「勿折花木」的牌子。我跑了幾步，耐不住又回過頭來。好美的花兒啊，看了半天，在濃蔭高處有一朵含苞待放，我實在忍不住了，走過去，踮起腳尖，還差一寸光景，就是搆不著，在公路上折花，本不應該。算了吧！

後面伸過一隻手來，從我頭上摘下了那花兒。

「給你！」

「噢，是你，團宣委。」我有點兒不好意思。

「咱們是同班，叫我方朔好了。」

「我們同班不同路，還是叫你的官稱好。」

「誰說不同路？每個星期六咱們不都在這條路上跑嗎？」

「你為什麼幫我摘花，那不是『小資產階級情調』嗎？」

「愛美是人的天性，無產階級也不例外。」

他臉紅紅地跑開了，我拿著那朵花一直跑到了終點，那是我和方朔的第一次接觸。

高二，報章上大肆宣傳「蔣幫陰謀篡犯大陸」。所以我們這些不能參加民兵組織的人也都參加了軍事訓練的課程。天曉得，我簡直愛上了射擊運動。特別是臥射，我可以平端小口徑步槍，在體操墊上一趴四、五個小時，專心瞄準。第一次打靶，我竟以五槍四十九環的成績名列全年級三百個學生的第一名，參加了大學本部的射擊隊。

之後不久，我們附中所屬的大學又參加了北京市跳傘俱樂部，因為需要八個女生參加，所以附中也有了名額。我報了名，居然批准了。只有一個限制，不准進入空軍基地。每次得等他們的汽車基地開出後，我才能上車。

管它，有機會學一樣東西總是好的。咬咬牙，參加了，儘管歧視是那麼明顯。

一天，隊部通知我，星期五不必上課，上午參加全市民兵射擊比賽，下午參加全市民兵定點跳傘比賽。

「我不是民兵，怎麼可以參加比賽？」

「不計個人成績，就算集體總分。你總不反對為大學本部爭光吧？」

我笑笑，什麼也沒說。星期四晚上下了自習課，我還是照我的鍛練科目到操場上跑步去了。

夜空繁星點點，操場上蒙上了一層清輝。我做了準備活動，三、五分鐘全身發熱了，開始跑我的計畫長度。一圈又一圈，操場上的人影漸漸稀疏。

教室樓那邊走來一個人，高高的個子，一身月白的運動服。我掃了一眼，認出是方朔。

「還沒跑完？」

「還有三圈。」

「明天上、下午都有比賽。」

「我知道。」

「你何必讓自己這麼苦？」

「……」

「我陪你跑。」他和我並肩跑起來，我不得不停下腳步。

「方朔，你這麼做，團支部會提出非議的。」

「我做你的輔導員，幫你學團章，提高思想認識，我介紹你入團。現在，只要你和家庭劃清界線，就一點問題也沒有了。我幫你，早一點入了團，沒人敢給你不公平的待遇。」這番話似乎是經過考慮的，但說得急切，有點口吃。

「你相信唯物論嗎？」

「當然。」

「那為什麼你們不能用唯物論看待家庭問題呢？」

「怎麼？」

「事實上我家裡有三個人，但在我心裡，我的家庭卻有四個人。外婆雖然出身於非無產階級家庭，而我卻是她一手帶大的，這個界線是劃不清的。」

「我們從來沒認為你外祖母有什麼問題。」

「那麼關於我母親，老實說，在政治上她只是糊塗蟲，她之所以存在，僅僅因為她是一個華麗的工具，可悲的是她並不自知。」

「別這麼刻薄。」

「刻薄？我說的不是事實？四九年應召回國的知識分子，有幾個有自知之明？」

「算了，這些題目不是我們談的。」

「不過，話說回來，我不會走我母親的老路，我想團支部也不必為此事費心了。」

這次輪到他沉默了。

「事實上，問題不那麼籠統，你們要求我加強認識的不過是那位我只見過一面的父親。我對他毫無了解，憑什麼劃清界線？這不是道地的唯心論又是什麼？」

「可是你知道，通常對美國人特別是美國軍人的看法是什麼？」

「那些看法裡究竟有幾分真實？我們什麼時候都聽一面倒的理論，什麼時候容忍過不同的意見？怎麼可能存在真正客觀的，唯物主義的立場、觀點？」

他啞口無言地僵在那兒。

「方朔，你快回去吧，我不要遭人非議，明天見。」

我快步向前跑去，把他丟在那兒。他沒有追上來，默默地走開了。

第二天清早，吃了早飯：一碗粥、二分錢鹹菜、一個二兩的饅頭。到槍械室領了我的小口徑步槍，坐下專心擦起來。

射擊教練從旁走過：「韓秀，好好打，為集體爭光啊！」我笑笑，沒言語。

這支槍拉起栓來不太靈便，我索性鋪開報紙，大拆大卸起來。

「韓秀，什麼時候學會了擦槍？」是方朔。

「兵要精，武器也要精嘛。不過現在是臨陣磨槍，不快也光，談不上得心應手。」

「昨晚上我想了好久，我還是想做你的輔導員。」

「你不怕『受小資產階級思想的腐蝕拉攏』？」

「不可能，你在各方面都是優秀的。」

「方朔，我已經把醜話都說在這兒了，你最好再謹慎考慮一番，比賽以後再說吧！」

靶場安排得不錯，我的靶位也很好。入秋的北京是美的。靶場周圍一片紅楓，層層疊疊。我欣賞著，等著信號，安然而自信。自信付出汗水後，收穫將是豐碩的。

九百四十八環！輕取總分第一。

大學本部的校旗升起來了，射擊教練，大學民兵代表，學生會代表上臺領獎，靶場上掌聲雷動。

回頭一看，方朔坐在我左後方不遠的地方，手裡抓著他的小口徑步槍，臉色真難看。

「你不舒服？」我問。

「沒有。替你冤，你倒好像挺高興的。」

「我沒有你的名利心重，我在想下午的比賽。」

「下午我陪你去。」

「算了吧，明天考物理，你還是回學校複習功課的好。」

「明天你也考試。」

「我跟你不一樣，在我的精神上沒有那麼重的包袱，我不必患得患失。」

「可是，你總還有生氣的時候吧？」

「生氣？如果我常常生氣，大概早就氣死了。」

「那你為什麼萬事不落人後，就是拚上命也在所不惜，總有一個目的吧？」他的聲音有點激動了。

「人在世上活一回，總得對得起自己！」

人們喧譁著，站起來離開靶場。在人流中，我從不左顧右盼，這次仍循老例，直奔校車而去。吃了學校發的水果麵包，喝乾了兩瓶汽水，交還了步槍，奔赴另一個考場。

下午的天氣更好，萬里無雲的藍天上，幾架銀色的小飛機像快樂的小燕子飛來飛去。不遠處的跳傘塔上用紅白兩色油漆標出高度。我曾在那兒苦練，現在看過去，竟覺得像玩具一般了。

校車在空軍基地外，照例停車，我下了車。後面，方朔在和教練說話：「今天她是主力，我跟她一塊兒在外邊等，照顧一下情緒。」

「對，對，對。」教練連連稱是，方朔也下了車。

十五分鐘，我和他站在基地外的柏油路面上。基地大門口兩個泥塑木雕般的軍人持槍立著，頭盔在陽光下閃亮。

一望無際的空闊地帶，我心情頗佳。

「幹麼愁眉苦臉的？」

「我還不是為你難過。」

「以後你少說這種話，我快樂得很呢！」

「真少見！」

「少見多怪！你以為世界上的人都是用一個模子印出來的泥娃娃嗎？」

他笑了，雖然很勉強。

「你瞧著，今天我跳一個最棒的給你看，謝謝你陪我在這兒罰站。」

「你的號碼是幾？」

「十三號，而且別忘了今天是星期五。」

「這麼細微的地方，也沒有放過你？」

「沒關係，我從來不是一個認命的人，咱們走著瞧吧！」我哈哈大笑了。

校車開出來了。空軍飛行員，空軍跳傘教練都已經端坐車中。跳傘運動員們也已經穿戴整齊了。我們上了車，我的跳傘服已經掛在我的座位上。車子徐徐開進相距不遠的跳傘比賽場地。借這點時間，我已披掛停當。

嚇！觀眾不少嘛，萬頭攢動，彩旗飄揚，挺熱鬧的。我想像著我在空中時，背上鮮紅的十三號，一定是挺顯眼的。

飛機起飛了，地面上的大紅點迅速地縮小了。我想，今天，我不但要接近那個紅點，而且，我一定要站在那個紅點上。

飛出艙門後，我等了一下子才拉傘，爭取了速度。而且耳邊的風聲告訴我，側風經過，多麼好的機會！我控制著降落的方向，向我的目的地飄落，終於成功了。

第一個衝到我前面的是方朔。「我嚇死了，你為什麼最後一個拉傘？」

「要是早一點，我就借不上那股小風了。現在，這不是正好嗎？」我笑著，伸手拉著紅白相映的綢傘。

當然，大學本部的定點跳傘成績又是第一。挺麻煩的儀式完了之後，一股黃塵飛起，我們凱旋了。

車上，我一言不發，方朔又沉不住氣了。

「你怎麼不說話？」

「我在背物理定理呢。」

他笑笑，笑得很勉強。「啊，你已經開始複習了。」

「當然，生命這麼短，分秒必爭嘛！」

「難怪，你有那麼多時間去圖書館看課外書。」

「一點兒不錯，生命得自己去豐富。」

我的朋友，你為什麼這樣看著我？覺得不可思議了？別著急，小戲還在後面呢，讓我把這一段說完吧。

你問我第二天考得怎麼樣嗎？我是全班唯一的一個滿分，因為我答對了一個被大家忽視了的小問題。

題目是有一個巨大的氫氣球，在氣球下面掛了吊籃，籃裡有兩個人和他們的行李。

題目給了大量的已知條件，應有盡有，問題是這個氣球所能升到的最大高度是多少？

學生們馬上套起公式算將起來。算了半天，答案無奇不有，居然有人說飛行高度為負數。我仔細把題目看了兩遍後斷定此氣球超載，不可能帶動吊籃離開地面，飛行高度為零。物理教員看著我的卷子，抿著嘴兒直笑。

下課後，方朔拍著腦門兒跑來：「我怎麼那麼笨？」

「你一點也不笨，就是思想僵化，迷信公式。」

「真的，這好像是我們這一代人的通病了。」

「不可一概而論啊！」

「對，那又是形而上學的方法論了。」我們忘乎所以，開懷大笑。笑聲驚動了坐在屋角的團支部書記，只見她直翻白眼，本來略嫌短的額頭益發短了。

「我已經跟團支部正式交換過意見，組織上認為你最近的表現不錯。我正式成為你的入團介紹人，我們的談話將在本星期天晚自習結束後在課室外走廊內進行。」方朔正色道。

「屆時，我將洗耳恭聽。」我也報以一臉凝重。

星期天回校，我穿了一件白色兔毛短上衣，藍底白花裙子。我是故意的，我要看看這位團宣委的窘態。

果不其然，我們在窗前「談話」時，他竟兩眼直視窗外，就像劣等演員背誦臺詞一樣，背著他必須向我交代的團章條文和我的「努力方向」，聲音不僅乾澀，而且時有停頓。等他背得差不多了，我說：「活見鬼，你背完了吧？快回宿舍換衣服，我在操場等你。」他如釋重負地嘆了一口氣。眼睛仍不敢在我身上停留，哪怕是一秒鐘。

我離開的時候，聽見團支書問他：「談得怎麼樣？」

「還好。」

「別忘了提醒她，艱苦樸素是很要緊的一點，她穿得這個樣子，怎麼入團呢？」

「我跟她說。」方朔唯唯諾諾地答應著。

我差一點笑出聲來，三腳兩步衝下樓梯回宿舍去也。

十五分鐘之後，我們已經並肩在操場上跑起來了。秋夜的小風、月色、樹影婆娑。我感覺得到，他在調整步伐以便和我步伐一致。我們兩人放開大步像兩匹小鹿一圈一圈歡跑著。那時候，只有那時候我曾經企望那顆年輕的心能和我的心一起歡跳直到永遠。我曾企望時間就此停住。至於那「青年工作輔導員」的尊號卻早已被我拋到九霄雲外。

我的朋友，你的眼睛為什麼充滿哀愁？你覺得我們太可憐了，是不是？親愛的，你真不知道那個時候竟是我們幸福的頂峰呢。悲劇還沒開始。

「琴泉」

在今天的課室裡，系主任送來了通知，內容是你們即將遠行的安排。別的學生做著他們的計畫，而我們卻沉默著，交換著惆悵的目光。

又是分離？長時間的分離？現在已經是三月，還有四個月你就走了。最近的日子，我越來越常想到那個問題，想到我們即將面臨的離別。命運真是跟我作對，多麼久了，我是孤零零的一個人。好容易今天可以傾心相見，然而沒有法子，又是離別。夜深了，我幾次抓起電話，又放下了。不要打擾你，夜深了。

我總記得那個溫馨的周日下午，窗外細雨霏霏，我坐在你身邊，我們相偎相依。你要給我找一張唱片，我知道你的趣味，所以就聽便了。你選了一張鋼琴曲，是早年的美國名曲，今日早已家喻戶曉。

「彈得真乾淨！」我不由得讚道。

「你也知道這樣的行話！」你興趣盎然。

「你學過什麼樂器嗎？」你又問。

「學過三年鋼琴。」

「啊！難怪你懂。現在還記得嗎？」

「不，都忘了，你沒看見我家裡連一張鋼琴唱片都沒有。我怕觸動往事。」

「那時候，你學的是什麼？」

「從拜厄開始，後來學蕭邦。」

「為什麼沒繼續呢？」

你親切地彎下身，問我。

琴聲那麼柔美，我偎在你身邊，不覺得冷，不覺得孤單。那個時候我真不要回憶，不要憶起當年的苦痛，不要憶起我和鋼琴老師難捨難分的情景，更不要憶起我曾彈過的曲子。

我八歲的時候開始跟山野先生學琴。他們夫婦都是日本鋼琴家，僑居中國多年，依靠收幾個學生維持生活。山野先生曾對我母親說：「您就是不付學費，我也要教她。孩子的一雙手天生是彈琴的，耳音好，音樂感豐富。我不能說她是天才，但她的天資優越，而且又那麼用功，她一定有成功的希望。」兩年之後，我已開始在少年宮的演奏會上登臺。但我母親說每月三十元錢的學費過於高昂。我不怪她，這筆錢雖只占她收入的七分之一。但畢竟不是小數，一個工人得用這筆錢養家活口呢。山野先生又免費教了我一年。我看著他們經濟上日益窘迫，心裡非常難過。況且他們已在想方設法籌措路費。只有十一歲的我，沒有地方去弄錢。有一天，我終於怯怯地對山野夫人說：「師母，你們再收別的學生吧，我不耽誤你們的時間了。」

山野夫人抱著我直掉眼淚。我最後一次撫著那張心愛的大琴，一步三回首地走了。之後，又有一年光景，我常在山野窗外聽琴，之後，他們真的走了。

我愛鋼琴，我知道每個琴鍵下面蘊藏的無窮的力量。我幼小的心靈裡已經感覺到音樂的脈搏。然而，我放棄了。我知道音樂比好菸、好酒、高級飯館重要的多，然而我沒有選擇。放棄的不只是琴，也放棄了一個世界，一個雖然不屬於我，但是可能給我以安慰的世界。對音樂，我一直懷著一種虔誠的柔情深愛著，隨時隨地捕捉著。

直到高一，才發現了另一種琴聲——古琴。那也是事有湊巧，我母親因工作之便學起了七弦琴，進而又買了兩張琴。這時卻有一位家居東北的老中醫的兒子，萬里迢迢寫信到北京的古琴研究會，表示了想學琴的願望。幾經周折來到北京就暫住我家。白天他在琴會學琴，晚上叮叮噹噹苦練到半夜，才在客廳的長沙發上睡幾個鐘頭。兩個多月的工夫，他居然學會了《高山流水》、《漁樵問答》、《梅花三弄》、《平沙落雁》等幾個古曲，而且他從小學會了吹簫與笛子，終於順利地考進了中央音樂學院，開始真正研習古琴藝術。

他刻苦到無法形容的地步。每天從琴桌旁離開的時候，兩手都被絲弦磨得鮮血淋漓。我用紗布把他的手指細心包好。第二天清晨他又都撕開，苦練起來。我對他又喊又叫：「你帶著紗布練不行嗎？」

他總是紅著臉說：「感覺不對，真對不起。」

血把絲弦浸得變了色，而他真的成功了。

雖然他住進了大學，但我仍常聽他的琴。他年輕，滿腔的熱情都傾注在琴音裡。我覺得在他手下這逾千年的古樂器有了新的生命和意義。我最愛他的《酒狂》，詩聖李太白醉寫的意境活靈活現，妙不可言。

高一文學老師讓我們作一自由命題的作文。我寫了「古琴的新生」。寫出了我的感受。那時，老師笑說：「作文不可給一百分，我就給你九十九吧！」

我用那短短的三、四千字留下了我對琴聲的讚美，留下了對那青年音樂家的尊敬與欽佩，留下了對音樂的一往情深。多麼希望普天下的有志者都能達到他們殷切期望的目標啊！

高三，第一學期開始了。有一天，方朔與匆匆地來找我。

「校黨委建議咱們畢業班搞一個文學周刊，當然目的是幫助畢業班提高寫作水準，迎接高考；不過，咱們也就有了練筆的好地方了。編委名單已經決定了。有你！」

「開宗明義，第一期預備用些什麼材料呢？」

「我已經想到了一篇。」

「什麼？」

「你的〈古琴的新生〉。」

「已經兩年了，你還記得？」

「何止記得，我還找曲先生抄了一份留著呢？」

心裡不由得湧上一股感激之情，接口問道：「你的新作呢？」

「有一篇〈霜葉紅於二月花〉。不知能用嗎？」他問。

「我可以看看嗎？」

他遞給我一小打裝訂整齊的稿紙。〈霜月紅於二月花〉是一篇題目大膽，文字綺麗的散文。暑假，他陪他父親去北戴河度假。在海濱，結識了一位飽經滄桑的老者——一位巧手園丁。散文讚美了勞動，禮讚了勞動者的情懷，文筆流暢。

他一直以期待的目光看著我的視線由文章的第一行移動到最末一行。他激動得臉色略有點發白。

「方朔，文筆真不壞！」

他笑笑，兩隻手指碩長的大手搓著。

「你會畫畫兒，畫張插圖如何？」我又問。

「好啊，這兒還有幾篇，你都看看。你來排版。我去找個幫手畫插圖。不過，咱們開始幹活兒以前得給這個期刊來個好題目。」

「題目大概又得突出政治、得又紅又專。我沒有那個本事，還是你考慮吧！」

「放心。這次我們得選一個相當有文學特色的題目。高三了，準備高考是大前提，紅專問題也得有所側重了。」

「有什麼麻煩，可是你兜著啊！」

「放心，我負責。」

「琴泉。」

「『琴泉』？我的天，你怎麼想到的？」

「你要把〈古琴的新生〉放在第一篇。我就希望繼這點琴聲之後，好文章能不斷湧現，有個拋磚引玉的意思。不知可用否？」

「好極了，我來畫一幅山水作刊頭。」

期刊出來了，封面不是水聲淙淙的清泉，卻是氣勢磅礡的飛瀑。據方朔說是取古曲《高山流水》的意境，也就隨他了。期刊裡收了十幾篇學生們的習作。雖然羽毛未豐，但字裡行間卻充溢著文學青年指點江山的豪氣。天曉得，文學老師曲先生居然愛不釋手。期刊變成了範文，不僅在本校，而且在外校廣為流傳，一時間非常的熱鬧。

我還是循老例，晚自習時間只在教室一個鐘頭，做完各科的作業。第二個鐘頭就從教室後門出去，上樓去圖書館。在教室裡念書的人多半是不得不念的，而在圖書館裡啃書本的卻往往是真要念書的。久而久之，在那裡總會碰到不少熟面孔。

現在方朔也常來了，隔著幾張桌子，遙遙打個招呼，各自埋頭念書。他專攻文學，我卻不然。我知道憑我的政治背景，文科不可能，理科也危險，工科的可能性大概還是有的。在工科裡，尖端、保密專業跟我無緣，冶金、造船還有一線希望。這兩者之間，我偏愛造船，但總覺得冶金專業錄取的可能性大。我開始搜集資料，研讀大專基礎課，預備高考。目標是清華，我希望憑自己遙遙領先的考分進入這個工程師的搖籃。我還抱著一線希望。

一天，圖書館關門前，方朔走過來。

「你念什麼？」

「解析幾何，剛體旋轉。」

「你真的要念工科？而且是對女生不太適合的專業。」

「只有這種專業，我才有一點希望。」

「我記得你最喜歡的專業是新聞。」

「沒有條件，就是入了團也不行。」

他沉默良久，又問：「今天還跑嗎？」

「上周跑得過多，這周遵醫囑隔日一跑，所以今日暫停。」

「出去走走吧！」

幾個月來，辦報、談紅專問題，他雖然還是我的青年工作輔導員，但是除了例行的向團支部作匯報之外，那些莫名其妙的大道理漸漸不再說了。我們——全體學生的面前只有一個東西，高考。我們——我和方朔之間還有另外一種感覺在我們的心裡慢慢地長大，慢慢地成熟。

「最近，你在看什麼？」他問。

「《大衛・科波菲爾》。你呢？」

「泰戈爾的《游思集》，美極了。」

已經是初冬了，寒風瑟瑟，滿地的枯枝敗葉。我們卻沉浸在文學藝術的海洋裡，海闊天空地談著。從小說到詩到劇本到我們共同勞動的結晶《琴泉》。

「韓秀，我有一個問題要問你，我們可能相愛嗎？」

「方朔，你不覺得太危險？你的父母、學校、社會，誰會允許？」

「不管他們想什麼。我從小長到這麼大，只有你一個知己。過去，我覺得我生活得很有原則，可是現在我覺得那個時候在我精神上有一個桎梏。現在，是你幫我掙脫了它，思想上的桎梏不存在了……」

「不是不存在，是你對那種禁錮的了解還不夠深刻。不只是你，我也一樣……」

我沉默了，隱隱覺得心頭掠過一重陰影，卻又說不出到底是什麼。聲調透出一點憂鬱：「我們對這個問題總會了解的，早晚就是了。」

「到那時候，我一定和你風雨同舟。」他的聲音十分開朗。

「我們試一試。」

他挽著我，我們走回去。回宿舍以前，又站在陽臺上談了好一會兒。熄燈鈴響了，我才衝回宿舍。雖然預感到什麼，但我還是向前跨了一大步。我承認這是我第一次愛上一個人，雖然有欠缺但仍感到愛情使我視線模糊，使我不再每分鐘警惕可能遭到的打擊，甚至有的時候忘記了一切。

幸好，寒假即將來臨。

學校舞蹈隊頭頭找到我：「放假前的新年晚會上有一個西班牙舞，給我們領舞吧！」

「好！」我痛痛快快地答應了。當時我什麼都沒想，只覺得有一個晚上不必穿上像一個桶的藍布褂子，實在不錯。

妝是我自己化的，沒有油彩，只有一點粉妝和口紅，已經很好了。

在小手鼓的扣擊聲中，我上場了。眼角掃了一下，方朔坐在後排。一個轉身，他站起身走到最後，站在那兒看，一直到最後一次謝幕，他還站在那兒。在後臺，方朔跑進來，「不要卸妝，等會兒我們就坐汽車回城，讓我再看看你。」

就這麼辦，我帶著一點淡妝坐在他身邊。兩隻手緊緊地握著。五十分鐘的行程，他的眼睛沒有離開我，換了公共汽車以後，我們索性縮到一個角落裡。快過年了，車裡擠得要命。他努力撐著，給我留下一個小小的空間。車裡人越來越多，我感覺到他的呼吸離我那麼近，兩顆心歡跳著快要蹦出來了。

「我送你到家。」

在大門外，他輕輕地抱住我：「讓我吻你一下，就一下……」他那麼輕輕地在我嘴上碰了一下，就跑了。

快樂的寒假，我們在冰場上，在書店裡，在電影院，在積雪的街道上，沒有往事的回憶，沒有家庭的紛擾，什麼都沒有，只有心心相印，無時無刻不在掛念中，無時無刻不想看見對方，渴念著對方的傾訴，渴念著對方的關懷和愛護。我們真的相愛了，真的形影不離。晚上分手，第二天他還會帶給我厚厚的一封信。天哪！如醉如癡的日子，飛一樣地過去了。

高三的下學期，所有的學生都廢寢忘食地忙起來，而我們仍有餘暇訴說衷情。團支部委員和積極分子們雖然時不時飛來幾個白眼，而我們卻一切都置之度外了。愛情使我們忘記了一切憂煩。我們照樣在長跑隊奪名次，照樣奔跑在排球場上，照樣精心照顧我們的《琴泉》。為了考工科同學的需要，我們又開創了一個壁報《知識角》。那是我的得意之作。有各種數、理、化的趣味問題，甚至有中、俄文對照的「九評」（注）片斷。盡我所能，幫同學們複習，預備高考中可能出現的各種險題，和方朔繼續合作著，快樂無垠。

四月五日清明節，全校師生上山植樹。在小山坡上，他挖坑，我種樹。小樹迎風挺立著。我們種得又快又好，不一會兒，就遙遙領先了。

「韓秀，我們永遠在一起吧，等這些小樹長成了大樹，我們兒孫滿堂的時候……」

「我的天！那是三十年規劃了。」

「答應我，不嫁給別人，好不好，我們在一塊兒過日子，你當你的工程師，我寫我的沒人要的文章。」

「文章沒人要可慘了，我們得喝西北風。」

哈哈大笑著，小樹和我們一起笑彎了腰。

「五一」國際勞動節，因為是畢業班，免了在天安門前大跳集體舞的活動。我和方朔約好，在紫竹院見。那個公園雖然在西直門外，但離城不遠。又清靜，又可看到北京的節日夜空。我穿了一件淺紅的薄毛衣，一條深藍的裙子，匆匆趕了去。還在汽車上，我已經看到他，淺駝色的毛衣黑褲子。總算沒穿他的藍制服。跳下車，我向他奔去。

第一次，這麼緊，他把我抱在懷裡。他已經有一點小鬍子了，年輕，朝氣蓬勃，兩眼閃著頑皮的光。「快，讓我好好看看你，我的好姑娘。」

我們四目相視，我把頭靠在他胸前，忘記了時間，忘記了一切。這是我的初戀，我戀愛了！

我問他：「你敢不敢大聲喊，我愛你？」

「敢！」

「喊！」

他剛張嘴，我趕快伸手捂住，兩人笑成了一團。

「說真的，方朔，你能保證我們永遠不分開嗎？」

「當然，永遠。」

「我們考不上大學怎麼辦？」

「那才好呢，分配了工作，咱們就結婚。婚姻法規定十八歲就可以結婚。」

「胡說，如果一個考上，一個沒考上呢？」

「誰考上了，誰不念，兩人一塊兒工作。」

「要是都沒考上，也都沒工作呢？」

「咱們一塊兒種地去，男耕女織，不也挺好？可是怎麼可能？學校的佼佼者何至於無處可去？不可能啊！」

「佼佼者？你忘了那天在跳高比賽場地，我們說什麼了？」

他有點兒黯然神傷。

那是一兩個月以前，全校運動會。他已經蟬聯兩屆全校跳高冠軍，但是這次他沒跳過他企望的高度。觀眾早已散了，只有我在沙坑旁的長凳上坐著，幫他看著他的外衣書包什麼的。

「每個運動員都得經過現在的時刻嗎？」我問。

「差不多沒有例外，體育生命是很短的。」

「政治生命和人的生命也是一樣，都不是太長的。」

整個下午我陪著他，我知道他為這次比賽付出了多少汗水，我也知道他的腿傷還沒完全好。可是，我支持他的頑強。我不喜歡臨陣脫逃的人。人可以失敗，不可以退卻。這是我的原則。我很高興他也是這樣的。

「我的運氣比別的失敗者好。」

「為什麼？」

「因為有你。你比跳高冠軍的錦旗重要得多。」

五月的夜雖然美麗，但聯想起不久前的一切，十分掃興。生活太嚴峻了，小小的一段回憶又把我們拉回了現實。

方朔緊緊地抱著我，淚水在眼眶裡轉著。

「上蒼保佑，別讓我們有什麼不幸。」他輕輕地說著，可他哪裡想到這個時候，有人已經開始行動。

我默默地撫摸著他的頭髮。我哪裡想到這是最後一次。在那個人妖顛倒的時代裡，我變成了憤怒的刀劍，而他變成了他的信仰的犧牲品。他失去了一切，包括他的健康的體魄在內。那，都是後話了。

夜深了，你手裡的茶早就冷了，我給你換一杯吧。窗外春雨滴滴，華盛頓的夜，那麼美，那麼靜。讓我們談點別的吧！

注：「九評」，六〇年代，中蘇交惡，中共在《人民日報》、《紅旗》雜誌發表九篇長文「批判」以赫魯曉夫、鐵托為代表的「現代修正主義」，俗稱「九評」。

歧路

昨天我們在博物館，你告訴我為什麼在美國差不多每一個州都有一個Springfield。你也告訴我，你是在麻州的「噴泉城」出生的。看著你與高采烈地向我介紹這一切，介紹這些美麗的東西，我的思想飛快地跑開去，跑到那久遠的過去。現在是三月，博物館裡已經是鮮花盛開的春天。我們面前是怒放的大麗花和一個人造的噴泉，空氣是那麼清新、寧靜，而我的心卻那麼不平靜。

身邊閃過幾張冰冷的臉，看著他們幾乎是一模一樣的服飾，令人不能不又想起那久已逝去而永難忘懷的日子。為了《琴泉》的清白，我曾背水一戰，現在讓我把上次的故事說到一個段落吧。

「五、一」的夜在依依惜別中結束。剛分手，我又和方朔約好，第二天去大華電影院看《心兒在歌唱》——一部在世界青年聯歡節獲獎的蘇聯影片。我們雖然已經看過多次，但我們都想再在一起看一次。

五月二號下午兩點鐘，我坐公共汽車到了大華。在車窗裡我掃了外面一眼，真糟糕，他還沒來。在大華的對面，有一個什麼日用品的鋪子。我走進去，在裡面漫無目的地轉著。心裡開始有一個念頭，情況不好。我努力打消這個念頭，可是沒有成功。沒有法子，我越來越執著地確認情況大變了。四十分鐘以後，我離開了那裡。

回家之後，我幾次拿起電話，又放下了。這個危險的時間最好不去觸動什麼，一動不如一靜，再等一會兒……

三號下午，循老例，我得按時到校。平常方朔總是五點半在東單的公共汽車站見面。從五點二十到五點四十，沒見到他的影子。我上車了。在西直門，我放過了一班又一班三十二路車。看錶，晚自習快開始了。無奈，懷著不安的心情，上車去學校了。車到黃庄，還是什麼熟人也沒見，遲到了。心裡依然惴惴，怎麼辦呢？

在通往校園的小徑上，迎面跑來一個人，是同宿舍的張琳，她在班裡緘默不語，父母都是安分守己的小學教員。她跑得氣喘吁吁。

「韓秀，作好思想準備，今天團支部開方朔的批判會。」

「為什麼？」

「還問為什麼？你們的事完了！我請了病假，沒上晚自習，在宿舍窗戶那兒等你，就為的是告訴你這個！我得快走了！」

「謝謝你，張琳！」

「別說了，沉住氣！」

她快步走了。我放慢了步伐，想在這一百公尺的路上想出對策來。為什麼？什麼事情導致問題在這麼短的時間裡變得這麼嚴重？是方朔的家裡人作怪？是老師作了家訪？幾個可能我都想到了，但一次都沒想到方朔自己可能有什麼問題。我紛亂的思緒中也閃現著無數的問號：是不是我不慎失落了什麼信件、日記？我不僅不在日記中用明確的語言闡述什麼，而且日記也是什麼時候都帶在身邊的。不應該有什麼問題！到了大樓門口了，我咬緊牙關，拉平身上的白襯衫和黑裙子，抬腿走了進去。

大樓裡安安靜靜，晚自習開始已經有十五分鐘了。我放慢了腳步。經過壁報欄的時候，又一次用愛憐的目光掃了一眼我們的「琴泉」，這是我們的周刊的一部分，每星期我們在壁報上放一兩篇文章、圖文並茂。這一次刊載的是我的一篇短篇小說《孩子們的會議》，中間有幾幅插圖，都是那些小淘氣，可愛極了，那是方朔的手筆。

壁報面對著教導主任的辦公室。辦公室的窗戶燈火通明，門卻關得緊緊的。我走過去，推開課室的門。

門內的喧聲戛然而止。只聽得一個撕裂心肺的哭聲，是方朔！

我的視線模糊了，是他！他趴在桌子上，肩膀抽動著，哭得像個傷心透頂的孩子。

我進去的時候，正在發言的團支書住了口，盯著我。我卻什麼都沒聽見，也什麼都沒看見，只有一個直覺，他受委屈了，我得護著他。

我機械地邁動腳步，向我的座位走去。我的位子在倒數第二排，在方朔的前面。這個時候，我的位子上坐著個人——團支部的組織委員，中紡部某高幹的女兒——高冀芬，據說她是她父母在冀中平原打游擊的時候生的，所以名字裡有個「冀」字，至於為什麼有個「芬」字，大概是「戰地黃花分外香」的意思吧！

「你的座位換了，在那邊。」高冀芬咧著大嘴，她的嘴真大，快到耳根了，一臉的大雀斑，一雙眼睛活像兩塊玻璃片，閃著假天真的神氣。

我的新座位「不錯」，在角落裡，最後一排，全班有四十六個位子，只有四十五個學生，想必我沒有同桌了。管它，先過了今天這一關再說。

到了座位跟前，打開書桌。那個時候，雖然中蘇交惡，而我們學校的一應設備和許多地方一樣都是蘇式的。書桌也不例外，桌面也是蓋子，上課時不宜開啟，有限制學生做小動作的用途。現在，在我的書桌裡、書籍，文具放得整整齊齊，想必有一雙細心的手已經仔細地翻檢過了。那個時候此類技術還需要掩飾，還沒到明火執仗的地步。我蓋上書桌，端坐在那兒，等著下文。

「好，現在我接著談，」團支書繼續念她的發言稿。「這次，方朔問題的性質是惡劣的，情節也是嚴重的。嚴重在哪裡？」

「第一，他身為團支部宣傳委員在受到資產階級思想嚴重侵襲的時候，立場不穩，滑了下去，終於不能自拔。第二，他作為韓秀的青年工作輔導員，不但不能引導落後青年走上又紅又專的康莊大道，反而墮入資產階級的泥坑。這一點也是令人非常痛心的。」說罷，一臉痛心疾首的樣子。

「我來說兩句。」是高冀芬的聲音，她搖搖晃晃地站起來。

「支書的意見我完全同意，我再補充一點。方朔同學的錯誤是明顯的，可是也是可以諒解的。資產階級的糖衣炮彈防不勝防，我們真得提高警惕了。矛盾有主要的方面也有次要的方面。我覺得問題的主要方面是資產階級思想在學校內外的嚴重氾濫，特別是在個別落後青年的身上表現尤其明顯。問題的責任主要還是在這方面。如果沒有韓秀的偽裝進步，腐蝕拉攏，方朔不會有今天的問題……」

話還沒說完，我聽到了那熟悉的聲音，而今天那聲音是多麼嘶啞，多麼有氣無力啊！

「我說兩句，問題是我造成的，韓秀的資產階級思想是客觀存在，而我對她在思想認識方面的幫助不夠，責任主要在我……」

他又哭起來，泣不成聲，好淒涼，好慘。我別過臉去，心裡的憐憫在消失，我什麼都沒說。

教室裡冷場片刻之後，高冀芬繼續她的發言：「下面，我們再談談，為什麼學校裡會出現這些惡劣的現象？為什麼非無產階級思想在我們的校園裡氾濫成災？為什麼傳播腐朽思想的不健康的雜誌、壁報會得到支持？甚至在社會上放毒？《琴泉》就是這類東西的代表。」

他們開始攻擊《琴泉》了，我不能不駁。

「我不能同意你的看法。」我站起來，周圍投來了不解，忿懣甚至憐憫的目光。我不顧一切，說下去：「《琴泉》的誕生根據的是校黨委的意見。出版之前經過層層審核。如果我們編委的馬列主義水平不高，那麼校黨委竟然也盲目到批准毒草出籠嗎？請問你的意見是針對我這樣的所謂落後青年還是針對校黨委的領導！」

「你無理取鬧！」團支書漲紅了臉大叫：「這個周刊出來之前當然得到過校黨委的批准，可是誰知道你們出的東西越來越不像話。」

「好，哪篇文章不像話，哪篇文章反黨、反社會主義，請你指出來。哪篇文章沒有得到教導主任的批准，也請你指出來。」

「好啊！你提到我，我來了。文章內容我且不談，僅『琴泉』這個題目就值得我們好好想一想了。」

我定睛一看，來者不善，那是高三年級教導主任，校黨委成員周毓英。老鼠眼睛在玻璃片後面閃著光，細細的脖頸子在寬大的藍制服裡晃盪著，兩片薄薄的嘴唇像小刀片兒似的輕輕地動著，聲音又高又尖，我的耳膜頗難接受。

「《琴泉》是校黨委通過的，而且革命的浪漫主義和革命的現實主義相結合，也是毛主席的文藝原則，主席還為《蝶戀花》填詞呢，『琴泉』有何不可！」我沒有退縮。

「胡說，你竟敢誣蔑毛主席的革命文藝理論，你要怎麼樣！而且，在校黨委以微弱多數通過《琴泉》問世的時候，我投的是反對票，可惜我不幸而言中，這個周刊確實沒有出我所料……」鏡片後面竟是得意之色了。

「我再一次重申，對這個刊物的性質，我要求澄清事實。」

「好，我們有機會澄清。」周毓英說完，丟了個眼色給團支書，邁著方步出去了。

課室裡開始了井然有序的討論，千篇一律的發言。八點一刻，我昂頭挺胸地走了出去——我鍛鍊的時間到了。

那時候只是一九六四年，批判會還沒有達到最完美的表現形式，所以我還可以在眾目睽睽之下，昂首闊步離開為我而設的會場，這個批判會也就這樣虎頭蛇尾地不了了之了。

出了門，經過教導主任辦公室的門口，我不由得放慢了腳步，對面站著一個五十來歲的婦人，清秀的臉上毫無表情，上身穿一件黑絲絨中式小夾襖，灰毛料褲子黑平絨海圓口平底鞋、白絲襪、身材嬌小。她盯著我良久沒有說一句話，眼裡閃著冰冷而鄙夷的光。初見她，我的第一個直覺告訴我，她是方朔的母親，他們母子太相像了。我甚至輕輕地微笑了一下。待我看清她的目光，我收斂了笑容，目光也變成冷森森的了。

她的身後還有兩個年輕女人，一式一樣的灰幹部服，五短身材，一臉橫肉，跟面目姣好的母親正相反，想必是他姊姊了。再一看，一個兩鬢斑白的男人正在和周毓英告別，「再見」之聲不絕。想必是那位可敬的翻譯家了。他轉過身來，和我正好面對面。他竟兩眼望空，好像我根本不存在一樣。這種神氣把我激怒了。我搶上一步，先他們出了大樓，下樓梯的時候故意踏著歡快的步子。旋轉的大門在我身後無聲地向裡蕩去。我真希望這扇沉重的大門可以把他那趾高氣揚的鼻子碰扁。

在宿舍的大洗手間裡，霧氣騰騰之中，張琳在我耳邊說：「四樓陽臺見。」我洗完了，慢慢轉出去，到了陽臺上，張琳已經在角落裡等我。

「事情到底是怎麼發生的？」

「五．一晚上他父親抄撿大觀園，發現了方朔的日記，就全家開鬥爭會，今天又殺到這兒來了。」

「無恥。」

「算了，認命吧！」

「我早就知道認命是什麼意思，《琴泉》就這麼完了！」

「你真瘋了，不要命了？」

「此話怎麼講？」

「誰像你這麼傻，到了這種地步，還管什麼《琴泉》？」

「給《琴泉》催生是他們的權利，給她送終更是他們的義務，而我的責任是討回公道。」

「你憑什麼要什麼公道？今天你以子之矛攻子之盾，就犯了大忌。你這不是找死是什麼？」

「我豁出去了。」

「十七歲，你豁出去了，值嗎？」停了半分鐘，見我沒回答，她又說下去，「本來政治條件就不好，加上跟你父親劃不清界線，現在又加上這樣的事兒，你還想不想上大學？你這不是玩兒命嗎？」

「好了，批判會也開過了，他們還要幹什麼？」

「《琴泉》一定完了，你可千萬再別說什麼了。」

「還有什麼？」

「安分守己，千萬別惹事，好歹上了大學，離開這裡也就完了。」

我沒回答。除了沉默，我也實在別無他法。

熄燈鈴響了，張琳匆匆離去。我卻在陽臺上來回走著。星空燦爛，萬籟俱寂。我的心從戰場上回到了現實，猛然才想起心口一陣陣刀割般地刺痛，我看錯了人，方朔竟是這樣懦弱無能。

日子飛快地過去了，《琴泉》和別的中國的事情一樣熱熱鬧鬧地開始，無聲無息地不見了。再也沒有人提起，好像從來沒有發生過一樣。

人人投入了高考前的緊張的複習。我卻還是照老樣子不緊不慢地做著我的事兒。

一天數學老師找到我：「韓秀，高考志願表都填好了嗎？」

「差不多了。」

「給我看看。」我遞給他用鉛筆填寫的志願表。

「八個志願都是清華，你瘋了！」

「怎麼呢？」

「你就是要標新立異！就憑你的政治條件，你敢這麼填！」

「那我怎麼辦？」

「一定得把什麼水利水電學院，林學院什麼的填上，以防不測嘛！」

「林學院？您別逗了，我去種樹嗎？」

「就你這麼頑固不化，別說種樹，讓你去種地都不多。」

我知道數學老師是一片好心，也就沒說什麼，乖乖地照他說的填了，可是不幸而言中，四個月後我真的下鄉種地了。

高考輕而易舉地過去了，裡面還有一段小插曲，值得一提。高考前，大學校長曾來我們附中，親自選了四十六個學生，他把我們召集在一起，手舞足蹈地發表他的意見，那個神態竟像他的青年時代又回來了一樣興奮。他說：「你們是附中的尖子，你們都進同一個考場。我希望這個考場可以輸送四十多個學生到大學本部。」他的話引起了熱烈的掌聲，可是具有諷刺意味的情況是在那時已席捲全國的社會主義教育運動中，這個考場中的四十一個高級知識分子子女在北京安排了工作。四個革命幹部子女上了大學，而我卻下了鄉。

接到高考招生辦公室的不錄取通知書時，我並沒有過分驚異，我知道有這個可能。而數學老師卻打抱不平了。他跑到招生辦公室去問，回來之後，他白著一張臉來看我。

「我考得怎麼樣？」

「他們沒看你的卷子。」

「沒看？」

「對了，他們用訂書機把你的卷子封了。」

「封了？」

「對了，上面就打了一個戳兒。」

「什麼戳兒？」

「此生不宜錄取。」

「銀質獎章畢業生，不宜錄取。好極了！他們沒告訴您為什麼？」

「說了，他們說你可以算是中國人，也可以算是美國人，這樣的人沒有可能在這裡上大學，所以他們覺得不必再改你的卷子。」

「那我現在做什麼？」

「等分配。你母親只有你一個孩子，我想你一定有可能分在北京工作。」

我知道，話說到這裡，不必再說什麼了。許多可能的情況我都想到了，可我還是沒有想到結局是這樣的，他們連藉口都不必找，就這樣赤裸裸地說出了他們的意見。

兩天之後，我接到了方朔的電話，他約我在中山公園裡見面。

一月不見，他真精神，白襯衫、藍褲子，滿臉得意之色：

「我考上大學了，是第一志願。」

我沉默。

「你有什麼打算？服從國家分配吧！」

我還沉默。

周圍的一切：鮮花、人群、藍天，嬉戲的孩子，身邊的這個人都離我這麼遠，這麼遠，我好寂寞啊！

「這些信都是你的，還有文章，還給你吧！」

我看都沒看，接過那厚厚的一扎，順手拋在河裡。河水打著漩渦，信沉了下去，帶著少女的夢。

「你的《大衛．科波菲爾》還在我那裡，我真喜歡那套書，我可以留下嗎？」

「隨便。」我應了一聲。書在這個時候又算得什麼呢，儘管是我最喜歡的書之一。

「再見！」我轉身走了。

「再說一句話，我希望你能服從祖國需要，工作之後希望你學習進步，工作順利……」

方朔已經在我心裡死了，現在的聲音是一個機器發出來的，多麼可悲的現實。

路過新華書店，我踏進去，又買了一套《大衛．科波菲爾》。

你拿起我案頭的那一套書問我：「是這套嗎？」

「不，這是第三套，那一套已經在文化大革命中化為灰燼了。」

你抱著我，輕輕撫著我的肩膀，喃喃地說：「明天，明天，我給你買一套英文的。這是最後一套了，讓這套書陪你一輩子。」

淚水順著臉頰流淌。我能說什麼呢？我的親人。

鄉土味兒及其他

初春的康涅狄格州是那樣的美麗，溫馨，從飛機的窗看出去，一片片起伏的樹林，一塊塊茸茸的草坪，以及那坐落在一片綠蔭中的美麗房舍，帶給旅行者多少慰藉，多少溫暖。

步下飛機，從候機室外遠遠就望見兩位老人正在熱情地揮手。我永遠不會忘記你那時的腳步有多麼歡快，臉上的表情是多麼孩子氣，看著你伏在母親的肩窩裡，多麼像一個依然充滿稚氣的大孩子。看著、看著，我多麼為你們的親情感到由衷的愉快。人們忙碌、奔波，但在人世間還有這樣深切的親情在召喚，在永不休止地等待，人還要什麼呢？

家就是家，有母親的關愛，有父親的呵護，在每一個地方，留著父母勞作的印記。家裡的味兒是我多年來沒有領略過的。我那麼感謝你，給了我一個那麼溫暖、那麼美好、那麼有鄉土氣息的春天。

晚飯後，你那麼興奮地領著我跑出去，說是要帶我看看美國的鄉下，而且那麼興致勃勃地告訴我你怎麼在十四歲的時候開始在菸草園裡幫忙，掙自己的零用錢。你的眼睛像星星一樣閃著純潔，年輕的光。你好像回到了你那快樂無垠的少年時代，看著你像歡快的小鹿在小徑上跑著，我不由得深深吸了一口溼潤的春天的空氣，也緊隨著你向前跑去。

哦！好一片經營得法的菸草園。雖然還在冬閒中，菸草支架仍是井然有序，似乎已經為來年的生產作好了準備。春風帶來了泥土的芳香，雖然還有一點殘雪，但在下面，土地強勁有力地萌動著，發散著令人心醉的氣味，那麼濃烈，那麼熟悉而久遠，那麼久遠而熟悉。

我是一九六四年到鄉下去的，那是一個讓人不易忘懷的日子——赫魯曉夫下臺和中國爆炸了第一顆原子彈——我們這來自四十個學校的四十四個高材生也就在鑼鼓聲中乘火車南下了，你知道，作為全國第一批「集體插隊」的試點人員，我們是滿載著榮譽走的，而且據說風凌渡北岸的鄉親們正在望眼欲穿地盼望著我們。

下了火車換汽車，真不壞，挺平的柏油路，路旁的電線桿子告訴我們這兒是個有電的地區。路邊上盡是棉花地，在地裡摘棉花的大嬸子、大姑娘們衣著齊整，摘花包袱也是齊齊整整的家織白布，不見幾個補釘。夾在棉花地中間的是剛耕過，預備冬播的麥田。不壞，一看就知不是吃「返銷糧」的苦地方兒。這地方的房子也特別，一磚到頂還不說，居然是上下兩層。據本地幹部們說，上層均為各家倉庫，貯放來年需用的糧食、菸葉、農具之類。

汽車走了半個多鐘頭，在路邊上停下來。喲，右邊挺乾淨的一條小土路，小路兩旁種著四排鑽天楊，樹葉兒嘩嘩地響著。小路盡頭，白牆黑字，上書「林村大隊」，再往南走就是村中央的大道了。農家的小院子都坐落在大道的兩旁，家家門前屋後都有小塊的自留地。這些地塊相距甚大，有的枝繁葉茂，有的荒草叢生，問帶我們來的大隊林書記，那是什麼緣故，他哈哈笑著：「當幹部的，盡開會，沒丁點閒空，哪能伺候那自留地。」我們都笑了。「再加上這兩年沒鬧災，那幾分自留地，不大吃緊了。」停了會兒，林書記又補上這麼一句。

這個地方我們可能得住一輩子！

十七歲的我看著這一切，看著腳下的黃土，並沒覺得有什麼懊喪，只是初次聞著土地的味兒，看著頭頂的藍天，聽著挺有韻味兒的當地土話，覺得新奇有趣。

生活不都是詩，而多半時候是平淡無奇的。臉朝黃土背朝天的生活日復一日地繼續著，仍然沒使我那遲鈍的心靈有什麼特別的感受。我倒是常想：在這個農業社會裡百分之八十五的人都是農民，這個事實在我們有生之年是改變不了的了，在他們中間就沒有特別有才智者嗎？肯定是有的，而他們世世代代日出而作，日落而息，勤儉一生，苦做一生，從不期期艾艾，從不怨天尤人。我們又有什麼可怨的。然而人各有志，在我們中間大有恨天恨地的才子佳人在，依他們的想法，如果不下鄉他們必是牛頓第二還是門捷列夫第二，至少也會成為國家的棟樑而決不是社會的最低階級——人民公社社員。

牢騷改變不了任何東西。而我卻是自得其樂地在田邊地頭欣賞著地方小曲兒；在嬸子、大娘的炕頭兒上聽著無數知疼知熱的暖心話兒；而在大姑娘、小媳婦兒的紡車前，織布梭子下，繡花綳子上，我更看見了這些不識字的婦女有著怎樣善良、美好的心田。看著她們怎樣一針針一線線把自己給心上人的柔情蜜意都織進去，或是給全家老小預備的各式衣物都帶上一片愛意。

勞動並不可怕，不懂地方話也沒給我帶來太大難處。唯一讓人難堪而且無法解釋的是在我們這個「插隊青年」的「集體戶」裡卻充塞著一種讓人窒息的冷漠。

我們這個集體戶裡一共有二十四個人，十二個男的，十二個女的。另外的二十個遠在離我們三十華里的另外一個大隊裡。照北京市委某些領導幹部的想法，十二個男的，十二個女的正好配成十二對，就可以真的「扎根農村」，可以在農村這個「廣闊的天地」裡「經風雨見世面」脫胎換骨成為真正的勞動者，並在那裡「安家落戶」，繁衍後代了。

可惜理想與現實的距離遠乎又遠，十幾年後真的在那個地方扎下根來的大概只有一兩個，而且那一兩個也最終進了什麼社辦工廠，農業銀行，縣辦中學之類的需要文化的地方兒，不再真的在隊上掙工分了。

喧囂一時的「上山下鄉幹革命」的偉大群眾運動在十幾年的時間裡只是像一陣輕風拂過那古老、傳統的農業社會，農村就像一池湖水，輕風過後很快又歸於平靜了。

可那時候，我們可是真的都住在集體戶的「集體點兒」裡。我們的這個「點兒」是這樣的：一個挺大的院子坐落在村子的盡東頭。一進院門，南邊是我們的菜地，中間有一眼井，東邊是伙房。北邊兩排平房共六間，前排兩間是男生宿舍，餘下一間為集體戶辦公室。後排兩間是女生宿舍。餘下一間則為庫房，堆放工具、糧食、柴草、煤炭之類。女生屋後拉滿了曬衣服繩子，時常掛滿了不登大雅之堂的衣物之類。

每天收工回來，個個累得齜牙咧嘴，就是那麼累也沒法子讓他們住嘴。你聽吧，誰的工分多了，誰的工分少了，誰和大隊幹部有特別的關係了，誰有資格參加四清工作隊了，誰的家庭出身有問題沒有希望入團了。為了這些了不得的大事，人們竟也常常爭得面紅耳赤。更要命的是女宿舍裡事情特別多，遇著陰天下雨的，洗完的溼衣裳都得晾在屋裡，於是某人的溼衣裳上的水珠滴到另一個人的床上，還是頭上，還是書本上，就又開始一場爭吵，進而是謾罵以至撕打。都是十七、八，十八、九的大姑娘竟然也都越來越不顧廉恥，什麼髒話都罵得出口，真是天曉得。

離集體戶兩個門口就是二隊隊長德勝大伯的家，德勝媳婦常來青年大院串門兒，夾著鞋底子帶著走街串戶得來的新聞坐在女宿舍裡一坐就好幾個鐘頭。我們剛去的時候還好，時值深秋初冬。她一手夾著孩子，一手拉開衣襟，把奶頭往孩子嘴裡一塞，就一邊納底子，一邊山南海北地扯開來了。等轉過年，天暖和了，人們換了季，單衫子上了身，這位大嬸子也就赤膊上陣了。光著膀子黑色的挽襠褲上掛著根紅褲帶，兩個奶子一直垂到腰上。她不知生養過多少孩子，現在膝下就有四個，據她說其餘的「不滿一周就翹辮子了」。

下工回來，躲在床旮旯中間洗一把已是十分不易的事，碰上德勝大嬸子來串門兒那就倒了大楣。她會逕直跑到你跟前，在你前胸後背摸上幾把，還怪腔怪調地說些不堪入耳的話。我每次聽見她的大嗓門，不等她進屋就趕緊把衣裳套上，哪怕身上還在滴水也顧不得了。

誰知同宿舍的梁寶珍竟然也「入境隨俗」了，常常不穿上衣在屋子裡蹓來逛去跟人閒三話四。我跟鄰床的李百鈴打聽情由，她悄悄告訴我：「聽說她要跟貧農協會主席的兒子結婚啦！」

「什麼？那個人不是有梅毒嗎？」

「要不是有梅毒，怎麼會跟寶珍結婚？」

「寶珍怎麼了？」

「你忘了，寶珍她爸是反革命，五二年鎮壓的，她媽一直給人當保母，就憑這成分，還能跟貧協主席的兒子結婚？」

「我的天，來了還沒一年就結婚了！」

「這有什麼新鮮？你看寶珍這瘋樣子，聽說是預備好了讓人鬧房呢。」

「鬧房？」

「唉，小秀，不是我說你，你成天除了在地裡幹活兒，回來就捧著一本書，趕明兒什麼都不知道了。你不知道晉南的風俗，結婚是要鬧房的嗎？」

「怎麼個鬧法？」

這一問，把個伶牙俐齒的小百鈴子問住了。她想了半天才含含糊糊地告訴我：「就聽說鬧得可厲害了，還有不少規矩哪！」

「你怎麼知道的？」

「我都聽德勝大嬸子跟寶珍學說的。」

我悶在那兒了。念了十二年書下鄉勞動倒也罷了，還變成了這些陳規陋習的奴隸豈不是見鬼！

我跑到同隊的女社員秀英家，她媽正在灶間刷鍋洗碗，她嫂子在她屋裡哄孩子睡覺，男人們照例在外邊場院裡聊天兒，秀英獨自一人在紡棉花，紡車兒轉得正歡。

我腳步咚咚地闖進來，秀英嚇了一跳。

「是你，幹啥急急慌慌的？」

「啥叫鬧房，有多蝎虎？」

秀英不答話，又抓起搖把。我按住她的手。

「好秀英，告訴我嘛。」

「這得看哪家辦事。」

「哪家辦事還不同嗎？」

「不同，得看他家老爺子是哪號人。」

「誰家老爺子？」

「男家唄。」

「那你嫂子呢？」

秀英一臉緊張，聲音也壓低了。「俺嫂子家可是好人家，從小都規矩多大的。她嫁過來的時候，俺爹還硬朗，俺哥也血氣盛。俺爹說，咱們媳婦憑啥讓人看，讓人摸！鬧房？不中！俺哥也疼媳婦，讓人打成血葫蘆似的也沒讓人扒了俺嫂的衣裳。俺嫂告訴我，她剛一出轎門，俺哥就悄聲告訴她：『任人怎打，你也別應承，狠下心來。』這不，我嫂就不應承。辦完喜事二年，這村裡都沒人搭理她，一直到小寶落地，她當眾開懷餵奶，隔壁大叔大伯們伸手摸了她的紅褲帶，這村人才認了她。」

對面窗上人影晃動著，好像秀英嫂子把孩子放下了。

「我嫂過來了，快別提鬧房，你一提她又得流淚，可憐見兒的。」

「那你結婚怎麼辦呢？」

「俺那個主兒是俺爹過山買化肥的時候跟山那邊訂的。人家是解放軍，家裡兄弟三、四個。聽說山那邊鬧得不怎凶，再說人是軍屬，興許不敢怎的。」

「我不怕鬧房，就怕妯娌不和。」秀英又補了一句。

「你見過他？」

「沒，我爹有相片兒，人挺大氣的，又在部隊上，想必是好的。」說著，秀英的臉紅了。

我的心揪緊了。這兒是老區啊。一九四六年就「解放」了。解放十八年還是這麼個樣子！我不肯罷休，又問下去。

「那寶珍嫁過去，會鬧得凶嗎？」

「鐵定的。寶珍她公爹年輕時拈花惹草，盡弄些個破鞋，落了一身病，生下這麼個兒子還不是有病。縣醫院每月掛電話讓他去取藥，誰不知道！這樣人家的兒媳婦讓人扒光了，瞧個夠還不是常事。」

「要是寶珍不讓呢？」

「不讓！眾人會說，你公爹扒灰都中，讓我們瞧一眼你怎麼跟男人相好倒不中嗎？」

「哎喲，你個大姑娘，怎說得這麼不中聽？」

「死丫頭，你要問嘛。不告訴你不中，告訴你又不中。你要怎著？」

秀英笑罵著，舉起一個梭子要打我，我們笑作一團。

「喂，說正經的，寶珍她公爹既是那號人，怎當的貧農協會主席呢？」

秀英不答話，沉默良久，「小秀，趕明兒你搬過來，咱姐倆好好聊聊。這盤根錯節的事兒，幾天幾夜也聊不完。」

我茫然看著她。不知什麼時候，大娘和秀英嫂子都進來了。她嫂子是個貞靜的女人，一頭黑髮挽在耳後。進了屋，二話沒有，坐在炕腳納鞋底子。

「張大娘，您快坐吧。」我站起身，向大娘打招呼。

「好孩子，坐著說話兒，吃塊鍋盔。」大娘把一塊又軟又鬆的鍋盔遞到我手上，「剛出鍋，趁熱吃。」

我吃著，大娘搓著納鞋底用的線繩子，「閨女，你是城裡的人，你那十七歲的小腦子裝不下這鄉下的亂七八糟的東西。我今年五十好幾了，民國也好，國民黨也好，八路也好，日本也好，這不共產黨也一樣，誰來了都差不多，鄉下總是鄉下，誰跟誰沒有點狗扯連環的關係呢？改朝換代終是一樣的。鄉下人腦筋舊，哪裡就換成新腦筋了。你說是不？」

一席話說得我呆頭呆腦。

一個半月，一晃就過去了。「十・一」寶珍結婚，我壯了壯膽在她的門口張望著。他們家在道西，院門是個不起眼的小黑門臉兒，朝東。菸味、酒味，山西人吃飯的米醋味兒，夾著含混不清的笑罵聲從大門沖了出來。門是開著的，只好走進去了。這不是一個規整的四合院，北房一排三間，西房只有一間半，南房是廚房、雜物間和豬圈，沒有東房，牆根下是大柴垛，倒還堆放得齊整，只是沒有中農戶的殷實味兒。

現在北房和西房的門都大開著。寶珍公爹在北房裡開了四桌流水席，他們的至親好友，男男女女吃著，說著笑著。寶珍公爹——一個面黃肌瘦的矮小老漢，擠眉弄眼地正和來客說著什麼笑話，引出一片猥瑣的笑罵聲。

西房想必是寶珍他們的新房子，裡邊除了德勝大嬸子以外都是男人，站在院子裡看的才是女人們。

鬧房的男人們跟德勝大嬸子一樣大叫著「吃仙桃啊！」寶珍不肯開懷，那些男人們——平日一臉凶相的各家長輩們——就隨手抄起什麼家用的東西猛砸寶珍男人的頭，那個平日就一步三搖的病人現在更是一臉苦相，他噢噢叫著：「臭娘們兒，還不快解懷，看不把我打死了。」

隨著他的叫聲，寶珍解開了上衣，德勝大嬸子順手拉掉了她的胸罩，嘴裡還喊著：「要這撈什子幹什麼。」

寶珍男人一頭扎過去，抓住寶珍的乳房又啃又咬，那些男人們在旁邊又笑又叫。寶珍兩眼定定地看著什麼東西什麼反應都沒有。

「坐船呵，坐船呵！」男人們又叫了，又開始打寶珍的男人，那個新郎又喊：「快解褲帶，別把我打死。」

寶珍的手在腰間摸索著、摸索著，褲子褪下來了，那些男人一擁而上，人影晃動著，恍惚間他們把兩個精赤條條的人臉對臉地按在一起。我別轉頭，向外走去。耳邊傳來那些婦人們的議論。

「瞧，我那口子也在裡頭。」

「寶珍這次倒也痛快，這麼快就讓人扒光了。」

「快點少受罪嘛，反正就那點東西，看完了就完了。狗改不了吃屎，你看，我那口子那個窮急相。」

「得啦，回家燒水洗澡吧，男人鬧完房回來，少不了跟你親熱親熱。」

「你還不是一樣，要不是鬧房，你還養得出你們小跟子！」

她們吃吃笑個不住，我快步走出去。

一出院門，我們隊的田大嬸子一把拉住我：「小秀，跟我回家。」

「怎麼了，大嬸子？」

「今天男人們都瘋了，你一個大姑娘走黑路不怕？」

「還有幾個知青也在那邊呢。」

「他們還沒出來，你先跟大嬸回去，等會兒路上清靜了，大嬸送你回去。聽我的沒錯。」

進了田大嬸的家。我四下打量著，真是一塵不染，小炕桌擦得亮。大嬸子一轉身，端出一盤家作的綠豆點心，「吃一塊吧，看你小臉兒煞白的。」

我謝了她，默然不語地吃著，靜待下文。

「說也怪啊，你們這些文化人來了，沒說給咱這地方帶點兒文化來，反過來，倒變得跟那無知無識的人差不多了，真是怪事。」

從前，我和田大嬸子並沒有多少接觸，只知道她家是下中農成分，她們夫妻二人都是幹活兒的快手。她有個大兒子在東北的部隊上，兩個閨女在隊上勞動，好像還有個小小子在學校念書。因為平日不大說話，所以我也真沒想到她是這麼心直口快的爽快人。

「別楞著啦，做點好事。」

「幹啥？」

「給我寫個地名，我給兒子寄雙鞋。」

哦，那白布千層底兒的直貢呢布鞋千針萬線做得真密實。

「部隊上不是發鞋嗎？你還寄鞋幹麼？」

「發的那鞋都是解放鞋，我兒子是汗腳，下了操，換雙布鞋省得爛腳。」

「還是母親疼兒子。」

「敢情！」

我把包裹外邊兒的地址端端正正地寫好，遞還給田大嬸子。

「瞧，這字兒跟人似的，多好瞧！」

「大嬸子，我該回去了。」

「記得我的話，不識文不斷字是鄉下人最大的苦處，動點腦子，別就悶頭幹活兒，給咱鄉下人帶來點子文化，也不冤枉念那些書。」田大嬸子用指頭點著我的腦門兒數落著。

「就這樣，你就決定在學校教書了？」你笑著問我。

「哪裡那麼簡單？得有機會才成啊！你不知道，中國的事樣樣都複雜得要命！」

「我知道，我知道。」你大笑了，一臉頑皮的神氣，分明是急待下回分解了。

文化人與文化工作

我永遠不會忘記八二年四月十四日這個美麗的日子。那是一個星期三的中午，我們下課後，一直到樓下的小鋪子去吃中飯。我買了湯，你買了一份什麼又烤又煎的東西。我們面對面坐下來。周圍人聲鼎沸，吵個不休，而我們卻視而不見地高談闊論著。你那麼快樂地，津津有味地吃著、談著。對了，我們談到語言教科書的編寫工作，談到出版編輯，剪裁各方面的事，談得忘乎所以了。越談我越覺得你的眼睛裡流露出那麼多的熱情和期待。

你放下叉子，握住我的手：「我們下個月結婚好不好？」

「什麼時候都可以。」

「那，這個周末我們去買你的戒指。你要一個還是兩個？」

「一個。」

「一個訂婚戒指，一個結婚戒指。」

我點頭，和你手挽手離開餐室。「明天見。」你在大廳裡站住了。「不，我送你，送你去聽演講。」

我們默默地上了電梯，拐出大樓。在天橋上，春天的太陽溫柔地灑下她的金輝，在我們的頭上、兩肩勾出一道金色。我們的臉上洋溢著歡笑，發自心底的歡笑。

「今天，教授給你們講什麼？」

「看時間表，好像是談一九六三年到一九六五年的社會主義教育運動。」

「四清？」

「好像是的。對了，還有時間，你告訴我，四清的時候你在哪裡，你做了什麼？」（注）

「我不要先入為主，你先聽你教授的，等一下，我再講給你聽。」

「好，明天見。」

「晚上電話裡談。」

「電話裡談。」

我一個人默默地走回來，內心深處巨大的歡樂使我喜不自禁。而同時，一九六五年四清時期的樁樁件件又一齊浮上心頭。

那是一九六五年八月底的事。一天，大隊林書記來知青點找我談話。那個時候我剛從我負責的那塊棉花地回來。一身土，一身汗，來不及擦把臉，就規規矩矩地坐在那兒聽書記有什麼話說了。

書記先對我大大誇獎了一番，說我全年出滿勤，幹活兒從不投機耍滑，做事作人都實實在在，群眾關係好，所以大家信得過我，讓我管兩把鑰匙。一把是本大隊小學的，一把是大隊廣播站的。

我惶恐不安地回答：「就我一個人，怎麼幹得了？」

「沒問題，廣播站還有一個本地中學生，你讓她幹啥，她就幹啥。學校方面嘛，你得多出力了。」

「現在，學校不是有兩位教師嗎？」

「他們有很大的問題。兩人都已經結婚了，女的愛人還是解放軍。可是據反映他們的關係不正常。而且，那個男的是富農出身，按四清工作隊的意見，這種人不適合在教育崗位上。」

「可是，林書記，您知道我的出身也不是勞動人民啊！」

「出身不由己，道路可選擇嘛，你走了上山下鄉這條康莊大道就證明你是有覺悟的。就這樣，明天你去接手，九月一號正式上課。」

「現在不是暑假嗎？」

「這兒是農村，沒有寒、暑假。冬閒放年假，夏收的時候，學生可以下地幫忙，我們放『麥假』，秋收的時候再放一個月秋假。這兩天你有工夫看看學校的時間表就清楚了。」

「那，我包的棉花地呢？」

「我去告訴你們隊長，從今天起就分給別人，明天你不必下地了。」

三言兩語交代了工作，林書記叼著菸袋走了。

第二天，整理完內務，換上一套洗得發白的藍布褲褂，我抬腳向村內小學走去。

小學坐落在村中心，村內官道東邊的一條小巷子裡，院內一棵花椒樹，散發著清香。院內有北房兩間，西房一小間，東屋一大間。

北房西邊一間門框上有牌子，上書「教員休息室」，這個地方後來一度變成了孩子們的圖書室。其餘的北房和東房都是課室。西屋有一個大柴灶、水桶、扁擔、大鍋一應俱全，想必是全校師生喝水的地方了。

我走馬上任的那工夫，一進校門，這一切陳設來不及細看，就呆在那兒了。院子裡大大小小三排學生，足足有五、六十個，背對校門，面北直立著。有一個學生在每個學生面前叩響頭。現在已經走到第二排了。地面雖是土地，可是天天灑掃，再加人在上面走來走去，卻也堅硬無比。這個孩子滿臉塵土，眼睛已哭得紅腫，不住地跪下去，叩頭，站起來，換個地方再跪下去。孩子的額角已在出血，而那位男老師還在用手盡力按下去。孩子的小身體扭曲著，兩隻小黑手從破了的衣袖裡露出來，顫抖著。

一股怒火直衝腦門，我大喝一聲：「住手！」

孩子們驚愕地回過臉來。一張張木然的臉。

「你是幹什麼的？」那個男老師轉過臉來，一雙小眼睛在掃帚眉下眨巴著，腰弓著，兩條長腿晃盪著，活像一隻蝦。

休息室門簾一挑，走出一位略有姿色的少婦來，兩條大鬆辮子垂在腰際，笑容可掬地開口了：「你大概就是要來接任的韓老師吧？其實梁老師也有他的苦衷，田信強遲到了，要是每個學生都遲到，那學校不是要大亂了嗎？」

田信強，田大嬸子的小兒子？我心疼得把孩子一把拉起來。那個姓梁的怒吼了一聲：「解散！」誰知道剛才還畢恭畢敬站在那兒的孩子們竟像受驚的小鹿一樣跑散了，幾分鐘工夫，一個也不見了。田信強還呆呆地站在院子當中。

「告訴你，姓韓的，這個學校你現在就接，咱們後會有期。」梁說著，登上自行車跑了。

「韓老師，我家在城關，家裡老的老，小的小，我也就先告辭了。」一甩辮子，她也走了。

院子裡空了，寂靜無聲，院中央站著我和田信強。

「信強，告訴我，你怎麼了？」

孩子的大眼睛眨巴著，淚水直流。我跑到水房，舀了一碗水，讓孩子喝了慢慢說。從孩子斷斷續續的抽咽聲裡，我終於弄懂了。昨天中午該田家給老師做飯。這叫派飯，是學生家長輪流做的。老師每人給二兩糧票一角五分錢，沒有酒，沒有肉是過不去的。這幾天，田信強母親的氣喘病犯了，二隊地裡活兒又忙，田大伯忙得顧不過來。這麼著，田大嬸子昨天中午就給這兩位老師包了韭菜餃子，沒有肉。兩人窩了一肚子火無處發洩。今天早晨大嬸子喘得更凶了，就讓孩子把中午需用的柴火搬進灶間，幫她一點忙再走。信強急急忙忙趕到學校晚了兩分鐘。姓梁的定要殺一儆百，所以懲罰他叩響頭。

越聽越火，我把孩子帶回家，正是小晌午，地裡的人還沒回來。幾月前一塵不染的小屋零亂了。我給孩子洗淨傷口叫他去換件衣裳。待他換好，看他的傷口還是鮮紅鮮紅的。我又拉他去大隊衛生室，百鈴細心地給他擦了藥包好。事情辦完，返回田家，時近中午了。

門外傳來沉重的腳步聲，田大伯低著頭，彎著腰進來了。黑糊糊的胳腮鬍子不知多久沒刮了，兩眼深陷，一臉愁容。我迎上去。

「田大伯！」

「小秀，是你，我聽說讓你在學校了。」

「是。這不，我剛才見小強受委屈了。」

田大伯抬眼看了看孩子，沒說什麼，嘆了口氣，半天吐出一句：「哼！還不是為了那頓派飯！」

我看他氣黑了臉忙又開話頭：「大伯今天這麼早就回來了。」

「地裡活兒緊得沒法兒辦，可我，這是第三天不幹活兒啦！」

「不幹活兒？那做啥呢？」

「你真是埋頭苦幹什麼都不知道了。四清工作隊來咱們大隊估產，這已經是第三天了。等他們估完了，報到縣裡，再往上一匯總，你瞧吧，那徵購計畫下來了，除了來年種籽，大概社員基本口糧都留不足。」

「田大伯，這會兒不是大躍進放衛星了，三年自然災害也過去了。怎麼還不讓人鬆口氣呢？」頓了頓，看田大伯不想開口，我又接著說：「估產這事兒，非行家裡手不中，工作隊的人想必沒摸過鋤把子，他們怎麼知道產多少？你們少報一點兒不就行了嗎？」

「話是不錯，可是你知道寶珍她公爹跑前跑後地張羅呢，我們說這塊地畝產七百斤，他偏說八百五。四清第一條是清理階級隊伍，他是貧協主席，誰惹得起？連林書記還讓他三分呢。可是，話又說回來，社員到嘴的糧食生生讓人掏出去，我這個估產組的，怎麼說得下去呢？」

「誰給寫？」

「咱隊的會計。」

「怎麼算法？」

「面積乘畝產，再一塊地一塊地加起來。」

「他用算盤？」

「對了，算得又慢，一五一十的，大伙兒就眼睜睜地瞧著他寫啊！」

「讓我去，我心算，就寫結果，筆下留情不就成了。我是知青，定成分沒我的事兒。再說這麼幹，林書記也不會說什麼的。咱們瞞住寶珍她公爹就成啊！」

「中！」他一拍大腿喜上眉梢：「文化人兒，就是點子多。」

「我走了。」

「別，就這兒吃吧，信強媽說話就回來。」

「那不中，我得九月一號才吃派飯呢！再說昨天你們才派過飯，下次輪到你家是兩個月後的事了，咱們別給人留下話把兒。」

「好心計，那吃罷飯一敲出工鐘，你就來咱隊場院。四清工作隊和隊幹部都在那兒集合。我跟林書記說叫會計幹他的去。別忘了帶紙、筆啊！」

「放心，忘不了啊！」說著，我已出了門。

回到知青大院胡亂吃了點東西，只聽得鐘聲一響，就大步流星奔場院去了。果真林書記正和四清工作隊的幾個幹部在有一搭無一搭地閒話家常。好嘛，連縣太爺王德合都親自帶隊來了。其中還有幾個斤斤計較的辦事員在翻看著文件筆記什麼的。旁邊蹲著幾位遠近聞名的莊稼把式，秀英爹、德勝大伯、田大伯都在，一人一桿旱菸袋，正愁眉深鎖的吞雲吐霧呢。

說起來又可氣又可笑，每年兩次，一次是麥收前，一次是秋收前，縣糧食局的大員們得帶領人馬浩浩蕩蕩地下到田頭地腳，辛辛苦苦地丈量土地，估產，然後算出來本地可產多少糧食，上報省裡。省裡再上報中央。中央再根據這些數字下達國家徵購計畫。這種徵購計畫往往是要社員們勒緊褲帶來完成的。為什麼定要這樣做呢？根據當權者們的想法，充滿小農意識的社員們是決不肯把每一粒糧食交出來支援國家建設的。豈不知在一級級上報及下達的過程中多少大小掌權人為了個人的黨票、地位、社會關係、經濟利益而在那裡誇大數字，弄虛作假。下鄉一年，對於這些層出不窮的案子，我已略有耳聞。我對當權者的欺詐沒有興趣，但如果能幫社員們一點忙，我是一定要幹的。所以決定開個小玩笑。

林書記一見我就笑模笑樣地說：「怎麼樣，學校的事情有眉目了？」

「沒有，那兩個老師撂挑子跑了。」

「不怕的，這幾天你幫我們估估產。我派泥瓦木匠們去學校整修一番。明後天大隊會計替你去縣教育局領回課本，你九月一號正式開課就中了。」

王縣長也插了進來：「瞧大隊書記大力辦教育，北京姑娘，你可要好好幹啊。」

「放心啦，王縣長。」

這一來，那幾個四清工作隊幹部也趕緊湊過來，談談笑笑。不一會兒，該到的人都到齊了。一行十幾人就浩浩蕩蕩奔大隊的秋作物地去了。

果然，正如田大伯說的，寶珍公爹可是真蝎虎。別人說這塊地至多打多少，他非得說至少打多少不可，而且一雙小黃眼珠子死死地盯著說話的人，幾個糧食局幹部再一幫腔，他越發得意。別人也不再說什麼，他報上來的數字就變成了鐵板釘釘的一般。我心中暗笑，他報多我寫少，而且心算加減乘除本是我的拿手戲。算完了也不報出來，往紙板上一寫。那位貧協主席作夢也不敢懷疑我這個北京來的高中畢業生算得對不對呀！算得那麼快，又寫得那麼快，幾位數的大數字在筆下一揮而就。王縣長和林書記大大地放了心，邊走邊聊，談生產話家常。田大伯和幾個老友也聊起來哪個品種的菸葉兒壯啊，什麼地方產的辣椒味兒純吶什麼的。那幾個四清幹部也跟我胡扯起北京的逸聞趣事。大家一扯一聊，空氣活躍了。我呢，筆下生花邊聽邊寫優哉游哉好不快意。獨獨冷落了那個不可一世的老頭子。

幾天時間一過，四清工作隊要離村了。王縣長握著我的手一再叮嚀要我在農村好好發揮作用。我也一再點頭稱是。我早就知道王縣長出身很苦，他是一個沒念過幾本書的育種專家，憑的就是幾十年的生產經驗和孜孜不倦的求實精神。當上全國勞模之後才做了個並無多大實權的父母官。他怎麼會不知道社員的疾苦呢？無非是上邊逼得他無計可施罷了。今朝碰上我這麼個小鬼在下邊人不知鬼不覺地做了點小把戲，他怎麼能不樂呢？

這一年上面交下來的徵購數字不太高，家家都分到了足夠過冬的糧食。我吃派飯必和社員們一樣，他們吃啥我吃啥。這一下子真是大開綠燈，要什麼有什麼。學校不僅窗明几淨又添了乒乓球臺。清早孩子們到校，我就打開廣播，帶上他們做早操。四節課一完，孩子們排著隊，一個大孩子吹著哨兒，一、二、一地把孩子們都送到家門口。下午兩節課裡必有一節是唱歌或是講故事。放學之後值日生打掃衛生，別的孩子打乒乓，做遊戲，看課外書，學校裡一片歡騰。以田信強為首的幾個小頭頭們負責學校的瑣細任務：收作業啊，檢查個人衛生、督促上課紀律、向我匯報互幫互學小組的情況啦，忙得不亦樂乎。

學校就我一個人，六年級分兩個課室採用複式教學的方法，輪流上課。孩子們有汲取新知的時間又有作功課，預習、複習和補舊課的時間。學生都是農家的孩子，課餘時間得幫父母做事，我是從不讓他們帶課業回家的。

一九六五年的冬天是我在中國這麼多年裡最快樂，最無憂慮，也是得到最多尊敬的一段時間。

每天晚飯後去廣播室作一番交代之後，我總在孩子們的閱覽室工作到深夜，備課、批改作業，甚而給沒娘或家有困難的孩子們縫縫補補。時常窗外有響動，開窗一看，一隻小手高舉著一個小手絹包，幾顆乾棗啊，孩子母親做的什麼好吃食啊。有時候門外響聲大了，門開處不定那位嬸子大娘端著香噴噴的熱麵站在那兒。還有時候，有人來「找韓老師寫封信」，有人來「找韓老師給算算工分帳」，甚至夫妻吵架，妯娌不和，母女有爭的事也來「找韓老師給評評理兒」。那一個冬天，我真的知道當地純樸的老百姓們，在怎樣用他們的心，感謝著我為他們和為他們的孩子所做的一丁點兒小事。人們需要你，這是一種多麼美好的感覺。

過了年假，接到縣教育局的通知，調我到香邑中學任教。那個時候，林村小學已經初具規模了。向兩個女知青仔細交代了一切走馬上任了。

香邑是一個地主莊園，坐落在半山上，莊園主人早在一九四七年就被鎮壓了。雖然換了主人，莊園巍峨的風貌依舊。因為丟不下林村的熟人們。再說鄉親們還真愛聽我的普通話。就這樣，我仍然住在林村。太陽還沒出山，我就動身了。日影西斜我又回到村子，在廣播上喊個不停。晚上我在村子裡又搞了一個識字運動。說起這件事也是四清工作隊發起的，他們開辦了夜校，推廣普通話和漢語拼音。用ABCD代替ㄅㄆㄇㄈ。搞了一陣，虎頭蛇尾，不了了之。我接下來，搞了一個「送字上門」。讓林書記發動所有的識字青年包字到戶。不查不知道，一查嚇一跳。全村的文盲人數竟占全村六歲以上人口總數的百分之六十強。這怎麼得了！按那個時候欽定的標準：會三百個字就算半文盲；會五百個字就算掃盲學習班畢業，摘了文盲帽子了。去辦掃盲班的那段日子裡，男女老少學字忙，晚上莫名其妙的各種會議減少了。反正家家有有線廣播，沒有開關，你不聽也得聽。我就利用有線廣播，帶著社員們複習生字，學講普通話。林書記自己是半文盲，他也是在那次掃盲運動裡「摘」的「帽子」。

最有意思的是那些老爺爺老奶奶們，拿了一輩子鋤把，做得一手好針線，拿起輕飄飄的一隻筆竟像有千斤重。許多人第一次自己寫下自己的名字，都是眼淚直流的。

我問田大嬸子：「你姓啥？」

「我姓田。」

「你娘家姓什麼？」

「姓丁。」

「你叫什麼？」

「田大嬸子。」

「別逗了，那是人家叫你。你自己總得有個名字吧？」

「沒有就沒有。小時候叫小妮子，大了叫丁家大姑娘，嫁人了先叫田大嫂子，有了孩子叫孩子媽，叫屋裡的，現在人都叫我田大嬸子，等老了，叫田大娘、田老太太；可不是沒有名兒嗎？」

「你小時候，你媽就沒叫過你麼？你想想。」

沉吟良久，田大嬸子把額頭的頭髮撩到耳後：「嗯，叫過，叫臘梅。」田大嬸子的眼睛裡浮出一種光彩，不太久遠然而被她辛勞的生活完全淹沒了的光彩。

我工工整整地在田大嬸子一九六六年的工分冊上姓名欄裡寫下了三個大字「丁臘梅」。

田大嬸子流著淚看著這三個字，顫聲說：「活了四十多歲，第一次有了自己的名兒。」

在那短短的半年裡，忙得筋疲力盡，然而內心深處無限欣慰。只有在那半年裡，我有過一點為大眾效力而不必大受責難的權力。那時候，我真的知足滿意了。十九歲的我覺得如果就讓我在這個小地方平平安安地活下去，我就快樂無比了。那時候，愚鈍的我還不解「大做大錯，小做小錯，不做不錯」的真諦何在呢！好在，我沒有太多時間享福了，那已是山雨欲來的一九六六年。

注：「四清」，六〇年代初，「三年自然災害」時期過去之後，劉少奇在全大陸範圍內掀起「社會主義教育運動」，其中有「清查階級陣線」等四項內容在內，俗稱「四清」。

別有天地

窗外風雨聲大作，我把飯菜擺上桌子擔心地從窗簾向外張望。近處的大樓已是一片雨霧迷濛。天哪，這樣的天氣你能按時回來嗎？一陣電鈴響，五點四十分，你準時回來了。順著頭髮、肩背不停地滴水的你卻把兩包書揣在懷裡。我伸手接過來，書上連個水星兒也沒有。

「今天天氣那麼壞，你還把書取回來了。」

「我不去，你一定會去，還是我去的好。」

「為了這幾本撈什子書，把你淋得透溼。」

「我第一次知道，你不但從紐約買書而且不遠萬里從香港買書。書來之不易，到了家門口，還弄溼了多可惜。」

你把書一包包放在桌上，又從懷裡掏出一封信來。「這封信是我在學校信欄裡見到的，替你拿回來了，中國來的。」

我頭也沒抬地問：「北京來的？」

「安徽、合肥。」

「合肥？」我離開桌子，接過來一看：「盧緘」。那清秀、挺拔的字跡是那麼熟悉而又那麼遙遠。

「這個人不太年輕了吧？現在大陸的年輕人有這麼好的字嗎？」

「寫好字的不如以前多，不過總還是有的。至於這個人，已不算太年輕，少說也有四十開外了。」

「他有新聞告訴你吧？」

一句話提醒了我，把信展開來看。

韓老師：別來無恙？

上月赴京接待美國一代表團，一位水文科學家曾是你的學生，他給了我你的工作地址。特此致信問候。

我終於調回合肥，分居兩地十七年，終於團聚，而且仍幹本行工作。

外祖母處我已去拜望，她老人家健朗，風趣。勿念。祝你一切順利。

盧兼文八二、三、四

「他跟誰分居那麼久？他太太？」

「對了，在大陸這是很普遍的情況，沒有什麼稀奇。」

「你可以告訴我他的故事？」

「當然。先坐下喝杯熱茶，我們邊吃邊談。」

一九六六年三月的一天，我正在香邑中學教代數課。下課時間未到，校工老李頭就敲門進來。「韓老師，對不起，王縣長差縣委通信員送這封信來，通信員在門口等著呢。」學生們靜靜坐著，等下文。我抽出來一看，是縣委公文箋一封：

韓老師：

本縣舉辦展覽會，望來協助工作。所需時間約一、兩個月，縣教育局將送公文至王校長處。

請速跟來人到縣委招待所。　　此致

敬禮。

王德合六六、三、二

除了簽名以外，都是縣委祕書的字跡。

香邑中學的王校長也跟了進來。他是好好先生，總是笑口常開的。他十分客氣地輕輕發問：

「韓老師，縣委有什麼指示嗎？」

我馬上把信遞給他：「這是王縣長的信。」

他邊看邊點頭，「老李頭，快幫韓老師收拾行李，等會兒你幫忙給送到縣委招待所。」

老李頭得令而去。他又轉過身對我說，「放心走好了，能者多勞，幫完縣裡的忙，打個電話回來，我們派人接你。現在就去收拾吧？課我來接。」

我還猶猶豫豫地站著沒動。王校長笑著催我：「走吧，走吧，放心去吧！」

坐著縣通信員的「二等車」，老李頭在自行車上馱著我的行李，在我們後邊送我，兩輛自行車直奔縣委機關而來。

一路上春風撲面，路邊一片新綠。天天關在校園裡的我頓覺十分舒暢。三四十里的柏油路，沒多久就到了。

到了縣委大院門口，跳下自行車。行李自有通信員和老李頭安排，我就信步走去。

曲沃是個二三十萬人口的大縣。坐落在候馬市東郊的縣委機關，好不氣派。曾幾何時這裡是本地一個大鄉紳的深宅大院。現在經過幾番修整改建，規模已經相當可觀。除大小頭頭之外，還有一百多工作人員、勤雜人員在各股室工作。後面的建築群即宿舍區，排列整齊。整個大院四周全用粉牆與外界隔絕。粉牆上朱紅大字大書「大學大寨，力爭高產」。

我到的時候，幾個大字已油漆一新，一個人站在一架鋁梯子上正用紅油漆給那個「力」字刷上最後的一筆。我沒停，逕直朝院內走去，不期然，一個聲音竟在身後響起……

「你是韓老師吧，我們得在一起合作一、兩個月呢！我先自我介紹一下吧。」

回頭定睛一看，此人高高的身材，烏黑的頭髮，五官端正。一雙眼睛閃著誠摯的光。不知何時，已站在梯子下邊，正一面向我走來，一面伸出右手。雖然幹的是最髒的油漆活兒，但他卻「全副武裝」：長圍裙、長套袖，兩手還戴著瓦工的帆布手套。從圍裙下面看得見兩條筆挺的米色西裝褲線和一雙保護得很好，樣子很時髦的咖啡色皮鞋。而肩上則露出一小塊米色開司米，再加上雪白的襯衫領子。

真讓我驚訝了。在這窮鄉僻壤，講究的服飾和那麼刻意保護衣服的作法是極其少見的。

我也伸出手去：「韓秀。」

「久聞大名。盧兼文，本縣水利局水文技術員兼本縣農業學大寨展覽會油漆匠。」

我看他乾淨俐落地收拾梯子、漆桶、刷子之類，就開口問道：「你刷完了？」

「刷完了。要是你不反對，戴上手套，幫我拿一下刷子好不好？」

他一手提起梯子，一手拎著桶，我幫他拿上刷子跟他一起走進去。

「哦喲！盧兼文，你可真會抓官差，已經讓小韓幹活兒了。」迎面來了披著老藍布夾襖的王縣長。

「王縣長，我還沒向您報到呢。」

「老李頭兒都替你弄好了。你住招待所二〇一房間。飯、菜票都在你床頭櫃抽屜裡。現在，老李在大廚房吃飯，等一會我就叫他帶封調令給王校長，調你來縣裡兩個月。」

「工作是……」

「詳細情形，盧兼文都清楚。四月五日青年節前後，中央農業部朱副部長來參觀。那個時候你是講解員。所以，展覽會的一切籌備工作，你得參加。」

「展覽廳在哪裡？」

「縣委俱樂部，三大間房子。」

「展品都齊備了？」

「齊備了。文字說明還沒預備好，你先幫忙起草，等縣委定了稿，盧兼文就可以開始寫了。」

「到那個時候，刷油漆的，大概是你哦。」盧兼文笑著插進一句。

「我無所謂，幹什麼都行。」

「好，好，有這個態度就好。」王縣長連連點頭，「韓老師，你今天休息一下，明天就開始吧，有什麼問題隨時找我。」

吃過中飯，我走進空無一人的第一展覽室。進門處有一大塊紅絲絨襯底的「前言」，還空無一字。

房間四周的牆壁上已有數量可觀的照片，同樣沒有文字說明。牆邊放著大條案，擺著大量的數據、資料，細緻而有層次地說明該縣在改良土壤，利用水利資源方面的成就。那是我第一次見到盧兼文的字跡。全室中央有一個巨大的沙鑄模型，做得極為精巧，是全縣鳥瞰。

看樣子，工作進行得井然有序。

走進第二室，盧兼文正在細心地將一種玉米種子放進玻璃瓶子。他一手拿放大鏡，一手用鑷子選種。全神貫注，竟沒有發現我進來。

「我可以幫忙？」

「哦，是你。怎麼，已經來偵察情況了？」

「我想知道我的工作是什麼，越具體越好。」

「這個展覽是老縣長一生心血和全縣老百姓幾代人的血汗在農業技術上的結晶。重點有三個，一是土壤、水文的保護、改造和利用。第二是農作物品種的改良，特別是高產玉米，抗倒伏小麥，和為了增強棉花的抗瘻免疫能力而在品種改良方面做出的成就。第三是精耕細作，真正貫徹農業八字憲法方面的情況。你知道除了水利局和別的幾個單位提供的部分資料以外，這一切最主要的創造者大部分是目不識丁的莊稼把式。我的工作是用科學的方法把他們的經驗總結出來。這一點你已經看到了。」

「你在這兒忙了多久了？」

「三個多月了。」

「孤軍奮戰？」

「不，還有一個小伙子，一個優秀的水文工作者，上個星期他被調到風陵渡治黃工程去勘察了。」

「你是搞水文的，怎麼懂品種改良和植物保護？」

「不懂就學，邊學邊幹。」

「我做什麼？」

他沉吟了一會兒，非常清晰地，一字一句地說道：「你知道，我們必須在大紅傘的保護下，總結科學經驗。所以你得把我們做好的這一切和毛澤東思想的偉大勝利，四清運動的豐碩成果，以及『農業學大寨』運動的政治思想有機地聯繫起來。有了這些大紅傘，本縣老百姓的成就才是合法的。」

他說的這一切我都懂，然而這些只可意會不可言傳的話一經說出口卻讓我覺得很彆扭，不禁問道，「你說得這麼清楚，你為什麼不寫？」

「我？我老了。對這一套說說還可以，已不那麼心悅誠服，寫出來常常辭不達意，文不對題，結果可能弄巧成拙。聽說你在中學教黨史、教政治，還搞廣播站。這方面的薰陶比我強，所以我建議王縣長請你來。」

「你建議？你我素不相識，你知道我什麼？」

「最少，我知道你憑著一支筆、幾張紙，瞞天過海幫林村大隊的社員從虎口裡搶出了幾萬斤糧食。」

「別胡扯，這種事怎麼可以亂說！」

「別著急，這裡沒外人，我第一次聽到這件事就想找機會認識你。」

「認識我？為什麼？」

「探討一個問題。」

「什麼問題？」

「學會怎樣保護自己。」

他站起來，走到每一個窗前，向外仔細地看著，最後踱到我身邊，站住了。

「身為一個老運動員，我深深懂得一點：這個社會在政治上危機四伏。你我之輩，弄不好死無葬身之地。你只有十九歲，不要步我的後塵。鋒芒畢露遲早會出大問題。你去年幫了林村社員的忙，今年呢，明年呢？怎麼辦？」

我默然不語。

「現在就學，學會保護自己，再學保護別人。目前的工作就是極好的訓練，給我們的科學實驗加上保護色。看展覽的人仁者見仁，智者見智。搞政治的覺得政治掛帥，才出了科學成果。搞技術的自會在大紅傘下找到他要找的東西。而上級滿意之餘更會給全縣百姓實際的好處，而不只是一個生產大隊。你覺得怎麼樣？」

看我點頭，他又笑著說：「你需要的東西我都給你預備下了。」

一彎腰，從案下拿出一包材料：毛主席語錄，中共中央農村社會主義教育運動六十條（草案），《人民日報》有關農業學大寨的社論，大寨勞動模範陳永貴等人的先進事蹟之類。

「資料夠豐富了？」

「夠我抄一氣了。」我笑答。

「天下文章一大抄嘛，抄得妙就行了。還有什麼問題嗎？」

「沒有了。」

「好，今天晚上，在下略備水酒一杯，為韓老師接風，閣下肯賞光否？」

「你住在哪兒啊？」

「縣委大院隔壁，縣水利局宿舍。」

「好吧。」

「那，你掌管這裡一切要務，我去打掃衛生，五點鐘準時來接你。」說完，他就走了。

我回到第一室，攤開紙筆，略加思索就大抄起來。

五點鐘，我已經洋洋灑灑寫了幾大張。

「喲，成績不壞，走吧！」盧兼文快活的男中音在身後響起。

「走！」我推開紙筆，站起身來。

怪！寫這些馬列主義的大塊東西，從來沒有放不下筆的時候，而且說停就停，說寫就寫，竟如同背書一般，真真怪事。

轉出縣委大院，果然不到兩分鐘就到了縣水利局門口。這個地方比起縣委來可真是差得多了。土牆東倒西歪，裡面的辦公室也不知多少年沒有修整過了。到了宿舍裡，更糟了，小屋子一間挨一間擠得密不通風。幾尺見方的小天井裡橫七豎八都是曬衣服繩子，我們得從大量的衣物及小孩兒尿布下面鑽過去。到了院子的最後，一棵老榆樹下，竟還有幾寸空地，三間小屋依牆而立，想必是單身宿舍了。走到最末一間，盧兼文打開了門。

「請進！」

這間小屋至多有八平方公尺。門邊一小窗，窗下一書桌，桌邊兩張木凳。一進門就見一張單人床，對面靠牆還有一張單人床。兩床之間一個書架竟然頂天立地，足足有七排書，白木板相當厚，一看便知是自製的。兩張單人床支得很高，床單一直拖到地面，想來所有的日用品都放在床下了。

桌上熱菜兩碗，熱饅頭四個，熱茶兩杯，都是從縣委大伙房端回來的。

我說：「我得給你糧票，要不然，你吃不到月底了。」

「沒問題，我愛人常支援我。」

順著他的目光我看見了桌上的一張結婚照，坐在盧兼文身邊的人戴眼鏡，一臉文靜，照片上的時間是兩年前。

「你是六四年結婚的？」

「是，也是六四年調到山西來的。」

「你愛人現在在哪兒呢？」

「合肥。從前我們都在合肥水利專科學校教書，結婚後四清運動開始，我就被調走了。」

「為什麼？」

「表面原因當然是支援農村社會主義建設，實質上有兩重緣故，一是我有右傾帽子。」

「右傾？」我知道這可不是兒戲。

「一九五七年我已經二十一歲，還在大學三年級，跟著我的右派教授說了幾句多餘的話，戴上了右傾帽子，勒令退學，分配工作了。」

我倒吸了一口涼氣，知道此人真是過來人了，「那麼第二呢？」

「第二，我的家庭出身是地主。」

「地主？土改的時候你多大了？」

「土改的時候我十四，可是我爺爺是地主。如果他不是地主，我父親怎麼會有錢出國念書呢？」

「你父親是留學生？」

「對了，留美學數學，五〇年代愛國愛回來了，分在北京科學院數學所。」

「數學所，那你父親認識彭文儒，彭先生吧？」

「他們在美國就認識了。我去北京探親，也見過他。」

「你知道嗎？六四年我參加高考前去科學院徵求彭伯伯的意見，他建議我八個志願都填清華。」

「他真迂得可愛。」

「彭伯伯是好人，是他第一個告訴我，如果我將來有出路，那就是美國，是他第一個幫助我認識美國的。」

「韓老師，你真的覺得你會在這裡幹一輩子？不，你的天地不在這裡，在大洋的彼岸。」

夜幕低垂，我們不僅吃完了那些飯菜，而且喝光了暖瓶裡的全部熱水，直到杯中的茶葉泛起了灰白色，我才站起身來。

回到招待所，運氣真不錯，最近沒有什麼會議，室中只我一人。在屋子裡踱著，我反覆咀嚼著盧兼文的話。

「彭伯伯一方面是對的，你得學習，藝不壓身，你得用知識武裝自己準備一有機會就飛出去。但另外一方面是他們這些老知識分子作夢也想不到的，那就是要盡全力保護自己，活下去，活到離開的一天。你不要以為我是誇大其辭，我自己幾次當靶子摸出了經驗，憑我的政治嗅覺，現在的風裡已經有雨腥味兒了，大風暴不久就會來到。」

我清楚地記得他那麼肯定地對我說：「韓老師，要不了多久，你就可以驗證我的話，在鄉下教書的安樂日子很快就會保不住的，你千萬不能安於現狀。」

「很有意思，非常有意思。」

你打破沉默，溫柔地看著我。「這位有先見之明的盧先生給了你什麼建議嗎？」

「他讓我爭取機會念書。」

「怎麼做呢？你進不了大學。」

「他建議我念函授，而且當天他就寫信給在山西大學工作的朋友，跟他們研究念函授的具體辦法。」

「以後，你真的念了？」

「念了。」

你拿起我的手：「可敬的人，這些人才真是中國的有識之士。我們快結婚了。結婚以後，你不必再為生活奔波。這裡是美國，學校的大門是開著的，我支持你念書。」

夜，靜悄悄，空氣那麼甜美、安寧。我深深地覺得我的親人離中國近了一步，而我的心和他的則在譜寫一章新的和弦。人為人知是世界上最美的一瞬，而我們深信，在我們的生活中，那一瞬將成為永恆。

不識廬山真面目

車子沿著波多瑪克河緩緩前行，車窗外奼紫嫣紅，美不勝收。一股離情別緒湧上心頭。在這裡，我第一次感覺到生命的真實。雖然只是短短幾年的別離，仍使我對這個美麗的地方無限眷戀。

終於你打破了沉默。「有一個問題，剛才在太空博物館的時候就很想問你。博物館有那麼多有意思的圖片，你為什麼單單選那張從衛星拍攝的地球像呢?是為了顏色鮮明，還是覺得拍攝和印刷的技巧高明?」

「這兩個原因都有，但最主要的是這是一張完全真實，沒有絲毫虛飾，而且任何人很難歪曲的照片。」

「我們在中國的時候，你想這是一件不錯的禮物?」

「你真聰明。你一定能了解，生活在不真實裡的人對真善美的追求有多麼強烈。特別是生活在大都市的知識分子，聽了一天的謊話，多半還言不由衷地應對一番之後，回到家裡，至少可以面對一件完全真實，沒有宣傳，沒有掩飾的東西，也是一件樂事啊。」

從小我有打破砂鍋問到底的脾氣，大概正因為如此，外婆對我提出的問題從不作完全徹底的說明，大概是擔心我一開口，嘴上沒有「站崗」的吧，關於彭文儒彭伯伯的事就是如此。

彭伯伯每次來我家都是星期天，可是星期天我母親特別忙，中午一場戲，晚上一場戲，只有下午五點鐘左右可以匆匆回家吃頓晚飯。彭伯伯總是上午就來，帶著他的小兒子，他的兒子比我小兩歲，他出國念書時，妻子已身懷六甲，他走後才生下這個孩子，聽說他妻子已經過世了，所以他每次來家裡總是帶著他的兒子。

有時候，他們帶點菜來，一邊和外婆預備中飯，一邊聊家常。彭伯伯的父親和我外祖父家是世交，所以他和外婆有說不完的家鄉話。每次來，他的臉總是蒼白、疲倦。可是來了不到一個鐘頭，他就談笑風生了。我常常非常佩服外婆的神力，幾句話就能說得彭伯伯眉開眼笑。中飯吃過，外婆得休息一會兒，彭伯伯就帶著我們兩個孩子上街。他問我們要什麼，我總是想買一兩本小書，而他兒子總要買什麼玩具。回家之後，我坐在小板凳上安安靜靜看小書，而他兒子卻一心一意拆他的玩具，拆完了還有本事全裝起來。對他的技術我常常欽佩得不得了，可是彭伯伯和外婆卻從沒誇過他一句。

有一次，他們走了，吃過晚飯，我幫外婆擦碗，實在忍不住就問外婆：

「彭小志那麼聰明，什麼都會做，彭伯伯怎麼不誇他？」

「誇他做什麼？」

「不是每個小孩兒都那麼有技術啊。」

「有技術有什麼用？」

「怎麼沒用，將來也像他爸爸作科學家啊！」

「科學家？每天半個鐘頭就把工作全做完，剩下七個半鐘頭喝茶看報紙？」

當時，我聽了外婆的話，根本沒懂，只覺得彭伯伯太偉大了，那麼快就把工作全做完。而且，我心裡還有點不服氣呢。下一次，他又來的時候，我建議跟他下跳棋。他從來沒下過這種棋，可是還是滿有興趣地應戰了。我是老將了，當仁不讓地在棋盤上橫衝直撞。第一盤他比我晚了三步。第二盤他竟和我平局。第三盤他仍興致勃勃，我卻說「不來了，不來了」。心想這第三盤我不定輸得有多慘呢。而且，從那以後，我再不敢對他有什麼建設性的建議了。特別在下棋、打橋牌方面，我只有觀陣的份兒了，可是心裡不但真的服了氣而且是欽佩異常了。

我記得是一九六三年春的一個星期天，我正伏在小書桌上念俄文，朗朗上口地讀得起勁。彭伯伯帶著小志進來了。外婆馬上把他們拉進飯廳，又是讓他們吃這，又是吃那的。我招呼了他們一下，繼續我的事，還有幾個單詞就念完了，我正加油呢。彭伯伯走進來，看著我做完了功課，笑著問：「俄文念了幾年了？」

「五年。」

「學過英文嗎？」

「沒，學校不讓。」

「要不要我教你？」

「好啊，今天就開始。」我眼巴巴地看著他。

外婆聞聲走了進來，「文儒，我想再等等吧，這孩子好學也聰明，就是環境太壞，每星期住校六天，萬事都在眾人眼前，別人無事，她念英文會招人非議的。」

彭伯伯笑了笑，我永遠記得他笑得非常淒涼。但是在他和外婆商議後，我終於得到了另外一個機會。每個星期日，我和他們一起回西郊，科學院離北大很近，因此每個周末我可以在他們那裡逗留兩個多小時。

西方文明對我來說不是完全陌生的，在小華家，在山野先生那裡，在許多可能的機會中我都得到了一些知識。但在彭伯伯那裡我才第一次有系統地從政治、經濟、文化，社會的各個方面如饑似渴地認識這個新世界，對於美國這個培養了大批中國科學家的國家有了簇新的概念。

彭伯伯常常沉浸在熱切的回憶裡，而且他常說，「民主和科學是分不開的。」他的熱烈的情緒是那樣真誠，那樣不容置疑，我常常有點納悶。別的回國的知識分子不是把西方說得一團漆黑就是常常口是心非地採取兩面戰術，在門外是慷慨激昂以過來人身分告訴眾人社會主義如何優於資本主義，在門內則揑著一把印有U. S. A. 標記的水果刀指指點點，「看看，人家的鋼，就是耐用。」大有「外國的月亮特別圓」的意味。更有甚者，兩杯竹葉青下肚之後，臉上難免露出「悔不當初」的顏色來。唯獨彭伯伯沒有這些作為。而且，許多人是四八年、四九年愛國愛回去的，彭伯伯為什麼一九五八年才回去呢？一九五八年在國外對大陸情形已有相當了解，他怎麼還會回去呢？百思不得其解。幾次問外婆也沒有回答。一直到和盧兼文聊天，才知道了個大概。

一九五七年，彭伯伯在美國接到輾轉而來的一封信，是他故鄉地方政府的一份函件，內容是他妻子病故，幼子無人撫養。當時他受聘於美國一家私人飛機動力研究所，而且有很好的待遇。他向研究所負責人講明原委後，他們不僅幫他轉送回國而且還資助他許多器材資料，以備回國工作，並答應為他再度回美設法。

誰知，在北京車站接他的竟是中國軍方的代表，他們帶他去國防部，知道他所學的比他們所需要的先進幾十年之後打發他去航空學院。他一看他們陳舊的設備和教材就大搖其頭。萬般無奈，他接受了那個科學院的位置，每天用半小時完成他份內的事，然後只好喝茶，看報紙。與此同時他多方打聽他妻子的死因，然而沒有親友的回答，沒有醫生的證明，一切如同石沉大海，沒有半點消息。那時美國跟北京什麼關係也沒有，他在第三國又沒有親友，再出國的路完全斷絕了。

「他怎麼會相信地方政府的一封信呢？」我問盧兼文。

「還有幫凶。」

「誰？」

「彭先生有一位同鄉，也是美國留學生，一九五〇年回國的。這個同鄉寫信去美國證實了地方政府的話。」

「那彭伯伯回國後見到那個人了嗎？」

「聽我父親說，他們見面了。那人竟說是為了他好，所以才接受政府委託，寫了信。彭先生覺得此人愚忠至此，無話可說，也就不了了之了。」

「令尊知不知道那人是誰？」

「不知道。彭先生是君子，從不議論人非。」

當我知道這若明若暗的故事的時候，我已經在千里之外的山西。已經是一九六六年的春天。我怎麼能再去安慰那顆孤寂的心。我那時才懂得彭伯伯在世上大概只有一人可以傾心交談，那就是我的外祖母。而這種交談的機會也被史無前例的大革命所中斷，以致無法再恢復。

人們啊！往往要在多年之後才能知道事實的真相，謊言欺騙像濃霧，像烏雲遮蔽著生活。善良的人們啊！我們得付出血的代價才能試一試討回真實。而更可悲的是我們還得不斷地用我們的筆，用我們的語言、行動，去加深那濃霧和烏雲的色彩。

一九六六年的展覽會就是我第一次煞費苦心地練習，學習在虛假中求生存、謀發展的途徑。

那一次的展覽會極其熱鬧地開幕了。隨著農業部朱副部長的到來，中央新聞電影製片廠，電視臺、廣播電臺，報社的記者們，外地的參觀團們蜂擁而來。招待所和縣城裡所有的旅館都擠得滿滿的。一直為展覽會奔忙的王縣長現在很少見了。他一頭扎進了外地勞模的招待所，和他的老同行們交流生產經驗去了。代替他的則是在整個籌備工作中一直未露面，忙於四清的縣委書記梁輝。

此人其貌不揚，貧農出身，參軍、入黨、提幹、轉業、在地方上擔任基層黨委的領導工作。由公社書記升為縣委書記，走的是一條農村政治工作幹部的康莊大道。

在他的啟發下，一般參加這次參觀活動的人一定會認為本縣「不僅是在黨的領導下，在毛澤東思想的光輝照耀下，一個學大業，趕先進的模範縣」，而且我這個一口北京話的講解員也變成了「扎根農村，鐵心務農的知青樣板」了；而且由於我會當場背誦二百多條《毛主席語錄》，更成了上山下縣先進青年、活學活用毛主席著作的「積極分子」。

與此相呼應的是我母親在北京不僅大演革命現代戲，而且不辭辛勞地在電臺奔波告知全國她怎樣響應黨和毛主席的號召送獨生女兒上山下鄉；甚至在山西巡迴演出期間還到太原大作報告，引得記者們爭相採訪，好不熱鬧。

「宣傳」歷來是政府最下本錢的事。白天講得口乾舌燥，晚上還得在廣播站帶上兩個播音員大念報紙。終於有一天我體力不支倒了下來，那兩個已經訓練有素的播音員也就接替了我的工作，繼續接待川流不息的參觀團。住進縣醫院的第二天，醫生的檢驗結果就送來了。說是「慢性腎炎，急性發作」。巧就巧在省報記者這一天也來醫院取點藥。當天他回太原就把我「因工作繁忙而病倒，並在病倒之後還堅持工作的忘我革命精神」寫了一則小新聞，登在翌日的省報上。

我的精神不能再支持了。只覺得自己的心被什麼東西牢牢禁錮住。我多麼期望在生活中我可以只是我自己而不是別人派給我的角色。然而不可能。躺在病床上，我憂鬱得不能自持。

門，輕輕地推開了，孟大夫走進來：「韓老師，水利局的兩位同志來看你。」

我忙著拉拉衣襟坐起來：「請他們進來。」

腳步輕輕走進來的是盧兼文和一位不認識的青年。他和盧兼文正好成了鮮明的對比。盧兼文斯文、白淨、一臉書生氣，他卻膚色黝黑，一臉風塵，衣衫不整，臉上漾著開朗的笑容，像剛剛中了頭獎一樣。他們放下了手裡的大包小包，走到床前。

「認識一下，我是老盧的同屋，張煥，剛從風陵渡回來。」

「久聞大名，不知是不是『喚起工農千百萬』的『喚』？」

「不敢，是『精神煥發』的『煥』。」他大笑了。

盧兼文也神情凝重地笑了笑，總算這一說一笑暫時掃掉了我心上的沉重。

張煥開始有聲有色地大講這次展覽會的收穫：除了「上了廣播、電視、報紙」，「有了名」之外，還有許多實際的好處。比方說朱副部長答應修一個本縣專用的小水庫，支援水泥若干袋啦；為了保證本縣糧食高產，特別劃撥化肥多少噸啦；以及為了使學大寨的士氣可以持續下去，特減徵購計畫若干啦，等等等等。我禁不住插了一句：

「什麼大幹加苦幹，這不是弄虛作假嗎？」

「行啦，不弄虛作假，怎麼大幹社會主義啊！」

「我看，你才是真該戴帽子了。」

「放心，關鍵時刻決出不了錯。說真格的，我們這裡撈點好處，真是小小不然。你知道大寨怎麼上去的？」

「人家可是實打實，大幹虎頭山，狼窩掌幹出來的。」

「頭三年是苦幹，一點兒也不假。之後呢？有了利用價值，行情可就看漲了。不信在下可舉例說明：前年大寨大旱，報上說大寨人鐵肩膀硬是把水挑上山，可是實際上抗旱主力是空軍。」

「空軍！別胡說了。」

「胡說？我弟弟親自參加了，用飛機從山這邊把水運到山那邊。有一句謊話，天打五雷轟。」

我沉默了。盧兼文插了進來：

「行了，小張。韓老師這些天累也累夠了，煩也煩夠了，你就別加重她的負擔了。慢慢的，她總會認出廬山真面目的。」

「算了吧，咱們都是不識廬山真面目。」

「說了半天，你這句話還有點道理。」我回答。

「什麼有道理呀，這回呀，可是大道理要管小道理了。」隨著話聲，進來的是縣委書記梁輝，後面還跟著神色緊張的孟大夫。

說來也奇怪，一見梁輝的影子，我臉上的愁容竟一掃而光，滿面笑容地接了話：

「梁書記來了，快請坐。」張煥和盧兼文更是忙著挪椅子，搬凳子先都招呼梁輝坐下，又都各自落了座，孟大夫轉到了我背後。

「哎，韓老師啊！」梁輝翹起了二郎腿，點燃了一支菸，這才開了口。「要說這小道理呢，你剛病好，雖然孟大夫說你可以出院了，可總還應該休息一下。應該、應該。可這大道理呢，你是上了報的人，咱們縣呢，也是出了名的。展覽會也快結束了，你一回香邑就又得忙個不停。縣委的意見呢，你最好在招待所再住幾天，把這次的工作總結寫完，在縣委發一個簡報，然後再回香邑。你覺得沒有什麼不合適吧？」他一口氣講明白了。

我看不見孟大夫的表情，可是從盧張兩人的眼神裡我了解了孟大夫的無奈。

「沒問題，咱們說幹就幹。這個總結大概要多少字呢？」

「這你看著辦好啦，當然黨的領導，政治掛帥是主線，再加上群策群力啦，模範事蹟啦，總要個二、三十頁吧。」

「好了，您放心，什麼時候要呢？」

「一個星期怎麼樣？趕不出來十天也成。還得刻蠟版，油印呢。」

「刻蠟版，我行。」盧兼文接上了。

「我管印。」張煥也說。

「好，好，好，群策群力，好極了，好極了。」梁輝眉開眼笑站起身來。

「噢，還有一件事，差點忘了。剛才收到你母親一封信，她聽說你病了，寄了二十塊錢來，要縣委分兩次給你，說是怕你生活特殊化。你有這麼一個革命的媽媽，難得難得。信寫得挺長，我也沒細看，你慢慢看吧。回信的時候別忘了替我們問好啊！」說著把一個鼓鼓囊囊的信封遞過來就向外走了。

「好，謝您了。」我勉強地說了一句，閉上眼睛。

「這可怎麼好呢？」孟大夫的聲音。

睜開眼睛，是孟大夫焦灼的眼神。盧兼文在室內踱來踱去。張煥皺著眉在看那封來信。

「孟大夫，您坐，有話慢慢說。」

「這腎炎是得靜養的啊……」

「別說了，您還有別的法子嗎？」

「醫院存貨不多。你先把十天的藥帶走，十天之後回了香邑，我再把藥交給百鈴，你還在林村住，是不是？」

「行，就這麼辦。您的好心我領了。您忙去吧。」

「好，那我等會兒再來。」

孟大夫走後，盧兼文一言不發地站在窗前。

「世上真是無奇不有啊！出夠了風頭，給了二十塊錢，還來這麼一大堆屁話。」張煥發作了。

「她回中國之後，把我父親罵了個狗血淋頭，保她自己過了關，誰知我還是父親的影子，是她和國外有過關係的證明。現在好了，把我拋出去，她可以跟『革命』掛上一點鉤，總算有了一點利用價值。」我苦笑著。

「我覺得，你並不了解她。有朝一日，你還有更大的利用價值。」盧兼文從窗前轉過身來，順手從張煥手裡把信拿過去。「這種信不看也罷，你還是休息吧。」

一個星期之後，總結已經全部寫好，我歪在招待所的床上，翻看著山西大學寄來的教科書，病後的我總覺得累，看著看著，竟有點睡意朦朧了。

門砰然一聲被推開，張煥風風火火地跑進來，手裡拿著一張油印的紙。

「這一回，可真是雲山霧罩了。北大聶元梓發表了攻擊政府的大字報。毛澤東竟發表大字報『炮打司令部』表示支持，矛頭直指劉少奇。這不奇了？」

跟在他身後進來的盧兼文告訴我，這是我們最後一天在一起做展覽會的收尾工作，明天都得各回各單位聽傳達。

那一天，我們三個人談了很久，無非是猜測。當然不是完全不著邊際，但我們萬萬沒想到這場新的浩劫要持續十年之久，萬萬沒想到千萬人得在這場劫難中付出鮮血和生命，所不同的是有人死得清醒，有人卻抱著一片愚忠變成冤鬼。

臨走，他們兩人留下一百塊錢。

「我有我愛人，小張也有他的父母、兄弟。你只是孤兒一人。外祖母雖然疼愛你，恐怕也是愛莫能助。我看不出半年，形勢定會大變。你千萬保重。一有可靠消息我們會告訴你。我和小張一共湊了八十塊給你。留在身邊，總有用的。」盧兼文再三叮嚀。我收下了那一百塊錢。心裡卻覺得好生奇怪。竟像生離死別一般。這位「老運動員」把局勢看得這般嚴重！

誰知，形勢的變化來得更快更凶猛。

回家

送走了最後一批客人，把最後一隻洗淨的碗盞送進玻璃碗櫥。忙了一整天，我們都乏了。可是客廳還是那麼吸引人，絳紅的玫瑰在壁爐架上發出濃郁的甜香，中國式大花瓶裡的白菊花怒放著，空氣裡還彌漫著客人們留下的溫馨，最後一支探戈舞曲的音符還在天花板的角落裡盪漾，不願離去。

「真好，」你說，「謝謝你。」

我把一杯冒著熱氣的清茶放在你面前的茶几上，坐了下來。

「還不累？還想坐一會兒？」

「嗯。今天晚上不壞啊！」

「真不壞，謝謝你給了我一個那麼好的晚會。」

「應該的。」我笑著。

喝了一口茶，你若有所思地停下來。

「你想什麼？」

「我在想陳太太，她真有意思。現在她的生活那麼安定，先生、兒女都好，而且離開大陸好幾年了，文化大革命也過去了那麼多年，她說她還常常作惡夢，醒來時竟是冷汗淋漓，真有點不可思議。」

「我有時候也會這樣。……中國人說心有餘悸，真是再貼切也沒有了。」

「下次你再作惡夢就叫醒我，我給你一個好故事。」你溫柔地笑著。

一九六六年的盛夏，我帶著大病初癒的身體回到了香邑。一切照舊，學校裡傳達了幾次中央文件，並沒掀起什麼大浪來，只是王校長的腰彎得更低了，對人更和氣了。不久，聽說白店大隊的一個北京知青的父親在北京受了衝擊，但他不僅劃不清界線，而且立場不穩，居然為其父辯護，結果受到批判云云。我自己和知青們來往不多，所以耳聞甚少，每天仍是按部就班地做自己的事。轉眼間，秋去冬來，一天，下了課走出教室，在校園的粉牆上竟然出現了第一張大字報。一個人正在忙著刷漿糊把大字報貼牢。喲，這人不是從林村回了家的梁老師嗎？他怎麼到這裡「串連」來了！

人越圍越多，我也擠進去看看。「革命群眾將拭目以待」是大字報的標題。內容非常隱晦，總之是該校隱藏著一個與帝國主義有關係的「特嫌」而且該校即將有「好戲」可看等等。

我從人群裡擠出來，心裡有點說不出的彆扭。到了校門口，盧兼文正推著車走過。

「回林村嗎？」

「嗯。」

「一路走吧。」

我點了頭，兩人沿著山路不緊不慢地走下山去。

「那個姓梁的，怎麼會來的？」

「他跟梁輝沾點拐彎親戚，早就又教書了。這次是專門來香邑報復的。韓老師，你現在情況不妙。」

「何以見得？」

「你母親在北京被揪鬥了，抄了家，東西都拿出去開了展覽會。聽說有你的護照、出生紙之類的。你父親的照片書籍，地圖都作了展覽品。而且，今天我在縣委聽說你們知青點已經派人去北京「調查」。看樣子，等他們回來，你的處境會更危險。」

「還有什麼？」

「白店的王菊朋經不起他們的折磨，已經送進精神病院了。」盧兼文不動聲色地說著。對我，這消息卻像一聲悶雷，重重地敲在我的心上。精神病醫院是比監獄更可怕的地方，是和鐐銬、電床、藥物麻醉聯繫在一起的。

潰了。」

「他父親是將軍，劉少奇的老部下，所以人家往死裡收拾他，他畢竟年輕，精神崩潰了。」

停下腳步，他神態嚴肅地說：「他是第一個靶子，第二個可能是你。」

「那我怎麼辦呢？」

「回去收拾好自己的東西，明天早晨我和張煥去接你，到縣委辦了手續馬上走。」

「去哪兒？」

「我愛人的妹妹劉錦坤是一九六五年『支邊』的上海青年，她現在在新疆喀什附近的生產建設兵團。天高皇帝遠，也許還來得及緩衝一下。」

他遞過來一個信封。抽出來一看，一張紙上除了地址姓名以外，還有一張地圖，標明從吐魯番到該兵團所在地的公路線、轉運站等等。一張照片也滑了出來，照片上的女孩子有一雙大大的眼睛，兩根烏溜溜的辮子，端正而文靜。

晚上，我最後一次去看了村子裡的叔伯嬸子們。田大嬸子心直口快：「要是就村裡這些人，怕也不怎的，可是有那幫知青們，可就拿不準了，可有些個心狠手辣的貨呢。走吧，三十六著走為上，躲過這一劫就好了。」村子裡的孩子們得了消息也默默地跟著我跑前跑後，看著他們我心酸了。張大嬸子和秀英連夜給我預備吃的、用的。就這麼，來不及跟王校長打個招呼，來不及向香邑的孩子們告別，第二天早上，兩個箱子，一個行李卷往架子車上一放，跟著盧、張二人到了縣委。

幾個月不見，王縣長竟然老態龍鍾了，「韓老師，不是俺老王不留你，實在是年月不對。今天，我還敢用個縣委的章，開個證明，說你上新疆支邊建設。明天縣委奪了權我就蓋不了這個章了。你在曲沃是集體戶口，到了新疆兵團還是集體戶口，有證明轉關係就成了。從口裡的糧棉產區到關外那草也不長的地方，落戶是沒有問題的。你自己多保重吧。」

到了火車站，聽說風陵渡一帶混亂不堪，所以我決計從晉南到大同再轉車到蘭州，以後再坐蘭新線進疆。侯馬是小站，售票員給了我一張十五天有效的聯運車票。托運了行李，提著隨身的小包，向兩位送行的人道了別，我踏上了列車的腳踏板。

「我們的書已經按地址先行托運了。」

「你們不要了？」

「留了幾本業務書，其餘的你帶走吧，這裡我們恐怕也住不久了。」

盧兼文遞過來一張粉紅色的行李票，上面標著此件行李竟重八十多公斤。張煥一言不發，遞過來幾張全國糧票。我默默地收了。

車輪轉動了，淚眼模糊地，站臺遠去了，熟悉的景物被拋到了後邊。好一會兒，我猛然覺得心裡一沉：我會不會做了一件傻事呢？也許，沒那麼嚴重？我何必逃得那麼快！文革開始以來，外婆每月仍有信來，只道家中平安，其他一字不提，她老人家到底怎樣了？

車到大同，我下了決心，無論如何，我得回北京一趟，是好是歹，我也得見外婆一面。

作了決定以後，心安了。在車站買了一張去北京的來回車票，找了一個離車站只有幾步路的小旅館倒頭就睡了。

火車並沒有準時開，足足等了三十幾分鐘。聽人說，最近鐵路幹線上的情況大多如此。火車啟動後在沿途小站陸陸續續上來了不少紅衛兵，有外地去北京串連的，也有從北京去外地後凱旋的，個個一身草綠的軍裝。這種軍裝有不少名稱，官稱國防綠，軍人自謙為草綠或防護綠，而不安分守己的刁民們則常常譏為「雞屎綠」。當然此說是比較新的，當年「小米加步槍」的子弟兵和百姓們還有「魚水關係」，而且服裝無法劃一，無論何種綠都不在乎。如今的紅衛兵們不僅身著綠衣，而且無論男女都頭頂綠帽，胳臂上都箍著個紅袖標，以小字冠上某單位之「鐵掃帚戰鬥隊」、「東方紅」、「五洲同」、「風雷激」、「全無敵」、「擎天柱」、「長征」，甚至還有什麼「戰地黃花」，真是無奇不有。大字部分則是一樣的，均以楷書或草書寫上「紅衛兵」三個字。

車到張家口停了。列車時刻表上說此站為大站，停車二十分鐘。可是四十分鐘過去了，還不見動靜。別的乘客素來逆來順受，倒也沒說什麼。那些紅衛兵小將卻沉不住氣了，在一陣吵嚷之後採取了革命行動，竟然抓住了列車長，質問他為什麼還不開車。列車長支吾著，似乎有難言之隱。紅衛兵們一威脅著要「打翻在地」，他就直說了：「掛一列首長專列，所以晚了。」這一說不要緊，罵聲四起「保皇狗」、「馬屁精」不絕於耳。一個粗中有細的居然又追問了一句：「坐專列的是誰？」列車長在革命鐵拳下不得不如實招供：「是內蒙軍分區司令員烏蘭夫同志。」「同志」二字聲極細微，已聽不真切，似乎已不敢認同，只是含糊其詞。不知是造反還沒造到烏蘭夫頭上，還是對他不甚了了，還是因為此刻列車已緩緩起動。小將們終於把滿頭大汗的列車長推了一把，叫他「滾蛋」。乘客們也把心放下，鬆了一口氣，將視線移向窗外。

不知為什麼，車走得極慢，小將們不時發出抱怨聲。列車員們和列車長不時地沿著車廂低聲下氣地解釋，「上坡，慢一點，對不起，對不起啊。」至於以往車上查票的制度大概早已被鐵掃帚掃光了，一路上竟沒查過一次票。

華燈初上時分，列車萬般無奈地進了北京站。我在車窗內往外一看，一條腥紅的大橫幅正掛在站臺上。上書「把鐵桿保皇分子烏蘭夫及黨羽揪出來示眾！」烏蘭夫三個字一個頭朝下，兩個歪著，上面還用紅筆打了大叉。橫幅下早已站滿了人。

車上的紅衛兵們看見這個局勢，大概覺得這又是一次重要的革命行動，於是揮拳、跺腳，叫喊，急不可耐地向車門口湧去。

我把車窗開了一條縫，看著「專列」的方向。烏蘭夫在警衛人員的護衛下戎裝筆挺地下了車。他似乎想找什麼人解釋什麼。然而瞬息之間，隨著一聲「打倒烏蘭夫，反戈一擊有功！」的吶喊。警衛人員的槍口換了方向，其中只有一兩個試圖抵抗，迅速被繳了械；而烏蘭夫本人，軍大氅早已不見，軍帽被摘去，領章已被撕掉，好像領扣也丟了，露出裡面雪白的襯衫，兩手被反綁著，押上一輛已經預備好的卡車，看樣子是要遊街了。在人群中烏蘭夫高大的身影不見了，只看見他花白的頭髮在寒風中抖動。

車廂裡差不多走空了，我才提起小包站起身來。我腳下是千層底兒的黑棉鞋，身上是藍布棉襖，頭上一塊紫的方頭巾，繫在下巴底下，一看就是鄉下丫頭進城的模樣。車廂裡一個老列車員一邊清掃地上的果皮，一邊用袖子抹淚。我抬頭一看「京——包列車段」。這些機車都是屬內蒙的，難怪他對老首長那麼動心。我看了看他，把頭巾拉低一點下了車，沿著車廂向站外溜去。人潮呼喊著，向押著烏蘭夫的卡車湧去。我加快了步伐。

我家住的房子少說也有一百四十多年了，是一座坐落在東城的滿清王爺府。一九五〇年不知從什麼人手上沒收了之後交給某劇院用了。這個王府相當大，座北朝南，蹲在兩條東西走向的胡同中間。南面這條叫乾面胡同，北面那條叫史家胡同，相傳史可法的家廟就在那條胡同口兒，如今卻變成小學了。

乾面胡同那個門雖是大門，門臉兒卻不大，挺高的門樓，紅漆雖因年代久遠已剝落了，但那門上的銅環，門口兒靈秀的一對石頭獅子，高高的石頭臺階，包了銅的高門檻兒，特別是那高高的，長長的，磨磚對縫的院牆，還在告訴世人，王爺府的威風是不容輕視的。

進了大門，通過七八進套院，才能進入正院。王府等級森嚴，套院內雖也是雕樑畫棟，但格局卻與正院大不相同，天井多數狹長或扁闊。而正院，天井卻是四四方方的一大塊。從東南角門進來後，四邊房簷極闊，簷下都有雕刻作裝飾。走廊上藍色瓷磚鋪地，天井中則是一尺見方的大方磚漫得平展展。四邊房內全部長條菲律賓木拼花地板。

我家住西廂房一溜六間。我母親一九五〇年應政府某要人之召回國後，工資定了文藝五級，月入二百元上下，住房也就定在這裡了。最北邊一間是廚房，然後是母親的臥室、客廳，我的臥室兼書房。三面牆上是頂天立地的大書架，隨著我年齡的增長，書也漸漸殘破，越來越臃腫，從書脊上看到五顏六色的包書紙。再後面一間是外婆的臥室兼庫房。那是名副其實的庫房，半間屋子堆滿了我母親從美國帶回來的大小箱子。最後一間是一個設備齊全的洗澡房。除了兩頭兩間另外有門可走以外，三間臥室都與客廳連通，只在客廳有一大門出入。我的屋子有兩個門，一個通外婆的屋，一個通客廳。幾個屋子之間除了門以外都是從地板到天花板的硬木隔扇，沒有牆的。隔扇上鑲著大塊的磨砂玻璃。硬木裝飾清一色是竹和竹葉，連接處有大小不同的壽字，雕成球形，中間還有一顆小木珠兒。我屋裡床邊那些小壽字個個讓我摸得光溜溜的。記得小時候，晚上關了燈我還在玩兒那些小球兒，在玻璃上發出細微的，清脆的聲響，隔壁外婆的聲音就響起來了：「還不睡？明天還得早起呢。」我趕快答應了外婆，把手縮進被子裡。在透過來的半明半暗的光線中細細地看著那些硬木雕成的竹葉，編織著我的美夢。

我上小學的時候，這正院子裡就住我們一家，別的房子都是劇院的辦公室。一直到一九五六年，在米市大街上蓋起了辦公大樓，這個地方才完全變成宿舍，因為等級仍然森嚴的關係，這個正院裡，北房，南房分住著正、副院長，東廂房住著一位老演員，她比我母親資格老，家裡也只有三口人，一個兒子，她自己和她寡居的老母親。

這個王府裡前前後後的有不少的海棠樹。春天一到，鋪天蓋地的粉紅色；可唯獨我們這個院子種著四棵德國白海棠。別的海棠花兒開了，這兒才綻苞兒；等別的開始謝了，這個院子的花兒可就怒放了，滿樹雪白，一股子沁人心脾的清香。花在枝頭，一呆就是半月。於是這個院子就有了個別號「海棠院兒」。

一到星期六晚上，海棠院兒北房的麻將聲徹夜地響著，北房主人及從外院來的好友們湊成牌局，通宵達旦地戰鬥著。其他三個屋呢，只剩下老、小在家留守，男女主人們均忙著去北京飯店、國際俱樂部跳舞，逢到上戲的日子，自有小車子在後臺門口等著，下了戲就走，總得快天亮才回來。周日一直到中午，院子裡還沒有什麼響動。

我喜歡這個院子是因為天井大。小時候，這院兒裡就我一個孩子。別的孩子們不敢上這個院子來，父母們早交代過：「別上海棠院搗亂啊！小心你的腿！」我長大了，別的屋子裡的孩子們還小，院子還是我一個人的，地上的方磚又大又平，跳房子不必畫格子，要跳橡皮筋呢，往兩棵樹上一拴，跳多久、跳多高都行。

除了星期六，每個晚上都靜靜的，正好求外婆給講故事。就是在本院服務的那些褓姆、阿姨們也在另外一個偏院裡有一間褓姆宿舍，她們幹活兒、走路都輕悄悄的，更不興在這個地方大呼小叫的。

這種情形差不多一直維持到一九六〇年，那時候，王府庭院的大花園已經荒蕪，變成了操場，後來又申請了錢，蓋了個四層的大樓。這樣，散住在許多小胡同兒裡的演員們，導演們，編劇們，以及職員們才住了進來。只有上海來的舒繡文阿姨因為級別高才占了二層樓的四分之一，有了個相當像樣的住所。別的人則按級別嚴格地算了平方及樓層數，住了下來。

不久，在我家幫忙多年的張大媽就常常悄悄地告訴外婆，別人怎麼羨慕海棠院，怎麼巴不得這兒的人都死淨了，他們好提了級搬進來。聽著這些話，外婆總是微微一笑，

「人多嘴雜，總沒有獨門獨戶方便。」張大媽趕快接口：「敢情！」

一直到六四年我走，海棠院兒還是有著它的規模，它的氣氛，它的味兒。一九六七年元月，我從山西返回北京。下火車的時候，我腦子裡的海棠院兒還是那個模樣。

一出車站我楞住了，一人多高的標語牌上，紅底黃字至少有兩米長，一米半寬，大書「打倒劉少奇！」

真是百聞不如一見。聽了無數的傳達文件，最高指示，然而面對的時候依然感到驚異不止。一個沒有政府的十億人口的國家可能混亂到什麼地步呢？

多年來，雖然後院蓋了大樓，原來是佣人園丁們進出的小後門早已擴展成大卡車開得進去的綠漆大門，門內安排了傳達室，親友來訪一律登記，儼然是中央機關宿舍的入口處了。我還和同院兒的人一樣保有我們的老習慣，棉襖裡子上的小口袋裡還保有乾面胡同二十號的鑰匙。門鎖年久失修，開起來費力，大門軸久未上油，轉動起來吱吱直響；但是我還愛走那個門，原因只有一個，幾個套院裡只住二十幾人，可是史家胡同那一邊兒呢，卻是逾千人的大雜院兒，眾目睽睽之下，被人評頭論足，總不是最愉快的。

打定主意，摸摸口袋裡的鑰匙，踏上二十四號公共汽車轉進了南小街，下車不到五分鐘，我就進了乾面胡同。離得還遠我就覺得昏暗的路燈光下，門上什麼東西白糊糊的。走近一看，是交叉成十字的大封條，上面寫著「××劇院革命造反兵團封一九六六年七月一日」。封條被風吹雨打，已經捲了邊兒，字跡也不那麼新鮮，但是很明顯沒有人敢啟封。我摸了摸那個石頭獅子，回身穿過小巷向史家胡同走去。街燈下綠漆大門敞開著。我一直走進去，不想打擾傳達室那個面慈心和的張大爺。

「站住，什麼人！」一聲斷喝，從傳達室竄出一個人來。

「是我，回家來了。」我回答。聽著自己的聲音，竟好像是空空的，心也怦怦地跳起來，腦子裡飛快地轉著念頭，想為這趟回家找個好理由。站在面前的是田叔茂，小小的個子，從前在劇院鍋爐房燒開水的，現在袖子上也有了一個紅袖標，「四十幾歲的人，也當紅衛兵嗎？」我心裡納悶兒。

「回來探親嗎？有公社證明沒有？」

「不是探親，因公外出，路過北京，回來看看。」

「住滿三天得上派出所報臨時戶口，三天以內向傳達室報到。」

「知道了。」我抬腿要走。

「等等，有沒有外地印發的小道消息？傳單、文件？」

我把手上的包兒打開亮一亮，「沒有。」

「嗯，你進去吧。」

可能是因為天黑了，也可能是因為冷，我一直走到海棠院兒，連一個人影子也沒見。

雖然光線昏暗，我還是楞住了。樹影婆娑的四棵海棠平地砍斷，只留下了四截樹樁。四邊走廊鏤空的簷飾已經不見了。走廊上用小磚牆隔開了。北房和南房黑漆漆的，門上都貼了巨大的封條。

我家廚房和母親的臥室燈火通明，而客廳裡好像只有一盞小燈。走到門口才發現客廳已經和那燈火通明的兩間隔開了，牆角有個小爐子和堆放齊整的蜂窩煤。我的心狂跳著。我敲敲門。

「誰？」是外婆的聲音。

「外婆，是我，小秀，回來了。」我急著喊。

門馬上就開了，我一把抱住外婆，外婆好輕啊，像一根羽毛，我輕輕地放下她。

「這個時候，你怎麼回來了？」

「山西呆不住了，我得遠走高飛，走之前來看看您。」

「坐下說話。」我環顧室內，一張單人床，一張小書桌，一把椅子，一個小碗櫥，書桌上一個小檯燈，發著昏暗的光，客廳和母親臥室之間不是隔扇而是磚牆了。

「那邊住了別人？」

「對了。老聞家，據說祖宗三代都是血統工人，來看守物資的。」

「什麼物資？」

「北房、南房都封起來了。他們的東西有好多原封沒動還在裡邊。」

「人呢？」

「都在南邊的套院，帶走的東西也不少。他們是黨員，造反的也得留一條後路吧？」

「咱家抄了？」

「抄了，抄得光光的。咱們家和對門葉家一塊兒抄的。連沙發都用刺刀戳了大洞找什麼電臺。」

「書呢？」

「他們這種東西又不念書，把兩家的書堆在院裡一把火燒了，那天足足燒了半下午，黑灰飛得到處都是。葉家小平說有的書是他爸爸熊佛西的，死不讓燒，被打得頭破血流。」

我覺得屋子裡越來越冷了，顫著聲兒又問了一句：「抄走的東西呢？」

「有用的，搬去開展覽會了，沒用的堆在你屋和我屋裡。」

我回頭一看，可不，封條就貼在我臥室的門上。

「我媽呢？」

「在米市大街的大樓裡坐班房，寫檢查。」外婆冷冷一笑。

「她又寫檢查？」

「寫，不就是把她自己，把祖宗八代都罵得狗血淋頭！她的苦日子還在後頭呢。不提了。你這次打算住多久？」

「三天之內我得走，出了三天得上派出所報戶口，我沒有回北京的證明，可能麻煩。」

「這種日子，三天也滿夠了。」外婆回答。

這時我才看清，外婆手裡還在結一雙毛襪子。雖然顏色雜七雜八可是針針密實，襪子快收口了。「燈光這麼暗，您還結襪子？」

「就讓點十五隻光的，還就讓點一個燈，都是有通令的。」外婆笑一笑，「沒有法的地方，令還挺多。你說不可笑嗎？」摸摸手裡的襪子，「你回來正好，省得我寄了。」

「外婆！」我終於忍不住了。在鄉下的爛泥地裡，在病床上腰疼得要斷裂的時候，在知青們的冷眼下強忍住沒有掉過一滴的淚水都傾瀉出來了。我大哭了，哭得像個三歲的孩子。外婆什麼也沒說，只用她的手輕輕拍著我的背，跟我小時候在外邊受了欺負回家的時候一樣。

第二天清早，我在一陣叫罵聲中驚醒。眼睛一睜開，自己還是蜷縮在牆角。昨晚外婆把椅子放在床邊，硬讓我睡在裡床，她老人家一半在床上，一半在椅子上將就著。現在外床是空的，椅子已經搬開了。桌上一包價值九分錢的「握手牌」香菸。外婆安詳地坐在窗前，嘴裡噴出的菸味兒非常淡。

「外婆，現在我媽的工資完全停發了嗎？」

「沒有，每月十八塊的生活費。」

「多久了？」

「四個月了。聽張大媽說，再過一兩個月可能會恢復全工資。」

「她消息還那麼靈通？」

「可不，我是足不出戶，消息多半是她那兒來的。」

忽然一聲驚天動地的巨響。我驚得坐了起來。門外傳來一陣淒厲的叫聲。

「姓焦的，別他媽的不知好歹，就拿這種不值錢的玩意兒糊弄我！老娘不吃你這套！把桃花心木的大櫃子給我抬過來。要不然，老娘要你好看！你個老雜種，甭想矇老娘！瞧瞧你那分兒德性……」

聲音尖銳、刺耳，沒完沒了。

跟著，門外一片亂哄哄的叫嚷聲、吵鬧聲。

外婆輕輕吐著菸圈兒，一個又一個，十分優閒的樣子。

門外，一個身影出現了，輕輕敲著。

「老太太，我是張大媽啊！」

「快進來。」外婆輕輕開了門。

張大媽，還跟我離開北京時一樣，手邊挽個竹籃，挺乾淨的藍布大襟褂子，藍布直筒褲子，海圓口兒黑布鞋，胖呼呼的四方臉，頭髮梳得光光的。

一進門就壓低了嗓門喳呼起來。

「喲，這不是姑娘回來了嗎？老天開眼，可讓我見著你了。姑娘黑了，也瘦了。挺白淨挺嬌嫩的小花朵兒，怎受得下這鄉下的苦喲！老太太可把你想死嘍！」說著，撩起衣襟直抹眼淚兒。

「張大媽，今天你又起了個大早吧？」外婆輕聲慢語地開了腔。

「可不，一見姑娘，我把什麼都忘了。老太太，我給您尋著了四個雞子兒，二兩芝麻醬，三塊豆腐乾兒。」說完，又從籃底抽出一個小瓶兒，獻寶似地送到外婆面前：「二兩白乾兒，老太太。」

「真不易，多少錢哪？」外婆笑咪咪的，手向口袋裡摸索著。

「老太太您說這話就見外了，我跟您家這麼些年，受您多少好處！這會兒，正是我報答您的時候兒。趕明兒，姑娘她媽轉運了，您再給我就得。快別提錢，快別提錢。」

我心裡一陣熱浪湧過。門外的吵嚷聲更大了。

我伸手拉過張大媽：「大媽，床上坐，外頭吵什麼呢，這麼蝎虎？」

「還不是焦菊隱那個小娘們兒！」

焦菊隱是這個劇院的名導演，夫人早已離婚。我走前不久娶了一位非常年輕的太太，比他女兒大不了幾歲。不知就裡的我還在問著：

「她吵什麼？」

「唉，天天吵，快半月了。每天焦老頭子挨批鬥，這娘們兒還不放過他，每天大清早起來吵著分東西。」

「分東西？他們家沒抄家嗎？」

「抄了。把有字兒的東西都抄走了，家具還在呢。焦老頭子一被揪出來，這娘們兒就吵著離婚，劃清界線，再加上出身好，一下子就成了革命派，每天鬧騰著往她住的房搬家具。」

「她還有房？」

「有！現在焦老頭子住他從前的廚房，大書房裡什麼都沒有了，變成了那女人的臥室。房子又大，能盛不少的家具呢！」

「也怪啊！當初她為什麼跟焦老先生結婚呢？」

「哎喲，我的大姑娘，那還不是瞧上了人家的錢！」

「張大媽，你還有別的事兒沒有？」外婆和顏悅色地插嘴了。

「有，看見了姑娘我又想起來了。」張大媽神色嚴重地湊近了外婆，「我看見那個姓王的了，聽說還有個姓梁的也來了。」

外婆神色一變：「真有其事？」

「絕對錯不了，後邊的田叔茂還特地請他們吃飯，讓苗阿姨去做的菜。苗阿姨一回褓姆宿舍就跟我嚼舌了。錯不了。」

「你怎麼看見姓王的？」

「昨晚上，我出大門去倒土，看見一個年輕人從田家出來，喝得酒氣熏人，正和我走對面。賊眉鼠眼，一看就不是好東西。苗阿姨說他就是和姑娘一塊兒插隊的王祚胤，上北京來外調的。」

他們跟田叔茂勾上了！我心裡一冷。

「姑娘，你可得防著點兒。那姓田的，什麼事兒都幹得出來。」

還沒容得我再說什麼，張大媽神色慌張地邊說邊往外挪步兒，「聽說今兒早上八點半在北房門口開批判大會，我得先走了。」

她一轉身，我才發現多年來被張大媽梳得光滑無比的髮髻不見了。再一看，她已腳步輕輕地出了門。外婆不僅關上門，而且別上了掛鉤。

「難得的好人。這些目不識丁的阿姨們還記得多年的老主人，比那些喝過墨水的人有良心多了。」外婆感嘆著。

「她現在在誰家做呢？」

「現在就革命派能請褓姆。他們不用整工，多半幾家合請一個，夠她忙的。」

「對了，張大媽的髻不見了啊？」

「去年秋天，紅衛兵在街上『破四舊』，拿著大剪刀，剪辮子，剪髮髻，剪人身上的旗袍、裙子，連高跟鞋的後跟都敲掉。張大媽一聽見風聲就趕快來這兒，還是我給她剪的呢。」

「真不可思議。那個時候西方有不少報導。我們都想，中國人大概是瘋了。當然，沒有身臨其境，還是很難感受到他們的瘋狂。」你說。

「別說是外國人不懂，就是中國人絕大多數還不是暈頭轉向分不清東南西北。」

門外越來越熱鬧了。外婆問我：「要去廁所吧，趕快，別等會兒出不去了。」

我抽身下床，趕緊出了門，朝右一拐，門上有牌子「女廁」，順手就推，正好和個大男人撞了個滿懷。定睛一看，是焦老先生。一手提著水桶，一手拿著抹布，正往外走呢。看樣子，是剛剛收拾完廁所。

這就是那個在排演場說一不二的大導演？身上髒兮兮的藍布制服，頭髮灰白零亂，眼鏡斷了腿，用繩子吊在耳朵上。我不禁楞住了。

「焦先生，我能進去吧？」

「不敢……不敢……是，是，……都乾淨了，就犄角上一點點，……實在，實在擦不掉……」他語無倫次，邊說邊側著身子從門口擠出去。

我回頭一看，他背上有個大紙牌子，寫著：「三名三高分子，反動學術權威焦菊隱。」名字上照樣打了叉。

等我出來，他還站在門外，側著身，躬著腰。我一出來，他就把預備好的一句話說了出來：「謝謝你，韓姑娘，謝謝你。」

天井裡已聚了不少人，我向焦先生微笑了一下，趕快溜著牆跟，進了自家門。從窗簾縫隙裡望出去，北房屋簷下已站了五、六十個「牛鬼蛇神」：院長、副院長及黨委大部分成員、各科室政工負責人。胸前掛著大小牌子。在上面跑來跑去「主持」大會的都是田叔茂之類的「戰鬥隊」員。天井裡的「革命群眾」也有五、六十人的樣子。

批鬥會在一陣高呼口號聲中開場了。接著大唱語錄歌：「革命不是請客吃飯，不是做文章，不是繪畫繡花，不能那樣溫、良、恭、儉、讓。革命是暴動，是一個階級推翻一個階級的暴力行動。」

「這樣的句子編成歌，也是不易了。」我說。

「可不，什麼奇形怪狀都有。」外婆接了腔。

接著，大會主席宣布今天的會議目的是追查一九五七年「新僑黑會」的幕後主使人。

「一九五七年？那不是反右的事兒嗎？怎麼又扯上了？」

「反右？那還算是新問題。你沒聽說，連清宮外史、清宮祕史的老帳都要翻嗎？不就是現代人，謝瑤環、海瑞、武則天、曹操的歷史都得重寫了。」外婆慢悠悠地回答我。

「說！在『新僑黑會』上，你都幹了什麼反革命勾當！」一場斷喝，好不威風！

「我，我沒幹什麼，盡幹別的了……」是院長吱吱唔唔的聲音。

「什麼別的？」

「收集情報。」聲音更低了。

「情報？什麼情報？」聲音不僅提高了，而且緊張萬分。臺下群眾的耳朵也支楞起來了。我不禁和外婆交換了一下眼光，心想這次不定又賣了誰！「是關於我愛人和文化局××局長的……」聲音竟提高了一點。

「說！」這個字不但失去了威嚴而且有了笑意。

「我一直知道我愛人道德敗壞，亂搞男女關係，可是一直沒有證據。在新僑開會期間，我終於找到了她的把柄……」

「時間、地點、情節、詳細點。」天井內一片死寂。

回答的聲音不僅字正腔圓，而且有聲有色，門外爆發出一片猥瑣的笑聲。

我的眼前浮現出一個女人的影子，面目清秀，五官端正，永遠目不斜視地提著小包去擠上下班的公共汽車。這個在舞蹈學校作古典舞系主任的女人總是獨來獨往的。隨著我年齡的增長，她發福了，頭上有了絲絲白髮。我在高中的時候隱約聽說院長和他家幫工的苗阿姨不清不楚，最後用五十斤糧票、二斤臘肉打發了苗阿姨。我還記得張大媽恨恨地說：「苗阿姨可憐，丈夫坐了監，一個女人拖五個孩子。五十斤糧票、二斤臘肉就被人家打發了。」

聽說從那以後，那女人就和院長分屋住了。

現在這個女人再住到哪裡去呢？

「外婆，現在李阿姨在哪兒呢？」

「在舞蹈學校隔離審查，說是三反分子。」

「三反分子？那不是五〇年代的說法嗎？」

「你，真變成鄉下人了，那是老三反，新三反是『反黨、反社會主義、反毛澤東思想。』」外婆哭笑不得地告訴我。

我忽然想起焦先生背上的牌子，就問外婆。

「三名、三高是什麼？」

「三名是名作家、名導演、名演員。三高是高工資、高待遇、高級知識分子補貼。」

「外婆，你怎麼知道得那麼清楚？」

「街道上天天組織學習，早就聽熟了。」

「對了，外婆，你從前在國民政府做過事，他們沒有為難您？」

外婆嘴脣上浮起一絲笑意：「他們叫我去，辦什麼『學習班』，先寫自傳。我活了七十歲，自傳寫了半張紙：×年×月生，×年×月在×地念書，×年×月結婚生子，×年×月在×機關做事，×年×月退職至今。完了。那位委員問我：「你在國民黨政府做事，一定是國民黨員，寫出你的組織關係。」

聽到這兒，我心涼了，「您說什麼？」

「我說，在國民黨政府做事一定是國民黨員，那麼在共產黨政府做事的人也一定是共產黨員了？」

「他怎麼說？」

「他怎麼說？」外婆脣邊的微笑竟變成了大笑：「我早知道他雖然削尖了腦袋往共產黨裡鑽，可是至今還沒鑽進去呢。就這麼，他給我寫了張『歷史清楚』的單子，蓋上了個章，就把我放回來了，前後不到四個鐘頭。」

我也高興起來，摟著外婆的肩膀，笑得左搖右晃。

「要是都照這樣，那這場運動也許要不了多久就完了。」

「完了？早著呢！那個傢伙羽毛未豐，我不過是僥倖罷了。」外婆嘆了口氣，又摸起桌上的菸來，我替她劃著了火柴。

「後頭樓上的繡文死了。」

「舒繡文阿姨？怎麼死的？」

「心臟病。她好福氣，只見了一張大字報，倒下去就沒站起來。可憐上官……」

「上官？」

「上官雲珠，你不記得了？」

我怎麼會不記得？她永遠穿旗袍，永遠那麼苗條，那麼文靜。來北京總不忘「給妹妹買冰棍」的上官阿姨。那麼漂亮的上官阿姨。死了！

「死了，手腳懸空，掛在鐵鍊上打。熬不過，跳樓了。」

「為什麼？」

「這個年頭逼死人還用問為什麼嗎？」

晶瑩如玉的上官阿姨會變成血肉模糊的屍體？我不敢想了。

「還有誰？」我叫了。

「言慧珠，馬連良都自盡了。」頓了一頓，「洪深夫人跳了井又救上來，現在不知生死，可是你余公公上了吊。」

「余心清，余公公？」

外婆點了頭。洪深逝世時，向余心清託孤。余、洪兩家過命的關係在文人中傳為佳話。而在今天，紅衛兵竟誣這兩位年近七旬的老人「亂搞兩性關係」。余公公在身上掛了張「士可殺不可辱」的白紙，懸了樑。為共產黨賣過命的民主人士，竟落得如此結局！我小小的時候，余公公常接我去他家玩。他後院裡一片碧綠的竹林。「高風亮節」四個字就是那時候余公公教我的。

我淚眼模糊地呆坐著。舞臺上生龍活虎的舒阿姨，特別是她的虎妞，大概是再無來者了。銀幕上文弱、嫻靜的上官阿姨，依然栩栩如生。光線明亮的客廳裡，余公公、洪婆婆和客人們談抗戰，談文學，談洪深。我坐在角角上，一邊忙著把桂圓送下肚，一邊尖起耳朵把一知半解的東西都吞下去。

不知什麼時候，外邊的人聲聽不見了。周圍又安靜下來。我忽然心裡一跳。

「彭伯伯呢？彭伯伯有沒有消息？」

「沒有。去年五月運動開始以後就沒有來過。我也沒法去打聽。」

「沒有消息？」

「沒有。一點消息也沒有。對他，我真是有萬分的歉疚。」

「為什麼？」外婆一輩子沒做過對不起人的事，她怎麼會這麼說呢？

「如果不是你媽的信，他怎麼會回來？怎麼會自投羅網？等我知道這件事，已經太遲了。」外婆的臉在霧中顯得異常疲倦、哀傷。

「我去，我到中關村去探探風。外婆，您別擔心，他是科學家，還有希望。」我努力表現得非常有把握的樣子，外婆看看我，笑了笑。

「我早就知道，你是有骨頭的。順便，你再到迺茲府去一趟吧。」外婆的聲音，異樣的平靜。

腦子裡嗡的一聲，我呆住了。

「你舒公公跳了太平湖。他的書，除了你帶走的，都成了灰。他給你的玩意兒，也只剩下這把小銅壺。」

外婆開了抽屜，把小壺拿出來，放在我手心裡。

那是一九六二年春節，我在一個集會上朗誦普希金的長詩〈金魚和漁夫的故事〉之後，舒公公給了我文房四寶和這把小銅壺，是往硯裡添水用的。往年，這些東西都和各種版本的「駱駝祥子」、「茶館」，以及舒公公給我的各種花瓶、老壽星、漆器小盒們放在一處。

「端硯什麼的都拿走了，這把小壺不起眼，他們扔在了一邊。我拾了起來，我知道，你頂敬愛舒公公。」

眼淚無聲地流著。舒公公，灰色的中式小褂兒，灰布褲子，左手拄著他的棗木拄杖，站在花前，右手提著大噴壺在澆水。每次進門，放下書包，順手提過壺：「我來，舒公公。」「好，你來就你來。」笑咪咪地瞧著我，「秀兒啊！回頭吃中飯，我給你說故事啊！」

「今兒個多少人來吃飯哪？」

「七八位吧！又是來要稿子的。」

「您講個故事，他們準又得抄下來，拿去發表。」

「你要覺著沒有意思，咱們就不叫他們發表。」

「我？我算老幾？說話都詞不達意的，我說話不算數兒！」

「就你不會拍馬屁，所以你的話就算數。更何況你已經會用什麼『辭不達意』了！小丫頭兒長大嘍！」

水沙沙地灑在花葉上。他的心血澆灌了不知多少文壇新秀，他的愛帶給我多少溫暖和希望。他的幽默告訴我人生多彩多姿，還有希望。

舒公公是一株老槐樹。根深葉茂。在樹蔭下，老北京的曲子詞兒、相聲、大鼓、三弦兒等等北京老百姓喜聞樂見的「老玩意兒」大放異彩。

但是，老槐樹倒了，怎麼倒的？

「在文聯挨了文鬥，之後在街道上挨了武鬥。讓他跪著燒他自個兒的書，讓他舉著牌子，批判他自個兒……牌子舉不動了……掉下來，砸了一個紅衛兵的腳……說他反了……用鞭子抽……」

朦朧中，外婆的話從很遠很遠的地方飄過來，不像是真的。可是淚眼模糊中，我好像看到舒公公兩臂都是火泡、衣衫破碎，鞭痕累累。

「這不是真的！」我大喊。

「是真的。第二天就跳湖，太平湖，他常去打太極拳的地方。」

「家裡人沒攔他？」

「……」

「在湖邊打太極拳的老人們也沒攔他？」

「沒有，聽說還有他一個老朋友在附近掃街。舒先生跳了湖，他還在那兒掃他的……也罷，生不如死，更何況是骨頭那麼硬的他！」

「清閣阿姨呢？」我像是大夢初醒一樣，猛然記起了那位多年不見，聽說久病不起的阿姨。

「沒有消息，我只希望舒先生的事能瞞住她，越久越好。」

清閣阿姨是多麼珍視舒公公。為了這種珍視，她多年不來北京；即使來，也從不在酒茲府附近出現。她用她的整個生命和氣節保護著舒公公的成就。清閣阿姨在精神上的支柱如果崩塌，那是不能想像的。

我伸手抓起棉大衣，戴上頭巾。外婆馬上把一把零錢塞進我的口袋。

「早去早回，一路小心。」

「我記得。」

「萬事不可魯莽，我等你回來。」

「外婆放心。」

帶上門，我走了，快步如飛。

陽明山上細雨霏霏，室中只有木柴發出嗶的聲響。火光映紅了你的臉，你的手托著那個小小的銅壺，細細把玩著。火光中，我看到你的手顫了。

鬼域（中）

「你是什麼時候去北京的？」

「九月。」你回答。

那正是秋高氣爽的時節，也是北京一年四季中最好的日子。近十幾年來，北京雖然年年大叫植樹，可是風沙卻越來越大了。恐怕這又是說與做兩相逕庭的又一實證吧。更何況，那個時候正是隆冬，正是「三九、四九、棍打不走」的鬼天氣。

一出院門，風尖溜溜地刮著，像小刀一樣的割得臉生疼。我趕快拽出口袋裡的口罩，戴上，把頭巾拉低，沿著牆根，一步一滑地走著。前些日子下了雪，除了街中央一條是乾的，路兩邊的積雪都變成了冰，特別是背陰那一邊。街面低凹處，連路中間都是冰，正中午化成泥漿，晚上再結起來，黑黑的，灰灰的，被車輪壓成一條一條溝。街兩邊的冰堆上不時出現一個黃油油的小冰山，是屋簷下伸出的煙筒裡滴下來的煙油子跟髒水一塊兒凍成的。每逢這種地方，我就加快步伐，防備著頭頂上滴下一滴什麼東西來。

穿過燈市口。聽老人說這地方兩百年前是熱鬧得不得了的燈市，連皇上都偷跑出來看過這裡的燈呢！現在，除了有一個賣燈泡的小鋪子以外，整條街跟花燈已經沒什麼關係了，只留下個名字而已。

進了洒茲府，我腳步放慢了，左右看看。跑熟了的道兒，總可找到什麼人打聽打聽。路口豆腐腦小鋪上了板，隔壁賣炒肝兒的還開著，我三腳兩步趕過去。炒肝兒鋪的胖掌櫃知道舒公公愛吃炒肝兒，常常送到家裡去。我在舒公公那兒吃了幾次上了癮，還常常和小同學們一塊兒看完了早場電影來這兒花一毛錢吃上一碟。掌櫃的認得我，我趕緊的朝裡邁腿。

「什麼都沒有了啊！要吃下午再來，五、六點吧！」一個瘦瘦的、高高的小伙子，背對著我，在涮碗盞，大概是聽見了腳步聲，頭也不抬地說了話。

「勞駕，我就跟您打聽這兒原來的那位老師傅哪兒去了？」我問。「今天他休息啊？」趕快又找補了一句。

「您是他什麼人哪！」他轉過身來。挺年輕的小伙子，兩道眉毛打了個結兒，十二分的不耐煩。

「我不是他什麼人。從前，我常上這兒來吃炒肝兒，認識他，今兒路過這兒，順便問問。」

「辦『學習班』兒呢！」

我懂那是什麼意思，甭問了。回頭說了句：「謝謝。」就往門外走。站在門檻上，我停住了。

一個戴眼鏡兒的女人，包著塊質料很好的深藍頭巾，棉襖上罩著件灰藍條紋的的確良褂子、黑呢褲，黑平絨棉鞋乾乾淨淨，正從小鋪兒門口過。舒婆婆！我剛想喊，又站下了。她的臉上紅潤潤的，多年來蒼白的臉色不見了，腰板也好像挺得更直了。她快步向豐盛胡同拐進去，一拐便到了一號門前，伸手掏鑰匙的空兒，抬頭一瞧，正好和我照了個對面兒。

「喲，是姑娘啊！挺好的吧！」

「挺好的。」隔著丈把寬的小胡同兒，我向前邁著步兒回答著。

她笑了笑，逕自開了門進去，門在她身後無聲地，嚴絲合縫地關上了。

「我常說我師傅，人家夫人都不急。你急什麼？用得著你打抱不平嗎？真是的，斗大的字兒不識一擔，還給人家大作家打抱不平，不是找死嗎？現在可好了，天天在學習班作檢查，圖的是什麼？」背後的年輕人一邊抹桌子，一邊自言自語。

我停住了步兒，轉過身來。

「這位同志，在哪單位做事啊？」

「插隊的。」

「哪年？」聲音又熱烈，又充滿了同情。

「六四年。」

「喲，我姐也插隊了。六五年。」邊說邊往回走，「沒什麼吃的了，熱湯總有一碗。你先進來吧，咱們關上門兒，外頭多冷。」

他伸手在門外掛了個「休息」的牌子。我們走進來，他關上了門。

我坐下來。他雙手捧著一碗熱湯放在我面前。他在對面坐下來。這真是一碗湯，清澈見底，浮著幾絲白菜，隨著熱氣散出一股酸辣味兒。我在碗邊上捂著手，暖和多了，更何況，碗裡還漂著幾朵油花兒呢。我感激地笑笑，拿起了勺子。

「我姐在延安插隊。信裡說得可好了，又是在革命聖地啦，又是發揚革命傳統啦。回來一說，一個勞動日掙不到八分錢。北京什麼都是好的，什麼都往回帶。」

我看他的樣兒，真心疼他姐姐，就笑著跟他聊了一會兒。

「你剛才說你師傅為人打抱不平？」

「可不。豐盛胡同舒家出了事，老爺子跳了湖。人家家裡人都不急，他急得團團轉。牆倒眾人推嘛，有人罵街，你就裝聽不見不就完了嗎？不介，非要替死人打抱不平，這不麻煩了。學習班越辦越蝎虎，現在有人說舒家老爺子死以前還把什麼東西交給了他，是什麼小說的稿子。這不是見鬼的話嗎？我師傅除了小人兒書，什麼書都不看，怎麼會呢？現如今街道上的人就一口咬定我師傅手裡有東西，整得他死去活來。唉！真是的，哪兒能呢？這個年頭兒，可是不能強出頭！」

小伙子最多有十七、八歲，說出話來老氣橫秋的。

我站起身來：「多少錢？」

「一碗湯，還值什麼錢？插隊的，夠苦了。」

我笑了，謝了他，戴上口罩，又鑽進北風裡。

車身晃盪著，豐盛胡同一號的門好像在眼前晃著。人不在，院裡的梅花也沒人照管了，沒見牆頭的紅梅嘛。今年冬天奇冷，可能也是一個緣故。天太冷，連梅花都不開了嗎？不大對吧！

我正胡思亂想著。

車子經過動物園門口。小角門上，有人排隊，隊挺長挺長的，拐過街口往展覽館那邊蜿蜒。人們在寒風裡瑟縮著，人人手裡夾著或抱著一個包袱，一個個看過去，竟無一例外。正想找人問問，這是幹什麼的。後邊一個孩子的聲音響了。

「二舅，他們排隊買什麼？」

「不買什麼。」

「那幹麼排隊？他們都帶包包，準買什麼好東西。」

「討厭，吵什麼吵？煩死了。」

沒聲了，作舅舅的可能於心不忍，壓低了聲音說：「現在不叫養貓養狗了，他們得把這些小動物送到動物園去。」

「給人看？」

「嗯。」舅舅含糊不清地回答。

「哈哈！我來告訴你，這貓啊狗的，都是資產階級的玩意兒。他們得把這些寶貝兒送到動物園去，餵老虎。這可是一舉兩得，破了舊思想，又省得給老虎買吃的，真是公私兩利。知道了吧？哈哈。」

哈哈聲很響，持續了好一會兒。身後的兩個人大氣不敢出地悶坐著。我暗自慶幸沒糊裡糊塗地開口問人。年輕人說得對，萬事不可強出頭，少說為佳。

「到站了，到站了，中關村啊！」是售票員的叫喊。

「這車不到頤和園嗎？」有人瞥一眼她左臂上的紅袖章，怯怯地問。「你沒長眼睛嗎？這是區間車，上車也不瞧清楚點兒！」繼續嗒呼著。

車子停在北大南門不遠的站牌前。這個進出過無數次的大門對我是那麼陌生和遙遠。就在這個時候，我忽然明白了，大學跟我只怕是再也無緣了。這個想法不知為什麼那麼強烈地占住了我的心，腳下不由得沉重起來。

向左、向右轉了幾個彎，來到了彭伯伯的窗下，很自然地伸手去按鈴，又縮了回來。雪白的抽紗窗簾不見了，窗子上掛著的是一塊綠色的布，鑲有粉紅的花邊，俗氣得不堪。忽然，窗戶打開了，一盆髒水直接從窗口潑了出來，跟著，出現了一張頭髮蓬亂，面目浮腫的臉。我趕快溜之大吉。回頭一看，房子的另一面有不同顏色的窗簾。大概是分作兩家居住了，共用一個衛生間。難怪！

科學院宿舍死寂，我向大門走去。一隊摩托車從背後風馳電掣般衝過來，眼前只覺得掠過一片草綠色。我趕快閃在路邊，小心地往前蹭著。

「笑什麼？笑？」一聲吆喝，跟著是摩托車煞車的一片亂響。

下意識的，我再往路邊靠，站在一棵大樹下，往前看著。

這時我才發現，騎士們竟然都是女的，不僅個個身穿棉軍裝，戴軍手套，腰間扎武裝帶，而且都剃了光頭，不戴帽子，整個腦袋被風吹得紅通通的。為首一個，大聲吆喝著的，竟是高冀芬，大嘴快裂到了耳根，而且線條下垂，兩眼露著凶光，加上沒有頭髮，更不像一張人臉了。

被他們圍在當中的是科學院的一個清潔工，花白的頭髮，手裡拄著一把大耙子，正把路面上的枯枝、敗葉耙到一起。

「我沒笑，我沒笑……」老人雙手亂搖，兩腿快要跪下去了。

「沒笑？你現在還在笑！我讓你笑個夠。」高冀芬伸手解下她的武裝帶，掄圓了，皮帶的銅頭帶著呼呼的風聲向老人的頭上砸下去，老人倒了下去。

「快，別，別……」大門口傳達室門開了，跑出來一個中年人，躬著腰，跑了過來。

「高司令，高司令，老王頭的臉部神經麻痺十幾年了，什麼時候看著都是這個樣子，……他絕不敢、絕不敢笑革命小將。我說的句句是實……您、您可以查。」中年人一邊說，一邊彎腰、點頭，真是怕極了的樣子。

我忽然覺得右邊的大衣袖子被人拉了一下，聽見一個低低的聲音：「往右轉，快跟我走。」不自主地，我就向右一拐。是方朔！

「快走，別讓高冀芬看見你。」

大概是我一身鄉下打扮沒惹起注意。我剛離開就聽到了摩托車起動的聲音。

「你怎麼到這兒來了？」

我沒回答。老人倒下去的影子還在我心頭晃著。

「上個禮拜，北大造反兵團分三批去參觀了北京文藝界舉辦的幾個展覽會，其中有你們家的。這個時候，你在北大出現，真是……」

「現在，我怎麼出去？」

「現在，你隨時可能遇見熟人，太危險了。到我宿舍去坐一會兒，好在冬天夜長，早早就天黑了，天黑了再走。」

「你宿舍在哪兒？」

「進東門不遠就是。我們從燕東園宿舍區過去。」

在「東2」宿舍樓前站住。大樓門口傳達室的小玻璃窗前站起一個人來，伸手拉門，把頭探出門外。

「小方，那是誰？」

「我同學，剛從石景山來。」滿口瞎話，說得挺順。

「噢，填個表吧。」

第一次，我在一張公家的表格上寫上「王玲；女；二十二歲；職業工人；單位：石景山鋼鐵公司翻砂車間；家庭出身：工人；本人成分：學生；政治面目：共青團員；所來目的：探望中學同學；所帶物品：無；抵達時間：四點。」

方朔在旁邊若無其事地看著，然後撕下小聯，放在兜裡。

大樓走廊裡一塊大衣鏡擦得亮晶晶。進了宿舍門，熱氣撲面。地上是腥紅的地毯、書桌、椅子、梳妝臺，一應俱全。兩張單人彈簧床上鋪著厚厚的毛毯，床中間一個大櫃子，櫃子上有一個三層的書架。

「這是什麼宿舍？」

「阿爾巴尼亞留學生宿舍。」

「你怎麼住在這兒？」

「每一個留學生宿舍有一個中國學生，從前，多半是學生會的政治幹部，現在多半是高幹子弟。」

「你也算高幹子弟？」

「不，是她安排。」隨手一指。我才發現在梳妝臺的鏡子前有一張十吋的大照片，是高冀芬，上了色。上色的人小心地鉤出她的口形，小了許多，臉也就像人一點兒。我伸手啪地一聲，把照片扣在桌面上。

「你還是嫉惡如仇。」方朔苦笑。

「那個留學生呢？」

「回國度假了。」

屋子裡太熱，我摘下頭巾、口罩、脫了大衣，在椅子上坐了下來。

方朔從暖水瓶裡倒了一杯熱水給我。兩手捂著熱茶杯，心裡慢慢平靜下來。往書架上看過去，三排書脊都是中文的。猛的，我的視線停住了，兩本書的書皮紙是一模一樣的乳白色，書脊下方畫著兩個一模一樣嫩綠的小芽。抽出書來，果不其然，是讀過不少次的《大衛・科波菲爾》書頁上留下了各種痕跡。

「抄家抄得這麼厲害。這種書你還插在這兒？」

「嗨，這你就有所不知了，我們造反派常常出去抄的是別人的家，有時候，還把『禁書』拿回來呢！你看……」

他彎下腰，從櫃裡拿出幾本書。

赫然是直排本的《金瓶梅》、《飄》、《紅與黑》。裝訂精美。不錯，四九年以後，這些書確實是「禁書」。

「你也是造反派？」

「當然，我爸爸雖然在文化界，可他已經有二十六年黨齡了。再說他又不是當權派，跟三〇年代文藝黑線也沒有什麼關係。我當然參加造反組織。」回答竟是振振有詞。

「那，剛才，你又為什麼讓我躲開高冀芬？」

「她們，她們是東方紅造反兵團的。清一色高幹子弟。專搞武鬥，威名遠揚。你要是落在她們手裡，她們大概什麼刑法都會用的……我們到底是同學。」他有點黯然。

「刑法？」

「今天的北大，早就勝過了歌樂山的中美合作所。古今中外什麼殘酷的刑法都已加工提煉，使之更加有效，而且加以廣泛地運用。那就是兵團司令，也就是當今名人高冀芬及其屬下的傑作。」言談話語之間，情緒似乎非常複雜。

「你是哪一派的？」

「新北大。我在大學兩年，別的沒學會，溜門撬鎖，偷拍文件，收集黑材料，學得不錯，而且融會貫通，靈活運用，甚得其法。」

「你是念中文的，畢業以後，作什麼？」聲音裡的憐憫，我自己都聽得出來。

「中文？中文跟我是沒有什麼大關係了，也許，結婚。」

「是她？」我朝那扣在桌上的照片點了一下頭。

「嗯。」

「然後，照她的安排生活？」

「誰知道，也許做政治工作。現在，政治第一，能玩兒政治，就有了一切，否則就會喪失一切。」說著說著，竟慷慨激昂起來，剛剛出現過的迷茫和苦悶一剎那就不見了。中學時代雖口齒不清，但聰明、靈秀的青年確實不存在了，面前的人竟是個混蛋！

我忍住氣，向他打聽校內的熟人。個個營壘分明：「鬬牛棚」、「進學習班」、參加某「革命組織」、「逍遙派」等等，各有所屬。

「對科學院的情況，你熟不熟？」

「略知一二。」

「那些從國外回來的老科學家呢？」

「得看是誰。像錢學森那樣的，早就被周恩來保護起來了。像錢偉長那樣的死硬派，現在大概已經是靶子了。」

「錢偉長是中國的力學之父，是人類的精英！」我的火氣再也按捺不住了。

「韓秀，不是我說你，識時務者為俊傑，你的老脾氣是得改改了。『科學救國』早就批得臭不可聞。你難道還不清楚『只有社會主義才能救中國』的真理！」他真是苦口婆心，似乎對我的頑固非常惋惜。

我茫然地看著杯子裡的水，搖著，水到了杯子壁，又溜下去，上來，再溜下去。耳畔，方朔的聲音還在喋喋不休。「……千萬不能頑固不化……後悔就來不及了……」

窗外暗了下來，我放下杯子，站起身來：「我得走了。」

「我送你。」

「不必了。你在會客單上簽個字吧！」

他在會客單的小聯上簽了字，看看錶，填上客人離去的時間：五點十七分。

「現在北大簡直像游擊區一樣，等會兒天完全黑了，各種行動該開始了。而且，各種武器裝備應有盡有。除了飛機以外，什麼常規武器都開進了北大校園。你當心一點兒。」

「該來的總會來的。你請留步。」

穿戴整齊。經過傳達室，從小窗遞進了會客單，看傳達認真地將小聯貼在本單上，道了再見，心裡總算鬆了一口氣。耳邊的囉嗦關在了大門內，耳旁清淨了不少。心裡更覺釋然。

辨認一下方向，從這裡到南門，正好有條筆直的馬路，間隔不遠還有路燈。有的地方路燈已不見了，只有路燈桿黑糊糊地站在那兒。想必是武鬥時打碎的。也不一定，搞運動，校園裡一團糟，路燈已經變成微不足道的小事，無人問津了。

路左邊低凹處傳來鐵鍬、鎬頭的叮噹聲，是在修工事，挖地道？

路右邊傳來一聲吆喝：「站住，幹什麼的?!」

「北國風光。」

「你怎麼才回來？」

「閒言少敘，參謀長呢？」

「在裡邊兒。」

有口令有暗語。真像那麼一回事呢！連走帶跑，總算出了北大。頭也不回，對直穿過馬路向汽車站奔去。

依然是小燈如豆，外婆燒了一大鍋水，等著給我下麵呢。

「一共四個雞子兒，我一頓就吃兩個。趕明兒您吃什麼呀？」我抗議了。

「在家千日好，出門一時難。何況你的路又那麼遠。林則徐充軍的地方還比你近三千里呢。」

一老一少，圍著火爐，遞著暖心的話兒。外婆用一塊豆腐乾兒，沾著芝麻醬，吃得有滋有味。我一邊吃麵，一邊把今天的所見所聞如實稟報。外婆不時插進一句評論。心裡的火和冰都慢慢平伏下去了。

待到一小盅白乾兒下了肚，外婆把酒瓶子之類的塞進碗櫃角落，這才燃上一支菸，打開了話匣子。

「抄家的時候，笑話可多了。」

「什麼笑話？」

「說來真好笑。三年自然災害，咱們『吃』了點兒金子，可我手裡還留著幾條小黃魚，心想等到你結婚，我還能給你點兒東西。知道紅衛兵們快來了，我就把金子都扔進爐子裡。心想，真金不怕火煉，等他們走了，灰也冷了，我再拿出來。」

「好主意！」我手舞足蹈。

「哈哈，他們比你聰明，一進屋，就奔爐子去了，端到院子裡，底朝天一扣，不但拿走了金子，也毀了我的爐子，你說奇不奇？」

「他們怎麼知道，有人通風報信？」

「不是。後來我才聽說，他們抄家抄出經驗來了，進門就端爐子。不但有人在爐子裡藏金子，也有人把什麼要緊的字紙匆匆塞進爐子。來不及燒完的，也就成了罪證。嗨，無奇不有就是了。」

「外婆，您好像挺輕鬆的。」

「為什麼不輕鬆？金子也好，什麼也好，身外之物而已，丟了就丟了。不少人連命都丟了。我們祖孫兩人還能在這兒熱呼呼地吃麵，真是萬幸了。」

「外婆，明天一早兒，我就走了。」

「我知道，過了這一劫再回來。只要我還活著，總會給你平安信的。」

屋子很小，可也盡夠了。我覺得從未有過的舒適和安靜。

爐火熊熊，我想站起來添一塊木柴，站起來，背上一陣痠痛，不由得彎下腰。你馬上伸手把我按下去，順便又塞過來一個靠墊。

「別動，我來加火。」是你溫柔的聲音。

「我有十二年的燒火經驗，還是我來吧！」

「不必。」你已經在壁爐前忙個不停了。

背上的骨頭終於不疼得鑽心了。我靠著絲絨沙發墊，長嘆了一口氣。

「聽點什麼？柴可夫斯基？」你問。

「好。」

音樂聲滲入夜空，深遠、渾厚。靈魂在極度的疲倦之後靜下來，休息片刻。

鬼域（下）

西方流傳著一個政治笑話，說是莫斯科老百姓的幸福觀是這樣的：如若祕密警察深夜造訪，並聲言：「彼得．彼得羅維奇，你被捕了。」而睡眼惺忪的你能拿出身分證，並朗聲回答：「對不起，我是伊凡．伊凡諾維奇。」那就是莫斯科人最大的幸福了。

可憐的北京市民沒有這樣的幸福。公安人員造訪時，絕沒有找錯人的機會。街道委員會遍布每條胡同，積極分子們不僅知道每家姓什名誰，祖宗八代的歷史，而且熟知每家的財產情況、鄰里關係，連你家有幾個盤子碗都清楚得很，怎會迂到張冠李戴弄錯姓氏呢？所以北京人若要得到莫斯科人可能得到的幸福，必得多動腦筋，研究應對之道，方有一線機會。

我和公安人員的相聚機會不少也不多。第一次就是我在六七年元月碰上的一次，當時的我緊張萬分，事隔多年，回想起來，只是僥倖而已。

從西郊回來之後，和外婆在燈下，在黑暗中聊到半夜，桌上的小鐘指到兩點半，院內忽然響起雜亂的腳步聲。外婆和我都一下子坐了起來。外婆還沒找到鞋子，敲門聲響了，當時我雖然毫無經驗，但下意識的，一把將外婆拉回床上，讓她躺好，一邊跳下床，開燈應門。

門一開，是田叔茂打頭陣，身後跟著兩個穿制服的民警。後面還跟著不少人，有男有女，足足二十來個，多半是生面孔。

「查戶口！」田叔茂神氣活現。

「外婆，咱們的戶口本兒呢？」我向床上的外婆轉過身去。

「抽屜裡。」外婆十分從容，靠著枕頭，半躺半臥。好像查戶口是家常便飯。

一個民警伸出手，拿起我家只有薄薄兩頁的戶口本，看了一眼，從胸前衣袋抽出一支筆，拿出一個小本子，翻開來，開口問我。

「叫什麼名字？」

「韓秀。」

「跟戶主什麼關係？」

「祖孫。」

「外祖母跟外孫女，她們家沒有男的。」田叔茂在旁邊補充，嘿嘿笑著。

「家庭出身？」民警繼續問。

「職員。」

「舊職員，偽職員。」田叔茂又補充。

「本人成分？」

「學生。」

「職業？」

「插隊青年。」

「插隊的？」

「對了。」

「哪年吶？」民警抬起頭問我。

「六四年，北京市第一批集體插隊的。」

「你母親就你一個孩子，怎麼也插隊了？」他皺著眉頭。

「不知道。」我回答。同時我發現插隊的事實使民警臉上的表情柔和了，而且田叔茂大大的不自主起來。另外一個民警對裡屋門上的封條瞥了一眼，開了口：

「你回北京，怎麼不來派出所報臨時戶口呢？」

「田叔茂說，住三天以上報臨時戶口，不住三天以上的，在傳達室申報一下就可以了。」

手裡拿著小本子的民警狠狠瞪了田叔茂一眼。又問：「她在你們傳達室登記了沒有？」

「登記了。」

「她回來幾天了？」

不等田叔茂搭腔，我遞上了火車票：「今天是第二天，明天一早就走。這是火車票。」

「嗯，明天一定要離開，要不然可是你自己的麻煩。」民警把車票還給我，轉身走出去。

一堆人亂鬨鬨地擠了出去，我心裡突突直跳。心想火車票居然封了他們的嘴。他們竟沒有問我要公社證明！謝天謝地。

我呆呆地看著地板上骯髒的腳印，忘了該做什麼，靠著桌子站在那兒，覺得好累。門輕輕地推開了，一個身材高大的人在門框上低一下頭，走了進來。

此人熊腰虎背，頭髮略有一點灰白，兩隻眼睛裡閃著笑意，逕直走了進來。

「我姓戴，本單位造反派的負責人。」他拉過椅子，一屁股坐了下來。我聽見身後的響動，外婆點著了火，噴出了一口菸。

「你母親在學習班表現得不錯，交代也還算徹底。我們嚴格執行黨的政策。你母親希望第一批離開學習班，工資可以照領，也可以回家住。相信群眾，相信黨，這本來就是她唯一的出路。」

我只是呆呆地聽著。

「你和她不一樣，十七歲就參加革命了。努力改造自己，我們也有耳聞。可是十七年的影響是根深柢固的。這你也不能否認吧？」

我還是一聲不響，但腦子開始動了。

「特別是，我們認為，你在新中國長大，一定對美帝國主義侵華史有一定的了解。解放前，美國兵開著吉普車在街上橫衝直撞，壓死中國人，照樣逍遙法外。可就在那時候，你母親就跟著那麼一個美國人跑了，還生下了你，你想想看，這種行為不是民族敗類、歷史罪人的行徑，是什麼呢？」

他口沫橫飛的樣子，竟像在法庭上宣判我有原罪一樣！一股怒火在我心裡翻騰。身後傳來外婆的咳嗽聲。我咬緊牙關，一聲不吭，把火氣強壓下去。

「你回去之後，要好好認識自己的這一段歷史，和這段歷史徹底劃清界線。現在有你在山西的領導和同志在北京，我們會和他們不斷保持聯絡，希望你能在勞動中改造自己的世界觀，重新作人！」

看我依然一言不發，他站起身來。

「明天你母親不能回來送你，我的話你好好想想。頑固不化是沒有好結果的。時間不早了，我走了。」

關上門，掛上門鉤，轉過身來，靠在門上，我深深地呼出一口氣。猛然間，我發現外婆臉上鐵青，正一口一口地噴著菸。

「外婆，你認識這個人？」

「何止認識？他的骨頭燒成灰，我也會認出這條狼！」

外婆慈藹的臉上竟充滿了怨恨。我從未在外婆安祥的臉上看到過這樣的表情。

「外婆！他是……」

「他叫戴敬德，其他的，我現在不想談。」外婆緩了一口氣，拍拍我的手背。

「看起來，遠走高飛是對的。越遠越好。要不然，依你的性子，拚掉了性命也是大大的划不來。」

「外婆，我不知道什麼時候才能回來看您。」

「放心，我總會好好活著，看這般東西的下場。你要好自為之，二十歲的女孩子，千萬自重、自愛，別讓我為你擔心。」

「外婆，我記得了。」

第二天清早，外婆從口袋裡摸出五元二角五分錢，放在我手心裡。

「外婆，您把最後一分錢都給了我，您怎麼辦？」

「拿著，我總有法子。姓戴的不是說了嗎？你還不放心？」外婆脣邊浮起一絲苦笑。

手裡一個小包，包裡有那雙千針萬線的襪子。襪子裡緊緊裹著那隻小銅壺。我走了。貼身的口袋裡加上了一卷錢，錢上還帶著外婆的體溫。

「好孩子，留得青山在，不怕沒柴燒。記得！」

耳邊還響著外婆的叮嚀，我上路了。

門鈴響了，你站起來去開門。

「啊！你好！」

「你們的信。」

「謝了，進來坐一下吧。」

「不了，明天見。」

「是康先生？」

「是。他在學校念書念到四點半，等信來了才回來。」你邊說邊坐下來。

「誰來了信？」

「是貝先生。我託他在日本替我們物色一下車子，他來信講了情況，開了一張單子。」

「我們在北京只有兩、三年，車子又不能帶回美國，不必買太好的吧！」

「我同意，但一定要四個門。」

「為什麼？」

「外婆八十多歲了，要是我們陪她老人家出門，兩個車門的車上下不便。對老人來說，舒服是最要緊的。」你回答。

多少世態炎涼真的已成過去，心頭的暖意竟使我一時開不了口。

「後來呢？」你放下信，輕輕問。

後來，那是一連串見怪不怪的日子。

三天不見的北京站又有了新的氣象。滿牆是大字報、小字報。滿地紙片，加上旅客的鞋底帶進來的泥、水，汙七八糟。候車室橫七豎八堆滿了人，空氣汙濁不堪。我目不斜視地找到了京包線的站臺，照例檢票上車。北京畢竟是起始站，車門口還有一個檢票的女乘務員，胸前別著「三八列車組」的證章。我排著隊，移動到她面前，把車票遞過去。

「吐魯番。」我報了地名。

她隨口唱一句：「吐魯番」，並沒伸手接我的票，這時我才發現我前後的人手裡都沒拿著票，只是唱一句地名而已。心想，這上車不檢票大概也是鐵道部奪權以後實行的新政策吧！

好不容易，找到自己的座位。一看，座位上竟躺著一個軍人，一人占了三人的座兒，正在吃著一個蘋果，一邊吃一邊把蘋果皮吐在地板上，一邊還罵罵咧咧的：「酸得掉牙，他娘的。」

「同志，對不起，我的座號是九十七號。」我還點了一下窗口那個位置，意思是只要他坐起來，我能在窗口那兒坐下就成了，決沒找麻煩的表示。

他坐起來，把軍帽拉正，看看椅背上的號碼，又莫名其妙地看看我，站了起來，向通道對面的人喊：「喂！老冬瓜，這坐車還有號兒嗎？不是逮哪兒坐哪兒？」

應聲的人把手裡的撲克牌甩出去一張，頭也不回地答道：「人家有號兒，你就挪窩兒吧。」又甩出去一張：「嚷什麼嚷！」

我左右看看，通道左邊是兩個位子的座位，每四個位子成一組，靠窗一張小桌，打牌正合適。右邊是三個位子的座位，六個人對面坐著。左右兩邊，到處是草綠色。

伸手撣去了椅子上的蘋果皮，挨著車窗坐下來，不想一抬頭，和那「老冬瓜」的視線碰個正著。那個「老冬瓜」一點兒也不老，軍帽掛在衣鉤上，風紀扣敞開著，翹著二郎腿，正瀟灑地和其他三個軍人打著「百分兒」。

我把頭轉向窗外，還有不少人在上車。

車身劇烈地晃了一下，我回過頭來。對面剛才還空著的位子上坐了一個身穿藍制服的青年。中等身材，眉目清秀，看上去也就是二十剛出頭的樣子，一雙手手指又細又長，正在剝一個橘子。小桌只有一尺見方的大小，他的一張包裝紙卻占了大半張桌子，他一邊把紙往懷裡拉著，一邊忙著道歉：「對不起，我把桌子都占了。」

「沒什麼。」包裝紙上印著「溫州×食品公司」的字號，聽他的口音有很濃的南方味兒，心想他大概是溫州人。

他的鄰座和我的一樣，都是軍人，正伸著頭，幫通道那邊的「戰友」們「參謀」著，他們是真的「參謀」，不僅出謀劃策，而且緊張得滿臉通紅，看來非常的稱職。通道那邊的「老冬瓜」在我斜對面依然瀟灑地甩著牌，過了一會兒，他手裡出現了一根過濾嘴的香菸。馬上，他身邊的人劃著了火柴。他優閒地用左嘴角叼住菸卷，從右嘴角噴出煙霧。在煙霧中瞇起眼睛，愉快地聽著邊上人發出的「真香！」的嘖嘖之聲。

車身晃著，窗外夜色朦朧，漸漸黑了下來，頭靠著車窗，打了個盹兒，只覺得右肩被什麼壓住了，伸手推一下才知是鄰座，同時也聞到一股汗酸味。站起身來，向車廂連接處的洗手間走過去。洗手間門口，一位女乘務員正在把垃圾掃進垃圾桶裡，我站著等。

她直起腰來，用套袖抹一下汗水，看著我，笑笑，竟是上車時的檢票員。「您又檢票，又搞衛生嗎？」我問。

「現在搞運動，車上人手少，大家都忙點兒。」她靦腆地笑笑。

「您有什麼貴重東西沒有，我們可以替您保管。」她又說。看我沒什麼反應，又加了一句：「這會兒，車上沒有什麼買票的乘客，挺亂的，我才問您。」

我掃了一眼在我座位上方衣鉤上掛著的藍布書包，笑笑：「謝謝您的好意，我沒什麼要存的。」心想，不愧是「三八列車組」，全國的模範，到了這天下大亂的節骨眼兒，還能為乘客著想。

出了洗手間，我楞住了，我的座位附近一片吵嚷呼嘯聲。好容易擠回車廂一看：「老冬瓜」一隻腳蹬在座位上，手指著自己的褲腳，嘴裡喊著：「給我舔了，給我舔了。」站他面前的是那位不久前跟我說過話的女乘務員。她臉色慘白，一手提垃圾桶，一手拿掃把，眼淚在臉上淌著，嘴脣哆嗦著卻說不出話來。

我低頭一看，垃圾桶裡有不少東西，其中有一個紙團，上面露出「溫州」二字，想必是對面那位乘客丟進去的。地板上還有一小堆蘋果皮，又溼又髒，在人腳下踩了一天，變成了紫黑色。通道上有水漬，掃把上也是溼漉漉的，而「老冬瓜」草綠色的褲腳上有一點掃把的痕跡，寸把長。

「對不起，……車一晃，我沒拿穩，……等一會兒，您換下來，我給您洗。」乘務員結結巴巴地說。

「甭、你現在給我舔了。……」「老冬瓜」的嘴角撇著，兩頰拉出了兩條皺紋，又深又長，形狀真像冬瓜。周圍爆發出一片鼓掌、喝采、打口哨的聲音。

女乘務員放下垃圾桶，從口袋裡拿出一條小白手帕，流著淚，顫聲說：「我給您擦。」

「啪！」的一聲，「老冬瓜」伸手打掉了白手帕，又一拉，女乘務員立腳不穩，一個踉蹌。

我覺得身後有人擠過來，回頭一看，幾個女乘務員和列車長站在我身後。列車長是位中年婦女，緊抿著嘴，眼圈兒紅著。

回過頭來，卻覺得眼前一晃，女乘務員被人扶起來，又順勢一推，跌進列車長懷裡。

「怎麼著？想找碴兒嗎？」「老冬瓜」把腿從座位上挪下來，站在通道上，他的旁邊、身後圍滿了軍人。環顧一下四周，「老冬瓜」有恃無恐：「狗拿耗子，你小子多管什麼閒事！」

「對了，這個閒事我管定了。」我嚇了一跳，可不是那個溫州人嗎？他站在那兒，車身晃著，他腳上的一雙鬆緊口黑布鞋卻像生了根，釘在那兒，不動了。

「後撤！」溫州人給了我一句。不由自主，我後退了一步，咦，身後沒人了。外車廂擠過來看熱鬧的和列車員們一個都不見了。我縮進了車廂連接處。

只覺得車身猛地晃了一下之後，停下了。沒有廣播員的聲音。大概是個不知名的小站吧？

「老冬瓜」慢慢地抬起手，一把扯掉了領子上綴著的紅領章。他旁邊、後邊的人也都甩掉了帽子，一片聲響地扒掉了領章。

說時遲，那時快，眼前一片草綠色，一群人向那溫州人撲了過去。只聽一陣「哎喲……」、「我的媽……」、「啊……」。

又像割草一般，草綠色中冒出了一點藍，這個藍點越來越大，終於站了起來，腳下是一片綠草、紅花。「老冬瓜」的臉上紅的、紫的，什麼顏色都有了。

還沒容得我回過神來，那溫州人一手抄起我掛在衣鉤上的書包，一手抓起行李架上的兩個旅行袋。

「快走！下車！」

我抬頭一看，車廂那邊的軍人已都擁了過來，正值停車，他們跑得不慢。轉身，推開車門，跳下去。腳剛著地，汽笛一聲長鳴，列車從身後衝了過去。定睛一看，那青年已穩穩站在站臺上了。

「這是什麼地方？」

「七條溝，地圖上沒有名的小站，已經在甘肅境內了。列車停在這兒加水。」

「那怎麼離開這兒呢？」

「十五分鐘以後，有一輛慢車經過這裡。」

那個時候，快車可能比慢車更慢，我也沒放在心上。

「你怎麼對這一帶那麼熟悉？」

「走過幾趟。」語聲誠懇，毫無惡意，雖然站上夜色朦朧，但我們隔著兩公尺距離在說話，倒覺得相當安全。晚風吹著，雖然冷，可是離開了那汙濁的車廂，卻也覺得精神一振。

「你剛才為什麼要那麼做？」

「那些高幹子弟也太沒有人味兒了。」

「你怎麼知道他是高幹子弟？」

「除了他們，誰能那麼囂張？」

「那你為什麼把我也拉下車？」

他向西一點，「還有那麼遠的路，跟他們擠在一起，你受得了嗎？」他說的是實情。

「你去哪兒？」我問。

「烏魯木齊，比你遠一點。」

「你也是兵團的嗎？」

「南疆兵團。」

「幾師？」

「三師。」

「三師？那你為什麼到烏魯木齊去？」

他低頭拎了一下手中的旅行袋：「我有一個同學在烏市近郊支邊，在煤礦上。井下勞動條件太差，不到一年就得了矽肺。家裡給他寄吃的東西，他總是收不到。我回溫州探親，他母親千叮嚀萬囑咐要我把這包東西送到他手上。所以，我一定得去一趟。」

「你是哪年支邊的？」

「一九六二年。那時候我剛高中畢業，一轉眼四年了。」

「說了半天，我還不知道你的名字呢。」

「蘇立榮。」他伸出手來。

「韓秀。」我也伸出手。他的手看起來細細長長，手心卻又硬又粗，滿是老繭。大概是幹活兒的老手，我心想。「我要到四十八團五連去，以後還希望多聯繫。」

「五連？我在七連，周末去毛拉必得經過五連。」他神采飛揚地說。

我掏出地圖，他馬上畫起來，團部、毛拉巴扎、七連竟成鈍角三角形，樣子好像很近，我也樂了，多一個熟人總是好的。

正說著話，小小的車站來了幾個人。一個手拿小旗滿臉烏黑的鐵路工人搬了道岔之後，站在站臺上往東看著。另外兩個工人走出來，站在水龍頭前邊揣著手說話兒。遠遠的，從夜色中有兩個人走過來，在站臺上拖著長長的影子。一位中年婦女，十分憔悴的模樣，在燈光下，她的臉幾近綠色，身上的衣服破爛不堪。她身後跟著一個女孩子，穿著短到膝蓋的破褲子，光腳穿一雙破球鞋，在四九天的寒風中瑟縮著，小腿和腳脖子都紅腫著。她低著頭，肩上兩條辮子像豬尾巴那麼細，像草那麼乾枯。他們走近了一點，怯怯地站住了。那女孩子抬起頭來，臉上灰灰的。眉眼好像很端正。她們沒有行李，只是悄悄站著。

蘇立榮看見她們，低下頭去。我想，這個人真有同情心，看到生活貧苦的人就會難過。

正胡想著，一列客車進了站。不錯，正是蘇立榮說的那列慢車。站臺上沒有賣吃食的，所以也沒有乘客下車，只下來幾個列車員，接上水管子，往車上加水，順便跟站臺上的工人閒扯著。

車剛停穩，那兩個女人就往站臺中央挪了挪，離車門還有段距離，不像要上車的樣子。

我和蘇立榮往車門走去。迎面，車上下來一個人，四十歲的樣子，除了一身藍之外，還戴一頂藍制帽，其貌不揚，毫無特色，他向那兩個女人走過去。蘇立榮也站住了腳。

「您發發善心，把這大姑娘帶走吧，今年整十八呀！」那女人說。

「有戶口嗎？」

「俺都是集體戶，這是遷戶口證明，公社開的。」中年女人殷勤地點著頭，雙手捧上一張紙。

「嗯。」男人上下打量著那姑娘，又「嗯」了一聲。

「怎麼算呢？」

「啥都不用，您帶她走，家裡少張嘴就救了命了。要是……要是您方便，看著給吧，十斤、五斤都成。」

那男人從制服口袋裡掏出一個夾子，拿出幾張全國糧票。

「五十斤。」

「謝謝，謝謝，我們全家給您叩頭了。」那女人喜出望外，兩手顫抖著，接過糧票。

「走吧！」蘇立榮捅捅我。

上車一看，車內多半是鄉下裝束的老百姓。行李架上都是大小布包袱，找了兩個空位子，我們坐了下來。

「用全國糧票，怎麼可以？……」看著你懷疑的目光，我不禁笑了。

別說外國人不懂，我在中國住了二十年，也還是第一次見呢。全國糧票就是全國通用的糧票，出差、探親的人才會有。而且只有戶口在城、鎮，或國營農場，總之是吃商品糧的人才會有糧票，占全國人口百分之七十的人民公社社員是沒有份的。至於糧票的功用，我從小在城市，到了山西也還在糧棉產區，對糧票兒感情不深，直到踏上西行之路，我才略有所知。說來話長，只好請你下回聽分曉了。

新西行漫記（上）

在車輪噹噹單調的響聲中，蘇立榮簡單扼要的向我解釋著途中所遭到的種種「奇事」。聽著他的話，我不時在想，自己真是白活了二十年，竟然如此孤陋寡聞。窗外的風景灰黃一片，沒什麼看頭，就只顧聽著人聲，看著人動。現在外國人不遠萬里跑去看殘敗的嘉裕關，我當年卻覺得反正以後的半輩子都在關外過了。看嘉裕關的機會太多了，也就沒甚在意。

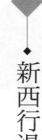

在七條溝上車的女孩子，已經從那中年人手中接過一堆衣服到洗手間去換上了。藍卡嘰布褲子，藍地小白花棉襖，外罩一件混紡柳條罩衣，腳上還穿了一雙黑布棉鞋。衣服、鞋襪都是全新的，只是太寬大了一點。那中年人笑著：「過十天半月，你吃胖一點兒，衣裳就不大了。」那女孩子紅著臉，不斷從袖筒裡伸手指頭摸著棉襖的邊。她大概從生下來就沒穿過一件這麼樣的衣服，更不用說裡面三新的全套行頭了。

「好好跟我過日子，我不會虧待你的。等咱們到了地方兒，我再去弄點兒糧票，接濟一下你家裡人。你家裡還有什麼人哪？」「俺媽，俺大（爹），跟三個弟弟。」「剛才送你來的是你娘？」「不，是俺嬸。俺媽在家，俺大原先在公社石灰廠燒石灰，四年前掉進灰池，燒傷了，癱在床上……」「石灰工人，沒有勞保嗎？」「公社合同工，啥都沒有。」那中年人臉上充滿了同情。緩了緩，又開了口：「年成怎麼樣？」「您問去年？」「嗯，去年。」「啥都沒長，該做活兒的時候，公社叫開會。就這樣的，口糧都分不下，一個勞動日才合幾分錢。多數人家到年底還欠隊上的。」「你是個好勞力，你家怎捨得？」「俺大弟十七、二弟十六都賺整勞力的工分兒，俺家不缺勞力。」問話的人沉穩、親切，答話的人規規矩矩，老老實實，有問必答，沒有廢話。

蘇立榮悄悄告訴我：「那女孩子運氣真不錯。」我好生奇怪，這樣的命運還要算不錯！他告訴我，這位中年人肯定是勞改新生人員。在新疆，人們簡稱之為「新生人員」。他們因各種政治的、經濟的、「刑事」的原因在勞改隊服刑，刑滿之後，就地就業，就業單位幾乎清一色是新生人員。有的服刑前已婚，現在兩地分居，或是家屬遷來同住。兩地分居的每兩年可享受一次「探親假」，時間為三十六天，包括路上所需的半個多月，所以至多在家可住上半個月左右，逾期不歸者，處罰甚重，新生人員多不敢以身試「法」。老婆自願遷來者多數是多年生死與共的患難夫妻，雖然在外人看來，她們在「新生」單位工作，準不是什麼好東西，在本單位她們的政治地位卻在管理人員之下，全體新生人員包括她們自己的丈夫之上，別人不能聽的中央文件，她們能聽，因為她們是「普通群眾」。而在新生人員看來，她們為了自己的丈夫肯下地獄吃苦實在是非常人可比，因而對她們敬愛有加，所以在「新生單位」，她們也可過得「樂陶陶」。至於另外的「王老五」們，不管是從未結過婚的，還是服刑之後離婚的，到了這種只有男人和幾個已婚婦女的「男人國」，就幾乎絕了成家的望。你想嘛，哪個單位會批准女人和勞改犯結婚呢？萬般無奈，他們想到了一招妙法：從河南，蘇北，安徽，甘肅，四川一帶把女性災民帶往新疆，該地地廣人稀，該單位歡迎移民，再者，新生人員有了家室，更為馴服，所以這條路就這麼走出來了。

「四川？別胡說了，那是天府之國，哪兒來災民？」聽了一會兒新「天方夜譚」的我，耐不住了，問了一句。

蘇立榮笑了：「天府之國？那是幾十年前的老話了，現在新疆的『盲流』裡，四川人最多。」

看我茫然的樣子，他不得不又加解釋：災民沒有任何手續，流進新疆，並且落下腳的，叫作「盲流」，盲目流動之意。

「那，那個被人帶走的女孩子算什麼？」

「算『自動支邊』。領導們都希望新生人員在新疆成家立業，不再造反。再說也是變相移民的一種。」

一聽「自動支邊」，我一愣。掏出縣裡證明，還好，上面寫的進疆理由是「支邊建設」，即支援邊疆建設的意思。

蘇立榮伸頭一看：「這個理由和我們一樣。我們從城市支邊，你是從城市到農村，再支邊。我們是集體進疆，你是個人進疆，大同小異都是移民啦！」

正說著話，一個乘務員擠了過來，他「擠」，不是因為車廂裡人多而是他手裡的大包袱太大。他要開他的小門，而我們正坐在旁邊，所以他必得要我們「借光」。

「哥兒們，要點兒大蔥不？」乘務員油腔滑調。

「怎麼？烏市連大蔥都沒有了？」蘇立榮接了腔。

「可不，鬧派系，供應差極了，走後門兒都沒用。車上套購點兒。來，見面兒分一半兒吧！」他挺客氣。

蘇立榮拉開包袱看了看，可不，挺新鮮的大蔥，足有好幾十斤的樣子。「您自個兒都拿了吧！」說著，閃開了道。

乘務員笑著開了門，把大蔥塞了進去。回身跟他身後的老鄉點錢，算帳。我們把頭轉向窗外，只當沒看見。這還只是六七年，等到了六九年以後，這種交易就更為公開而且隨處可見了。

為了「套套交情」，乘務員告訴我們烏市的行情：「商店裡是空空如也，自由市場是要啥有啥，就是貴得蝎虎：雞子兒一塊錢三個，白糖三塊半一斤，布票兒一塊六一米，糧票兒一塊錢五百克。」（新疆布票兒論米不論尺，糧票兒論克不論斤，要不，怎麼是『自治區』呢？）

看我眼睛睜得挺大，蘇立榮又向我解釋，三師是按劉少奇指示組建的，計畫是一九六五年交農墾部批准的。六六年、六七年、六八年，三年屬於國家投資階段，盈虧都沒關係，有吃，有喝，不必擔心。三年後自負盈虧，那就是另外一件事了。不過，三年後，誰又知道怎麼樣呢？劉少奇大概作夢也沒想到，雖然他的計畫還在執行中，可他本人已經被打翻在地，而且被踏上千萬隻腳不知何日才能翻身了。

他又告訴我，在兵團最吃得開的是復員轉業軍人，大小都是個政治幹部，第二是支邊青年，在政治上依照文件精神是「革命青年」。第三是「老職工」，都是早年進疆的，在新疆各地工作了多年，有相當的生產經驗，在生產上他們有價值。特別是「屯墾戍邊」的初期，他們更是生產的主力。第四是「盲流」，兵團領導看他們是「流氓無產階級」，有利用價值，如運用不當，也可變成「刺蝟」。第五是「新生人員」，他們「只許老老實實，不准亂說亂動」，是真正的苦力。第六是披枷帶鎖的勞改人員。

「我們師也有勞改隊？」

「當然，五連、七連、毛拉、工程一支隊這四個點是一個四方形的四個角，工程一支隊就有上千勞改犯。」

我不言語了，蘇立榮也無話可說，只含糊地搪塞著：「以後，慢慢就都清楚了。」窗外的景致越來越單調。在內蒙、寧夏那一段，火車跑個三、五分鐘總可看見人影兒，現在可好，過了蘭州，火車跑上半個鐘頭，連一棵樹都不見，荒涼的戈壁灘上除了幾棵駱駝刺之外只是一片灰黃。每當車停靠在一個小站，就有一大群孩子們伸出烏黑的手向窗口喊著。白天，晚上，半夜都是一樣。孩子們衣衫襤褸、赤腳或趿著破爛的鞋子，每一張臉都黑如鍋底，只有閃著飢火的眼睛在黑的背景上發光。聽著他們帶著濃厚地方味兒的口音，我們沉默著。有什麼可說的呢？誰能有這麼大的本事，給人們吃飽飯？罵別人「禍國殃民」的人自己搞了二、三十年，又怎麼樣呢？這種話是不能說出口的，只和蘇立榮默默交換了一下目光。

終於，吐魯番火車站到了。下車一問，在山西託運的行李已經到了。不輕呢！怎麼拿呢？兩個箱子提上也罷了，加上行李卷和書，實在沒法兒辦。再說照劉錦坤和蘇立榮在地圖上所標明的，從這兒到三師轉運站少說也有二公里呢！

正猶豫間，一位中年婦女在旁邊怯怯地問：「同志，您要搬行李？」「是啊。」「我給您挑。」我這才注意到她手裡有一根桑木扁擔，磨得光光滑滑。把行李取了出來，她俐落地把兩隻箱子拴在一起，另一頭挑上書，扁擔顫悠悠就上了路。我把行李卷扛在肩上，大步流星跟她一路走。因為步子邁得大，加上肩上擔子重，她的腰扭得特別起勁，大襟小棉襖被扯得一歪一歪的，顯得肚子挺大。

「喲，大嫂，您快放下吧，您身子這麼重，怎好做這麼重的事？」

「嗨，姑娘，我三個小子都是做著活兒就落了地，不大緊哪！」

「您愛人哪？」

「他是鐵路工人。我們是一個村的。鐵路修過我們那兒的時候，他被招了工。女工不要結了婚的，我沒法子招工，戶口就還在鄉下，孩子戶口又隨我。這不，一來二去的，眼看有老四了。現在，我們五口都住在站上，商品糧只有一份兒，我在站上打打零工，替人挑挑行李，賺點子錢，買黑市糧吃。反正鐵路職工家屬跟我們一樣兒的有的是，人總是得活著唄，您說是吧？」

她一口氣說了個清楚，說得稀鬆平常。我在心裡掂了掂，戶口，戶口，要命的戶口。五個人吃一份糧，鐵路工人定量高一點，頂到頭六十斤吧，怎麼夠呢？忽然，靈機一動：「大嫂，回頭，我給您糧票，您看怎麼樣！」

「那可好，五斤就成！」

「我給您二十。」

「這可是，給您燒高香了。」扁擔顫得更歡了。這位大嫂不僅幫我挑到了轉運站，而且等我登記了房子，一直把行李給我挑進了屋，塞到了床底下，這才拍拍手，抹抹汗，笑盈盈地開了腔：「我走啦！」

我掏出二十斤糧票，想想又加上五斤，塞到她手裡。

「姑娘，在新疆長住啊！」

「長住。」

「下回到吐魯番，到我那兒串門子，你找喬家的就成。」

「我記著了，吐魯番火車站喬大嫂，再見了。」

「再見。」

三師轉運站是一堆沒遮沒攔的平房，西房一排十間客房，門口有號碼，每間屋擺六張床。北房十間，除了一間辦公室之外，其餘分別為單身職工宿舍和家屬宿舍，也就是轉運站全體職工都住在這兒了。東房一小排，是食堂，廚房跟水房。南邊只孤零零的兩間廁所，面對著黃塵滾滾的戈壁灘。

沒有大門，各種車輛就從北房跟東房之間的空地上開過來，停在「院」當中。

我到的時候已是傍晚，伙房上面霧氣騰騰，大概快開飯了，西房門口堆著一堆人，男男女女，有抱孩子的，有搬行李的，跟普通長途汽車站沒大分別。辦公室的門開著，人來人往，相當的熱鬧，牆上刷了一條毛主席語錄：「你們要關心國家大事，要把無產階級文化大革命進行到底！」墨跡鮮紅。除此之外，並無大革命的火藥味兒。

院當中停著一輛「解放牌」汽車，車身幾乎是紅棕色，擋泥板上的土少說也有兩三寸厚。這麼壯觀的車，在北京、山西都是不容易見到的。

當天晚上，向左鄰右舍打聽路上的情況。據說在轉運站等車等上一個禮拜是家常便飯，有人在這兒已經等了十天了。有兩位抱孩子的婦女，訴說著身上錢糧不夠的窘迫，告訴我：「再等下去就要『彈盡糧絕』了。」我問她們是哪天來的，她們說是三天前。別人笑說：「早呢，早呢。」

打聽了一大轉才明白，公共汽車一月都不定有沒有一趟，旅客們南下就得搭卡車——運貨卡車，轉運站乘客過多，打了地鋪時才會讓一輛卡車載人而不運貨——司機旁邊可坐一至二人。從吐魯番到喀什是三十四元車票錢，相當於一個「兵團戰士」一月收入強。當然，關係和權勢是重要的，如這兩者你都沒有，那大米、火腿、高級菸、酒也是開後門的便利條件。如果這一切你都沒有，那就只好等，等到何時，不得而知。

有人甩了一句：「什麼時候，南疆通了火車，那就好啦！」

「什麼時候？驢年馬月！」有人氣哼哼地回了一句。

急也沒用。而且我急什麼？急著去充軍？所以安安心心住了下來，決心穩紮穩打。

第二天，睡到日上三竿。大人吵，孩子哭的聲音一概充耳不聞。伸手到床下面，盧兼文寄來的書包裡抽出厚厚的一大本。書脊和封面都是自製的，漂亮的美術字大書：「棉花病蟲害的防治」。打開一看，托爾斯泰的《安娜．卡列尼娜》。這一樂，非同小可，趕快躺躺舒服，精神抖擻地看起來。

門口一片吵嚷聲，興奮得語無倫次的女人衝到我的床頭：「來了！來了！」

「什麼來了！」

「車！一輛卡車啊！說是去喀什的。」聽口氣，不知是什麼救命菩薩來了呢。我伸了個懶腰，決心起床了。

院子裡一陣吵嚷之後，那位駕駛員從伙房出來了，看不清他的眉眼，渾身上下，除了從帽沿下掉出來的一縷頭髮是黑的以外，別的地方都是灰糊糊的一片。好不容易我才看出他的工裝是藍的。

站長走了過去：「小王啊，先去洗個澡，睡一覺吧，回頭好擦車，裝貨啊。」

「擦個鬼的車，南疆那路也叫路！全是灰堆，擦也是白擦！」火氣挺衝。

「你這車可是去年的『解放』！」

我心裡一楞，打量一下那灰頭土臉的車，喔！可真像幾十年前的老車，早該棄置不用了。

「去年的車？昨天的車也是一個模樣兒！得了，再找倆人來摸一把吧！」

動。

「來！伙房老張算一個！」站長竟也摩拳擦掌起來。

「三缺一……誰會「升級」？打「升級」的。」那小王向著人們喊了一嗓兒，沒人

「這位北京姑娘，你會玩兒吧！」站長想到了我。

小王看我一眼，也開口問：「北京人？沒錯兒，準會！」

我想，坐著也是坐著。玩兒就玩兒吧。

老張從伙房拿出四個板凳，另一位大師傅扛出一張桌子，我們四個人就在大太陽底下打起撲克牌來。我和站長打對家，小王和老張坐對面。

「瞧著，我和這位北京姑娘非贏你們不結。」站長笑眉笑眼地洗著牌。那付牌跟油耗子似的，髒得可以。

「沒門兒！老張是有名兒的老狐狸，不贏得你們吱哇亂叫才怪哩！」小王接了腔，一雙眼睛一眨巴，直往桌子上掉灰。

我這才細打量這位「老狐狸」。挺平實的一張鬍子臉，小個兒，一雙眼睛笑咪咪的，眼光一閃，果真有點了「壞」意。多半是老牌油子，我心裡掂量著，不言語，摸起牌來。這牌可有歷史了，黏乎乎，黑了邊兒，在手裡軟搭搭的。

一把打完，我跟站長升了級。老張直點頭：「厲害，厲害，這大城市的人就是不一

樣！」洗了牌，發下去，大家又聚精會神戰鬥起來。旁邊還來了幾位觀戰的。不知過了多會兒，牌桌四圍已「完全進入情況」，天塌下來也得忙完這一把了。

「算了，還是用這副打吧。」挺清脆的上海腔。我一抬頭，喔！老張背後不知什麼時候站出一個人兒來，別說小王會目瞪口呆，連我也一楞。

在這灰不溜丟的一群裡，竟站著如此光鮮的一個妙人兒！上身一件一塵不染的深咖啡色呢子外套，裡面還露出鵝黃毛衣的小旗袍兒領兒；下面一條黑色毛的確良褲子，褲線筆直，足可用來削蘿蔔；腳下一雙漆皮靴子，後跟兒竟有一寸多高。小臉兒鴨蛋形，細眉、高鼻樑，頭髮削成「運動式」——運動員們流行的短髮型——烏黑、油亮，在陽光下鑲上一圈光環。額前的瀏海一蕩一蕩的，顯得一雙眼睛水汪汪的，滿帶著笑意。肩上斜背著一個黑色塑膠皮包，上有「上海」兩字，就是人稱「海包」的那種。

更要命的是，她手裡拿著一個絳紫的塑料盒子，變戲法兒似的那麼一開，盒兒裡是兩副塑料撲克，全新的，每副牌還包著透明的玻璃紙呢。

老張師傅站起身來：「你坐，坐下打吧。」

那姑娘也沒讓一下，也沒說句客氣話，拉過凳子就在小王對面坐下來，一雙雪白的手，拿出一副牌來，小手指甲一鉤，玻璃紙掉了下來，兩手把牌一分、一彈、一收，牌像扇面兒一樣，交叉著疊在一起，嘩啦一彈又一落，刷刷留下底牌，又嗖嗖地把牌發到每人面前。牌帶著風聲兒靜靜地停住了，在每人面前只有薄薄的一小堆。

透過一口氣，打量一下周圍。站長笑著，整理自己的牌，老張站在那姑娘身後，並沒露出什麼詫異的表情。「薑還是老的辣」，我心想，定了定神。

最糟的是小王，他先把手在衣襟上擦擦，覺得不滿意，又在褲子上擦擦。這才拿起牌。一手拉著帽沿兒，壓了又壓。我想現在若有個神明能生個法子把他那骯髒的模樣兒遮住，折十年陽壽他都幹。甩出一張牌，他結結巴巴說了話，「這牌真漂亮……」

「王師傅喜歡，就送你。」

「送我?!」小王張著嘴。

「兩副都送你。」姑娘還是溫和地笑著，似乎不以小王的髒樣兒為意，還是一口一個「師傅」地叫著：「王師傅留著玩嘛。」老張和站長交換了一下目光，依然笑著。

打了一會兒，轉運站幾個人眼紅地在旁邊兒立著。我和站長就站起身來，讓他們過過癮。那姑娘一邊兒打牌，一邊兒和小王說笑著，很親熱的樣子。

離開了牌桌，站起來活動活動。太陽還掛在頭頂上，看看辦公室的鐘竟然是下午六點鐘了。聽說從前這裡一直使用烏魯木齊時間，也就是比北京時間晚四個鐘頭。可是，文革開始後，不知何人指責地區時差是製造民族分裂的陰謀之一，因此全國統一使用北京時間。這麼一來，轉運站的工作時間為中午十二點至晚上八點，冬天夜長，一天吃兩頓飯，下午一點跟晚上九點。用北京時間說，也就是早上九點一頓，下午五點一頓，奇奇怪怪的，不太容易適應。

忽見老張向我招手，我走過去，心想：打了幾把牌就算認識了嗎？「韓小姐，我太太請你去喝茶。」一天大的奇事，在北京，除了彭伯伯有時候開玩笑，稱我「大小姐」之外，還從未聽見人這麼畢恭畢敬地稱呼過我呢。還有，他太太？我更樂了，人們稱配偶不管是二十出頭的年輕人還是七、八十歲的老者都是稱「愛人」，哪兒來的「太太」？

楞了一會兒，還是跟在老張背後走了。他住在北房最東邊兒的一間，門口和別家一樣，灰藍的門，門上有四塊玻璃，油漆乾裂了，挺不起眼兒的。

門一開，是一條棉門簾子，藍地白花的家織布，乾乾淨淨。一掀開，嚇！滿屋雪白，飄著輕輕的音樂聲，屋裡沒人，窗明几淨，一張單人床靠著北牆，牆上掛著布床圍子，也是藍地白花。床頭小桌上擺著一架袖珍「熊貓」牌收音機。裡屋門上掛著白布門簾，繡著幾朵藍色的小花朵兒。

我和老張剛立定，裡屋門簾一挑，走出一個人來，頭上梳的是齊耳短髮，身上穿的是陰丹士林小棉襖，裁剪極為合身，身段還相當苗條。臉是胖胖的圓乎臉兒。說她三十歲吧，皮膚不會那麼鬆；說她五十歲吧，又不會那麼細、那麼白。眉毛都拔光了，是畫上去的。微微一笑，口形像一彎新月，她一手提壺，一手拿著兩個茶碗，放下手裡的東西，回身把門簾掛在鉤子上，又走過來，她的腳是「解放腳」，從前裹過的。

「坐，韓小姐。」她拉開飯桌旁的圓凳，先坐了下來。我看看桌兒上的兩個茶碗，沒說什麼，也坐了下來。

「雲山不喝茶，他不是喝水，就是喝酒。」這時我才知道老張的官名兒原來叫雲山。他果然從櫃頂兒上的水瓶裡倒了一大杯白開水，坐在桌邊兒也喝了起來。

「我姓李，這些年了，虧得雲山，我還能活著，還能過這手不提籃、肩不擔挑兒的日子。」她轉頭看一眼老張，笑著。老張還是老樣子，笑瞇著眼兒，不置可否地喝他的白開水。

我好生納悶，這兩人太不匹配了，一個是貨真價實的火伕，一個卻是不知什麼來路，衣著講究，談吐文雅的太太。

「沒什麼消遣，我愛下棋。在這裡很難找到棋友。我們有緣，你來了。想必你是會下棋的，所以，請你來喝杯茶，下下棋。」

看我還楞著，那女人笑了，笑得非常溫柔。「你看著奇怪，是不是？我是李立三的妹妹。」我的天！三、四十年前被清洗的李立三！那是黨史課上的一段，是歷史上的陳跡。而在這兒，在戈壁灘上的一個兵團轉運站裡，在一位老伙伕的家裡，竟安坐著一位歷史上的人物，一位中國現代史上的古董，李立三的親妹妹！

「雲山家世代清貧，從小跟著部隊當了紅小鬼，要不是他跟我結了婚，我早和李家的人們一樣，沒有命了。跟你說清楚了，你才能靜下心來。下棋，頂要心靜了，是不是？」她和顏悅色的，邊說邊引我進了裡屋。

屋裡雙人床邊擺了一張小方桌，上面端端正正放著圍棋盤。棋盤旁邊小碟兒裡幾塊點心發出誘人的香味兒。她在床上坐下，我在她對面的椅子上坐下。她把小碟兒往我跟前推了推：「吃點吧，一天兩餐，鐘點又不對，你大概早餓了。」她善解人意地笑著。看我謝了她，把點心送進嘴裡，她喝了一口茶，笑著說：「說起來，大城市好人家的女孩子來這種荒涼的地方，實在說不過去，實在是不該來的。」她停了一下，話鋒一轉：「不過呢，新疆可是個藏龍臥虎的地方兒，以後的日子長了，你也就知道了。」她笑著，下了一子。

圍棋是外祖父的拿手好戲，外婆的棋藝也不軟。我是從小兒熏的，所以也抓起子，用心下起來。棋子兒是大理石的，滑滑的，涼冰冰的，棋子罐是紫檀木的老東西。我靜下來了。

「雲山，今晚我留姑娘在家吃飯，別讓人來攪和。」

「是了。」老張在外邊答應了一聲，輕輕帶上門出去了。

不知過了多久，我已經完全掉在棋局裡了，對手沉穩、大膽，棋路嚴謹，跟她下棋真可以學不少東西呢。

正下得有勁兒，門外有了響動。

「誰呀？」她下了地，往外間走去。

「李姨，是我，借我熨斗使使。」小王風風火火地推門進來。

「借熨斗幹什麼？有什麼？我給你燙燙就是了。」

「不麻煩您，就燙條褲線，十分鐘就給您送回來。」

我伸頭兒一看，小王一身簇新，乾乾淨淨，大概剛洗完澡，臉上紅撲撲的，頭髮梢還在滴水珠兒呢，一進屋，帶進來一股香胰子味兒。

李姨從櫃子裡拿出一個火熨斗——我們北京人管那東西叫「烙鐵」——遞給小王：「叫雲山給你燒，他燒慣了，溫度合適。」

「噯。」小王接過烙鐵，一溜煙兒地往外走。

過了一會兒，果然小王回來還熨斗，褲子上兩條褲線也是筆直的了，雖不能削蘿蔔，給學生們當尺用還是滿不錯的。

李姨看了我一眼，沉吟了一下，「今晚在我這邊吃飯吧。」

「不了，謝您。」小王抹了一下本已油光水滑的小分頭：「我先得給那位上海姑娘拉行李，然後上貨場裝貨。明天早上啟程返回喀什。」

「噢！這麼快！」李姨笑著：「那姑娘買了車票啦？」

「我跟會計說，這次放空，不讓他賣票了，省得人家說話，說她不知先來後到的。」小王回話兒時，有點兒靦腆。

李姨的眼睛裡閃過一點頑皮的笑意，送出門去。我也跟出去看看。嘿，這可真有點兒意思了。早上，小王那輛他死也不肯擦的車子，現在竟纖塵不染地在大太陽下放著光！小王跑到車跟前，嫌車鏡不夠亮，還從駕駛室裡拿出一塊白毛巾又細擦了一下兒。那位上海姑娘已然端坐在駕駛室裡，還在溫和地笑著。

「李姨？她可真有辦法啊！」

「什麼辦法?!」李姨不大以為然地回了一句：「不過呢，這也是周瑜打黃蓋，願打願挨的事。」她又補上一句。

晚飯之後，小王開車回來了，卡車車廂前邊堆滿了大小旅行袋，五顏六色，用粗繩索綁得結結實實。旅行袋後面才是三師的物資，一箱一箱堆放著。

明擺著，這上海姑娘是剛到的，可是明兒一早就走。那些孀子、大娘們雖氣卻說不出話來：要是小王「對上象」呢，誰願意拆臺！

第二天，天濛濛亮，睡不著了，我爬起來出去打洗臉水。小王正爬在車下檢修。

吃了早飯，那姑娘又端坐在駕駛室，臉上依然是大家熟悉的溫和的笑。小王給水箱加足了水，忙上忙下，一切就緒，喜孜孜地跳進駕駛室，向大家揮手道別，開始發動車子。正在這時候兒，伙房旁邊的通道上走來一個上海青年，衣著整齊，也背著一個大「海包」，拉開車門就要上去。

小王急了：「你是幹麼的？」

「我是她朋友，我們的行李都在你車上。」──一聽「朋友」二字，大家倒吸一口涼氣。誰都知道，現今在大陸，農村青年說的「對象」和城市青年說的「朋友」是一個意思，那就是未婚夫妻的意思，和「同事」、「同學」、「鄰居」、「熟人」、「親戚」等不大相同。

小王盯著那姑娘。只見她點點頭，一臉的天真無邪：「是啊，他是我朋友，我們帶這麼多東西，就是為了回三師結婚的。」

這會兒的小王還說什麼呢？總不能姑娘是單身就拉，姑娘有了未婚夫就不拉呀，只好閉上嘴，發動車子，準備走。

一直站在辦公室門口的站長擰起了眉毛：「下來，你們買票了嗎？」

那姑娘居然從小王胸前探出頭去，笑著說：「王師傅說不必買了。」站長說：「小王是駕駛員，他說不買不行，下來買票！從這個轉運站開出去的車，各個兒都買票，你們憑什麼不買?!六十八塊！一個子兒也不准少！」

看著這一幕，我真想山西的老鄉，老鄉們作夢也想不到這種鬼花樣兒。

老張夫婦走了過來。

「總算還好，買了票。」我說。

老張卻說：「昨天到，今天走，還是上算，這些個滑頭！」

我心裡也有點兒上愁：有關係的開後門兒，有「本事」的連騙帶矇。像我這樣兒的，得等到何年何月呢？

「韓姑娘別愁，明後天雲山的小老鄉魏師傅就來了。這人忠誠可靠，讓他帶上你！」李姨開了腔。

「以後，這位李姨就變成你的轉運站了，我猜得對不對？」你笑著問我。

「可不，就這麼，我也開始建立我的『關係』，在新疆這麼一個見怪不怪的地方兒過起日子來了。」

新西行漫記（下）

正如老張頭兒和李姨說的，魏師傅是個顧家的人。清早到了大河沿轉運站，馬不停蹄，洗車、裝貨，吃了晚飯就要往回返。車上帶著李姨他們早為他預備好的各種產婦、嬰兒食品。當然我也順利地買了票，坐進了駕駛室。腳下一個大竹籃，裡頭有三百個雞蛋。魏師傅抱歉地笑笑：「實在沒法子，雞蛋放在車廂裡，到不了三師就全成雞蛋湯了。」我說：「沒關係，離我的腿還遠著呢。」「車開起來就不遠了。」魏師傅邊說邊把一個小棉褥子放在籃子上。「等會兒，車開起來，省得咯得慌。」

車快開了，老張頭又蹭過來：「多帶上一瓶酒，一條兒菸。五連王連長是個好人。」

看我傻乎乎的。「『研究』、『研究』，就是『菸酒』、『菸酒』。別那麼傻。」他千叮嚀，萬囑咐。我連聲不迭地謝了他，又向站在門口的李姨和站長他們揮了手，卡車就捲起一股黃塵離開了吐魯番。

夕陽西下，血紅的太陽掛在遠處的山凹裡，藍天上連一絲雲彩也沒有。砂石被烘烤了一天，現在卻在迅速地冷卻，空氣也是那麼乾，那麼冷。車開了好一會兒，借著發動機的熱量，我才逐漸地暖和起來。一路上，魏師傅耐心地向我作著各種有關旅途須知之類的說明，其中包括各種路面。於是我知道了目前車子正行駛在最壞路面之一的「搓板路」上，不僅顛動頻繁，而且極費輪胎什麼的。這時，我才忽然注意到，這車裡外均是天藍色，跟「解放牌」的草綠色並沒有任何關係。

「這是什麼車？在哪兒造的？」

「道吉，跟你生在一個地方！」

美國車，我心裡一驚，一九六七年，美國車跑在新疆的土路上，不是笑話嗎？

「這是四三年出廠的車，美國支援老蔣的，老蔣給了盛世才。現如今，在新疆跑著的車裡，還數這老道吉最過硬。跑在這全世界倒數第一的石子鋪就的路面上，新的『解放』跑上半年就沒牙了。『道吉』沒事兒，跑得挺歡。別看車老，離退休還早呢！」

魏師傅轉動著方向盤，笑咪咪的，挺有感情地數道著「道吉」的種種好處。

天漸漸暗了，深藍的天空和灰暗的戈壁組成畫面的兩個部分，轉來轉去，各種角度，還是只有這兩個部分，沒有一隻鳥，一間屋，一棵樹來改變一下畫面的內容。魏師傅依然談笑風生，我知道他正在拚命驅趕睡意，我也就強睜著眼皮跟他有一搭沒一搭地聊著。腿下的籃子隨車跳動著。我已經知道用腿抵住籃子實在不是什麼好差事。除此之外，我還得拚命忍住牙齒磕碰的聲音，冷，真冷。

魏師傅讚賞地看我一眼：「看樣子，你趕明兒和這車一個樣兒，經得起戈壁灘上的磨練。」我沒回答什麼，心想十幾年的邊地生活磨皺了他的臉，還沒磨皺那一口挺順溜兒的北京話，人都說鄉音頂中聽，他卻偏愛京片子，怪！我笑笑，沒說什麼，只覺得已然橫下的心也跟路上的石頭子兒一樣，凍住了。大概，車輪子輾上去也不覺著疼了。

車停在托克遜兵團轉運站大院兒裡的時候已經過了晚上十點了，車窗外一片漆黑，我實在看不清楚這裡和野外有任何不同。

沒有燈，只是魏師傅推開一扇門之後，從裡面透出來的一縷昏黃的煤油燈光，讓我看清了腳下的石頭臺階和魏師傅身後吱嘎作響的木頭門。

提著隨身的小包，進了屋。煤油燈下，只照見一個臉色黃黃的孩子，踡在母親懷裡吃奶。木桌上一隻手拿著一支圓珠筆，大概是那母親的手。

「南疆除了喀什、阿克蘇，都沒電，有線廣播靠的是拖拉機發電。沿途都一樣。」魏師傅的話音裡滿是歉意。

「老魏，這麼晚才到？」那女人話音侉得要命，可是極響亮。

「趕一趕，想四天到色力布亞。」

「正翻漿呢，你作夢去吧。」

「試試。」

「啥急事兒？想老婆了？」

「她快生了。」

「好人吶好人，我那死鬼有你的一半，我活著就不那麼冤了。」那女人邊說邊開票。

「你還冤，住在托克遜，離大河沿這麼近，我那口子可好，咯什好容易住慣了，三師組建，搬到色力布亞，要啥沒啥，又趕上這麼個日子口。」老魏竟拉開了話匣子，而且跟那女人沒一點分別，侉得可以！

「唉！」那女人長嘆一聲：「帶幾個人哪？」

「一個，女的。」

「嗯，她住十六號。」

那是一張兩毛錢的票。我跟頭趔趄地跟著魏師傅左彎右拐，到了十六號門口。開門一看，黑不溜秋的，深不見底，裡邊最少有十張床。在這間房屋和隔壁之間的牆上開著個一尺見方的洞。洞裡有一盞油燈。高燈下亮，兩室共用一燈。門後有一大鐵爐，伸手摸摸煙筒，還有一絲暖氣，不知煤已燒盡還是根本沒著，我不想深究了。

「今兒晚上，大概就你一個，門要拴緊，這種地方，什麼人都有。」魏師傅叮嚀了我，轉身出去，門在他身後吱啞一聲關上了。

摸索著，門上有條粗大的鐵鏈子，拴好。再一細看，門後邊還有一根二米多長的頂門槓，搬過來，再把門頂嚴。好靜呀，發動機的聲音消失了，耳朵還不適應這寂靜。這個時候我才覺得渾身的骨頭快要散掉了。小腿肚子疼得要命大概是竹籃子碰的，我伸手拿下油燈，想看看腿上是不是碰青了。

哇呀一聲，隔壁有人喊起來，聲音大得像炸雷。隨著叫聲，小洞那邊出現了一個毛茸茸的頭。我手顫腿軟，慌不贏的把油燈放回原處。頭不見了，聲音也消失了。

緊按著狂跳的心口，我坐了下來，只脫了一件棉大衣就拉開被子，連鞋帶襪子地鑽了進去，閉上眼睛。

枕著石塊樣的枕頭，蓋著鐵板似的被子，躺在半天睡不熱的木板床上，我不由得想起山西秀英家的熱炕頭兒，眼淚不由人地滾了下來。過了一會兒，油燈裡沒油了，燈花跳了兩下，熄了。我揪著心，隔壁竟無聲無息。我在被子上蹭了蹭手心裡的冷汗。四下裡靜極了，偶爾，不知什麼地方傳來幾聲狗叫，迷迷糊糊的，我睡著了。

忽然之間，一聲暴響，門被什麼人搖得好像要倒下來，鐵鏈在門上撞擊著，發出錚錚的怪聲。門外，什麼人在大聲叫喊，叫的是什麼，我卻一句沒懂。驚恐地翻身爬起來，抓住棉大衣呆坐著。沒等我反應過來，隔壁出聲了，聲音比門外還大，驚天動地的。同樣的，也不知此人叫了些什麼。約莫十多分鐘以後，一切復歸於平靜。

我再也無法入睡，頭腦裡空空如也，兩眼直瞪著天花板，等天明。

天亮了，這才看清這是一間窯洞。而且幸虧昨晚光線不足，要不然這麼膩黑的被子，我大概還躺不下去。披衣「起床」，搓搓兩隻冰冷的手，取下門槓、鐵鏈，邁步出門。院當中，魏師傅正點著了噴槍，烤發動機呢。院子四邊栽著盅口粗細的大葉兒楊，昨晚上七拐八繞的正是給楊樹灌水的小水溝。

一步跳了過去。魏師傅笑著：「睡得還好吧？洗臉，水熱了。」

我揉揉眼睛。小水桶上霧氣騰騰，是熱水！毛巾沾溼了，敷在臉上，每一絲熱氣都鑽進了毛孔。好一會兒沒動，眼淚在毛巾的遮掩下痛痛快快地流著。

魏師傅好像看出了什麼，沉默著，擺弄他的車。

「上車吧！咱們早點兒走，翻過乾溝，出了天山，在庫米什吃中飯。」臨了，他招呼我。

我跳上車，決心把窘迫丟在托克遜，從此要做個萬苦不辭的「老新疆」。

總算沒白下決心，峭壁林立，寸寸險路，名副其實的乾溝，飯菜難以下嚥的沿途兵站都沒讓我露出難色。

車到策大雅，開始翻漿的公路變成了長條的月餅，皮兒硬，餡兒軟，這是封凍三個月的路面開始解凍了，南疆地下水位極高，化凍也是由下而上。車輪從路面上滾過，路面成了波浪形，四個車輪不能保持同一個平面。魏師傅盡量快開，車子顛得更厲害，我的頭被車棚撞得生疼。顛得太狠了，連魏師傅都忍不住讚了一句：「這路你能不暈車，就算好樣兒的了。」

強咽下湧上來的酸水，我笑著。大概笑得難看極了。

直到阿克蘇，出現了柏油路面，我才大大鬆了一口氣。到了這個時候，我不再是個要人照顧的旅客，也會跑前、跑後，提個水，買個飯，做個小助手了。

一出阿克蘇，魏師傅就告訴我：「真正的大戈壁，現在才開始，三百公里，連個人影兒也沒有。」

果然，除了駱駝刺，紅柳，就是一馬平川的戈壁灘。公路蜿蜒其中。前後的卡車活像小甲蟲伏在一張巨大的荷葉上，小得看不見。藍天，黃沙，一望無際。我唱起歌兒來了，一首接一首，整整吼了一路。魏師傅十分滿意。

穿過日日狂風走沙的大風口三岔口，魏師傅告訴我，他只能把我「丟」在毛拉三師轉運站，「你們團還在原始森林裡呢，到了轉運站，再想法子吧。」

從三岔口到巴楚到毛拉，那「路」實在不算路了，有石子鋪成的，灰土堆成的，甚而有灰土之上鋪了紅柳的，車子好像跌進了一個大沙袋，我的棉大衣早已從藍色變成了灰黃。頭髮、眼眉也都成了灰的。

終於在離開了大河沿四天之後的傍晚，我站在了毛拉轉運站的門口，遠處，密林上空有一個小小的紅點，那兒就是五連，是我在新疆生活九年的起點和終點。

你轉動著手裡細巧的咖啡杯，環視了一下纖塵不染的客廳，輕輕地說：「我很難想像……」

「那個時候，我只有二十歲，年輕氣盛，曾經認為人的韌性是無限的。」

初到新疆，我的運氣不能說很壞。在毛拉轉運站，剛卸下行李，向魏師傅道了再見，就見到了五連的王連長。他慈眉善目，頭髮已經灰白了，渾身灰土，風紀扣卻扣得挺嚴，一身看不出本來顏色的棉衣罩衣挺合身的。總之，他是一位讓人一看就覺得信得過的好老頭。

「王連長，大河沿的李姨跟老張師傅讓我問候您。」我一邊向他遞過我的證件，一邊喜孜孜地告訴他。

老連長掏出老花眼鏡仔仔細細看了證件，又鄭重地還給我，從眼鏡上面仔細瞧瞧我，笑了：「收好嘍，你得憑它上戶口，憑它吃飯哩。」向轉運站的人告了別，王連長幫我把行李放在架子車上，車上已經有兩個大布包袱。

「今天叫來拉棉衣，攏共沒有三十件，我就自己跑一趟。」

「加上我的行李也就不輕了，我駕轅。」

「你會嗎？別使壞了身子骨！」

「會，在山西練了三年了。」

「山西那路可比這兒好走。」他朝密林深處一呶嘴。

「您說得對，那路平展展的，柏油路。您上了年紀，甭管什麼路，都不興您拉了，我說的，占理兒吧？」

一老一小，小的駕轅，老的拉旁套，趟著沒膝的灰土，邊聊邊走，消失在灰不溜秋的野生梧桐林裡。

走了將近兩個鐘頭，眼前出現了一片空地。中間用十幾根大樹幹綑成一個高有二、三十米的大架子，頂兒上飄著面紅旗，在毛拉瞧見的那個紅點兒就是它。空地上有個露天廚房，大灶底下烈火熊熊，七、八層的大籠頂兒上霧氣騰騰。周遭不少人在忙著。空地上，擔水的，背草的，和泥的，人挺多。個個身穿草綠色棉襖，不細看，分不清男女。

「宿舍在哪兒呢？」我只見參天的大樹和滿地枯葉，看不見半幢房子。

「往地下看。」王連長指著不遠處的地面。

這，我才看清了，隔不遠就有土臺階可以走下去。地面上，隔不遠就有個兩尺來高的小煙筒，還冒著煙呢。隔不遠，還看見一塊塊一尺見方的塑料紙。

「那是窗戶，天窗！」王連長告訴我。

一直到走進了「女宿舍」，我才明白：這種房子是在地上挖坑而成的。挖了兩米深的坑，在坑的四角用木柱支好，木柱頂端也有樑和檁子，順著檁子排上紅柳，再鋪上半尺厚的野生蘆葦，糊上泥巴，就是屋頂。為了採光，開個天窗。沒有玻璃，糊張塑料紙。門用板子，木條拼成，門口有土臺階。一般的「全地窩子」和地面相平，土臺階有十幾級。新疆地下水位高，「全地窩子」逐漸變成了「半地窩子」，房頂高出地面一米左右。等到一九七五、七六年，三師地區的團場才出現「一坯到頂」的草房子，完全上升到地面之上。那都是後話了。一九六七年，我們都住在「全地窩子」裡，那真正是「兵團戰士」因陋就簡的一大發明，絕對符合「多、快、好、省」的經濟原則。

宿舍裡暖洋洋的，房間中央有一土坯盤的小灶，周圍幾張紅柳編成的「床」上床單，被褥挺齊全的；無一例外，都蒙著塑料布。室內無人，王連長提著我的鋪蓋卷兒，放到了火牆背後空床上。灶裡的熱氣在火牆裡緩緩流動，從煙筒出去的只是一縷輕煙。

「劉錦坤去喀什學習了，你先往她的地方。等她回來，新地窩子又蓋好不少了。」

「地窩子，多久可以蓋一個？」

「一天。砌火牆，爐灶一天。兩天吧。」

看看屋裡沒人，我打開包包：「老連長，一點小意思，不成敬意。」看著我手裡的菸酒，老連長的臉色陰沉起來。

「小韓，咱們走了一路……實話告訴你，我這個連長沒啥當頭了。兵團戰士都穿草綠的，今天咱們拉回來的棉襖可都是藍的。為啥呢？就是要區別對待嘛！聽說要傳達中央文件了，國軍起義人員和北京青年都得穿藍的。」

看著我不解的目光，老連長低聲說：「我從前在盛世才手下幹。新疆換了主兒，我們也糊裡糊塗整了編，換了個帽徽。運動說話就進入高潮了，我們這號和北京青年是第一批。」

「北京青年？他們怎麼了？」

「你屋的袁琳是個好姑娘，慢慢的，你就全知道了。現在，我帶你去見劉水舟，他是部隊復員的，現在是連隊政治指導員，大拿。這點菸酒正合適。」說完，他急匆匆就往外邁步，生怕晚了似的。

這一來，我得重新考慮一切了。對王連長這麼個人跟在晉南對王縣長似的，可以不繞山不繞水的直說。眼下要辦的事兒不知深淺，必得心中有底才行。

短短五分鐘的路上，我的腦子裡閃電般地掠過各種有關出身，政治面目，社會背景的「學術」名詞，努力在不完全失真的情況下，輕描淡寫地講清楚進疆的目的，最後我終於想到了一句話來安定自己的情緒，「作最壞的打算，爭取最好的前途。」我知道，我已進入最佳競技狀態，只准成功，不准失敗。我再一次提醒自己。開玩笑！今後的半輩子要靠這場對話拍板呢！

連隊辦公室也是一個全地窩子，門大開著，傳出一陣笑語喧譁。

「指導員，儂勿要這種惡形惡狀好勿啦？裡廂勿得好菸。儂勿要進去翻，好勿啦？」一個滿帶笑意的女聲說著脆生生的上海話。

「小左，連隊小賣部售貨員，也住你們宿舍。」王連長告訴我。

「你一準把好菸藏起來了。我有耳報神，一共有兩條好菸。」一個河南腔，也是連說帶笑的。

「全連都曉得，一塌刮子兩條好菸，都白了儂，我那能好做人呢？儂勿怕大字報，我怕咯。」

「大字報，亂彈琴！」

王連長大步走了進去。我也一頭跟進去。

「指導員，這是新來的韓秀同志，我剛才沒找到您，就讓她把行李放在女宿舍，劉錦坤床上了。」

「中！」劉水舟把手裡的菸屁股扔在地上，用腳踩了踩，就站在那兒，說起話來。他中等身材，一身半舊的黃軍裝，四個兜，風紀扣大大咧咧地敞著。從領子上的白印我看得出他當連級幹部已經不是一朝一夕了。

「你們談，我去伙房看看。」王連長轉身要走。

「你去伙房，正好告訴他們，毛拉轉運站來電話，叫他們明天去拉肉呢。轉運站把肉分好了。」王連長點著頭，邁步出了門。

「從哪兒來呀？」劉水舟一扶桌沿，坐了上去，原來他身後有張白木寫字檯。

「山西。」我一邊回答，一邊把證明遞給他。

「不像嘛，城裡人扎上羊肚兒手巾也脫不了城市裡的味道。」他沒看證件，接過去，捏在手裡，瞇著眼睛看我，臉上還漾著笑意。他不到三十歲。我下了斷語。

「在北京，高中畢業上山下鄉的。」我遞上了畢業證書和「優良獎狀」證書。看著這兩張硬翹翹，蓋著北大附中大鋼印的紙片兒，他眉毛眼睛全笑了，臉上只剩下了橫紋，沒有了豎道兒。

「小左，去伙房給小韓領飯票，下月開支扣，告訴他們，我劉水舟說的。」我還沒有反應過來，身邊跑過去一個人，我只看清了她嬌小的背影和烏黑的兩條小短辮。

「家裡沒啥地、富、反、壞、右的吧？」他從口袋裡掏出一包菸，拿出一支，菸皺皺巴巴的，而且已經彎了。不知哪兒來的機靈勁兒，我掏出口袋裡的半包「機動菸」，是快到毛拉的時候，魏師傅塞到我兜裡的。抽出一支送到劉水舟手上，又打著了打火機——那是蘇立榮教我如何在「社會上」安身立命時給我的——給他點著了菸。這才開口。

「沒有，我家人口簡單。我外婆是家庭婦女，我媽是職員，在北京上班。」

「你父親呢？」噴著煙霧，他還是問了。

「他是美國人，沒來過新中國。」

「美國人？」他把菸拿下來了。

「不錯，我兩歲跟我媽回來了，是總理請她回來的。」

「周總理？」

「不錯。我媽回來以後就在總理指定的單位工作至今，我是學生，出了校門就下鄉了。而且我媽跟我父親什麼聯絡也沒有，一晃也快二十年了。」這是我最重的一張牌，甩得急，而且收不回來了，那時候的我還不懂應變的戰術。

「那你媽，歷次運動沒事兒？」他狐疑地問。

「沒有，她跟得怪緊，愛國不分先後嘛。」我笑哈哈地。

「這話不錯，那你下鄉之後，盡幹什麼了？」他也笑模笑樣。

我又交給他一堆硬紙片兒：「上山下鄉先進典型」、「活學活用毛主席著作積極分子」、「優秀鄉村女教師」、「紅色廣播員」。甚至還有一張「學王傑標兵」，我都忘了我是幹了什麼「一不怕苦，二不怕死」的大好事得了那麼一張紙。

「中！中！」他樂了。「文化大革命的高潮快來了，我們需要筆桿子，話筒子，大刷子！」

「大刷子？」我有點糊塗。

「刷大標語，大字報少不得大刷子！」他的手一揮，像是手裡正有一把大刷子。

趁他笑得高興，我把小書包遞上，順便把兜裡的半包菸和打火機也塞了進去。我注意到，劉水舟的眼睛盯著我每一個小動作。

「不中！不中！」他頭搖得像個撥浪鼓，手推得並不用力。

我把書包往他懷裡一送：「得了吧，指導員，大姑娘房裡又是菸，又是酒，不怕人家笑話？指導員，您行行好，趕緊拿走吧，別害人了。」這一說倒不是他該謝我，而是我在求他了。

「中，言歸正傳，你在山西幹得好好的，來這荒灘野地幹啥？」問話時，他臉上已明顯地表現出自己人的態度。

於是我有鼻子有眼兒地告訴他大批知青湧到山西，晉南雖是個富裕地方，可是人多地少，時間長了終不是個辦法。新疆雖苦點兒，可是地廣人稀，機會多。再加上劉錦坤的姐夫是我的同事，借這麼個拐彎關係，就請調了。

「中，革命青年，志在四方嘛！我們復員還不回家種地！來新疆，保留了軍籍，照拿工資……」他說得走了嘴，竟「胡掄」起來，甚至連在部隊不能帶家屬，現在可以也說了出來。「我想，指導員的考慮一定是以革命事業為重，所以才作了這個來新疆屯墾戍邊的選擇。」我含笑提醒他。

他臉上只剩下輕鬆的笑意：「小知識分子，有兩把刷子哩！」

他從一堆硬紙片底下抽出我的縣委證明：「支邊建設，理由充分。」他又一揚那堆硬紙片兒：「高中畢業，歷史清白。出身不由己，選擇在個人嘛。明天我就上團政治處給你辦手續，跟上海、溫州、武漢支邊青年一樣待遇，每月三十一塊八毛。其實，你有點兒冤，好些上海青年還是半文盲哩。」他說完，閉上眼睛，眼角、嘴角同時向下一垂。頓時，一個好主意來了。

「廣播站的朱小眉有男女關係問題，作風不正。現在劉錦坤不在，她一個人搞廣播，很不合適，很有問題。從明天開始，你早、午、晚在廣播室。上午抽一個到一個半鐘頭幫婦女班刮樹皮，蓋房子，下午來連部做點事。以工代幹！」他又一揮手，最終扣了一板。於是，我的生活就基本定型了。

就這麼，憑著連隊指導員的一句話，我有了和上海等地去的支邊青年一樣的政治待遇，有資格花十塊二毛錢「領」一件「雞屎綠」的黃棉襖，開始了「以工代幹」，半白領兒，半藍領兒的生活。

晚上，躺在火牆背後的紅柳床上，聽著袁琳給我講述北京青年的苦難歷程，心裡暗暗感激在大河沿轉運站所得到的那一番教育，不是李姨和老張頭如此這般地點醒了我，我哪裡了解，除了硬碰硬之外，世上還有許多其他的解決問題的方法。

總之一句話，我目前的處境是，政治上大大高於北京青年，經濟上大大高於「盲流」。在政治颱風即將席捲全國的時刻，我基本上找到了個站腳的地方，剩下的就是，眼觀六路，耳聽八方，小心再小心地向前探路了。一九六七年的二月，在漆黑的暗夜中，我就是懷著這樣的想法入睡的。

多年來，我對當年的想法從未追悔過，直到一九八二年，在臺北，我看到了一顆顆赤子之心，我看到了那些敢怒、敢笑，大膽追求真理，在荊棘叢生的路上，毫不動搖的一代文學巨匠們。我的手心出汗了，我忽然意識到多年前曾自然地做過，想過的一切是一種怎樣的腐蝕。然而，幸運如我者，又有幾許人呢！

劉馬蒲的由來及其他

你總還記得，在北京，在那些寒冷的秋夜裡，我們常常坐在一起，談起人與人的關係。你常常感嘆，我們這樣的家庭實在是少之又少，有那麼多中國朋友敢在我們面前直言不誨地發議論。

我和很多人的關係都經過反覆，經過曲折，經過千百次的磨難。只有一個例外，我和朱小眉的交情是在接觸的第一秒鐘，在無言中確定下來的，而且在後來的九年中並沒有任何更改。

三九天，朱小眉身穿藍地白花、裁剪合身的中式小棉襖、細腰長腿，兩條長辮子一直垂到腰際，亭亭玉立地站在擴音器前面擺弄著什麼。如果說雪蓮是冰山上的奇葩，朱小眉可真是戈壁灘上的一股清泉了，白生生的皮膚，彎彎的柳眉，清澈見底的兩潭秋水。端正的高鼻樑下面，精緻的小嘴還是鮮紅的。真怪，戈壁灘上的風霜雨雪竟還沒改變它的顏色。至少，一九六七年二月，我在五連播音室第一次見到朱小眉的時候是這個樣子的。

連隊中央梧桐樹上掛著大喇叭，正播送著長得不能再長的兩報一刊社論。「將無產階級文化大革命進行到底」的句子不時出現在義正辭嚴的誦讀聲中。

劉水舟陪我走進去的時候，連隊播音室內的收音機正用淡淡的語聲文靜地介紹著一首世界名曲的結構。

我們進門，驚動了朱小眉，她側過身來，向指導員甜甜地笑著。

「又聽河南廣播電臺哩？」劉水舟似笑非笑的。

等朱小眉從劉水舟肩頭看過來，接觸到我的視線，她的笑僵住了，眼神兒也變了。你看過一隻將死的鹿的眼神兒嗎？那麼無助、那麼不知如何自救、那麼無望的眼神兒。

朱小眉的目光就讓我想到了一隻將被送進屠場，大睜著雙眼的小鹿。

劉水舟簡單明確地向她交代了我的工作。她一邊點頭，一邊伸手去關收音機，彎腰的時候，她的辮子滑了下來，擋住了一個鍵子。

我伸手幫她把辮子放在肩上，順便按了一下那個鍵子。等她站直身子，短波早已變成了長波。

我微笑著。

她抬起頭，凝視著我，眼光閃閃爍爍，有恐懼、有疑慮，也有一絲感激。

我沒理她，以一個內行的眼睛打量著這一堆播音擴音設備，當然沒忘了記住收音機上的波長，也沒忘了記住當時的時間。從此以後，在極為謹慎的前提下，收聽「美國之音」就變成了我「工作」中的一項主課，更練就了一點臨危不亂的定力，竟也未出過事。

現在想想，常常覺得不可思議，那個時候二十歲的我竟敢在劉水舟面前神態自若地掩飾了朱小眉的活動。按現在的眼光來看，第一次碰到一個生人就冒著危險去替她打掩護不能不說是不知死活地蠻幹。但不知出於什麼動機，我不但當時蠻幹了，而且一直蠻幹到底，從不知反悔。

風聲越來越緊，來自烏魯木齊、喀什、石河子的傳單滿天飛了。朱小眉卻是視而不見，聽而不聞，我行我素。每天下班之後就向密林深處走去。全連大人孩子都知道，她去會她的男朋友——在七連工作的一個「盲流」。據說他是「有家有業」的，愛人現在是石河子毛紡廠一個造反派頭頭。她在若干年前「收容」了這個眉清目秀的「盲流」，幫他安上了戶口，建立了糧食關係，安排了工作，甚至下嫁於他。可誰知，他竟與石河子幹部招待所的招待員勾勾搭搭，實屬十惡不赦！三師組建，她就作了一番安排，先把朱小眉「下放」，然後又讓自己的丈夫「採取革命行動」——支援三師。一來避過了風頭，二來親手提著他的脖領，給他灌一氣涼水，讓她知道老娘的厲害。反正人事關係在握，等他吃點苦頭，知道深淺了，再提回來不遲。但不知是命運作祟還是怎麼的，愛人和情敵竟都到了四十八團，而且近在咫尺，三百公尺的梧桐林變成了他們幽會的天然屏障。

朱小眉每次離開播音室總是慌慌張張，失魂落魄。回來時卻是悠悠然，嘴裡哼著歌，臉上帶著幸福的紅暈。而那兩潭秋水竟也盪起了漣漪，更加深不可測。

到了第三天深夜，結束了播音。我忍不住問她：「你這是何苦呢？而且好景不長了。」

「我愛他！」朱小眉柳眉一挑，這個不言不語的女人居然石破天驚地吐出這麼三個字！我清清楚楚地感覺到她眼光裡的憐憫，不由得沉默了。

我目送她步履輕捷地出了門，轉身關好所有的設備，向宿舍走去。離著老遠，風送來了四川「小耗子」小蒲的笑聲，我加快了腳步。

小蒲在婦女班裡是最值得羨慕的。我們都是孤苦伶仃一個人在這邊陲野地過生活，她卻有親爹同一個連隊！老蒲是從喀什機修單位來三師「支援建設」的。他不僅自己來了，而且帶來了十八歲的女兒。老蒲手可巧了，幾根紅柳梢子檸一檸就是一個小籃子，放個饅頭放個菜的，頂實用哩！他是三班的副班長，整天埋頭蓋房子，修工具。吃飯的時候總是小蒲去食堂打飯，打了飯就滿連隊喊叫：「爸爸吃飯啦！」一聽喊，老蒲就會從某個正在施工的地窩子裡鑽出來，拍著身上的土，走去「就餐」。飯後，老蒲捲上一炮「莫合菸」。小蒲坐在一邊不是納鞋底就是補衣服，小嘴兒不停地把各種見聞告訴爸爸。這一幅父女樂的畫面不知羨煞多少人哩。

五連的北京青年會逗悶子，常常高喉嚨大嗓子地叫喊：「吐魯番的葡萄、哈密的瓜，頂不上老蒲、小蒲父女倆……」歌聲熨平了老蒲一臉的褶子，歌聲中小蒲笑得像朵山茶花。

可不，世上還有比這更甜美的日子嗎？北京青年苦中作樂的歌聲裡飽含了他們連作夢都在思念的親情。

別人進疆多少還有點個人的原因，支邊者家家也都有一本難念的經。唯獨這北京青年的進疆卻完全是一種騙局。北京由消費城市進步為一個半生產城市之後，失業人數並未減少，美其名曰：待業青年。此類青年與歷次運動中喪失職業的人們成了北京市委的一塊心病。六六年文化大革命的開臺鑼鼓已經敲響，去除這塊心病就成了當時北京市委的當務之急。於是花言巧語安排這十幾二十萬人「支邊建設」。久無職業，一旦有之，雖則遠點、窮點，人們還是高高興興上了路。車站上紅旗飄揚，鑼鼓喧天的景像還未消失，人們就發現了車頭車尾處的武裝人員。車到新鄉，人們派出代表和武裝人員理論。問為什麼武裝押送支邊青年。誰知這些公安幹警們竟笑答，「什麼支邊？你們是遣送進疆。」一不是勞改犯，二不是四類分子（那時只有黑四類：地、富、反、壞；還沒有進步到黑九類：地、富、反、壞、右、叛徒、特務、死不改悔的走資派、知識分子）。憑什麼武裝押送？他們要求火車調向，他們要求將他們送回北京，他們要求北京市委作出合理的解釋。

要合理的解釋嗎？公安幹警的槍聲就是回答。青年們血濺新鄉。這就是震動全國的「新鄉反革命事件」。事件參與者、目擊者無一例外被送進烏魯木齊附近的煤礦，繼之而來的一列列火車上武裝幹警的數量大增，而且不藏頭露尾，黑森森的槍口直對著手無寸鐵的北京人，北京青年進疆理由名正言順地正式改為「遣送進疆」。

這四個字決定了一、二十萬北京人十幾年以至一生的命運。敢於反抗的幾千人則被這四個字送進了禁閉室、勞改隊、監獄以及墳場。

在「兵團不干涉地方」的三令五申之下，兵團內部的各種造反組織相繼成立了。五連「毛澤東思想戰鬥隊」是在我到達該連的第十天成立的。

首當其衝的當然是「走資派」王連長和孫副連長，何況他們也是叛徒（由國軍而共產黨軍隊），更何況他們也可能是特務，誰知道呢，窮追猛打就是了。

再就是幾個跟「新鄉反革命事件」有密切關係的北京青年。他們居然給在烏市煤礦勞改的「新鄉反革命骨幹」寫信，搞「反革命串連」、「妄想變天」。

還有誰呢？竟是老蒲和幾位從機修單位來的能工巧匠！他們何罪之有？原來在他們的家譜中有人是地主或是富農。作為階級敵人當然是「橫掃一切牛鬼蛇神」的鐵掃帚理應掃蕩的對象。

在五連第一次批判會上，被揪出來示眾的就是這樣三種人。

造反派又是誰呢？竟是五連黨支部領導下的一群「盲流」。其中嗓門最大，主意最多的是三班副班長馬洪亮。此人敦敦實實的個子，幹起活兒來，生龍活虎，不但手底下活兒漂亮而且聲如洪鐘，發號施令的時候更有一番精氣神兒。他老家河南，現在大概還在老家安居樂業。如今實行了責任制，他那個善於大把撈錢的腦袋瓜子想必是十分活泛的。當年，他可是把妻子兒女拋在水深火熱之中，單身匹馬去闖新疆的。

他當上了造反派骨幹，第一手兒就是把老搭檔老蒲拋了出來。老蒲大概作夢也沒料到這一著吧？

批判會是突然召開的。連我這個廣播員都不知就裡，只是在廣播「最高指示」的間隙裡念了幾次今晚全連集合的通知。全連集合不是什麼新鮮事。劉水舟相信「政治工作是一切工作的生命線」是顛撲不破的絕對真理。無事一小會，有事一大會是他確保連隊政治工作經常化的具體措施。任何小事到了劉水舟的頭腦裡自會引伸開去，而且上連最高指示，下接連隊具體情況，必能口若懸河地發一大通議論，不說到十人九乏是不肯收場的。至於那位耿副指導員卻大不一樣了。他是永不打瞌睡的老虎。平日搜集各種資料還只能在連隊集合時「點名」用用而已。到了文革開始之後，各種資料無異於重磅炸彈，不僅能使當事人粉身碎骨而且可以起到打擊一大片的妙用。現如今，他的兒子遭到「打擊報復」竟被「害」成殘廢。他自己已經帶著家屬解甲歸田。屈死在他手下的冤鬼不知會不會追到他湖北老家去，讓他夜夜不得安生。

七點一刻，我念完了最後一遍通知，拿著小板凳，關了播音室的門。喝，今天的連隊中心廣場上燈火通明。八盞汽燈一字兒排開，汽燈後面的大標語「橫掃一切牛鬼蛇神」紅地白字竟像張著獠牙的虎口，讓人毛骨悚然。耿副指導員喊著口令，一排、二排、三排、四排，按班、排順序縱隊立正站好。婦女班是四排最後一班。我站過去，排在袁琳後面。朱小眉姍姍來遲，站在我後面。

劉水舟拿著小紅書站在旁邊。看來，今天的全權指揮是耿副指導員了。「毛澤東思想戰鬥隊」成員除了袖子上的紅箍以外，每人手裡還有一支步槍。開始，我有點納悶，後來我想起來了「生產建設兵團是一隻武裝的生產部隊，擔任著屯墾戍邊的光榮戰鬥任務」。可不是嗎？我怎麼忘了這句要緊的話呢？聽說，這支戰鬥隊今天下午擴大了，新參加的有二、三十名上海青年。其中，最引人注目的是陳喚群。今天下午，她毅然把自己的名字「陳招娣」改為「陳喚群」。有「喚起工農千百萬，同心幹！」的意思，而且剪了短髮頭，扎上武裝帶，滿身「跟著毛主席幹革命，刀山火海也敢上」的英雄氣概。

耿副指導員高呼：「唱語錄歌！」

於是大家唱：「革命不是請客吃飯，不是作文章，不是繪畫繡花，不能那樣溫、良、恭、儉、讓。革命是暴動，是一個階級推翻一個階級的暴烈的行動。」

陳喚群帶頭呼口號，於是口號聲震得「地動山搖」。「打倒一切反動派！」、「橫掃一切牛鬼蛇神！」、「不消滅一切反動派誓不罷休！」、「誓死捍衛毛主席革命路線！」、「偉大的導師、偉大的領袖、偉大的統帥、偉大的舵手毛主席萬歲，萬歲，萬萬歲！」口號聲此起彼伏，錯落有致，把口號喊到這般水平，該也是文革一大業績吧？

「大家坐下！」不知是哪位指揮人一聲令下。跟著，四面八方的造反隊員們一陣吶喊：「揪出反黨反社會主義的國民黨殘渣餘孽王樹德！」、「揪出反革命小爬蟲，鋼桿保皇派孫立文！」、「揪出地主階級的孝子賢孫蒲良祁！」、「揪出妄想變天的老富農、地頭蛇霍德玉！」、「揪出北京渣子馬小六！」……

在目瞪口呆的群眾面前，一大串「牛鬼」站到了汽燈下面。這時候，我才看清，王連長他們已經被剃了陰陽頭。老連長臉上一道道的血痕證實無產階級專政的鐵拳在他身上早已顯示了威力，並沒有等到批判會的召開。每個「牛鬼蛇神」胸前掛著輕重不同、大小不一的各式牌子，據說是革命造反派根據他們認罪態度的好壞而決定牌子的輕重的。最重的是孫副連長的，他胸前掛著一扇小石磨，看不出繩索的質地，因為已經深深陷入他的脖子，頭和肩膀之間只剩下了血肉模糊的一片。

他們上臺來，不是走著來的，而是在馬鞭子的呼哨下跪著、爬著、頭點著地進來的。在鞭子的驅趕下，這些失去人形的人爬進來，在鞭子的呼嘯聲中，他們站起來，沒等他們站直，每人身後的兩名「戰鬥員」迅速地讓他們手臂反手向上，頭朝下，折成三十度角。這就是舉世聞名的「噴氣式」。

臺上一片慘呼，臺下一片口號，我呆住了。帶著風聲的皮帶揚起來的時候帶起了橫飛的血肉。我坐不住了，顫抖的手伸向坐著的小板凳，準備站起來走。一隻手指纖細、指甲長長的手死命按住了我的手，不准我動。我知道，那是朱小眉的手。我橫了她一眼，可是眼睛的餘光也看清楚了，身後都是持槍戰鬥隊員，溜號等於自尋死路。我重重地坐穩，不敢再動了。

在叫喊聲中，不少人站起來「發言」，控訴這些「牛鬼」們的反革命罪行。忽然，我的血冷了，我聽見了小蒲顫抖的聲音。

「我揭發，地主階級的孝子賢孫……蒲良祁的反革命罪行……一九六〇年，我奶奶死了……他要我記住……我奶奶是餓死的……」

一個口號聲：「蒲良祁惡毒攻擊社會主義，我們答應不答應！」

眾聲吶喊：「不答應！」

「馬班長要我和……蒲良祁劃清界線，我……我跟他說……要他向群眾好好交代。他……他說……」

「他說什麼？」是馬洪亮的大嗓門。「不怕，有革命群眾為你撐腰，你不用怕。」他的聲音裡竟充滿了愛護和體貼。

「……他說……兔子尾巴長不了……」小蒲的嗚咽聲被口號聲、皮帶抽在人身上的撲撲聲，淹沒了。

蒲良祁瘦小精幹的身軀在幾雙軍用皮靴下面像一個灰土口袋，頭臉早已看不出了。一片混亂中，響起馬洪亮底氣十足的聲音。「無產階級造反派戰友們團結起來，跟蒲良祁之類的形形色色的反革命分子血戰到底！」口號太長了，群眾跟不上，只剩下一片「……到底……」的喊聲，也不知「到底」什麼。

批鬥會進行了一個多鐘頭之後，陳喚群忽然大喊：「橫掃一切牛鬼蛇神，把破鞋，社會垃圾朱小眉清除出去！」

「朱小眉，上來陪鬥！」

我的心沉落下去，不動了。兩隻手死死地抓緊了板凳，指甲感到了痛楚，周身的血液才又開始流動。背後一陣風聲。朱小眉跪到地上去之前還輕輕碰了我一下。以後我看到的只有背影了，開始她在爬，不一會兒，她那兩條大辮子已經分別被抓在兩個大男人手裡了，手一拉，腳一蹬，朱小眉的臉仰了起來，在汽燈下面閃著慘白的光，我閉上眼睛。

從不信神的我，在這個時候，多麼希望上天發怒：山崩、海嘯、地震、天火一塊兒來吧！哪怕同歸於盡也不要再讓我看見這些惡棍了！

不知過了多久，我睜開眼睛，奇蹟並沒有出現，朱小眉慘白的臉上早已是鞭痕累累。辮子完全散了，一頭烏髮像從水裡撈出來的垂在她身上。一個「戰鬥隊員」在叫喊什麼，手裡揚著一束烏黑的頭髮。

她沒有叫，一聲不吭。三月天，她頭上卻滾動著豆大的汗珠。我覺得我快坐不住了。一陣陣暈眩，一陣陣噁心湧上來，湧上來。

「今天的批判大會是成功的，發人深省的。明天，我們就把證據確鑿的歷史反革命王樹德、孫立文……，現行反革命馬小六……等牛鬼蛇神送往場部基建隊批判、改造。其他社會渣滓交本連革命群眾監督、改造。革命的同志們，我們剛剛打響了頭一炮，大家要發揚不斷革命的精神，繼續戰鬥，不獲全勝，決不收兵。」

在意識漸漸離我而去的狀態下，我聽到了劉水舟的總結發言，跟著是雷鳴般的口號聲。袁琳抓住我的手，向上舉著。我聽清了她的話：「別楞著，喊口號呢！你不要命了嗎？」

我機械地舉手，呼喊著什麼，耳邊時斷時續地傳來袁琳壓低了的語聲：「這才開頭，無論如何別發傻。記住了！」

幸虧有她，否則第一天就會引起陳喚群之流的注意，那才不堪設想呢。

老連長，老蒲他們第二天就被粗麻繩串成一串兒，送到了那個鬼也得脫層皮的基建隊。

朱小眉不夠資格，留了下來，白天幹活，晚上挨批，寫檢查。她已經沒權進廣播室了，代替她的是那個尖喉嚨的陳喚群。

我們的宿舍變得跟墳場一樣寂靜了。朱小眉一進宿舍就倒在床上，爭取每一分鐘的休息時間。一天半夜裡，她悄悄起床，把殘存的烏髮剪得像狗啃過一樣。陳喚群第二天一早發現了這個不可挽回的事實，暴跳如雷，跑到我們宿舍來罵大街，這是第一次我聽到了上海話的潑婦罵街竟是如此花俏。得理不讓人的北京人袁琳自嘆不如。最後陳喚群警告說，如果該宿舍不能制止朱小眉的各種「反革命活動」，全宿舍人將按「同謀犯」處理。大家冷冷一笑，看著她一跳一跳地走去。可惜了小眉那一頭好頭髮。小眉朝我淒然一笑：「頭髮剪了還會長，頭皮受了傷，再不長頭髮，那才難看！」好小眉，這會兒就算計上了揚眉吐氣的日子。

老蒲走後，小蒲的笑聲早就不見了。她照常上班兒，學習，向「戰鬥隊」作思想匯報，但常常木呆呆的。有人叫一聲兒：「小蒲！」她才「嗯。」的一聲回過神兒來。

一天，我問袁琳：「小蒲怎麼搞的？」

「她是孩子，騙她還不容易？」

我沒覺出什麼味兒來，而且小蒲自從和老蒲「決裂」之後，在婦女班就沒人敢跟她說什麼了，看她孤單單的樣子真難受，可是怎麼辦呢？禍從口出，這上古的教訓誰敢不牢記心頭呢？

過了一兩個月，情形大變，小蒲又笑咪咪的了，而且每天和馬洪亮出入梧桐林。據說是「毛澤東思想戰鬥隊」正在幫助「可以改造好的子女」。他們日以繼夜地在學習毛主席的光輝思想呢！

夜，真是好東西！她可以使人在白天自覺、不自覺戴上的假面具失去作用。在一個漆黑不見五指的深夜裡，我聽見了小蒲和袁琳的對話。

「袁大姐，我的月事有兩三個月不來了。胃裡堵得慌。」

「你為什麼不去衛生隊看看？」

「我怕。」

「你怕什麼？我陪你去。婦女有病還能不看了？」

第二天夜裡，袁琳悄悄告訴我：衛生隊的大夫們挨批的，下放的，走得差不多了，剩下些衛生員們狗屁不通，居然說小蒲沒結婚，接觸的又都是響噹噹的造反派，沒有懷孕的可能。月經不調，打「黃體酮」即可。

「這下子，想打也打不下來了。」袁琳嘆道。

正值夏收大忙時節。馬洪亮忽然收到家人病危的「電報」，名正言順地回家探親了。從此以後，馬洪亮從五連的政治舞臺上消失，只是一年一度發放布票的時候，聽到連隊會計一本正經捧著花名冊，連叫三聲「馬洪亮」，無人答腔。在寂靜中，人們臉上帶著曖昧的笑，從眼角掃掃抱著一個、兩個孩子的小蒲。

而一九六七年夏秋交接的時候，小蒲的大肚子現了形，面對這一真正「傷風敗俗」事件，造反派視而不見。小蒲萬般無奈跑到基建隊去找老蒲。「牛棚」裡的老蒲把一肚子的憤怒化作一個耳光，把小蒲打了出去。

又是夜，這些見不得人的事都是在光天化日下做的，但只能在夜裡說。只做不說，怕也是幾千年文化留下的一種處世方式？在這個暗夜裡，大著肚子，走投無路的小蒲向聞名全疆的「破鞋」朱小眉哭訴著：「他說，他回河南離婚，離了就回來。他沒來，他真的不來了嗎？」

我沒聽到回答，只看到朱小眉那已經不再纖細的手指在小蒲背上輕輕地拍著，只看到那兩潭秋水閃著溫厚的漣漪。小眉啊，小眉，讓我說什麼好呢？

小蒲懷胎八個月了，連隊裡的老光棍，大車班的劉洪孟提著一瓶二鍋頭上了基建隊，他已年近五十，比老蒲還大著三、兩歲呢。

就這麼，「劉馬蒲」降生在大車班為劉洪孟蓋的地窩子裡。四川小耗子因為兒子降生而情不自禁發出的咯咯的笑聲，馬上就淹沒在劉洪孟斥責「野種」的怒吼聲裡。

「韓老師，您給孩子起個學名兒吧！」那是幾年之後，小蒲給劉洪孟又生了一男一女，「劉馬蒲」睜著大眼睛常常到我宿舍來，悄悄坐在旁邊，聽我給孩子們講故事的時候，小蒲要求我的。

那孩子的眼睛大概和小蒲小時候差不多，圓圓的，又黑又亮，沒有小蒲眼裡的混濁，但卻有一絲恐懼，一絲受驚小獸的野性在眼裡閃耀，為了這個，我常常痛心不已，和小眉一樣，我真願意多給他一點愛，但我們深知，他必在恨中長大成人。

「你叫他什麼？他有個小名兒吧？」我問小蒲。

「他小時候，我叫他「強強」，老劉不讓，就叫「劉馬蒲」，誰讓馬洪亮……」小蒲含著淚，但是提到馬洪亮，她臉上竟有了一點光彩。

「孩子，你叫蒲學強」。我抓住孩子的小手，在他手裡放了一支小鉛筆，教他學寫自己的名字。強強聰明，一遍又一遍寫著。

「老劉要是有什麼話說，讓他來找我！」我這麼告訴小蒲。以後，老劉倒沒有什麼話說，我卻不只一次聽見強強告訴人：「我叫蒲學強，韓老師說的。」孩子們只有一個韓老師，當然無力反駁他，也就隨他去了。

一九七四年，老蒲的冤枉平了反，一九七六年我離開的時候蒲學強已經跟外公回咯什去了。魏師傅帶走了這一老一小。強強在窗口揮著小手：「韓老師再見！」老蒲骨節粗大的手不安地搓著：「難為你，這孩子，真難為你了，韓老師！」

「我也快走了，老班長，過去的就讓它過去吧！」我向他們揮著手。

強強走了，「劉馬蒲」卻留在了五連。我離開的那天，劉家小院裡雞飛狗跳：「×你娘，你們蒲家還有什麼好東西！「劉馬蒲」是你的嬌兒子！×你娘的！還念著他，還念著那個野男人！瞧我來收拾你……」

不知為什麼，小蒲跟劉洪孟生的那一男一女就沒有強強漂亮，眼睛不黑不亮，頭髮稀稀疏疏，最糟的是都有點先天性軟骨，不那麼直溜，真是怪事！

「過去的，就讓它過去吧！」你說。

「難，刻骨銘心啊！」我回答。

「造神運動」中的冤魂

每次驅車經過天安門廣場，看到那座灰白色的「紀念堂」，看到高懸在天安門城樓上的那張畫像，總讓我們一次又一次地感覺到那個游蕩在這塊大地上的陰魂還在，還在左右著相當數量的人群，不禁暗生幻想，哪一天可以將那灰白色建築改作他用？哪一天可以將那張陰險的笑臉摘下，還人們一絲平靜？

八五年，自由集市開放之後，在四城小巷內的地攤上，除了衣服毛巾之外，也出現了一些老硯、老墨、撣瓶、筆架之類的小玩意兒，吸引了不少的外國人、華僑前往參觀選購，談話中，賣主兒會從懷中掏出一個玲瓏的鼻煙壺，或是一方雞血石，希望買主兒出個好價錢。其中，自也有那與眾不同之人會拿出些令人啼笑皆非的東西來賣。文革期間氾濫成災的「毛主席」紀念章，也就不斷在這些小攤子上出現了。

「有沒有他和林彪在一起的？」你問那位擺攤兒的中年人。

「林彪摔死以後，沒人敢留那玩意兒。現如今，就算是那位老哥手裡有，也不敢露啊！您說是不是？」他回答。

可不是，在那個大跳「忠字舞」的年代裡，毛逐漸由凡人變成了「神」，他不開口則已，一開口，必是翻江倒海，人頭落地。時間過去了，如果人們捫心自問，在那個瘋狂的「造神」運動裡，自己扮演了什麼角色，大多數人自覺或不自覺地在推波助瀾。先知先覺者如遇羅克，早已命歸黃泉，後知後覺者如魏京生免不了牢獄之災，而那不知不覺的人們中大概也有不少人起碼明白了當年的荒謬吧？

那時候，人不分男女老幼，「忠字舞」一天至少跳兩遍。早上出門前，得向「毛主席」請示，晚上回來，得向「他老人家」匯報……這一場始於一九六六年八月八日「中共十一中全會」，自上而下，禍及億萬人的「造神」運動，以林彪鼓吹的「三忠於、四無限」為高潮，也以林彪的橫死作為漸漸冷卻的起點。

在這五年裡發生的許多奇怪的事是很難讓人相信的。

在那五年裡結婚的人都記得他們當時所收到的賀禮不是紅彤彤的「寶書」，就是一張張捲好，用紅帶子扎住的「寶像」。最可怕的則是收到石膏作成的「寶像」，他們不是瓷的，髒了沒法子擦。它們不是紙的，夜裡無人時，也不能偷偷燒掉。而它們的的確確，又容易髒，又容易破。家裡有一個黑不溜秋，髒兮兮的「寶像」是大不敬。萬一不慎打破了，後果不堪設想。新人們接受賀禮的時候，個個容光煥發。等到客人走了，關起門來，對著那滿桌滿床的「寶物」，那才真不知如何是好。

那個年頭兒，因為弄髒、弄壞、或言談舉止間對這些寶物稍有不敬，或對那位神人及他的黨羽稍有不敬而下獄，而勞改，而殺頭者，不知多少，不知如何計算。

發生在我身邊的，有這麼兩件事，說來你聽聽吧。有這麼一位張姓老漢，也是一位「盲流」。當他聽說「出身貧苦，從小參加革命的林副主席是毛主席最親密的戰友，最可靠的接班人。」他懷疑地問我：

「這林副主席是不是林彪？」

「是啊。」我回答。

他眉頭深頭：「這階級路線還講不？」

天哪，那時候，「階級路線」恐怕是「唯一」、「正確」的路線。

「講啊。」

「那，林彪家可不是貧農。有房子、有地、有買賣。」他一口咬定。

「張大爺，您可別瞎說，讓別人聽見可不得了。」我慌得語不成句。

「我要有半句瞎話，槍斃了我。」他越發肯定。

「您怎麼知道？」我好奇心大發。

他伸出五個手指：「我老張在湖北林家大灣住了五輩子了。知根知底！」

「張大爺，別的我不知道，就知道您要是跟別人這麼說，您就完了。」

老漢點著頭，像是相信了我的話。

沒過多少天，張大爺終於因為和旁人說了同樣的話，被報告上去，作為「現行反革命」，綑綁、吊打，受盡皮肉之苦，然後，送往基建隊「監督改造」。

天曉得，一九七一年九月之後，林彪成了「裡通外國」的奸臣，張大爺竟以「階級立場堅定，始終與林彪反黨集團作殊死鬥爭」而平反，送石河子療養，並送回湖北老家，「光榮退休」，月月領勞保，享清福了。

當然，林彪的家庭出身絕不再是貧農，林彪本人也從未「緊跟毛主席幹革命」過，他只是「一顆埋藏在主席身邊的定時炸彈」而已。

林彪畢竟只是副統帥，才有這種變來變去的戲文可唱；事情如果牽涉到「統帥」本人，那就不那麼簡單了。

六七年秋，南疆的「大批判」高潮已然形成。無論早、中、晚，批判會依「鬥爭形勢的需要」隨時召開。人人自危，個個噤若寒蟬。

雖然是初秋，戈壁灘上依然熱得不得了，地上的沙子被驕陽曬得燙手，人們在地窩子裡，昏昏欲睡。

一陣哨子響，跟著就是「緊急集合，緊急集合」的呼喊聲，響成一片，在燥熱的空氣裡碰撞著；聽得出來，其中夾著耿副指導員的喝斥和陳喚群的女高音。

忙不迭地提上小板凳，拿上「紅寶書」，往操場上跑。

武裝民兵刺刀出鞘，插在步槍上，在陽光下亮得晃眼。

人們剛報完人數，坐定。一片口號聲：「敵人不投降，就叫它滅亡！」「誰反對毛主席，就砸爛誰的狗頭。」喊完了，個個汗流滿面。

「把現行反革命分子吳月華押上來！」一聲大喝，我的心跳到了嗓子眼兒：這不是一個上海女青年嗎？怎麼轉眼之間由「革命的動力」變成「革命的對象」了！

乾燥的灰塵揚起來，土黃色的一團中，在一陣拖拉，一陣拳打腳踢之後，吳月華跪在了臺上。看不見她的臉，只見兩條散開的辮子和頭頂上都是一塊灰、一塊黃的土。

在此起彼伏的口號聲中，在陳喚群「氣憤填膺」的「聲討」聲中，人們終於明白：半小時以前，革命「群眾」發現吳月華丟棄在廁所的血汙的「月經紙」中，竟捲有一張「寶像」！

「革命的同志們，孰可忍，孰不可忍！」陳喚群聲聲高叫著，從身後武裝民兵手裡接過一把上了刺刀的步槍，掄起槍托，向「現行反革命」的頭上、身上狠命砸去，宣洩著她的「革命義憤」。

之後的發言、批判，雖然激昂，雖然層層上綱上線，驚心動魄。吳月華卻一定是聽不見了。她倒在血泊中，血從頭上、肩上流出來，馬上混入灰土中，變成了黑色。

這種「惡攻」的重犯，馬上由場部「政法股」幹事宣布「判刑八年」，送交勞改隊「執行」。

我永遠記得把吳月華拋上卡車的那一剎那：在昏迷中被釘上了腳鐐、手銬的吳月華被武裝民兵拋上車，她的身體重重地碰到了車幫上，發出「哐」的一聲巨響，然後才像一捆破布一樣倒在車廂板上。民兵們把卡車後檔板推上去，落了鎖，卡車在一片衝天的灰塵中離開了五連，逕直向工程一支隊開去。

工地休息時間，聽上海青年閒談，才知道，吳月華中午去廁所的時候，婦女班班長劉作鳳「正好」在裡邊，「出身貧農，階級立場無比堅定」的她竟從血汙中看出異樣，伸手檢查，居然發現「寶像」竟在其中！於是一手揪著這卷廁紙，一手拎著吳月華，一直押上「公堂」——連隊辦公室，耿副指導員面前。

我從未和吳月華說過話，只是連隊點名的時候，聽見過這個名字。但是，我忘不了那一片在灰土中迅速變黑的血，從她頭上、身上流下來的血。

人們忙著，忙開會，忙寫大字報，忙「批判」這個，「鬥爭」那個。人們忘了吳月華，沒有人再提起這個十八歲的女孩子。

一年多以後，一次偶然的機會，在清理巨大的排灌渠道的「大會戰」裡，五連有幸作了工程一支隊的鄰居。我第一次親眼看到了犯人戴著鐐銬挑土、修渠。他們都被剃了光頭，穿灰白色號服。在大渠頂上，四個荷槍實彈的士兵，在監視著。他們分配在淤泥最深，渠幫最高，渠底最寬的地段。別的地段上吵吵嚷嚷，說東說西。他們的地段上，只有鐵鍬入土的擦擦之聲，只有淤泥被甩出大渠，落在地上的撲撲聲。人們沉默著，沒有交談，也沒有什麼表情。而罩在這一切之上的，則是鐐銬發出的一片鈍響，以及時時躍入我眼簾的，那些青紫、淤腫、血跡斑斑的手腕腳踝，更有人把鐵鐐掛在脖子上，腰背彎下去作工，看到的只是彎成弓形的勞作著的人，別的都看不見了。

我的心在發抖。我記起了吳月華，我想試試。

找到一個機會，我問劉水舟：「有沒有人去看過吳月華？」

「沒聽說。判決書寄給她家裡了，沒反應。」劉水舟說：「一般來說，犯人家屬如果不在新疆，多半不會來，夫妻關係還有例外。」

「她家都有什麼人哪？」

「只有母親和一個哥哥。他們都是工人。要不是工人，恐怕還不只八年呢。」劉水舟打量著我：「你想去看看？」

「其實這還不是瞞上不瞞下的事！」小賣部的小左插了進來。

「這話怎麼說？」劉水舟眯起眼睛，手裡捲著一支莫合菸，笑著問。

「那個時候『大批判』升級，就五連沒有大案、重案。有人想立功，吳月華個死鬼撞在槍口上了。」

「她犯案可是有證據的。」劉水舟點著了菸。

「一年多了，該吃的苦也都吃了，她也沒在判決書上簽字呀！」小左竟說。

「你怎麼那麼清楚？」

「政法股的人說的。其實，還不一定怎麼回事呢。」小左話裡有話，丟過來這麼一句。

劉水舟瞄了周圍一眼，把話題岔了開去。

等要走的時候，忽然又對我說：「定了性的案，翻是翻不成的，你去瞧瞧吧。」

就這麼，手裡拿著指導員開的通行證，我去了一趟久聞大名，從未實地見過的勞改隊。

一進入一支隊地界，眼前一亮，這個農場的條田，渠道極其規整，橫豎均成直角，水渠上沒有一根雜草，刀切過一般。進入看守人員住宅區，一律一磚到頂的小平房，各家門口的小院子溜平，而且配備有漆成白色或綠色的木柵欄，甚是整齊好看。而且，他們不但有玻璃窗，還有電！家家用電！電線從木頭電桿上伸向各家各戶！

這一切的一切想必是勞改人員雙手所建的。

向人問了路，穿過一片紅柳林，才來到關押勞改犯的地方。我本來想，這地方大概用高大的圍牆圈起來，牆頭再拉上鐵絲網。誰知不然，只見四個磚砌的崗樓在平地上立著。未等走近，已有士兵過來詢問。

「幹什麼的？」

「五連的，指導員叫我來看吳月華。」我遞過了「通行證」。

「你是她什麼人？」明知故問。

「同連隊的。」我再重申一遍。

因為不是犯人家屬，沒有受到更多的盤查。只見一個士兵離開崗樓，向條田裡走去。我就站在原地沒動。

「沒來過這兒吧？」那個盤問我的士兵開了口。

「沒有。」

「過來看看吧，犯人都幹活兒去了。」

我跟他向崗樓走去，走到跟前才看清，在四個崗樓之間的大正方形，竟是一個深至兩人高的大坑，中間築有土牆，將大坑分為十幾個部分，沒有牆的地方就是「門」，犯人由土臺階走下，進入各「室」。這些「居室」及廁所都是沒有房頂的。站在旁邊可以看清好幾個格子，站在兩層的崗樓上，當然是一覽無遺了。

每個「居室」除了一角用薄薄的草泥牆隔開，挖個小洞，作為廁所外，整個地面上整齊地排列著十幾，二十條草墊子。草墊上有各種顏色，堆放整齊的被子，想必是犯人們自己帶來的。在約莫一人高處有紅柳削成的楔子，安放在土牆上，像個衣鉤。看起來是一人一個。

「那是什麼？」我指著紅柳楔子。

「晚上，犯人把衣服脫下來，掛在上面。查哨的時候，手電一晃，衣裳還在牆上，人是不會跑的。」他很得意。

我想問他，有沒有人跑過？想想，還是忍住了沒問。

無論冬夏，人睡在露天裡，一舉一動都在警衛的眼裡。我不禁打了個冷戰。

「女犯呢？也住這兒？」

「當然，無論男女，都住在這兒。我們只有一個女犯班十七個人。別的分隊還有。」順著他的眼光，從紅柳梢頭，依稀可見百米之外的崗樓。

「喏，這就是。」他向右前方一指，我看到了一個格子，裡面的情形和別的格子沒有絲毫不同。「她們就在那兒。」他說。

「噢，來了。」遠遠的，吳月華由一個警衛押來了。她還有頭髮，只是很短，很短。她瘦極了。

「她怎麼樣？」

「認罪態度不好，沒有話，問什麼都說沒有。怎麼問還是沒有。反正刑期還長著，呆著吧。」他回答。

這是第一次也是最後一次，我看到了走動中的她。她穿著一雙顯然太大的破球鞋，兩腳很快地向前移動著，灰色的褲子非常短，露出的腳腕細得可怕，看不出顏色。灰色的上衣很長，拖到膝蓋。胸前有一支隊的番號，背上有號碼「219」。

她在起伏不平，曲曲彎彎的小路上走著，一會兒高、一會兒低，她踉踉蹌蹌，走得很快。在一片黃的背景下，一個灰色的人形迅速地移動著。

她終於走近，站定了，茫然地望著我。她不認識我，不明白我為什麼來。她的眼睛很大，眉毛稀疏，臉上灰一塊，白一塊都是土。

「吳月華，劉指導員讓我來看看你。」我開了口，聲音空洞無力，我真恨自己。

我遞給她一包雞蛋，她沒伸手。警衛接了過去：「我交給伙房，煮給她吃。」

我能說什麼？住在這種地方，怎麼能把雞蛋弄熟？又怎麼能在眾目睽睽之下獨自享用？下次，下次該想辦法帶點餅乾之類的東西來。我叮囑自己。

我還問了她幾句話，她都沒回答，最後，我還是說了句多餘的話：「有什麼我能替你辦的，告訴我。」

她抬起頭，眼光越過我的頭頂，向我身後又高又遠的地方看著。她看什麼？看藍天，白雲？希望變成一隻鳥騰空飛起？不，不是的。我的話沒有帶給她任何希望，她知道那只是一句空話。她的眼睛裡也沒有哀傷和憤怒，沒有表情。她的嘴角下垂得很厲害，刀刻一般的紋路使這張二十歲的臉變得非常陰沉。

我要走了。警衛對吳月華說：「會見的時間還有一會兒，你坐坐吧。」

她呼地一下，坐了下去，就坐在一個土堆上。她坐下之後，臉上露出很愜意的表情，兩隻枯乾，骨節粗大的手在腿上拍著。她仰起臉，閉上眼睛，深深吸了口氣，享受著「坐」的愉快。

我轉身走了。

再過一年多，是小左去的，她說：「簡直像一捆枯柴。」

再過一年多，是錦坤去的，她說：「有沒有八十斤重，我懷疑。」

再輪到我，吳月華已經不在。一支隊政法股幹事交給我一張死亡證明，要我轉交指導員，附上連隊意見後，由連隊寄給她的家人。

吳月華上訴四次，被駁回四次以後，在一個伸手不見五指的黑夜，在土牆的衣鉤上上吊身亡。那已經是一九七三年，離她刑滿釋放的日子還有兩年。

她在土堆上坐下去的形像就像影片定格一樣，留在我的記憶裡。

我從未見你笑過，也沒聽見過你的聲音，但是見過你覺得愜意的一剎那。吳月華。

我知道，你不會沉默的。雖然，一九七四年，上海青年「窩裡反」的當兒，人們終於知道了陳喚群嫁禍於你的事實。雖然你的親哥哥，在陳喚群結婚的日子，攪了婚禮，將新郎、新娘打傷住院；雖然幾經折騰之後，一九七七年才為你平了反，從你的檔案裡撤出了「現行反革命」的判決書。

但是，你不會閉上眼睛的，你知道為什麼，陳喚群她們那麼恨你，那麼熱切地希望你從她們的眼睛裡消失而不擇手段。

你以「待業」青年的身分，離開上海，來到新疆。你不甘於那點可憐的初中教育，而希望工餘時間能看一點書。而陳喚群她們在革命之餘卻把二、三十人的女青年宿舍用報紙隔成小間，在那些小間裡和她們的男朋友們摟摟抱抱，發出許多你不愛聽的聲音。你輕輕地抗議了。說了幾句她們不愛聽的話。雖然，你盡早地閉上了嘴，但已經太遲，她們讓你在這個世界永遠地閉上了嘴。

你會寬恕她們嗎？這無聊、無知、愚蠢、殘忍的一群！你會寬恕那些興風作浪的劊子手和他們的幫凶嗎！

夜深了，窗外黑漆漆的，雖然這是個幾百萬人口的大城市，但是夜裡，卻到處是黑黑的，偶爾有人踏著自行車從窗下馳過，也是沒有車燈，只是一團黑影掠過。

「她的影子常常提醒我許多不該忘記的往事。」我說。

你忽然從沙發上坐直，「魏京生熬得過十五個年頭嗎？」你問我。

我呆住了。我不敢想這個可怕的問題。

吳月華事件的起因何其荒謬，而她遭受的只是最原始的折磨。魏京生們恐怕面對的是另一個「現代化」。

「我不知道，我不敢想。」我的聲音刺破靜寂，消失在夜空裡。淚水終於沖破了堤，傾瀉出來。

兩代人

紐約住得久了，自然會有一種疏離感。紐約人太忙，忙得無日無夜。相當多的人無暇顧及其他。這種日子過下去，自然排斥、拒絕接受其他人；對於屬於他們個人的東西，看得極重。外人絕不容易走進他們的生活。反之也一樣，他們也很難成為別人的朋友。

這種在外邊感覺到的疏離感，使你我更珍惜我們自己的家。累、忙都被關在了門外，門內是一片溫馨。

人，實在有很多共性。在任何環境中，人都渴望溫情，渴望愛的滋潤。母愛、父愛、異性的愛、子女、朋友的愛。哪怕是一點一滴，哪怕只是一星晨露，也足以滋潤行將乾枯的生命。甚至，哪怕是蜃樓呢。

「有時候，人不自知，他們和另外一些人的關係真像是沙漠中飢渴的旅人和那可望不可及的海市蜃樓之間的關係呢。」你說。

「不過，世間的事也沒有定規，有時候，明知是虛幻也會變成真實。」我回答。

時間步入七〇年代。

我和錦坤、小左都有自知之明，深知「背景」不如人，如果再有非分的「享受」，必定遭人非議，而不得「善終」。所以，我們盡一切努力，把自己化作灰樸樸的人群中的一員。只要廣播不響，小賣部關著門，我們必然出現在勞作者的人們當中，無論是在拖拉機上，還是揮舞鐵鍬、砍土鏝，我們都是一流好手。一天，一天，自然而然的，廣播室和小賣部的工作基本上只占用我們的午休和晚上，變成了真正的「義務勞動」。

辛苦，然而平安。在那個年頭兒，平安是多少人很難企求到的福境呢。

從六〇年代「開荒造田」，四、五年過去了。農場所在的原始森林被砍伐殆盡。露出的只是一塊塊泛著鹽鹼的醜陋、貧瘠的「黃」土。那種土，不像黃土高原的土那麼黃，而是白乎乎的，非常細，幾乎沒有任何團粒結構，在那上面長出的小麥細如韭菜；玉米無論怎樣密植，仍是疏疏落落、無精打采。人們充分運用那些一年到頭都需要整修的排灌渠道進行春灌、夏灌、秋灌。即使是冬天，也得把空閒著的地塊用大水灌透，叫作「洗鹼」。然而，生態平衡遭到嚴重破壞的大自然不肯讓步。土地依然那麼乾，水一褪盡，依然是白花花得讓人心寒。起風的時候，風把土捲起來，在空中拋撒著，拋撒著，直拋撒得日月無光。大白天，人跟人走對面，碰鼻子還認不出對面兒是誰。

有的夜晚，月亮周圍罩上了一個巨大的風圈。每到這種時候，盲流出身，種了一輩子地，來五連頂替王連長的張大鬍子，就會一邊用紅柳兒剔著牙，一邊蹓躂到廣播室，在話筒前用濃厚的甘肅口音安排各班各排，第二天到連隊附近的瓜田、菜地、拔草，修理小毛渠。他私下管這種活路叫「預備撤退」。

那個時候，連隊只留一些地窩子應付急需。多數的農工和他們的家屬已經「爬出了」地窩子，搬進了「乾打壘」的平房。這種房子只在地基上壘五層紅磚，上面則是一色土坯，一直到頂。架上橫樑，檁子，再壓上紅柳枝編成的「拍子」，碼上綑紮結實的葦把子，牆上、房頂抹上草泥，一天乾透，第二天就可以搬家了。壘土坯的時候把門、窗的框子裝好，房子蓋得，上了門、窗，就搬家啦。玻璃供應緊張，有不少窗戶上還有塑料紙。門，都是木門了；漆，只有一種，咖啡色。

為了蓋房，成立了木工班——做門、窗是一大工作。

工藝「全能」的木匠是小波。他來自基建隊，領導特別強調，在基建隊，他只是「家屬」，以示他和「有問題人員」之間的區別。

據說，他的父母都是美國留學生，父親是橋樑專家，母親是鐵道專家，五七年對「外行領導內行」的現實提出了一點不同意見，被統統打成「右派」。離開南京，輾轉押送，一站又一站，最後落到南疆這個團場的基建隊。

小波生在大都市，長在戈壁灘。文革開始不久，他就依著「造反有理」的大原則，唱著「出身不由己，道路可選擇」的高調，「造」了父母的「反」，在領導安排下，脫離基建隊，來到這個普通連隊當木工。他寫得一手好字，連隊的「大批判」專欄因此增色不少。

小波從不說長道短，人家讓他幹啥就幹啥，從無怨言，只是「嘿嘿」地應承著，笑一笑，埋頭做他的事。有時候，一起「刷」壁報。我和錦坤恭維他的字，說他「家學淵源」，他從不接話，只「嘿嘿」一笑。不但字好，人也長得周正、斯文，想不到竟是一員造反的勇將。人家是造反來的，我們當然不便對他的家人表示關切，也從不問。

我們那個時候在驚濤駭浪中「鍛鍊」了幾年，自然產生了一種惰性，也鑽營起自己的小窩來。

在蓋房「搞基本建設」的時候，廣播室和小賣部成了緊鄰。我們三個——錦坤、小左和我向指導員強調「為了工作方便」，搬進了緊挨廣播室的一間「乾打壘」。從此，我們遠離婦女班、青年班的是是非非，清靜了許多。小左只有小學畢業，迷上了我那成箱的書。錦坤玉人兒一個，清靜就是好。我呢，還在連隊學校兼著課，三個人住，少了許多事，也能讓緊張、煩累的身心有空鬆弛一下。我們三個得其所哉，在那間小屋裡快快樂樂地住了一陣子。

春、夏之間，一個灰灰、黃黃的上午。

這一天，全連出工的人早已依張大鬍子頭天晚上的安排，分散在連隊周圍，沒到遠處去。

四圍的天邊陰沉沉地埋著一大團、一大團乳黃色的霧，看樣子，來者不善。農工們個個縮頭縮腦，在地邊上磨洋工，準備一聽哨子響就腳底抹油，開溜！

忽然一陣呼嘯，像煞了老天爺在人們頭頂上甩了一個響鞭。一陣狂風刮過來，飛沙走石，大粒的沙子抽得人面頰生疼，那細小的，則飛揚起來，充塞了整個空間，太陽一下子變成了大霧中遠遠的一盞燈。幾秒鐘以前還在說著話兒的人們，已經看不見周圍的人，只能彎下腰，爬在地上，憑著早就計算好的方位，摸回家去。

那一天，我們三個正在宿舍對面的瓜地邊上鏟草。大風一到，就趕緊面對宿舍的方向就地臥倒，爬吧，直著爬，總有到家的時候。

看得清的，只有兩肘之間，胸前的那一尺見方的一塊土地。不到一百公尺的距離，我們足足花了一個鐘頭，連滾帶爬，吃了不少的土之後，才摸到我們的門。三個人倒在門外，喘成了一團。互相看看，認不出眉眼，整個兒人都是一片灰白。

「哎呀！」小左大叫。

我們趕快往她身邊挪，生怕她在回來的路上受了什麼傷。

「這兒好像有一個人哪！」

果不其然，灰沙撞到牆，落下來，在牆角堆成一個個小沙丘，靠我們房門的牆角下，有一個大堆。小左摸到了一隻手，才知道這不是沙堆，而是一個被落沙蓋住了的人。

一鼓作氣，我們把這個人抬進了屋，關緊了門。從落滿灰塵的洗臉盆裡撈起一條毛巾，給這個人抹了把臉。

是位滿臉皺紋的老太太。

「作孽，作孽！」小左嘖嘖連聲。

「這是誰呀？」我和錦坤一楞。

「小波的娘，吳伯母。」小左告訴我們。到底是售貨員，人頭比我們熟。

「這麼大風天，跑五、六公里？」我不禁懷疑地問。

「肯定又是給小波送什麼來了，可憐天下父母心。」小左手腳麻利地洗淨臉盆、倒上清水，給老太太擦洗起來。

還好，老太太就是被灰沙攪得昏了頭，待我們把她收拾乾淨，給她喝了水，她也就睜開了眼，說開了話。

「姑娘，我還在五連吧，大風沒把我刮跑了？」她還笑呢。

「放心，您還在五連呢。」我們告訴她。

老太太安了心，把手探進懷，臉上笑得更歡了：「還在，還在，還溫著呢。」

「什麼寶貝呀？」

「雞蛋。」

「喲，雞蛋，那不成了蛋花湯了？」我們咋呼著。

「不會，不會，我煮熟了才拿來的。腿腳不好，再刮大風，煮熟了保險。」老人笑得合不攏嘴。

她兩手抖抖嗦嗦地捧著五個裂了縫的雞蛋，一臉的笑，好像已經看見兒子把它們吃下去了。

外邊的風聲小了些。我和錦坤坐在床沿上，看著老人，心裡說不上的滋味。

「伯母，您在我床上歇著，我去叫小波。」小左咬牙切齒。

「不必，不必，我去看他，我去看他！」老人掙扎著往起坐，我們趕緊扶住她，她也確實掙不動了，靠著被子垛直喘氣。

只聽得呼的一聲門響，小左已經消失在門外的灰沙裡。

「這姑娘可好，上海人吧？」老人問我們，「可憐見的，多麼光鮮的女孩兒，上戈壁灘來。」老人憐惜著。

小左一歲的時候，父親被鎮壓。她，一個「歷史反革命」的女兒，只有一個在碼頭上作工的母親。她從來沒有過光鮮的日子。可不知怎麼，我和錦坤不約而同地說：

「可不，都是親娘心尖上的肉，都可憐著哪。」

老人竟然熱淚縱橫了，一手拉著我們一個，語不成聲：「誰不是人生父母養的，罪過啊！」

「我那小波，三年災害的時候，我都生著法子讓他吃飽了，可這會兒呢，出門在外的，飢一頓，飽一頓，可受了苦了。」

小波！他才不飢一頓、飽一頓呢！他可會照顧自個兒！我真想說，忍了忍，嚥回去了。

別看吳伯母人瘦瘦，乾乾，短短小小的。一打開話匣子，母親對兒子的愛就像海水一樣湧出來，剎時間灌滿了這間灰撲撲的小屋，又溢出門去，傾瀉在乾渴的大地上。

風聲漸弱，老人的聲音更清晰了，像從天上飄下來，我和錦坤傻了一般，坐在那兒，聽她講述她兒子幼時的趣事，講她兒子的一顰一笑。

門輕輕地推開了。小左和小波並肩站在門外。

老人眼睛一亮，呼地一下坐起身來。

從此以後，吳伯母成了我們宿舍的常客，每到周末，輪休，該她放假的日子，她永遠是那麼堅定地邁著細碎的步子，來到我們這裡。每次，也總是小左衝鋒陷陣般跑到木工班，然後不著痕跡地「帶」來了小波。

無論吳伯母怎樣地問長問短，小波總是「嘿嘿」地應著，不說是也不說非。於是吳伯母就按她自己的計畫給兒子做布鞋，織毛衣，煮雞蛋。當然，還常常給兒子留下糧票和錢。有時候小波加班，吳伯母就跟我們坐坐、說說，拉著小左的手揉搓著，心疼不已地嘖嘖著。小左總是臉蛋兒紅撲撲地跟老人有說有笑，前額上的瀏海一盪一盪的，非常可愛。

有時候，吳伯伯也來，他總是溫和地笑著，灰藍色的舊制服掩不住他身上的書卷氣。坐在小凳上，兩隻骨節已經變得粗大，但仍然修長的手扶著膝蓋，問他什麼，都是千篇一律的回答：「還好，還好。」

一天，小波用廢木料給我們做了個小書架，我正想把它掛到牆上去。吳伯伯夫婦邁進門來。他們看我在牆上比劃著，就走過來幫忙。吳伯伯從制服口袋裡掏出一把小折疊尺，一拉一折成了一把精巧的丁字尺，在牆上橫豎一比，劃下四條相交的直線，我按他的指點把小書架釘上，美觀、齊整。四平八穩的一個小東西就端坐在那兒了。

「丁字尺是他的命，離不了的。」吳伯母笑說。

「也不過釘釘書架、板凳而已。」吳伯伯也笑著，把丁字尺放回口袋，又恢復了慢條斯理的樣子。

只有那一次，我看到吳伯伯異於常日的敏捷和矯健。

小左問了一句：「吳伯伯，您看我們連的房子蓋得怎麼樣？」

「還好，還好。」他左右顧盼著，好像頭一次注意到這些醜陋不堪的土坯房子。

「人家維族老鄉都把房子蓋在高坡上，我們蓋在窪地裡，地下水位那麼高，這屋裡的地面上老是潮溼的，床底下都長蘑菇，那五層磚怎麼耐得住這麼大的潮氣！」

「勞命傷財，勞命傷財，不該說的，不該說的……」他咳嗽起來，雙手掩住口，咳得滿臉通紅，劇烈的咳嗽打斷了他的抱歉。

吳伯母一手遞上一條洗得發白的大手帕，一手給吳伯伯捶著背，咳聲漸歇。吳伯母馬上把手帕移開，我們都看見，手帕裡有血。我們都不作聲。

小波一腳踏進來，看見了彎腰曲背的父親，看見了母親手裡的大手帕，他平靜地轉過頭，看著牆上的書架：「釘上了？挺好，挺好。」他照例「嘿嘿」著。

小左把一杯白開水捧到吳伯伯面前。

老人雙手接過：「謝謝，謝謝，左姑娘。」

「您慢慢兒喝，小心水燙。」小左像哄孩子似的。

吳伯母熱淚盈眶了。

小左把另一杯白開水捧給吳伯母。

小波左右瞧瞧，眼睛看著他母親：「沒什麼事，我回宿舍了。還有一份批判稿要寫。」

「你忙，你忙，你去吧。」想了想，又跟上一步：「天快涼了，早晚要加衣裳，糧票我留在這兒，她們會交給你。」

小波不置可否，頭也不回，口裡只「嘿嘿」著，走了。

吳伯母捧著茶杯，僵立在門口，看著兒子的背影。

吳伯伯捧著茶杯，坐在床沿上，緩緩閉上眼睛。

我恨得咬牙。

「小波從小是個好孩子，環境使然。」吳伯母轉過身來，萬分歉疚地對我們說。

「他忙他的，我們聊我們的。」小左滿面春風。

「伯伯，我給您切個瓜，老鄉叫這種瓜『一罐蜜』呢。」不知從什麼時候起，她省去了他們的姓，只叫「伯伯」、「伯母」了。她手裡拿著個半黃半綠的小瓜。

「這麼小個瓜，你給誰吃啊？」我打著哈哈。

「給伯伯、伯母吃啊，咱們吃脆瓜。」一邊手裡不停地把個小瓜一刀兩半，插上兩把小匙兒，送到兩位老人手上。

兩個老人像幼兒園孩子「排排坐，吃果果」，並肩坐在小左床上，吃得嘖嘖有聲。晚上。三個人坐在油燈下織毛衣，錦坤開了口問小左：「你真打算跟小波好？他可是要找個出身『好』的。我聽說。」她小心地開了頭。

我沒接聲，停下手裡的活兒，等下文。

「我是拿著二老當自家親爹娘待的。」小左淚眼模糊。

我們沉默著。我心裡有些慚愧。

「你怎麼能把小波拖來？他根本不認他的娘老子，他沒叫過他們一聲，也沒正眼看過他們。」我為小左抱屈。

「頭一回，刮大風那天，我去叫他，他不來。我就跟他說，『就算你將來娶個祖宗八代貧農的「好」姑娘，政審查三輩兒，你們有了孩子，他還得算在出身不好的堆兒裡。他也不會念你的好。』我這麼說了，他就跟上來了，也不知他怎麼想的，反正，有什麼話在這兒說，總比木工班人多嘴雜的好吧。他來了，敷衍敷衍，總比老人找上門去，弄得大家不愉快來得容易。」

「吳伯伯老倆口看小波那張臉，心裡大概也難過。」錦坤說。

「小波是他們心尖上的肉，能見著就是好的。」我說。

「我看也是。」小左點著頭。

快入冬了，一個淒清的夜晚，地上已經有霜，空氣清冷清冷的。我和錦坤在廣播室裡忙著。門上嗶啵一響，門外人影一晃。我開了門，是吳伯母站在門外，站在月光下。

「快進來，看凍壞了。」我忙往裡讓她。

「不，就兩句話，外邊說。」她瞥了一眼廣播室上「閒人免進」的牌子，往後退了一步。

「我們這兒就完，咱們回宿舍說話。」我不忍她凍著，又提出建議。

「不，這兒好。不耽誤你們休息。」她頓了頓：「下了班，給子堅吃了飯，我才走得開。」她似乎為她來得這麼晚，感到非常抱歉。

我看著老人，月光下，她的皺紋不見了，那是一張多麼端莊、秀麗的臉，她大睜著眼睛，淚水直直地淌下來，她一眨不眨地直視著我：

「子堅快不行了。我們夫妻幾十年，他沒有什麼不放心的。就是丟不下小波。左姑娘能不能去看看子堅，他就閉眼了。」她垂下眼睛：「我知道，我們不該存這非分之想，也不該連累了左姑娘……」她的語聲還是平靜的，只是充滿了無奈。

那個晚上，我和錦坤打著手電送吳伯母回基建隊，她不停地要求我們「不要送了」，看看沒效，只得作罷。一直到了離基建隊駐地不遠，看得到他們燈光的地方才放老人自己走進去。一路上，我們嘮嘮叨叨跟她說著寬心話兒，再三表示吳伯伯大概不久就會恢復健康。老人有病，我們當然該去看看。等等等等。

我們回到宿舍，已近午夜，小左在火牆跟前坐著，正把柴火往灶裡添呢。火光映紅了她端正、秀氣的臉。她若有所思地坐在那兒。

「你們去什麼地方了？」聽見門響，她抬頭問我們。

「送吳伯母回基建隊了。」

「伯伯身體不好？」她馬上想到了。

「據伯母說快不行了，她盼你去一趟，我們答應了。」我急著一口氣說了出來。誰都知道，基建隊是僅次於勞改隊的「強勞機關」。裡面的農工都是有嚴重問題的，在兵團農工一片草綠色裡，他們無論冬夏都是一片灰藍，非常顯眼。普通連隊職工去基建隊可是非同小可。小波是從那兒來的，卻從未回去過。

「我當然去，明天一早兒就去。」

「得找個理由兒吧？」

「明天正好上場部拉貨，我讓趕車的等等，順道彎一趟基建隊，要不了多久。」她還真有辦法。

「我也去，上衛生隊『看個病』，陪你一趟。」我忽然勇氣大增。

「我留守。萬一有人說三道四，替你們支應一下。」錦坤也受了鼓舞。

基建隊是蓋房子，修主幹渠——農工們叫它「龍渠」，全團場的排灌系統由它開始——的專門單位。他們蓋了場部機關的全部辦公室，宿舍，食堂，商店，郵局，衛生所，電站，揚水站，倉庫，一應設施。他們也替基建隊幹部們蓋了食堂，宿舍，辦公室。他們自己卻依然住在低矮潮溼的半地窩子裡。

我們坐著連隊拉貨的牛車晃到場部，再跑到基建隊，找到吳家，時近中午。陽光從天窗射了下來，照亮了一方潮溼的地面。

一張窄窄的雙人床上，吳伯伯半躺半坐地靠在那兒喘氣。伯母坐在他身邊，把他的一雙手放在自己手裡暖著。

我們走進去，伯母起身讓坐，小左就坐到床沿上，我和伯母拖個小板凳坐在床邊，三雙眼睛都關切地看著病人。

「難為你來看我，左姑娘。」老人艱難地開口。

「伯伯，就叫我如萍。您放心，我們會常來看您，小波今天忙，走不開，過兩天，我跟他一塊兒來看您。」

老人點著頭。

「我就不放心他。」

「放心好了，伯母和我會照顧他。」小左一臉笑：「現在天涼了，等春天，天氣暖和了，我們陪您出去走走，看看樹，看看花兒，看看草。陪您去毛拉河邊，看他們蓋橋。」

「橋？毛拉河也蓋橋？那兒不是有一根獨木橋嗎？」老人笑了。

「不，說是從色力布亞拉石頭來，要蓋真的橋呢。」小左一臉認真。

不過，木橋也好，石橋也罷，那十來米寬的小河溝上的橋對吳子堅這位橋樑專家來說，那只是小孩子的積木罷了。「好，好，我們去，看他們搭個石頭橋。」

說著，笑著，老人似乎忘了病痛。我不能不欽佩小左豐富的想像力，只長芨芨草、駱駝刺的戈壁灘上有什麼樣兒的花兒、草兒？難為她的孝心。

老人在「準兒媳婦」的歡聲笑語裡躺下去，吳伯母說這個中覺，他一定睡得好，「作夢都會笑醒」。

周日，基建隊一位農工來叩我們的門，送來便條一張：

「子堅已去。勿來。改日再見。」字跡清秀端正。

小左看著這張字條，仔仔細細折好，收了起來。

晚上，連隊例行晚點名，劉水舟「上掛下連」地講了一通「形勢大好」之後，加重了語氣：

「階級鬥爭是複雜地，在我們連隊也有具體地反映。啊，深刻地反映……有個別人，家庭出身不好，思想改造不徹底，受資產階級反動人性論毒害很深……中毒很深……居然跑到基建隊去！」他停住，小眼睛左右掃著。

「去幹什麼呢？去看一個病人，那是一個什麼樣的病人呢？美國特務，反動學術權威，一個要帶著花崗岩腦袋去見上帝的人。（這一句出自《毛語錄》，那時天天掛在政工幹部嘴上。）別以為我們什麼都不知道，群眾的眼睛是雪亮的！」

他停頓著，加強著氣氛。

「當然，人已經死了，」

下面的人哄然，紛紛問：「誰死了？」

「那個老反革命死了。」

下面的人噓了一口氣。

「我們連的，那兩個立場不穩的人要注意呢！不要再犯類似的錯誤！馬列主義、毛澤東思想不是掛在口頭上、筆頭上，要落實在行動上……」

事後，劉水舟來廣播室時，曾笑問我，這番點名「夠不夠水平？」我告訴他，比團部龍政委的形勢報告精采多了。

他得意地瞇著小眼睛：「小韓，你可要注意呢，再讓我逮到狐狸尾巴，可就不好過關嘍！」

開春。吳伯母來了，「他是笑著走的。」她這樣欣慰地告訴我們。

每隔月把，她還是來。她已經不太在乎小波是不是每次來我們宿舍看她。他來，好。他不來，她自會說：「他忙，讓他忙吧，我跟你們說說話兒就走。」

以後，小波和一位出身「紅五類」的女青年結了婚，調到別的團場去了。吳伯母還來我們這兒。遇上有外人，她總自自然然地告訴人：「路過，順道看看她們。」

小左和偉國結婚，「女方家長」是吳伯母。

一九七五年冬，「落實政策」，吳伯母回南京去了。

第二年，因為小左的肺病，「病退」回上海，她和偉國和他們的小兒子終於在離開上海九年後回去了。

信中，伯母長，伯母短，常告訴我們老人的信兒。

「一個美麗的故事。」你說。

「一個真實的故事。」我回答：「我常常憶起這個美麗的故事，憶起那位胸襟博大的母親，憶起那位聰慧、堅毅的女兒，憶起她們之間的那一片深情。」

羅米歐、朱麗葉與黑暗

周末的電影院外面，一條條長龍，在售票窗口和入口處那長長的行列裡，青年男女在春天的陽光下歡笑著。電影院前廳裡播放著節奏明快的音樂，人們腳下點著拍子，說著，笑著。讓那緊張了整整五天的精神徹底鬆弛一下。

我們這對「老夫老妻」站在這樣的行列裡，也年輕起來，腳下也靈便起來。

你微笑著湊近我，一臉調皮：

「看著這些快樂的人，我忽然想起那位會講故事的司馬中原先生。」

「你想到他講的故事了？」

「在臺北念中文的時候，常有記不得生字的困難。有一天，司馬先生告訴我一個故事。他說，臺北男女大學生談戀愛是從老莊哲學談起的。他還講了不少，可我，就這麼記得了老莊哲學這四個字。」

「那可太有詩意了。談愛從談哲學開始。太美了。」

「在紐約，這樣的青年男女大概不是太多。」你笑著，看著那些快樂的年輕人。

「大陸怎麼樣？總不會沒有人談戀愛吧？」

「當然有人談愛，不過能談談哲學的恐怕少而又少。至少，我沒見過。哪怕熱戀中的男女也被住房問題，經濟、社會、政治一大堆問題磨倒了。能沉浸在詩情畫意裡的戀人實在太有限了。」

「你那位朋友劉錦坤怎麼樣？她不是個很有味道的女孩子嗎？」

「關於他們？」

「是啊，講講他們，總不會又是一個悲慘的故事吧？」

「不是悲慘，而是悲哀，一個非常令人灰心的故事。」

初次見錦坤和她的男友家棟是我到兵團半年以後的事。

入夏了，戈壁灘的中午，真能曬死人。連隊安排了長長的午休。我播完了午間新聞，頂著毒日頭，走回婦女班的地窩子。

每次進門，我都習慣地閉閉眼睛，外面太亮，裡面又太暗。不閉閉眼，簡直什麼都看不見。

眼睛一睜，我呆住了，那是怎樣容光煥發的兩張臉。

火牆後面，挨著我的床，又架起一張窄窄的紅柳床。床邊的兩個人本來正在輕手輕腳地收拾東西。聽見了我的腳步聲，同時抬起頭來。

我一眼認出，那富富泰泰的正是劉錦坤，和照片上的她沒有什麼兩樣，只是臉曬紅了一點兒。那個男的，卻是初見，好帥的小伙子，高高的個子，寬寬的額頭下面一雙坦率的大眼睛，白色的確良襯衫袖子高高捲起來，露出結實、有力的手臂。他笑著，笑得親切、自然。

「你是韓老師吧？我叫徐家棟，錦坤的朋友。」

錦坤含著笑：「吵大家午休了，真糟糕，到的不是時候。」

我知道，他們參加了團裡組織的宣傳隊，到附近團場表演節目，「交流經驗」去了。就問了一句：

「宣傳隊還好吧？」

「沒什麼意思，我們退出了。」家棟滿不在乎的。

「還好，挺忙的。巡迴表演結束了，我們就回來了。廣播室還是老樣子吧？」錦坤仍是溫文爾雅。

怎麼告訴她小眉的事呢？還是少說為佳。我回答：「還好，你回來了，咱們一塊兒忙，忙得有勁兒一點兒。」我只好這樣強打精神了。

以後，家棟常來，坐在小板凳上陪錦坤，他敬重錦坤，錦坤疼他像疼自家的小弟弟。

「都是我把他拖到新疆來的，革命啊，支邊啊，唉！都是一時頭腦發熱。」有時錦坤悄悄告訴我。

「來了就來了，沒啥好後悔的。哪兒的黃土不埋人。跟著錦坤，去什麼地方我都無所謂。」家棟倒是一往情深。

他們要好，是從上海開始的，旁人說不了什麼。再說，家棟出身工人，是響噹噹的「紅五類」子弟。錦坤雖是職員出身，但沾不上「黑九類」的邊。他們可以相當安穩地度過在新疆的日子，結婚生子，太太平平建設自己的小家庭，然而他們卻捲進了文化大革命的漩渦，備受煎熬。

一九六七年，「中央」不斷下達文件，三令五申：「兵團內部進行鬥、批、改，不介入地方文化大革命」。但是，兵團的「老職工」們，卻幾乎清一色來自地方上的工業、交通系統。雖然他們已經是身穿綠軍裝（沒有領章、帽徽，不是現役軍人。）的「兵團戰士」，但他們對地方上的情況瞭如指掌。文革爆發，一片「打倒」聲中，他們下意識地抓住了這個「殺回原單位」的機會。

當年，地方機構想方設法把他們擠出去，扔進了這個「吃不上喝不上」的窮兵團。現在，當權派倒的倒，垮的垮，於是這些「老職工」們組織起各種名目的造反戰鬥隊，以「革命」的名義大造地方當權派的反，登時搞得兵團內外沸沸揚揚好不熱鬧。

地方上的形勢錯綜複雜，各派政治力量此起彼伏，鬧得人眼花撩亂。而且，不少地方出現了大規模武鬥。喀什的槍林彈雨就出現了不少以兵團老職工為骨幹的戰鬥團體。這些能工巧匠把拖拉機改裝成坦克，轟轟隆隆地行駛在城市裡。終於，新疆軍區的頭頭們感到了威脅。於是，一道道金牌來自對情況模模糊糊的「中央文革」。

兵團實行「軍管」。戴紅色領章、帽徽的正規軍進駐兵團機關，各師、各團。他們是真正的「太上皇」。他們享受著部隊的待遇，他們制訂各種「紀律」，他們集立法、司法、執法的權力於一身。首先，他們要求兵團戰士「抓革命，促生產」，以「生產」支持「革命」，確保西北邊疆這一「反修防修」前線的「穩固」。

各「戰鬥隊」被強迫解散，回到所在農場。

多數參加了「戰鬥隊」的老職工們覺得他們出身好，根子硬，過去又是「產業工人」，而「工人階級是領導階級」，再進一步說，「毛主席」說：「你們要關心國家大事，要把無產階級文化大革命進行到底。」他們出門鬧革命完全是「響應主席的號召」。「軍管」純粹是「劉鄧資產階級反動路線在新時期的表現」，「是別有用心的軍內走資派對革命群眾的反撲」，是對「毛主席革命路線的破壞。」

他們又組織起來，在兵團內部「對著幹」。

事實上，這些人多年來對各級領導的官僚主義及享有的特權心有不滿，文革給了他們大聲抗議的機會。但是，他們是成年人，被利用、駕馭的時間不會比內地的「紅衛兵」長，而他們又多有家室之累，瞻前顧後，極易被分化瓦解，不久，關的關，押的押，反戈一擊的反戈一擊，終於不成氣候。

人吃五穀雜糧，孰能無錯？錯說一句話是錯，在非常時期，錯升級為「罪」，那就有得受了。

各級軍管單位充分發揮政工人員作用，內查外調，「戰鬥隊」骨幹分子的檔案袋迅速膨脹起來，裡面塞滿了各種「黑材料」。這些人的資格不夠送基建隊，成了各連隊的「牛鬼蛇神」，成了進行「大批判」的箭靶子。

他們的事和連隊青年們沒有什麼大關係。多數上海青年站在連隊領導一邊，充當「大批判」的炮手。北京青年自身難保，多數人作壁上觀。

我對這一切只好採取不參與的態度，錦坤覺得物極必反，亂一陣，亂夠了，自然會靜下來。她不但不參與，別人議論，她也懶得聽。

家棟不然，他覺得老職工「受壓」了，他同情他們，他得助他們一臂之力。

熱戀中的兩個人有了「不同觀點」。

壓迫與被壓迫的雙方本來在力量上就不成比例。隨著「大批判」的步步深入，各連隊的連、排級幹部們把他們平日對老職工們的嫉妒和不滿發洩出來，變成了對這些被專政對象的百般折磨，他們的處境日益悲慘了。

老職工們帶原單位的工資來兵團，收入比一般人略高，他們能幹，他們的小家庭比一般人建設得舒服一點。這一切，在人的貪婪、殘忍等等本性可以發揮得淋漓盡致的氣候條件下，都變成了使他們大受其罪的根本原因。

昔日喀什汽車廠的機修工老詹夫婦被誣陷為「貪汙分子」，他們當然不服，而且兩口子伶牙俐齒，常對軍政各級領導進行「口頭攻擊」，弄得他們張口結舌。日復一日，他們成了被專政的「重點對象」，苦頭越吃越大。

一九六八年春天，「大批判」的風口浪尖上，老詹的妻子要生他們的第三個孩子了。連隊耿副指導員卻派「專政隊」去離連隊最遠的地方放水，日夜連軸幹；由著老詹的女人在自己的地窩子裡又喊又叫，不准人問津。傍晚，嬰兒落了地。老詹女人的叫聲清晰了，只剩了一個字：「水，水……。」這陣陣的呻喚伴著嬰兒的啼哭形成一種極尖銳的，對人的耳膜和心靈的刺激。

我們呆坐在宿舍裡。不知別人怎麼樣，我只覺得自己已經虛脫了，耳朵嗡嗡叫，兩腿發軟，一動也不能動。

豁啷一聲，家棟拎起錦坤的小水桶，錦坤拉了一把，沒有拉住，家棟像個暴怒的獅子，衝了出去。

我們也跌跌撞撞跟了出去。

水，送到了那乾渴的產婦嘴邊。

家棟卻被耿副指導員和武裝民兵們吊在了連隊中央的一棵大樹上，那是連隊唯一的一棵大樹，有線廣播的大喇叭就高懸在他頭頂上。

我和錦坤飛快地奔向劉水舟家，急急地敲著門板，門縫裡露出他妻子一雙驚慌的眼睛：

「孩子他爸不在，上團裡開會去了。」

我們離開劉水舟那個半地窩子的時候，還聽得見家棟的叫罵聲。等我們回到宿舍，雙手反綁，吊在樹上的他就無聲無息了。

天黑了，起風了，風呼嘯著，打在天窗頂上，沙沙響著。我和錦坤在黑暗中睜大眼睛瞪著天窗，一籌莫展。

過了午夜，約莫兩、三點鐘，去遙遠的工地幹活兒的「牛鬼」們才回到連隊。他們從老詹女人嘴裡聽說了一切，他們的眼睛紅了，他們不顧武裝民兵的阻攔，在一片吵嚷聲中從樹上解下了奄奄一息的家棟。

我陪錦坤去了男青年宿舍。上海青年們都睡在床上，把脊背對著我們。

錦坤用溫水洗著家棟眼窩、鼻子、耳朵裡灌滿的沙子。淚水大滴大滴滾落在那張蒼白的臉上。

第二天，家棟成了「牛鬼蛇神」中唯一的上海青年。

我和錦坤要求劉水舟改變這個情況，他瞇著眼睛，嘬著牙花子，說是連隊「集體領導」的決定，他個人「無權更改」。不過，他答應「試試看」。

然而，「試試看」的直接結果是：無論單身，或是有家的「牛鬼」們都被集中在一個漏風的破舊地窩子裡，完全失去了自由。這樣的日子持續到一九六九年，各級「革命委員會」成立以後。

一旦有了行動的自由，家棟和他的戰友們，就開始四處活動，參加了「上訪」的隊伍。他們到處鳴冤告狀，要求「平反」，要求「恢復名譽」，要求補發工資，要求得到真正有效的醫療，同時要求把老職工們調回原單位。他們的行動在被關押一年多之後變得極有組織和策略，他們手裡有各種各樣的「中央文件」，他們選擇出所有有利於他們的條文，有系統地向兵團內「執行劉鄧資產階級反動路線的當權派」猛攻。

每次，家棟從外面回來，第一件事就是來看錦坤，告訴她一些驚天動地的消息：誰誰進入革委會不久露出馬腳，居然是「鐵桿保皇派」，終於被清除出去，新來的政委又是二野、三野紅小鬼出身，必能按中央文革指示辦事，為受迫害的人們平反等等。

錦坤由家棟的「後勤部長」而「參謀總長」。他們常常頭碰頭地討論各種計畫、策略、方針直至深夜。好在我是「夜貓子」，看書也看到深夜。

他們不避我，知道我不會出去講。事實上，我根本很少聽。一朝天子一朝臣；天子下面的無數土皇帝今朝上，明朝下，離我那窩頭白菜湯的日子何其遙遠。

有時候，他們仍能考慮到他們所計畫的一切仍有相當的危險性。有一次，家棟對我說：

「韓大姐，你可別摻和進來，出身不硬一下就被人家逮住小辮子，可不是玩的。錦坤是個好軍師，我都不敢讓她露面兒。『職員』畢竟不是無產階級。」

幾年來的牢獄之災，奔波之苦，使家棟漂亮的臉上帶上了一點風霜，然而還是坦率的，稚氣十足的。看著他，我真不知說什麼才好，冷水是萬萬潑不得的，只好等著看。

有時候，家棟他們出去個十天半個月，連隊裡是按「曠工」計的，當然沒有工資。吃的、穿的、用的，一應家屬預備。錦坤忙著為他做鞋，拆洗棉衣，織圍巾、手套。每逢這種時候，我總是插上一手，幫幫忙。家棟在，我就不做了，他嘴不好，一高興，常會在外面亂說，還是多一事不如少一事吧。

「上訪上告」，出外串連的直接結果，只是使當時的團政工處，連隊領導手裡的黑材料越堆越高。

終於，嚇人的事情出現了：家棟他們和喀什的一個「裡通外國」集團掛上了鉤，家棟又不肯「認錯」，被關進了場部政法股私設的牢房「禁閉室」。這種地方是專門為日後判刑搜集和製造口供、人證、物證材料的。血肉之軀被投了進去之後，很少有不肯劃押認罪，而又能活著出來的。

家棟是從喀什直接押到禁閉室的。那些日子，錦坤像熱鍋上的螞蟻；廣播稿都是我一個人念的，生怕她太緊張，念錯了什麼，更是「罪」上加罪。

一般的來講，新疆這種比內地更加無法無天的地方，一人有「罪」，全家挨整的情況比比皆是。這一次，卻沒人找錦坤的麻煩。全連「點名」，只是說到家棟，並沒有扯上錦坤，劉水舟的臉上更是掛著「愛莫能助」的表情。我覺得怪怪的。

過了幾天，團裡「頭頭」來了，來的是楊副政委。此人是現役軍人，政工幹部。軍裝畢挺，人又瘦又乾，細細的脖子在風紀扣後面晃蕩著。他從不摘帽子，帽沿下露出花白的鬢角，年紀總在五十開外，他的兒子都已經送到西安上軍事大學了嘛。

他是由劉水舟陪著來到廣播室的。

他不苟言笑，進了門，定定地站在那兒，劉水舟在打圓場：

「我們連的廣播員還是不錯的。白天、晚上和連隊戰士一起『抓革命、促生產』，頂班上大田勞動，大家休息，她們不休息，開廣播，搞宣傳。工作還是有成績的。」

楊只從鼻子裡哼了一聲，眼睛盯著錦坤：

「你就是劉錦坤吧？連隊領導對你是很不錯的，你看見了。」他掃了一眼側身坐著的劉水舟。

「你怎麼樣呢？有些問題是不是該跟領導合作，爭取主動呢？」話說得模模糊糊，我覺得我不該繼續留在那兒。

劉水舟是聰明人：「小韓，你去連隊辦公室看看，要是報來了，把重要新聞整理整理。」

我問他：「辦公室門開著呢？」

「有幾個通訊員在連部，你去就是了。」

我慌不擇路地躲開了那個是非之地。

晚上，錦坤坐在小板凳上，面對著床頭小木櫃上的煤油燈，兩眼發直。

我搖搖她肩膀：「吃飯，吃了飯再說。」

她看看火牆外邊婦女班的人，默默地摸出張紙。

「他們把他泡在水裡。」她寫。

「三天了。」她又寫。

我不知該怎麼辦。這次是團裡指使的，劉水舟沒有說話的資格。任何人現在都救不了家棟，我們怎麼辦呢？

錦坤沒有淚，只是豐滿的雙頰忽然之間凹陷了下去。兩個眼睛毫無神采，周圍暈著黑黑的陰影，非常怕人。

油乾了，火苗跳了一下就無力地熄滅了。

過了幾天，團部送來一個通知：當天下午在我們連隊批鬥「現行反革命分子」徐家棟。這一周是他在全場遊鬥的日子。

劉錦坤被指定坐在最前排，和楊副政委、耿副指導員、各排排長坐在一起。

徐家棟是被持槍的現役軍人拖下卡車，拖入會場的。兩條腿在地上劃出兩道溝。像馬嚼子一樣，一根粗繩緊緊勒住他的嘴，據政法股幹事說，這樣做是為了避免他作「反革命宣傳」。

他被五花大綁著，破衣爛衫下露出斑斑血跡。

那個美少年已經不復存在，面前的是一個被折磨得失去人形而仍不肯「認罪」的「犯人」。

經過了無數批鬥會之後已然麻木的神經又一次興奮起來，感到了極度的痛楚。不知那些站在家棟身後的軍人幹了什麼，從那勒緊的嘴裡，竟發出了一聲尖嚎，壓過了會場上的口號聲浪。

前排人影晃動，錦坤昏倒了。楊副政委站起身來，用眼光尋找著什麼人。他看見了我。

「小韓，送劉錦坤去休息。」他說。

我機械地邁動步子，扶住錦坤，一腳高一腳低地挪出會場。

一條冰冷的毛巾壓在錦坤頭上。

她睜開眼睛，一對小火在眼睛裡跳著。

「他要我。我答應……」她一把抓住我的手。

「誰？」

她沒回答我，只是摸了一下領子。

紅領章？楊！那個老畜牲！

「千萬不能。」我驚恐得語無倫次。

「家棟會死在他們手上。」

「可是，家棟如果知道了這件事，恐怕比死還難受。你千萬別傷家棟的心。」我搖著她。

夜，那是怎樣一個漆黑的夜啊！

關了廣播室的門，我是一個人走回宿舍的。錦坤轉身向連隊辦公室走去。楊副政委在五連「蹲點」期間，住在連隊辦公室裡。

婦女班一向是嘰嘰喳喳的，今天卻靜悄悄的。人們早早就上了床，誰也不和誰交談。

我在燈下等著，等著連隊辦公室那邊出現撕打聲，驚醒了人們，大家可以見到楊副政委的真面目。我幻想著：錦坤會扭著衣冠不整的老畜牲去見政法股幹事。告訴他們楊是怎麼用家棟的事逼她就範的。揭開了這個大蓋子，人們不得不重新審理家棟的案子，終於發現這是一起冤案，於是這一對受盡苦難的男女可以自由自在地享受他們的愛情，過他們甜蜜的日子去了。

幻想只是幻想，夜卻是靜靜的，一片黑暗，無聲無息。我坐起身來，從豆腐乾大的小窗戶看出去。整個連隊一團漆黑，沒有一絲光亮。我的心抖著。被粗繩五花大綁的家棟和受著蹂躪的錦坤重疊在一起。我睜大眼睛，希望從黑暗中辨出任何一樣東西的輪廓，然而，我沒有成功。

不知什麼時候，門一聲輕響，錦坤像一片樹葉，輕輕地飄進來，落在她的小床上。我一直面對著她。她垂著頭一言不發。

第二天，我發高燒，起不了床。錦坤卻提上鐵鍬和人們一塊兒出工去了。

一個多月以後，家棟回來了，腰背駝了，肩胛骨高聳著，臉色蒼白。他還常來，來了就坐在那兒不停地咳嗽。

又過了一個多月，團裡安排錦坤去師部開「宣傳工作會議」。

錦坤回來以後，異常虛弱。那個時候，正好連隊在趕著給小麥脫粒。場地上機器轟鳴，灰塵像煙霧一樣籠罩著人們。全連青壯年分成三班，跟著機器轉。那個活兒實在是又髒又累。錦坤到家的第二天早上就和我編在一個班裡頂著大日頭，在麥芒子、灰塵的包裹之下，把一捆捆麥捆兒打開，送上碾壓機。

幹了沒有兩個鐘頭，錦坤拿出一張維吾爾文的病假條交給了劉水舟。這張條子上別的看不懂，「3」字還是阿拉伯數字。劉水舟二話沒說，就讓錦坤休息三天。他還怪了一句：「打擺子，還硬撐，少了你一個，麥子還不是照打。」

誰知，過了兩天，耿副指導員找了個懂維文的人來看了那個病假條，然後，告訴連隊考勤員：「劉錦坤未婚而私自打胎，不能享受三天產假，按曠工算。」

袁琳一聽說，就跑來告訴我。

「我一點兒沒聽說，要是我知道，說什麼也讓錦坤挺一挺，熬過這幾天。」

「不是每個人都熬得過的。」她冷冷一笑。

錦坤完了，我腦子裡空白一片。

工地休息，我跑回宿舍。

家棟正在空蕩蕩的宿舍裡又跳又叫：

「當初，就算我死在他們手裡，也不能讓你受那老毛驢子糟蹋。錦坤，我是怎麼囑咁你的！咱們好了這麼多年，我連碰都不敢碰你一下，你可好，送貨上門！姓楊的，我跟他拚了！」

他又跳又叫，錦坤只穿一身內衣褲，雙膝跪在冰涼的潮地上，兩手緊緊抱著家棟的腿，哭成了淚人兒。

我關緊門，車轉身向暴土狼煙的打麥場走去。

羅米歐、朱麗葉是幸福的，他們相愛至死。他們沒有在那充滿仇恨的人間過多盤桓，他們攜手飛向那沒有仇恨、沒有猜忌的樂園。

錦坤和家棟卻是活著，活在他們的心病裡。這是一種壞死病。痛恨和無奈一點一點咬噬著他的心。他變得心胸窄小，整天疑神疑鬼。錦坤絕不敢在沒有女伴同行的情況下外出「開會」或有其他公務。儘管楊副政委因「工作需要」，調往北疆高就，家棟覺得還有「張政委」、「李政委」，在打錦坤的主意。總之，他是再也不能釋懷。

錦坤和我在一起的時候，態度從容，溫文有禮。家棟一露面，她就手忙腳亂，心慌膽顫，不知如何是好。

他們常吵，為了一點雞毛蒜皮。最後，必然又扯到那次「人工流產」。總是以家棟的咆哮和錦坤的告饒結束。

他們有了性關係，在戈壁灘上，在乾枯的渠道裡。等他們回到宿舍，家棟還在嘻皮笑臉，「那老東西沒有我棒吧，告訴我，他是怎麼幹的，摸你了沒有，舒服不舒服？……」錦坤滿臉通紅，打著抖，又哭又叫，歇斯底里大發作。我只好把家棟趕了出去。之後，他常常一兩個月不露面。還是錦坤再去找他。他來了就讓錦坤脫光了，躺在被子裡，讓他「摸摸」。錦坤也總是照辦。我只好走出去。

我和小左勸他們：「結婚吧，有了自己的家，生活就上軌道了。」

家棟總說：「再考慮考慮。」

錦坤又作了兩次「人工流產」。

大家都勸他們調走。說是「換個環境」就好了。他們進行得也不積極。一直拖到七五年，他們才結婚，調離了這個團。

常有消息來，說他們還是吵，錦坤一直沒孩子，家棟到處告訴人，她打過幾次胎，弄得生不成了，等等等等。

而且，也有人說，他們的鄰居也受不了他們，吵了，鬧了，又會抱頭痛哭，神神叨叨的。

多少年了，一想起他們，我心裡就不舒服，想忘記，又忘不掉。真難。

但願他們能忘掉一切創傷，真誠相愛。我望著那殘缺的月亮，祈禱著。

燃燒的愛情

「我的熱互甫琴聲多麼響亮，
　莫非裝上了金子做成的琴弦……
我們的生活是多麼的歡暢，
　因為心中都燃燒著純潔的愛情。」

歌聲從開啟著的落地大玻璃窗飛出去，在高樓大廈之間碰撞著，失去了她原有的長長的尾音，顯出了幾分無奈。

「這支歌需要空間。」你從報紙上抬起頭來。

空間？不錯，這支歌曾有過怎樣遼闊無垠的天地，在荒涼的戈壁灘上，她曾給過我怎樣的色彩和溫暖！

是的，是色彩，正是追求色彩，我才走進維吾爾人中間的。

儘管五連是離毛拉巴扎最近的連隊，仍然得風塵僕僕地在土路上走上一個小時，過了毛拉河，才能踏上毛拉的市集。在連隊裡，一片草綠中間幾點藍。而巴扎，那可是萬紫千紅集中在一條二百公尺的小街上。街上也有商店，門口用五種文字書寫著商店的經營項目，但是你不踏進去，仍然不知道他們到底在賣什麼。

五種文字，我識得三種：漢字、漢語拼音（不是ㄅㄆㄇㄈ而是bpmf）和俄文，還有兩種就是狀如蝌蚪的古老的維吾爾文，以及七〇年代由「中央」決定推廣的維吾爾新文字。我敢打賭，在當時的毛拉街上，沒有幾個人識得這種由二十六個英文字母加上四個特聲字母組成的新文字。

五種文字，五種顏色，不旦熱鬧，還挺占地方。不過等你拉開那又厚又重的木製大門，你就會失望了。無論是「巴楚縣毛拉公社供銷合作社」還是「喀什地區畜產品公司巴楚分公司毛拉公社代銷店」，貨架上除了成捆的條絨，落滿灰塵的毛線之外，幾乎空空如也，店堂裡陰暗、空闊，沒有什麼顧客。

小街上的自由貿易集市就大不相同了，婦女們心愛的彩色頭巾在空中飄舞著，慈祥的維吾爾老人把色彩鮮豔、手工精細的小花帽擺在雪白的羊毛氈上。那些美麗的小花帽常常讓我停下腳步，蹲下來，欣賞老半天。街上有很多成ㄇ形的木竿栽在地上，上面掛起隨風飄曳的衣裙。顏色多以紅、黃為主，偶爾也會有淡藍、藕荷夾在其中。

維族婦女不懂漢族女人怎麼可以穿著長褲在外邊到處跑，而且還有郵筒般的棉襖，帶耳朵的棉帽子，再加一個大口罩，天哪！她們夏天當然是身著美麗的裙衫，冬天，她們在緊腿褲子之外，必有裙子，或是毛料，或是絲絨，上面也會有件黑色小棉襖，腰身卡得緊緊的，曲線畢現。

維吾爾婦女是很珍視出門機會的。巴扎天（就是集市開放的日子），她們換下家常的人造棉裙子，穿上真正的長統襪子，小巧的靴子，上面罩著細腰、寬袖口的紗裙。當然，小花帽、晶瑩的耳環、手鐲、項鍊都是不可少的。維族少女愛美，從小，她們用奧斯曼草搭在眉心，使兩條柳眉在眉心處有意無意地搭起來，變成她們區別於其他民族的一個顯著的標誌。

節日或婚禮，那就更不用說了，我們只有望洋興嘆的份兒。

日上三竿，人們買了他們該買的東西，也賣了他們想賣的東西，三三兩兩聚在一起，聊起天來。男子漢們從寬寬的布腰帶裡摸出他們的「紅寶書」。那種東西，是個紅地金字的小塑料夾子，裡面本來是夾著一本小書的。現在呢，一邊夾著莫合菸，一邊夾著捲菸紙。那捲菸紙剛好一支菸的大小，又薄又韌——正是撕成一張一張的「語錄」一本身。男人們兩個手指一捻，抽出一張紙，從小紅夾子裡，倒出一撮莫合菸，在紙上勻勻地鋪成一小條，兩手一捲，再用口水黏牢，點上火，吞雲吐霧起來。兩炮莫合菸一抽，什麼人的東不拉響了起來，什麼人的手鼓又打起了節拍。男人們把小花帽向腦後一推，兩腿屈起，兩手拍著膝蓋，口裡「嗨呀！」一聲，跳了起來，馬上隨著一聲快樂的尖叫，女人的裙子旋風般地刮了進來，不消三兩分鐘，一個圓圈自然形成，一片歡騰。

節奏明快，歡天喜地的年輕人舞罷。手鼓的節拍漸漸放慢，東不拉彈出抒情的和弦。那個時候，真正偉大的舞蹈家登場了。他們是從學步時開始跳舞的聖手。現在，他們已經年近花甲；老婦人柔若無骨的手指，表情豐富的眼睛，依然靈活的肩膀和腰肢，向人們展示了怎樣一種美的意境。

銀白頭髮上戴著精緻的小花帽，留著一把白鬍子，臉色卻紅潤如少年的老人，圍著老婦人跳著踢踏步，滿心歡悅地向人們展示他的驕傲——他那美麗、溫柔的舞伴。

人們圍著他們，雙手起勁地為他們打著拍子，不時發出「喲，嗨！」的叫聲，為他們鼓勁兒。

我看著，心裡的堅冰在溶化，生活的沉重和苦悶在這一瞬間消失得無影無蹤。

在巴扎上，我最多買幾個雞蛋，一兩棵青菜，幾把杏乾。然後就站在那裡，看人們唱歌、跳舞；看那些溫柔的大眼睛，看那些飛舞的花裙子，看那些飄起又垂下的無數條細細的髮辮。看人們的眉飛色舞，看到薄暮時分，才依依不捨地回到我們那個枯燥無味的生活中去。

一來二去的，毛拉變成了我常去的地方。兵團年年虧損，生活越來越差，常年不見葷腥，每人每月只有一兩油，過年過節，有孩子的家庭才能攤上五十克（一市兩）白砂糖，日子過得真艱難；有了一點薪水，就想去毛拉打打牙祭。毛拉集市上有一個賣水煎包的小鋪子，離老遠就能聞見那刺鼻的羊羶味兒。裡頭可是熱氣騰騰，無論冬夏擠滿了人。我也擠進去過，買上幾兩包子，填填我那乾癟的，經年只有鹹鹽煮白菜，棒子麵窩窩頭的胃。我更愛維吾爾人做的酸奶，他們的酸奶是百分之百的奶製品，是將牛奶煮過，放在陽光下經過日曬而發酵的。絕對營養，味道極醇。買上一個白麵小饟，一碗酸奶，吃飽了，也喝足了，那種腸胃的舒暢，沒去過苦旱之地的人是想像不出來的。買酸奶的經驗多了，就發現一位老婦人的貨色特別乾淨。她坐在一把木頭椅子上，把她的奶酪裝在細瓷碗裡，蓋上繡了花兒的小白毛巾，放在一張鋪了淺藍色氈布的方桌上，非常潔淨，在整個毛拉街上非常顯眼。

一個春天的中午，我正站在老人的方桌旁吃我的酸奶，走來一位魁梧的維吾爾中年人，他留著英俊的小鬍子，一雙眼睛和善地笑著，把右手放在胸前向老人彎身行禮，然後站直身子，拉拉西裝上衣的衣襟，愉快地向我伸出手來：

「我是毛拉中學的校長，鐵木爾．艾買提。你是兵團的吧？」他的漢語不能說字正腔圓，但可以說是很標準了。

我放下手裡的碗，也伸出手去：

「我是五連的。」

「兵團的人很少吃酸奶，你吃得慣嗎？」

「我很喜歡。」

老人看著我的臉，聽明白我喜歡她的奶酪，用頭巾掩住沒牙的嘴，慈祥地笑著。

「到我家去坐坐好嗎？」他把右手放在胸前，躬身行禮，十分真誠，我也照樣行禮如儀，接受了他的邀請，跟著他，向毛拉街東端走去。

一路上，人們向鐵木爾行禮，他也頻頻還禮。這是一個多麼多禮的民族啊，我不禁這樣想。

雪白的高高的院牆中央是木製的大門，大門全部開啟，足可以馳進一輛馬車。

一進院子，滿院粉白的杜鵑花飄著清香，幾乎看不見房舍的所在。

一位維族婦女迎了出來，她一身水綠的紗裙，頭上淡綠的絲巾滑落了，漆黑的長髮辮高高地盤在頭頂，典雅、高貴。她清秀的臉上滿是笑意，她躬身行禮：

「請進。」她說漢語，伸手接過鐵木爾的上衣。

「我妻子阿拉木汗。」校長為我介紹著，走上臺階，推開雕花的木門。

「好美的圖案。」我讚嘆著。

「我父親的手藝。」他笑著。

走進去，這是一個維吾爾民族地毯的展覽大廳。地上鋪的，牆上掛的都是設計典雅、色彩絢麗的中東式手織地毯，屋子裡彌漫著奶茶的清香。

正對面的牆角上方高懸著一隻靴子，一隻作工極精細的靴子。靴子下面有一塊擱板，上面是幾乎每個維族家庭必備的《可蘭經》，羊皮包裝的，極舊的大書，據說全是手抄本。擱板上有一盞擦得鋥亮的油燈，閃著明晃晃的光，柔和地照著牆角那一方厚厚的地毯上，匍匐著的老人。

隔著飯桌和茶壺、茶碗，我只能看到他弓起的背影，他全身伏在地上，口中念念有詞。

「我父親還循老例，用長流水洗手，每天祈禱五次。」

我點點頭，接過奶茶，放在飯桌上，默默地坐著。

我不懂伊斯蘭教義，但我尊敬有信仰的人，我靜靜地望著老人，我沒有注意屋子裡其他的人，我只覺得，作為這個家庭的客人，我應該這樣做。

過了會兒，老人又一次把頭伏下去，然後站起身來，向我打招呼。

「喀斯巴郎，亞克西嗎？」（維吾爾語，意指：「姑娘，你好啊！」）

「亞克西。」我把右手放在胸前，向老人致意。

他開心地笑了，鐵木爾、阿拉木汗都笑了，笑得極為舒暢。

「到我這兒來的漢人不少，沒有人對老人的祈禱感興趣。他們也不願意進我們的屋子，有什麼話在院子裡或者在巴扎上說完就算了。你不一樣，你也不是漢人。」他微笑著，大大的灰眼睛裡閃動著笑意。

「你有點像我們，又不太像。」阿拉木汗說了一句，羞紅了臉。

「你不是俄羅斯，她們太大。」鐵木爾用手比了一個大圓圈，逗得我們都笑了。

「你從哪兒來？」鐵木爾小心地問。

我沒有多想就告訴他：「我生在紐約，美國的一個城市。」

「西？」老人指指西方。

我點點頭。

「比土耳其還遠？」老人又指西方。

我又點頭。

「你是我們的人。」老人豎起大拇指。

「書，給她看書。」老人指著燈火照耀下的擱板。

鐵木爾站起身來，從那厚厚的《可蘭經》下面抽出了一本小書，一本很薄的很舊的小書。一看封面，我呆住了。

摩天大廈林立的背景下，一位年輕的維吾爾人，肩上搭著褡褳，正用手捂著快要滑落的小花帽，抬頭仰望著大廈的頂端。不錯，那確實是一個在西方漫遊的維吾爾人。

「我的曾祖父曾經去過麥加朝聖。在旅途上搭過一次船。跟著那條貨船，他到過紐約港。回到伊斯坦布爾，他寫了這本小書。」

「土耳其文的《一個維吾爾人在紐約》，是在土耳其出版的。那已經是半個多世紀以前的事了。」鐵木爾驕傲地向我解釋著。

一本薄薄的小書，粗糙的、已經發黃的紙張，上面用我看不懂的文字，記錄著一段有趣的經歷，那彎彎曲曲的文字帶著微笑，帶著溫情。我輕輕地摩挲著，一時不知說什麼才好。

「這兒就是你的家，你什麼時候想來就來。」阿拉木汗雙手捧給我一碗熱奶茶。我捧在胸前，心裡什麼東西在膨脹著，熱辣辣的，淚水止不住地滴落下來。

老人搖著頭，撫著膝蓋。

外面大門響了，阿拉木汗迎出去。不一會兒，她和一位維族少年一齊走進來，他們邊走邊說邊笑。少年向老人和鐵木爾行禮，然後向老人訴說著什麼，老人若有所思地想了又想，站起身來，連珠炮般地問了一堆問題，少年眼也不眨地對答如流。老人笑了，揮了揮手，少年歡天喜地地轉身走出去，老人拍拍他的頭，跟在他後邊也走出去了。阿拉木汗和鐵木爾都在笑，笑得淌淚。

看我莫名其妙，他們解釋給我聽。

老人先後一共有過三位妻子，每位妻子為他生了四個兒子。現在，十二個兒子住在天山南北各地。當然，他也有眾多的孫兒、孫女。他不但記不得他們的名字，也弄不清準確的數字，不知到底有多少孫兒、孫女。這位少年是他第一位妻子所生的第三個兒子的二公子。自報家門之後，老人經過一番考證，認為沒錯之後才認了這個孫子。這位少年在漫遊途中沒錢了，來找爺爺要隻羊，趕到巴扎上賣了，好繼續趕路呢。

正說著，已經聽得門外羊兒咩咩地叫，一老一少兩個人快活的說笑聲。我們都走出去，少年一邊揮手，一邊向外走，身後拉著一隻肥肥的羊兒。

回到屋裡，老人說了不少那少年的好話，說著說著，老人又思念起自己的妻子，願她在天堂快樂、平安。老人動了感情，有聲有色地講起他年輕時的趣事，老人說得高興，紅潤的臉上，眉毛、鬍子滿是笑意。鐵木爾充當翻譯，把老人的故事講給我聽，我也和他們一齊高興了半天。

在維吾爾人家裡作客，到吃飯時間，是一定要留下吃飯的。所以，他們一提出要我留下來吃「抓飯」，我就一口答應。這一下，輪到他們一家高興了老半天。

所謂「抓飯」，是在一口大鐵鍋裡放下胡蘿蔔、羊肉、洋蔥和作料，上面放米、加水，放在小火上慢慢燜；羊肉熟透之後，香味滲進米飯裡，是維吾爾人最心愛的飯食之一。

他們給我一個小木勺，而他們自己都是用右手的拇指、食指、中指，很優雅地把飯捏成一小撮，再放進口裡，細細咀嚼。

大家邊吃邊談，鐵木爾決定和團宣教股聯絡，送幾個維族青年去五連學漢語。

「為什麼五連？」

「五連離毛拉最近。」他說：「最主要的，我們需要一個自己的老師，尊重我們的宗教和文化。」他沉思著說。

我被感動了，我將是他們的「自己的老師」！

「我的兒子阿孜木快結婚了，結了婚，我也要他去念一點漢語。」

「什麼時候結婚？新娘也在毛拉嗎？」我問著。

「下個巴扎天，你來喝喜酒，新郎、新娘都從喀什來。」

「搶來的新娘。」老人迫不及待地通過「翻譯」告訴我。

我好奇地等待著下文，莫不是維吾爾人也興「搶婚」這一說嗎？

鐵木爾告訴我，他的兒子阿孜木在喀什的一次歌舞晚會上見到了那朵高山上的雪蓮，瘋狂地愛上了她。誰知這位美麗的舞蹈家正過著苦不堪言的日子，舞蹈團的團長，正在強迫她，用各種壓力使她就範，嫁給他，作他的妻子。

阿孜木聽了姑娘的哭訴，怒火中燒，決定「搶」。

於是，就像神話中的神武的勇士一樣，阿孜木在光天化日之下，騎馬衝進歌舞團大院，「搶」走了他的未婚妻，日夜兼程，趕回毛拉。

「啊！燃燒的愛情，多美好！」

三個人都十分快意地讚嘆著。

「他們都在新房子忙著呢，下個禮拜天，你一定要來啊！」阿拉木汗再三叮囑。

那一天，我是坐老人趕的牛車回連隊的。一人高的木製大軲轆咯吱咯吱叫著。我坐在車上，搖來搖去。老人跨在轅上，一路哼著歌兒，時不時停下來，連說帶比劃地教我說幾句維吾爾話，瞧我學得認真，常常誇我：「亞克西。」

薄暮，地平線上升起一道灰藍的霧，小路在漫漫的戈壁灘上彎彎曲曲地向前伸去。

老人告訴我，歡天喜地的歌並不是維吾爾人最美的歌。最美的歌是悲歌，他開始唱了，唱那一首無字的長調。

歌聲時而直衝雲端，時而又低婉地，靜靜地回蕩在廣漠的大地上，歌中有回憶，有傾訴，有無奈。

「你唱什麼？」

「阿孜木的奶奶，那才是火一樣的女人，我們那個時候的愛情才是火一樣的愛情。」老人揮了一下手裡的紅柳條，趕開了圍著牛尾巴叫的虻蟲。他瞇著眼睛，看著遠處那淺藍色、淺紫色的薄暮，又哼唱起來。

啊！那無字的悲歌，唱出老人曾怎樣想留住那火一樣的妻子，然而她走了，走得那麼早。

「安拉都知道，祂都看見了。」老人告訴我。

從那以後，每當胸中塞滿了不潔之物的時候，我都會在戈壁灘上引吭高歌一番，吐一吐心中的塊壘。

不久之後，阿孜木和他的同學們踏進了我的課室。從此，不僅是我的床下長年有可口的哈密瓜，而且我的心裡充滿了溫情，由信任、關愛而產生的溫情，她伴著我熬過了那漫長而又苦澀的日子。

逃亡者

看我寫下這個題目，你非常興奮，也許它讓你想到一個凶悍的江洋大盜，一個眼露凶光的殺人犯！我要讓你失望了，那是一個女人，一位十指尖尖的賢妻良母，一個柔弱的女人，至少看起來是非常柔弱的。

那正是夏收結束，大量上海青年忙著回滬探親的日子。連隊的統計員，人稱「眼鏡兒」的上海老知青章庭元也打點起行裝回去看他的老爸了。臨走前，把他手邊的報表推給了我。無奈，只好又拾起了這一大攤子。

「連隊的老病號，老宮家裡的，病假條還沒交，哪天，你去家屬區順便問一下。老宮是大車班的甘肅人，你一問就知道。」他走得匆忙，卻沒忘了囑咐我。

那個時候，大量的「盲流」被兵團接受，連同他們的家屬都上了兵團的戶口。於是，一排連一排的地窩子以及地窩子前後的雞窩，菜窖，堆雜物的棚架，山一般高的柴堆，以及大人喊，孩子叫，雞鳴、狗跳，組成了一個極其生動的地方——家屬區。

躲過狗叫，跳過一群正在爭食兒的土雞，走進了老宮家的柵欄門。這小院兒可真齊整，掃得露出了磁實的土地，那是不知潑了多少水，掃了幾萬遍才能達到的效果。看著碼得見楞見角的柴火堆，我心裡讚嘆著老宮的勤勞能幹。拉開嗓門兒叫著：「老宮家有人嗎？」

半天，沒人應聲兒。這是一個完全在地面之上的「地窩子」。兩面山牆和後牆外都是用土堆得嚴嚴實實的，只留了兩扇窗戶，乍看起來，挺像個「半地窩子」。正面門窗俱全，只在窗下有兩個土包兒，再細一看，哪兒是什麼土包兒，分明是兩個糊得挺好的雞窩，肯定是冬暖夏涼的，雞們正在裡面歇著呢，嚇，美的！

我沒轍了，只好上前拍門。門上沒掛鎖，必是有人在家。門沒拴，吱呾一聲，開了，一條竹門簾。挑開竹門簾，是個廚房間，灶臺抹得溜光。小碗櫥上還蒙著繡了花的白布單兒。燒柴灶的煙熏火燎的小廚房，竟是這般潔淨。廚房裡彌漫著醃酸菜的香味兒。

廚房和裡間隔著一條繡花門簾。這條門簾繡得很美，淺藍絲線繡成一大串吊鐘籃，彎彎地撒下來。

門簾挑起來，露出一張兩頰潮紅的臉。甘肅一帶風硬，在田間辛苦勞作的婦女們都有鮮豔的兩頰。上海小青年嘲笑她們是甘肅洋芋蛋；我倒覺得，只要她們吃飽了，不失一種天生的健康氣色，絕非蒼白的城市青年抹過便宜雪花膏的膚色可比。

老宮家的，卻是一臉病容。兩條眉毛柔順地垂著，眼睛毫無神彩，兩頰的潮紅讓人想到晚期肺結核病人。她身上乾乾淨淨，藍的卡上衣，黑條絨褲子。大熱天，穿這麼厚，肯定有「老寒腿」。

「韓老師，屋裡坐，我腿腳慢，沒去院裡接你。」她淺淺笑著。

「怎麼稱呼呢？頭回見面，總不成叫您老宮家的。」

「叫我老馬。老宮一直這麼叫。」她笑笑。

「大章回家探親了，我替他一個月。」我說了來意。

她忙把床頭小桌上的病假條遞過來。

「風濕性關節炎急性發作，休息一個月。」一個月的假條，是場部衛生隊大夫開的。這可少見得很；想必她的腿疾確實是夠瞧的了。

「您怎麼治呢？」我關心地問。

「打針、吃藥、針炙、西醫、中醫都求遍了，就是治不下呢。」

「那就好好休息，戈壁灘上，一天當中溫差太大，您自己多當點兒心比吃藥可能還強些。」

她露出笑容：「你難得來；我家沒孩子上學，更不見你的面了，坐坐，我剛沏的茶，你喝一杯。」

我坐在一把白木椅子上，她兩腿拌蒜地走到蒙了白檯布的方桌前，掀開一方小布巾兒，取出兩個白瓷小茶碗兒斟上熱茶，想捧過來。

我趕快走過去，接過茶碗，「您快坐下吧，看您腿抖的。」

她順勢跌坐在床沿上，兩手掂著膝蓋，那一雙手，骨節又紅又腫，手指卻細長細長的。唉，這受苦的人兒！

我啜著熱茶，好香，再一吸溜，鼻子裡竟又鑽進那細細、甜甜的酸菜香，我不禁又嚥了一口口水。

「您醃酸菜吧？」忍不住還是問了。

「你愛那吃食？」她邊問邊撩起檯布，下面是個小白木架子，擺著三、四排小瓷罈，都嚴嚴地封了口。她捧出了一罈。

「帶回去吃，住集體宿舍的人兒，吃啥哩？吃空了，帶回罈子，我再給你裝。」

我這份兒高興就別提了。再澀的窩窩頭我也不怕囉，酸菜下飯著哪。

再看那小罈兒，一層黑釉子亮光光的，捧在手裡，海碗一般大，多可人兒。

忽然閃過一個念頭，大章大概沒少吃老馬的酸菜，念頭閃過，自己也挺討厭自己。

拿了假條，老馬一迭連聲地：「腿腳不靈便，不送你了，有空常來。」

「我會呢。」揚揚手裡的小罈子，走了出去。

一個巴扎天的下午，我從鐵木爾校長家出來，手裡提個小籃子，籃子裡滿是白杏兒。一拐彎兒，看見一個漢人打扮的婦女走進鐵木爾的鄰居家，她頭上蒙著藍地白花包頭帕，大概是位「盲流」關外的四川婦女。她的臂上挽著個大籃子。

阿拉木汗告訴我，常有兵團的家屬來鎮上社員家買點雞蛋、白杏、葡萄乾什麼的。說完了，我也沒在意，高高興興地在巴扎上轉了一陣，美美地喝了兩碗酸奶，優哉游哉地往回連隊的小路上走去。

遠遠的，公社的馬群回來了，馬兒吃飽了，慢慢地踏著小步，趕馬的維族青年在馬上唱著歌兒，一幅常見的牧歸圖。忽然，馬兒揚起的灰塵裡飛出一騎，馬蹄跑成一條直線，騎手無蹬無鞍地緊貼馬背，頭上的藍地白花頭帕被風吹得支楞起來。她兩腿緊貼馬肚，和馬融成一體，真是棒透了。

我停下腳步，看得發呆，牧馬的小伙子卻是一副司空見慣的神情。馬兒們也沒有驚慌失措。看來這騎術嫻熟的高手是常來這裡「過癮」的。

毛拉河對岸，紅柳叢下，停著一掛兵團的膠皮轆大車，車裡堆得挺高的紙箱子上邊一隻荊條籃子。老宮正站在車轅旁邊，拿小刀削一根柳條棍兒。

七彎八繞，我走近了，老宮一臉尷尬地笑。不出一分鐘，我就明白了，從另外一條小路上，健步如飛走過來的正是方才挎籃買菜的婦女，也是那位在戈壁灘上縱馬馳騁的女騎手，老馬。昔日弱不禁風的老馬，病假期間竟是這樣生龍活虎。

老馬走到跟前，掏出一塊小毛巾兒抹一抹額角的汗，向我招呼著，「韓老師，趕巴扎啊！」然後，一步跨上大車，向老宮笑著：

「還楞著幹啥，還不招呼韓老師上車！」話音兒一落，她把包頭帕往前一拉，遮住前額，恢復了低眉順眼的樣子。

老宮似乎過意不去，「病還沒好，騎甚馬哩？」又朝我尷尬地笑。

我笑笑，心想讓我碰上，是你們的運氣，讓別人碰上就慘了，話到嘴邊，沒說，只當什麼也沒看見，過去就算了。

膠皮軲大車跑得挺快，三匹馬在前頭，得兒得兒跑得一股勁兒，大概是急著回家了。

「老宮，唱個爬山調，怪悶的。」我央求。

「好咧，唱上它一個：跑馬溜溜的山上，一朵溜溜的雲喲……」

老宮放開嗓子唱了，老馬低頭聽著。

他們不是甘肅人嗎？唱的卻是青海民歌。

我好奇地打量著這夫婦倆，又一次覺得李姨的話對，兵團深不可測，啥人都有。

爬山調唱了一首又一首，老馬神情怡然，眼望藍天白雲，人隨著車子左搖右晃，一副陶陶然的樣子。

看到五連的伙房了，老宮收了聲，老馬垂下頭，只聽得馬兒噴鼻，膠皮轆咯吱吱，空氣重又凝住。

家屬區旁邊，老宮吆停了車，跳下來，伸手架住了老馬的腋窩，老馬輕得像片葉子落在道旁的灰土裡。連隊的老娘們兒向她招呼著：「趕毛拉去了？買了點啥子好東西？」

「買幾個蛋，還在車上擱著，自家雞三五天才下一個，實不夠吃呢。」老馬揮手，老宮趕車朝前走。

「可不，病懨懨的身子，能補就補吧。」身後，傳來問話聲：「雞子兒咋賣，還是一塊錢五個？個兒大不？」

「這會兒集上一塊錢三個呢，回頭老宮拿來家，叫小三過來拿上幾個……」回頭看，老馬和人說著話兒，步履艱難地一步一晃。

我看了老宮一眼，他只埋頭理著馬韁繩，「我還得上大車班卸車去。把你放連部門口，中吧？」

「中！」我挺爽快。

老宮猶豫著，想說點兒什麼，末了還是什麼都沒說，「駕！」一聲吆起馬兒，奔大車班去了。

日子過得快，一晃一月，我的酸菜吃完了，抱著小罈兒奔了老馬家。

風平浪靜的一個月拉近了我和老馬的距離。

「看你跑團部深一腳淺一腳的，想學騎馬不？」

「想。」

「找條綴過厚補的舊褲子穿上，哪天，讓老宮守著道，我教你。」

「得多久學會？」

「不怕摔，一後晌就成了。學駕馭牲口，不能隔夜；頭天不成，二天怕了，上都上不去。」

到了那一天，可是大開眼界，老馬像膠一樣黏在一匹兒馬身上，逼得牠繞圈，低頭，乖乖地左轉右轉，順脖子淌汗。然後，她給牠安上嚼子，架上鞍，把馬韁繩遞到了我手裡。

「望風」的老宮搶上來，「老馬，別瞎鼓搗，看把韓老師摔著。找匹走馬讓她練吧。」

「走馬還用練？兒馬蛋子能騎，啥馬不能騎？上！」老馬一舉手把我送上了馬背。兒馬就等這一秒哩，牠把牠在老馬手裡受到的全部怨氣丟在我身上，牠狂跳，扭過來，扭過去，兩腿直立，又嘶又叫。牠看看我還在牠背上，低下頭，乖乖走了幾步，我剛鬆一口氣，只聽得老馬叫：「小心了。」我還沒明白過來，兒馬屈下前腿，撩起後蹄，又蹬又踹。這一下，我完了，頭朝下，直栽下來，腰上被什麼東西猛撞了一下，兩眼直冒金星。

這一摔，多少年來壓在心底的火猛然間冒了出來。不等老馬跑近我，我一下子躥了起來，狠狠抓住兒馬的鬃毛跳上馬背。

這一次，時間大概停住了，憤怒的兒馬和發了狂的我幹上了，過了足足有一個世紀，牠終於耗盡了牠的力氣，我也差不多虛脫了，最後，我完全趴在了牠的背上，眼睛睜開一條縫，看到我和牠的汗混在一起，滴到了麵粉一樣的土塵裡。

牠站下了，回過頭來，黑黑的大眼睛溫柔地看看我，伸出舌頭舔著我被馬韁繩抽得鮮血淋漓的手背。

我贏了，贏得好苦，真想放聲大哭一場，可是我忍住了，只任淚水滾滾而下。打那以後，我往場部送稿子，上團宣教股領教科書可以騎馬了，我喜歡那匹兒馬，牠很快就長得膘肥體壯，那雙眼睛還是又黑又亮，我叫牠我的「小星星」。

而降伏「小星星」的那個晚上，我在老宮家吃了麵條，醃酸菜，吃飽了，喝足了。老馬把什麼草放在小盆裡用水煮煮，讓我泡手、泡腳，她說：「傷口好得快」。

夜深了，老宮坐在火前，把大塊的紅柳根塞進灶門，紅柳根經燒，火力又大，火牆不一會兒就熱乎乎的了。秋天，戈壁灘上的夜涼得浸人骨頭，老宮家卻是暖洋洋的。

「老馬，給我說說你的事兒。」捧著熱茶，我開了頭兒。

熱茶冒著白氣，罩住了煤油燈的亮兒，給老馬的臉添了一層肅穆。

「其實，真說起來，幾句話就完。」

「老白家，我原先的當家的，死啦，死得冤，死得慘。」

「六七年破四舊，青海不是遠嗎，啥都得晚上一年半載的。正趕那時候，我老白家莊子上死了人。多少年了，咱青海回民家死了人必得用白布包上才能入殮。那個年月，布票少得可憐，喪家人口又少，一家人一年不添衣裳也扯不下那二丈白布。他們上公社要求提前發給點布票，二年還上。公社不准，說那是舊風俗，舊習慣，應當破除。屍首擱屋臭著，莊上人心酸。幾個老婆婆連夜搬出紡車、織機，在自家家裡織了土布，裝裹了死人。公社聽說了，報告到縣裡，縣裡機關的造反派們就下到了莊子上，說是四舊非破不可，毀了織機，打傷了紡紗織布的老婆婆，還要「追窮寇」，說是什麼「痛打落水狗」，扒了墳，扯下死人身上的白布，燒成了灰……」

「喪家跪了一地，求他們放過死人；不中，又踢又打，完了，還得罰跪，跪在主席像前頭請罪……」

老馬眼睛大睜著，兩眼閃著光，冰冷的雙手捧著茶碗，茶碗在嗶嗶地抖著。

心裡什麼東西直翻湧上來，我有一種反胃的感覺。

「回民的血是熱的，老白家老爺子挑頭，跟造反派們幹上了，把他們捶得顧了頭顧不了腚（大陸北方俚語，是「屁股」的意思。），逃回縣裡。」

我的心涼了。

「我們知道莊子裡呆不下了，一干人馬拉進了荒山野嶺，男的拿上斧頭、馬刀；女的洗衣裳、做飯。」

這可是逼上梁山了。

「這號日子沒過上半年，扛槍的來了，說是『支持地方左派』，人家有的是洋槍洋炮。咱還能怎麼地呢？」

「老白家老爺子跟老白兄弟五個都槍斃了，人死了，不讓留全屍，把人頭掛在木竿上，說是反革命犯的下場。鷹把肉叼淨了，還不讓莊裡人收屍。」

「女人們下了大獄。」

「你也坐牢了？」

「呆過拘留所、大獄、勞改隊。」

「你怎麼來了這兒？」

「跑唄，……跑到新疆就遇上了老宮，自己鄉親。」

歸。

「你們有孩子嗎？」

她楞住了，呆呆地瞧著我，我有點慌。

「我是說，你和老白。」

「有個兒子，今年該五歲了。」她低下頭去。

我不敢問。

她抬起頭來：「早就到了鄉親們手裡，沒遭罪。」

我已經無話說，驚心動魄的一切都被老馬三言兩語地打發了。熱乎乎的火牆無法抵抗那潛入心底的寒意，我凍透了。

平淡無奇的日子在「階級鬥爭要年年講，月月講，天天講」的口號聲中滑過去了。一年多了，老馬依然「病病歪歪」，三天打魚兩天曬網，老宮依然駕上大車早出晚歸。

直到一個風沙蔽日的下午，全連在「緊急集合」的哨子聲中發抖，急匆匆趕向操場，按班、排站定，人們才赫然發現，戴著手銬，站在操場中央的正是那病弱的老馬。她的身後站著兩個團部來的武裝民兵，老宮站在她身邊，手裡提著手銬鏈子。

我關上教室門，趕到操場上，正聽團政法股的一個幹事在宣布一個「通令」：「毛主席教導我們說：反動的東西，你不打，他就不倒。」

「新疆軍區生產建設兵團××師××團政法股通令：

「馬星華，原名馬秀花，女，回族，現年三十歲，原籍青海××縣××公社××大隊，出身貧農。

「馬犯原為反革命叛亂首犯××的兒媳婦，反革命叛亂分子白××的老婆。馬犯本人曾積極參加反革命叛亂活動，罪惡極大。

「新生的革命政權曾判其勞動改造，以期該犯脫胎換骨，重新做人……

「但是，正如偉大領袖毛主席教導我們的，敵人是不會自行消滅的，……不會自行退出歷史舞臺。馬犯在勞改期間極不老實，千方百計逃避改造，竟然引誘看管人員，終至懷孕。革命的同志們，孰可忍，孰不可忍……」

這個幹事竟義憤填膺起來。

口號聲響成一片：「反革命犯，破鞋馬秀花不投降就叫她滅亡！」

「……勞改單位組織本著革命的人道主義的原則，允許馬犯在勞改農場附近一公社醫院生產，馬犯竟在產後跳窗逃跑，流竄新疆，改換名字，妄圖混跡於革命隊伍，繼續從事反革命活動。」

「但是，毛澤東思想是戰無不勝的！靠毛澤東思想武裝起來的兵團革命幹部和廣大革命群眾是不容欺騙的，他們的眼睛是雪亮的，終於揭開了這條美女蛇的畫皮，把她的狼子野心暴露在光天化日之下……」

一陣狂風，捲走了口沫橫飛的幹事的聲音，沙石打在人們的腿上、腳上。

老馬低著頭，任狂風刮得手上鐵鏈嘩嘩響，紋絲沒動。

「場革命委員會決定：鑒於馬犯健康情況惡劣，從寬處理，將該犯押往場部基建隊，監督勞動，以觀後效……」

例行的口號聲中，依稀可聽到喊喊嚓嚓的婦女們的議論：「真看不出，老馬還是個人精兒呢，剛生完就能跑……」

也有壓低了的聲音：「不定又是啥冤枉呢，瞧她病懨懨的，不像呢。」

「咋不像？要不就是化裝成美女的蛇了！」那是婦女班長劉作鳳的大嗓門兒。

沒人再說什麼了。

老宮──雇農出身的盲流──陪老馬遷了戶口，一塊兒搬到了基建隊，在那裡，他還趕大車。上毛拉拉貨，經過我們這兒，還給我帶酸菜來。

「老馬怎麼樣？」

「還行，看菜園呢。她種的西紅柿又紅又大，好吃著呢。」

老宮笑笑。

過了幾個月，老宮專程來了一趟，帶來一個七、八歲的男孩子，正是伙房開晚飯的時候，外邊兒盡是人，老娘兒七嘴八舌地圍了過來：

「這是你和老馬領的孩子嗎，怪機靈的。」

「甘肅老鄉，家裡太苦，帶過這邊，交給我們了。」

「瞧，老馬的手巧的。」老娘兒們捏捏孩子齊齊整整的對開襟中式小褂，拽拽他的藍布褲，評價著那還未沾灰星兒的白線襪和作工細密的千層底兒布鞋。孩子閃著又黑又亮的大眼睛，信賴地瞧著那些嘰嘰呱呱的嬸子們，聽她們誇老馬的巧手，心裡大概是挺舒坦的。

我帶他們進了空無一人的教室，拉著孩子的小手，和他一塊兒坐在一條長板凳上。

「你叫什麼名字？」我看著孩子的眼睛。

他看看老宮。

「孩子，韓老師是你的親人，告訴韓老師。」老宮摸摸孩子的頭。

孩子大眼睛忽閃著：

「宮少白。」

我抬頭看老宮。

他看看窗外：「不瞞你，這是老白的一條根，千難萬難可找回來了。」

孩子抿著嘴角，眼睛裡兩朵小火一跳一跳的，像煞了騎在馬背上的老馬。

「念過書嗎？」

「念過半年，另半年給大隊幹部家放羊，拾柴火。」

「寫個字給我看吧，就寫『吃飯』。」

孩子搖搖頭，在一張方格紙上寫了一個「飯」字，字的前面空著一格：「老師沒教過，我就會寫『要飯』，第三課有。」

我知道那個小學一年級第三課的內容：「爺爺扛長工，奶奶去要飯，爸爸媽媽幹革命……」可是，除了那些黨八股之外，他們就真的不教孩子們一點兒什麼，那怕「桌子、椅子、吃飯、睡覺」呢。

「就是為了讓孩子學點真東西，我求了基建隊的頭兒，送少白來你這兒走讀。」

「他們准了？」

「准了，一來孩子是『領』的，二來我不是強勞人員，我是老馬的『家屬』，我就說，孩子親爹娘又不是反革命，何必讓他跟黑九類子女一塊兒念書，成天『只許老老實實，不許亂說亂動』。我老宮可是五代赤貧，實打實的雇農，農村的無產階級。」老宮又笑了。

「讓孩子每天走兩三個鐘頭的路？」

「怕啥？早上我送，下午他朝回走，我在半道上接，讓孩子念吧。」老宮勸我。

「七歲的孩子，太苦了。」我摸著孩子的頭。

「我不怕。」少白認真地看著我。

無論風雨，不分寒暑，少白成了我教過的一個最守時，最用功，最頑強也最少言語的好學生。

七四年，我被迫離開學校，少白不來上課了，卻在星期天跑來，聽我講故事。

我離開新疆，少白誠心誠意地送給我一個小本子，上面寫了兩句話：「留得青山在，不怕沒柴燒。」

「我娘叫我寫的。」少白說。

他還告訴我：「韓老師，總有一天，我爹、我娘跟我都回青海去。爺爺跟叔們不能白死了。」

我抱住孩子，眼淚滴在他柔嫩的肩頭上。十歲的小人兒用他的已經粗糙的小手給我擦擦淚，他笑著：「老師，爹說，咱們的路還長著呢。」

「長著呢。」是的，長著呢，離開新疆，萬事才開頭呢。少白和老宮說得對。

「你在報上看到這個事件平反的消息嗎？」

「沒有，沒看到過。我想會有一天的。少白已經是二十歲的男子漢了。」

暗流

梁曉聲的《雪城》發表之後，許多人驚呆了，人們，特別是沒真正到底層去過的人，覺得不可思議。你問過我：

「新疆兵團人員的返城，好像沒有像黑龍江兵團那樣形成一個驚天動地的狂潮，人們也很少提及。現在，還有不少人留在哪兒嗎？」

我想，大概有不少人確確實實在那裡紮下了根，不但紮下了根而且開花，結果了。單身職工每兩年探親一次，為時四十五天。雙職工（已婚夫婦均為兵團正式職工）每十年探親一次，為時五十八天。人有幾個十年呢？家中的二老雙親一旦離開人世，探親假自動取消，這一對夫婦就完全徹底地變成了新疆人。他們的孩子可能還會說一口京片子或是上海「閒話」，但是他們將不可避免地沾上土腥味兒，而變成一個穿毛衣、著風雪帽的「小土冒兒」。而從內地鄉村、小鎮來到新疆的人們，他們的下一代說一種自成風格的新疆「國語」，被人們稱作「新疆白咳兒」的就是他們。

對中央的統治者們來說，移民的目的不消說是緩慢而明確地一步一步地達到了。

然而，追求溫飽，追求較為舒適的物質生活和略有聲色的精神生活是人的本能。特別是在電燈、自來水、抽水馬桶等等現代文明中長大的大都市青年，讓他們蹲在連河水也見不到，只有澇壩（沙漠中一種人工挖成，儲存地下水的極為簡陋的蓄水坑）的沙漠裡，上廁所永遠得跑出一里地，鑽進看得著天的葦把子裡去，至於電燈，不知何年何月才能用上。他們自己過著這種日子，而且世世代代看不見盡頭。只此一點，就讓人寒透了心。

於是，三十來歲——三十出頭奔四十的人了，不思戀愛、結婚，等那一天，等那返城的一天。病退、困退、上大學、參軍，各式各樣的大路，以及不打招呼就開溜，黑人黑戶打零工，或是在鐵路上混成江洋大盜等等各種小路，黑道紛紛出現。至於望子女回城的可憐的父母們節衣縮食向當權者們送禮，遞紅包更是稀鬆平常。「回城」這一說，比黑龍江、內蒙、雲南早，但是路途遙遠，消息閉塞，各人背景較其他地區複雜，所以，總是小打小鬧的，從未形成一個大潮流，而只是一股股頑強的暗流，從遙遠的、荒涼的邊陲向內地，向中小城市，向大都市湧流著，經年不斷，緩慢而沉重。

因為是暗流，因為不能鳴鑼擊鼓地硬幹，就給那些乘此機會撈各種「好處」的各色人等提供了極大的方便。

「文革」還遠遠沒有結束，一個一個運動還在接二連三地進行著，「上山下鄉，紮根邊疆幹革命」的最高指示還沒有作廢。返城，絕對是一種「反動」，絕對需要謹慎進行，於是出現了許許多多極耐人尋味的故事。

我和章庭元，陳建互相認識，敢於直話直說，始於「大批判」高潮中。

那還是六〇年代末，「大批判開路，大批促大幹」的「紅火」日子。

我接到連部統計員撰寫的通訊稿，前面的「形勢大好」的大帽子下面是相當數量的數字和百分比。其中一項是畜牧業發展情況，內容如下：「今春新生羊羔三七六隻，死亡四〇二隻，存欄頭數增加值為『負二六』隻。」負數還算增加值，而且寫在「大幹促大變」的成績內。這不是天方夜「談」嗎？

我找到了連部，劉水舟、章庭元和另一位眼鏡都在，我只好把他請出去，當面問他：「你給我這種數字，叫我怎麼念呢？」

他非常認真地把眼鏡往鼻樑上推了推，清清楚楚地告訴我，他的工作是統計，統計的數字就該是確實而可靠的，「存欄增加」只有負值，這是「鐵的事實」，他無力更改。

我笑問他：「你前邊大談形勢，後邊給我個增產負值，這不是大帽子底下開小差嗎？」

他還是一本正經，大帽子是照本宣科，閉著眼睛抄的，統計數字卻是他精確核實過的，決沒有開小差的意思。

還是劉水舟有辦法，他聽見我們談了半天了無結果，把我們叫了進去：

「你們真是死腦筋，有沒有總存欄頭數？」

我們肯定地點著頭。

「這不就行了，就寫上畜牧隊的同志們如何不怕辛苦，日夜操勞，現在連隊共有長毛羊××隻，個個膘肥體壯。不就行了？」他兩手亂搖，比劃著：「什麼新生數、死亡數，一概不要，有一個數兒就成，有一個數兒就是落了實，不用又加又減的，念起來也容易。」

老劉不愧是搞形式主義的高手，他得意洋洋地把莫合菸叼到了嘴上。

「來，來，來，三個臭皮匠頂上一個諸葛亮，正要你們來幫一把呢！」他看看楞在當地的我們：「過來，都坐下。」

那位眼鏡笑笑，往旁邊讓一讓，於是劉水舟和我們三個就圍著連部辦公室的桌子坐下來了。

「最近有一個內部傳達文件，傳達了文化旗手江青同志的指示，因為是內部文件，不能記錄，我也就沒寫下來。」劉水舟的小眼睛帶著笑，從我們臉上掃過。

我們三個人都認真聽著，沒有一個人臉上有絲毫笑意，充分顯示出我們對他的話不但沒有絲毫懷疑，而且確實誠惶誠恐。於是他滿意了，眯著眼睛，透過煙霧，繼續講下去：「要組織批判呢。」他一頓，手一揮：「寫文章，刷牆報，廣播，要造成聲勢。」

我腦子裡飛快地轉著，前不久，「旗手」指示批「三個斯基」（別林斯基、陀斯妥也夫斯基、斯坦尼斯拉夫斯基）已經把人弄得筋疲力盡了，這一回，又輪到誰呢？

「一個姓沙的，英國人，資產階級，」劉水舟記性不錯，還說得上來，「這個資產階級分子，寫過不少黃色劇本。」

我們三人作聲不得。他們兩個端著眼鏡兒，眼睛眉毛都皺到了一起。

「莎士比亞！」我說。

「對，就是那麼個音兒。」劉水舟一拍桌子，蹲到了椅子上，來了精神。

「這個莎士比亞，恐怕還不能批呢。」那位不相識的眼鏡兒謹謹慎慎地開了口。

「他叫陳建，剛從別的團調來。」章庭元悄悄告訴我。

在劉水舟的一再詢問下，陳建向他詳詳細細地解釋了莎翁不能批的道理，主要論點是：莎翁戲劇的出現正是在封建社會解體，資本主義社會逐步形成的時期。所以，「用唯物主義的眼光來看，當年的莎翁是反封建的，是革命的。」陳建力圖說服劉水舟。「而且，他寫戲的對象都是平民，用今天的話說，他的文藝路線是為工農兵服務的。」

可憐的莎翁，我忍不住笑了。

劉水舟也笑著：「那個時候是革命的，今天可能是不革命的，或者是反革命的。姓沙的反封建，可他繼續革命了嗎？沒有，他販賣的是資產階級的貨色，是腐朽，沒落的，是有毒的。還是得批。」劉水舟非常高興了，他非常得意於他在修辭學方面的巨大進步。

「指導員，莎士比亞批不得。」我決心助陳建一臂之力，臉上是絕對的推心置腹。「馬克思給他的二女兒勞拉的信裡有一段話，要勞拉多讀莎士比亞，許多名句要背下來。」

「跟咱們背老三篇（毛澤東的〈為人民服務〉，〈紀念白求恩〉，和〈愚公移山〉）差不多？」劉水舟從嘴角上拿下了那支莫合菸。

「我不敢說他的作品有那麼偉大。不過，馬克思的原話確實是那麼說的，咱們這兒就有。」

我從架子上那一排排的「紅寶書」旁邊抽出了《馬克思，恩格斯通信集》，找到了那封信，攤到了桌子上，指給劉水舟看。

他仔仔細細地瞧著我給他翻開的那一頁。他輕輕地把莫合菸放進一個大海碗裡按滅，在褲子上擦了擦手指頭，順著我點給他的地方，一個字一個字地看下去。據說他有初中畢業的文化水平，我們都認真地陪他看著。

他皺起眉頭，一臉痛苦。

「馬克思是說了，可文化旗手的指示，中央文革的決定，咱們還得照辦不是？」

「別著急，指導員，這個內部文件都是口頭傳達，對不對？沒一定一級一級從北京傳到這裡，傳走了調子呢，馬克思當然不會有錯，「旗手」也不會錯，錯的，恐怕是中間傳達上級指示的人，弄不好，領會錯了領導意圖也是可能的。」

庭元的話簡直讓劉水舟直跳起來：「照你說，咱們怎麼辦呢？」

「咱們等幾天，別的地方都動起手來，有那麼一點聲勢了，咱們緊跟就是了，這兒的幾支筆都夠快，您放心就是了。」我「獻計」說。

「要過幾天，沒什麼動靜，想必是傳達有出入了，咱們就當沒這回事，中不中？」陳建補充。

「中！不賴，三個臭皮匠，還真頂一個諸葛亮哩！」

過了些日子，再沒聽說要批莎翁的事，於是不了了之。庭元總結說：「在拯救莎翁於水火之中的關鍵時刻，我們配合默契，建立了牢不可破的戰鬥友誼。」

過了一些日子，我們終於鬧清了陳建調動到我們這個「草都不長」的苦地方的真實目的。他是為上海女青年排長阿玉而來，阿玉已經是預備黨員，是一個「緊跟毛主席革命路線的好青年、好幹部」，是一個穿著黃軍衣，留著齊耳短髮，兩頰紅噴噴的當然左派。

我聽見過庭元的精闢分析：

「陳建，你這個老右派的兒子，吃了什麼迷幻藥，愛上了阿玉？阿玉，是你能愛的嗎？你配嗎?!」

「再說，你看她五大三粗的，你看你，一副落難書生的模樣，也不般配呀，你還是醒醒夢吧。」

「就我們兩人在一起的時候，阿玉溫柔、體貼，不是你看見的樣子。」陳建囁嚅著。

他們兩人在一起的時候？庭元瞪大了眼珠子，我也不得不對陳建刮目相看了。

那正是「大學、大批、促大幹」的時候，「老倆口兒學毛選」，「小倆口兒學習老三篇」，「兄妹二人學語錄」……都是各種規格、各種類型「毛澤東思想」宣傳隊的「傳統節目」，演不敗的。在我們的記憶裡，阿玉和陳建永遠在公眾場合出現，阿玉手中又永遠有那麼一本「紅寶書」，他們的「促膝談心」永遠不避人，而且永遠與「不斷改造世界觀，緊跟毛主席幹革命」密切相連。

他們也有獨處的時候？

劉水舟對他們的「戀愛」是公開支持的。他自有一套理論。

「我們的黨是偉大、光榮、正確的黨，我們的黨是要解放全人類的！我們的優秀黨員是要同社會上一切不符合毛澤東思想的東西作鬥爭的！我們難道沒有力量把『一個可以改造好的子女』改造過來，成為革命隊伍中的一員？」

劉水舟拍了板：「黃阿玉同志和陳建同志的關係是有革命意義的。」

當然，革命意識不能當飯吃、當房住、當床睡。阿玉在向各連、各團、各師作報告宣傳如何和陳建一起苦讀老三篇，改造世界觀的時候；陳建利用業餘時間一頭扎進了小家庭建設。他在做一套家具，包括雙人床、床頭櫃、寫字檯、書架、五斗櫃、衣櫥、碗櫃、飯桌、板凳和椅子。

工程大，所需的木料多，可是並沒難倒這位有心人，他手邊的家具逐漸多起來。上工、下工的路上，人們總看到陳建低頭尋覓著什麼，至於木工房門外堆刨花的地方更是他每日必到之處。久而久之，人們被感動了，有人拾到一小塊木頭，總會丟到陳建門口，叫一聲：「木料一塊！」裡面定會快活地應一聲：「謝謝啦！」

陳建的成就是顯著的，一件件經過細細打磨的家具，光可鑑人地站在屋角，人見人讚。每當人們小心地摸著它們，試著開關，詢問著哪兒找來的精巧的把手、合頁。陳建總是在一旁抹著頭上的汗水，笑咪咪地回答著人們的詢問，再一次欣賞著這一切。

隨著陳建小家庭計畫的步步實施，風聲越來越大，人們紛紛傳說著，阿玉被推薦為工農兵學員，要去上大學了！上大學，意味著戶口轉入大城市，三年兩載之後，由大學在全國範圍內分配工作，重回戈壁灘的可能性幾等於零。

阿玉在這種風聲裡，三緘其口。每登臺講話，必是「鐵心務農，紮根邊疆幹革命」的老調。

陳建臉上偶有愁雲，然而意氣風發的阿玉在講用會上口號式的發言又總能適時地掃掉這些愁雲。章庭元幾次警告他，要他「面對現實」，只是使他手中的鋸子稍稍放慢速度而已。

七三年的秋收之後，人們在收了玉米的田地裡加築埂子，準備灌水，播冬小麥。劉水舟來到打埂子的人們中間，說著、笑著，最後蹲到了陳建剛拍實的埂子上。

「小陳哪，阿玉上大學的事定了，教育體制改革，明年春天入學。」

陳建雙手拄鍬，立在那兒，好一會兒才定下神來。

劉水舟只是來告訴陳建這一消息的，他並不想聽見或看見陳建的反應。

這個時候，正好走過來兩個人，大大提起了劉水舟的興致，他輕鬆愉快地找到了緩解周遭沉悶氣氛的好法子。

迎面扛鍬過來的一老一少是三個月前由基建隊轉來的。老的姓朱，據說是一個被俘、被關押、被改造二十五年之久的前國軍少將，「中央」有政策，將領級的前國軍軍官可視情節釋放回原籍。據說是「統戰」的需要。因此，老朱由二勞改的基建隊來到普通連隊，為他的返鄉作最後一個「過渡」。年輕人卻是一個「神偷」，人稱「小佛爺」。多年來，他在兵團沒再作案，而且據說他「得了病」，正準備「病退」回天津，所以也按「人民內部矛盾」，轉到普通連隊。

這一老一少走在一起十分滑稽，老的雖然一身舊布衣，但補得十分齊整，風紀扣都扣得嚴嚴的，挺胸抬頭，目視前方，無論腳下七高八低，走起路來仍平穩有力。小的卻敞胸露懷，吊兒啷噹，左搖右晃

「小佛爺，幹什麼去？」劉水舟樂得招呼他。

「回家，今天四百米埂子，完了完，誰打得了，誰早走。」小佛爺振振有詞。

「你那埂子合乎質量嗎？」劉水舟還在逗他。

「我跟老朱合伙兒打的，你問他。」

劉水舟瞥了沉默不語的老朱一眼：「跟老朱一塊兒打的，那是錯不了板眼。」

「指導員，來一根兒。」小佛爺順竿爬，索性蹲了下來，問劉水舟要根菸抽。老朱似乎沒有單獨行動的習慣，站在了一邊。

劉水舟扔過去一根菸，開了口：「小佛爺，這麼多年，沒弄點啥，手癢不？」

「手癢有啥法兒？你看看你們這個窮地方，有什麼值得我伸手指頭的？」

「喔，你還有兩套呢！」

「那可不，把你們連盆盆罐罐都加上，還不值老朱這塊錶呢！」小佛爺高了興，順嘴胡扯了。

劉水舟來了神兒：「老朱，啥好錶，我看看。」

「歐米茄，瑞士名錶。」小佛爺仍在吹著。

老朱靜靜地擼下腕錶，遞給劉水舟。

劉水舟把錶托在掌心裡端詳良久：「看起來不咋樣嘛，白喳喳的。」

「白喳喳的！你聽聽那鋼音兒，嚓嚓、嚓嚓，你聽見過嗎？」小佛爺有心要出這個「老土」的洋相。

劉水舟瞇起眼，把錶貼在耳朵上，不一會兒，他笑了，笑牽動著他的嘴角，撫平了他頰上的皺紋。他睜開眼，把錶戴好，一拍大腿站起身來：

「好，小佛爺，人都說你有千隻手，今天咱們就叫個真兒，看你是不是真有千隻手？」

「怎麼個玩兒法兒？」

「兩個小時之內，你把這塊錶從我腕上摘走。」劉水舟一臉的認真。

「要是我摘走了呢？」小佛爺緊追不放。

「你病退的事兒一辦好，我二話不說給你遷戶口，讓你滾蛋。」

「你說話算數。」小佛爺一蹦多高。

「你要是摘不走呢？」劉水舟笑著追問。

「這輩子當定了農工，下輩子在五連作牛作馬。」小佛爺信誓旦旦。

說說鬧鬧之間，老朱的錶就戴牢了，一行人走走停停離開了田間，人們早已忘了陳建的事，他在剛打好的埂子上拍了最後一鍬，甩鍬上肩，悶頭跟在人們身後，向連隊走去。

遠遠的，劉水舟在問：「晚上吃啥？」

「菜包子。」伙房的人大聲吆喝著，馬上招來一片口哨、呼嘯聲，人們快活地叫著、喊著。

「我先嚐嚐……」劉水舟鑽進了霧氣騰騰的伙房。那一老一少夾在收工的人們當中，向宿舍區走去。

晚飯，人們正在宿舍門口閒坐，庭元端著一個茶杯走了過來。

「阿玉找陳建去了。」他開門見山。

「她怎麼說？」我還真為陳建擔著心，大學生不准結婚，阿玉又不能結了婚再走，他們這事兒，可真有點兒玄。

「師裡一個幹部看上了陳建打的那套家具，想買。」

這可是涼透了，阿玉拿著陳建的心肝寶貝當了買路錢。

「陳建說：何必買，想要，拉走就是了。」庭元告訴我。

我們無話可說了，他喝他的茶，我喝我的湯。

忽然之間，劉水舟急如星火，扎煞著兩手，匆匆奔過來，一路呼喝著。

「小佛爺，好你個小子，給我滾出來。」

「行不改名，坐不改姓，千手千眼小佛爺在此。」小佛爺從宿舍裡鑽了出來。

「錶呢？老朱的錶呢？」劉水舟氣極敗壞。

「物還原主，在老朱手上。」小佛爺輕描淡寫。

「好你個小子，你什麼時候偷走的？」劉水舟笑了。

「多難聽，你就不會換個字眼兒？」小佛爺一本正經，「您進伙房跟大師傅抬籠屜的時候，霧氣騰騰之中，我就摘下來了，順手還給了老朱。」

老朱在不遠處揚了揚手腕，於是一切歸於笑罵之中。

我和庭元喝了手中的茶和湯，悶悶坐著。

一個月過後，庭元陪老朱來找我。

「老朱調回上海的調函來了些日子了，劉水舟不肯放人，你能不能從中說一說？」

我就找了個機會，向劉水舟探探路：「老朱離家二十五年了，放人走算了。」

「他那塊錶實在可人，不知他肯不肯讓？」劉水舟真上路，馬上就說了實話還伸出五個手指頭：「我出這個數兒。」我當然明白那是五十塊人民幣的意思。一塊如假包換的歐米茄，讓我說什麼呢？

老朱聽了我的回話，笑了，「身外之物，他要，拿去就是了。」

老朱的錶賣了。劉水舟義正詞嚴：「怎麼能白要？我買！」他花了十塊。

「老朱，真對不起，我胡說八道，累您丟了錶。」小佛爺一臉尷尬。

「哪兒的話？身外之物。」老朱又淡淡一笑。

一個下霜的夜，師部的卡車來了，拉走了陳建的家具。阿玉坐進了駕駛樓，她要先回上海度假，然後成為一名「工農兵大學生」，邁進復旦的大門。車廂裡伴著那一堂人見人愛的家具，還坐著兩個人，老朱回上海，回那個空無一人的「家」，小佛爺「病退」回天津。

四壁透風的大伙房裡，我們正聽陳副連長訓話，「目前，形勢大好，不是小好，是大好！我們連出了第一個工農兵大學生！……連我們貧農出身的劉指導員都戴上了『哈密瓜』牌的錶！……」

伙房外，師部大卡車的前燈亮了，照著地上那一層白霜。

我看見了陳建緊鎖的眉，蒼白的臉，他遞過來一個木盒子。

「積木，給孩子們玩。」他閉了嘴，扭過頭去。

盒子是那麼光滑，毫無聲響的，我拉開了蓋子，取出一小塊，在手裡把玩著，那是一個寸把長的小長方體，上了清漆，光滑、細膩得讓我覺得像是用石頭打磨而成，只是它的重量還是告訴我，它確曾是陳建做那套家具時的下腳料。

積木，是學齡前兒童的玩具。我的心被刺痛了，如果不是這樣，陳建將是一位怎樣盡責的父親。

父親、母親，不錯，我們都到了作父母的年齡，但是我們不願，不能作父母，我們將加入那洶湧的暗流，回城，回到拋棄我們的城市去。

從庭元和陳建冷冷的目光裡，我看到了他們的決定。

陳副連長的公鴨嗓子還在叫著，劉水舟腕上的錶在搖曳不定的煤油燈下閃亮。

這離我多麼遠，第一次，我問自己，我有沒有機會？我的機會在哪裡？

「聽故事，聽到這裡，也聽出一點味道來了。恐怕沒有人會為你的回城奔走，比方說去送禮，開後門之類的。」你說。

「不但如此，我還得再經過一番磨難才獲大赦呢！」我回答。

該來的遲早躲不掉

「中國人常說，是福是禍，遲早躲不掉。」

「我們的看法不同，福與禍都不是天上掉下來的，總和人的個性，做人的態度，以及社會環境有關係，也就是中國人說的『天時、地利、人和』。」你回答。

「在中國，禍從天降並不是危言聳聽，特別是政治氣候極度敏感的時期。」

日子到了一九七三年的初冬，「評法批儒」已經揭開了序幕。兵團內部缺少「可以信賴」的飽學之士，「批」和「評」都在大不易之列，於是勉為其難地展開一個以學馬、列、毛「經典著作」為主的學習運動。

一天半夜時分，夜貓子的我也早把經過喬裝打扮的《攪水女人》塞在了枕頭下面，作開了夢。

「砰砰，砰砰！」玻璃窗被敲得亂晃，我驚坐起來。

「快，來連部一趟！」是劉水舟急如星火的聲音。

看看腕上的錶，已經過了一點，難道又是「傳達中央文件不過夜」嗎？運動搞了這麼多年，人們早疲塌了。何至於要劉水舟這麼驚天動地的鬧。

心裡這麼想，手腳可不敢怠慢，忙忙俐落地起床、穿衣，撈起毛巾擦把臉，拿上紙筆，直奔連部。

一進辦公室，劉水舟一臉愁容正蹲在凳子上捲莫合菸哩。

「睡得懵懵懂懂，叫接電話，聽了個糊糊塗塗，明天一早要講用哩。」

一聽「講用」，我踏實了，毛語錄早已倒背如流，怕它個甚！

「你別滿不在乎。大意失荊州，明天各連隊指導員上臺比武哩！」

「比武？」心想，比武，你叫我幹麼？

「就是講用比賽哩！」劉水舟雙眉皺成一團。

我攤開紙筆，「什麼題目？你得講幾分鐘？」

「題目？就是題目沒聽清哩，叫什麼哥哥批判。」

我差一點兒沒笑出聲兒來，看劉水舟那個酸樣子只好忍住，耐心地問：

「沒聽說毛主席有這麼一篇文章啊，是新的指示？」心裡想「何須放屁」進了詩文，「哥哥批判」又有什麼稀奇！

「不是，是馬克思，恩格斯合寫的。這句，我還聽清楚了。」他說。

指導員講用馬列著作？這題目可有點兒水平了。不禁好奇地問：「是誰的點子？招兒夠高的。」

「新來的團參謀長，現役軍人，原先在兵團馬列學院當政委哩。」

「兵團馬列學院的政委，怎麼來咱們團當參謀長了？」

「你可別亂說，聽說是生活問題。」劉水舟放低了聲音，一臉正經：「不過，參謀長馬列主義水平高可是誰都知道的。」

喝，這位參謀長為了女人可摔得夠重，從天山頂兒上摔到沙漠深處來了。

「你別走神兒，快幫我想想。」他催我。

「您聽清了，不是要寫批判稿是要『講用』？」

「對著哩，啥子學習體會。」

「那就對了，是學習『哥達綱領批判』的體會。」

「你咋知曉？」他在凳子上一跳。

「上個月團宣教股發了學習材料下來，有這篇文章。」

「咱啥時候學習了？」

「全連大會上您作的動員，我在廣播上，每篇文章溜溜兒念了三遍！」

劉水舟眉毛眼睛都歸了原位，一臉的笑：「有兩下子！」穩穩當當地坐到了板凳上。細心地卷上一支莫合菸，笑模笑樣地瞧我蹬凳子爬高，拿下一堆書，東翻西找，弄來幾段。

天下文章一大抄唄，我就抄開了。不但抄還得發揮呢，還得上掛下連呢，硬是從一世紀以前馬克思、恩格斯跟「國際共產主義運動」中的反對派的論戰，引伸到今日中國「為捍衛馬列主義純潔性」所作的諸般鬥爭。由粗到細，由遠而近，一直聯繫到目前的「評法批儒」，反對「孔老二」的「克己復禮」之說。最後歸結到「繼續革命，反對倒退」的大口號下。總而言之，簡而言之，這是滿篇的空話、廢話，絕對是「假大空」的精典之作。

幾大篇兒，四十分鐘，一揮而就。念了一遍，新名詞兒一大堆，合轍押韻，朗朗上口。劉水舟聽得眉飛色舞。

「不賴，有水平。」他拍了桌子。

於是開始搖頭晃腦地跟著我念。

兩三個鐘頭下來，他居然也能拿上稿紙，結結巴巴地念下來了。他還挺用功，一定要念得有腔有調才算。真難為，那些詰屈聱牙的外國人名和長長一串的什麼什麼主義都被他標上只有他懂的注音符號，念得滿順口了。

天亮了，劉水舟推開辦公室的門大叫：

「備馬！」

通訊員早把馬備好，拉了過來。劉水舟穿上軍便服，細心地把稿子裝進胸前口袋，扣上扣子，上了馬。

他拍拍馬脖子：「不敢打晃啊！一摔下來可全忘了。」

他一走，我直念佛，老天保佑，劉水舟過了這關，我也就太平了。

中午，正在水房打水。直見往場部的路上煙塵四起，一騎在灰土迷濛中飛奔而來，馬上的人還一路嗷嗷叫著。

大家凝神看去，來人竟是劉水舟，他衣領敞開，滿頭是汗，沾上了灰，成了個真正的三花臉。他的兩隻小眼睛笑得瞇成一條縫，嘴裡不停地吆喝著：

「小韓，放假半天，下午補休！」他在水房門口下了馬，把馬韁繩往旁邊人手裡一塞，大大咧咧地對我喊。

「怎麼著，指導員揀了洋撈兒了！」

「揀啥洋撈，別瞎說。這回各連指導員講用，五連第一！」他喜上眉梢。

原來，他「扛」回一面小紅旗。這面小紅旗雖小，卻是真正紅緞子作的，上面還用黃絲線繡了兩行小字：「對於馬克思主義的理論，要能夠精通它，應用它，精通的目的全在於應用。」下面更小的字告訴人們是團政治處為各連政治幹部學習馬列主義理論所頒的獎。

「每連都有吧？」愛打趣的問劉水舟。

「你以為查衛生吶？全團就一份！」他得意極了，臉也顧不得擦一把就和一群人一起走向了連隊辦公室。不用看也知道，他一準把這面旗掛在最顯眼的地方。

管它，歇半天，整理一下內務也不錯。

這個下午，我可是充分利用了。曬上被子，挑水洗衣裳，洗完了，又燒水洗個頭，把曬得暄暄的被子拿進來，靠著熱呼呼的被子垛，坐在床上補襪子。難得的半天乾淨，我直盼著日頭行慢點，劉水舟卻又推門進來了。

「這幾年，你為咱們連沒少賣力，明天，團裡舉辦通訊員理論學習班。你去吧。」

「我又不是通訊員，您讓別人去吧。」

「又寫又勞動的，群眾的眼睛是亮的！你是不是通訊員還不是我一句話，叫你去，你就去。」他一臉頤指氣使的得意神情。

這是一個禮拜的學習班，也就是說有六天不必扛鍬上大田作「無用功」。也好，去就去吧。

到了團部宣教股一看。各連有名的「學習毛著標兵」幾乎都在座。我報了到，遠遠溜邊兒坐著，帶著耳朵來，聽就行了唄。

中午，大家都去買飯票，然後到團部食堂吃飯。我還沒在這兒吃過飯呢，聽說團裡供應比連隊好多了。

到了買飯票的窗口，自報連隊番號和姓名之後，那小幹事抬頭瞧瞧我：「名單子上沒有你的名字，你去馬參謀長那兒問問吧。」

他一臉公事公辦。

我轉身離開，心裡明白，被人家耍了。這哪兒是讓我來參加什麼理論學習班，純粹是要找我麻煩呢。轉身就走，不明不白的。這個馬參謀長是什麼牛頭馬面，我倒要見識見識。

稍一打聽，找到了「參謀長辦公室」，敲了敲門。

「進來。」男中音夾著南方口音。

我走進去，寫字檯邊站著一個身穿綠軍裝，「一顆紅星頭上戴，革命的紅旗掛兩邊」，貨真價實的現役軍人。

他有五十了吧，兩鬢掛霜，乾瘦乾瘦的。

他說：「你是五連的吧？」不等回答，向寫字檯後轉過去，他的背駝得厲害。

「請坐。」久違了，這陌生字眼兒，來兵團六、七年了第一回聽人說。

我坐下了，坐在靠牆的一把椅子上。

「聽你們指導員說，你在連隊埋頭苦幹，表現不錯。」

我不說什麼，靜待下文。

「你寫的文章，我看了一些，你是有才華的。」

我知道，這不是正文，仍然等著。

「你的筆很快，可是自從你來兵團，一晃近七年了，你寫的批判稿沒有一篇是聯繫實際的，更沒有一篇是真正聯繫你的背景的。」

我不解地看著他。那樣「過細」的政治攻勢下，人人得過關，家庭出身「黑九類」的，誰不都得把糞水淋得滿頭滿臉？哪個能得倖免？

「我不是泛指一般，我說的是對你父親的批判和剖析。起碼，你得有所認識吧？」

來了，到底來了。

但是，讓我稍稍心安的是，現在已經是一九七三年，所謂「大規模的，急風暴雨式的群眾運動」已然過去。為了出身不好關禁閉室的事還沒有聽說過——不是「現行」，進不了土牢房——那麼剩下來的，不過是變相勞改，強迫我在力所不能及的體力勞動中「脫胎換骨」而已。我在泥土裡已經打了十年的滾，比起這位手無縛雞之力的參謀長來，不知強了多少，一股由心底升起的輕蔑不由人地浮在了臉上。

「你母親是識時務的，檢查、批判寫了不少，她的單位每次都叫她複寫一份，寄到這裡。從六九年到現在，也有一尺多高了。」他瞥了一眼桌子上高高堆起的一摞檔案袋。

這是我頭一次看到我檔案裡堆積的這些「罪證」。

為了讓我相信，他隨手抽出一份，在我面前晃了一下，一晃之間，我還是看清了那熟悉的字體，看清了一個標題「威利．韓恩——一個我不了解的美帝國主義分子」。隱隱的，幾年來所受到的當頭棒喝和無數的旁敲側擊都有了注解。

「當然，她並不老實，其中有不少自相矛盾的地方。可是我們共產黨人是有耐心的，我們可以等，等她的覺悟。」

「至於你嘛！」他緩了一口氣，「身為一個帝國主義分子的女兒，竟對自己的生父毫無認識，這是不能容忍的。」他加強了語氣，看著我。

我沒有回避他的視線，「你們共產黨人應該是歷史唯物主義者，」我掩藏不住語氣中的辛辣和嘲諷，「你們不應該忘記，一九四三年到一九四五年，我父親在中國期間，正是美國援助中國政府抵抗日本侵略的時候。」

「你別忘了，國民黨是不抗日的，美國只是在幫助國民黨圍剿我們。」他急紅了臉。

「這是你們這麼說，歷史並沒有作出這樣的結論，我相信『重慶精神』。」

他瞇細了眼睛，放低了聲音：「這種言論非常危險，很容易搞成『現行』，變成敵我矛盾。」

我冷冷一笑，「是禍躲不過，更何況是血裡帶的。」我回答他。

「有個性！」他竟嘆了一口氣，坐了下去。

「緊一緊和鬆一鬆之間，彈性是很大的。」他意味深長地看著我：鬆一鬆嘛，我負責把你調到團宣傳隊來，你的才華埋沒在連隊太可惜了。」

「條件呢？我得寫文章批判只見過一面的老子？」

「別那麼刻薄，寫不寫還不是在你！劉錦坤那麼聰明的人，還不是……」他竟擺出一副知己面孔來。

他提錦坤，我心裡反而坦然了，他露出了尾巴，我更覺得他是那麼不堪，而我自己卻坐得更穩當了。

不等我回答，他刷刷地寫開了，遞給我便條一張：

「請售予該同志團部食堂飯票。」下面是他龍飛鳳舞的簽名。

瞧，他推得多麼乾淨，不但沒有我的名字，連日期都沒有。萬一有事，他連拒不認帳的後路都留好了，這條狼！

「謝謝你，參謀長。我，不是劉錦坤。」我把便條放在桌上，站起身來。

「便條帶回去，任何時候想通了，再來找我。」他竟有點急煎煎了。

「不必了。」

我沒有再看他和那個便條一眼，轉身推門。

「等一等，我就不相信一個二十八歲的混血女人耐得住寂寞。」

他恢復了他的粗野，這才是正常。

不知下面還有什麼不堪入耳的話，一併被我關在了門內。外面，燦爛的陽光下，沙子泛出金色的光芒。上面，是一塵不染的藍天。這麼潔淨的沙子，這麼藍的天，是不該受到汙染的，我很高興，把那些髒兮兮的聲音關在了門裡。

路上，我腳步輕鬆，摸摸自己的手掌，鐵硬。我怕什麼呢？勞動？笑話，從十七歲幹到現在，什麼時候皺過眉？只不過，要做不少「無用功」就是了。但是，不必再躲躲閃閃，不必再強迫自己讀、寫、抄。面對一切就是了，沒有過不去的火焰山。

看來，一切都是有準備的。回到連隊，我逕直去敲劉水舟的門。門只開了一條小縫，他的老婆，一位十分膽小的河南婦人在門縫後面張望了一番才告訴我：「老劉上團裡開會去了，不知啥時候回來。」就關緊了門。

晚飯之後，連隊新來的統計員走過我們窗前，不經意地丟下一句話：

「廣播室的鑰匙還在你這兒吧？」

真是的，幾年來，「以工代幹」，名不正，言不順的。我不是專職的廣播員、通訊員，更沒有任命作老師。現在也無所謂撤職什麼的，交回鑰匙就完事大吉了。

我走到連部，統計一人埋頭在桌上，看見我來，就朝牆上掛鑰匙的木板點一點頭。

我把一串鑰匙掛了上去。

「還有學校的。」他頭也不抬。

「都在那兒了。」我也沒回頭，一腳跨了出去。

幾天之內，各連都在「割韭菜」，幾年來，各連出身不好，可是能寫幾個字的，以「以工代幹」身分擔任各項「業務」工作的人全都下了大田，名曰「清理階級隊伍」。

周末又到了，照例的晚點名，突如其來的，竟有一新的決定。劉水舟及一副指導員調走，新調來的胡指導員和一個新的副指導員兼「管生產」的副連長，被介紹給全連「指戰員」。

照老套子，有關大好形勢的大帽子說完之後，這個姓胡的小個子開始說到連隊「階級鬥爭」的各種「動向」了。其中有一點是關於連隊內「階級陣線」模糊的，他指出：「個別家庭出身有嚴重問題的人不但對自己的家庭背景毫無認識，而且利用教育陣地大肆兜售封、資、修的黑貨。」他激動起來：「更有甚者，這些人竟長期竊據我們的宣傳陣地！」他聲嘶力竭地大聲疾呼道：「這種情況多麼危險，同志們，要警惕啊！」

而那位「生產」連長上任所宣布的第一個決定是：廣播室旁邊的宿舍要分配給一對準備春節結婚的上海青年，所以這間宿舍的原住戶得搬到地窩子去。全連除了家屬區以外，只剩了一間地窩子，是作為「屯墾戍邊」的「光榮歷史」而留在那兒的，從前當過倉庫。

他宣布這項決定之後，會場裡一片嗡嗡聲。

「哪兒有地窩子？」

「從前的倉庫。」

「連火牆都沒有，怎麼住人？」

「火牆是人打的嘛！在農場幹了七、八年了，還有什麼不會的？」他笑了，然後宣布散會。

廣播室旁邊的小宿舍，當時只有我一個長期住戶，別的女孩子都是家在團部的短期戶，時來時走的。來連隊本身對她們來講就是「過渡時期」，十天半月之後有了「農場鍛鍊」的經驗，她們的父母就可以找路子把她們調走了。

我可是得在這兒打「持久戰」的，於是散了會，我就去看我的「新居」。

在連隊操場的北端，離連部辦公室不遠的一個沙丘下有一個完全在地下的地窩子。踏著土臺階走下去，推開眼看要倒的破木板門，我走了進去，清冷的月光從門口照進去，在地上投下我長長的影子。

人一站定，四壁陰冷的潮氣馬上撲了過來，稍一走動，腳下一滑，細細看去，竟是綠苔。沙丘之下，挖得太深了，地下水位又高，這地方溼得可以。

從前是倉庫，從來沒打過火牆，一切從頭來。我仔細地看了「室內」的情況，打好了主意，一步一滑地往外走。

外面月亮地裡站著劉水舟。

我站定了，問他：「這算什麼？」

他左右看看，不知想說什麼，忽然他眼睛一瞪，大聲說：「這些年，你韓秀也不是沒有缺點錯誤的。」拋下這句沒頭沒腦的話，他就拐著羅圈兒腿，兔子似地跑了。

我正納悶，身後傳來「生產」連長的笑聲：「這個地方不錯嘛，下了工沒事，好好收拾收拾。」

原來如此。我沒有回答，也沒有招呼他，逕直回宿舍去了。

第二天，我和婦女班的人們一起上了大田。誰也沒覺著有什麼異樣，好像我一直就和她們扛鍬幹活，從來沒幹過別的一樣。

天寒地凍，挺早就收了工。我趕緊換上一把利鍬，把秋衣緊剎在腰裡，合泥，脫胚，打土塊。月光下，土坯匣子扣在地上，叭叭地響著，分外清脆。

土塊陰乾，得等幾天，我用這個時候，拉開了沙子。下了工，拉拉車閒下了，我就拉上嘰嘰呾呾，上坡下崗。我拉來了乾爽爽的沙子，鋪在了地窩子裡，鋪上了厚厚的一層。第二天下了工回來一瞧，全都變了顏色，溼的，鏟出去，再鋪新的。一連五天，沙子才保住了本色，黃燦燦地映出一片光亮。

星期天，起個大早，趕去毛拉集上買了條羊毛氈子。回來趕快趁著好天氣，抄起瓦刀打火牆。火牆打了七個幢的，整整一堵牆把個地窩子分成了大小兩間，我留下了兩個火口，一個在內，一個在外。大間留給那些女孩子們。羊毛氈從「房頂」垂下來，嚴嚴實實堵住了火牆和地窩子土牆之間的過道，這裡邊的一小間變成了一個真正的「單間」。天快黑了，我站在這個四平方公尺的「單間」裡，看著從頭頂天窗上漏下的一抹光，雙手捶著痛得要斷的腰，心滿意足了。活到二十七歲，終於有了一個小小的天地，用泥土、毛氈隔開的小小的天地。

為了預防不測，那天我還忙著修好了門，掛上了一把大鐵鎖。把我辛苦弄成的小天地緊緊地鎖住，然後才一搖三晃地頂著星光回到宿舍去。

你幹麼這樣看著我？你覺得我在受苦？才不是呢，我這可是有生以來第一次為自己幹活兒呀。

你沒見著，我砌的小爐灶多麼小巧，多麼好燒。你更想不到，我用鐵鍬生生把我那邊的土牆打進去一尺有餘，找了些廢木板釘成一個土書櫥，直直地鑲在土牆裡，再用木板分成了三層。這樣一來，躺在床上伸手就能從「牆」上取下書來。有了自己的天下，又有了放書的地方，我還要什麼呢？

最後，我終於在椽子上拉上繩子，鋪滿了白報紙，於是，我有了「天花板」。「書櫥」上掛上了白地小花兒的布簾子，我的「小屋」白淨了許多。

紅柳在灶裡畢畢剝剝燒得挺歡，火牆已經熱起來了。那，已經是春節前的一個禮拜六。我搬家了。把衣服、被褥綑紮一番，加上零星什物，裝了一拉拉車。上坡，下坡，倒騰進去。再來一車，拉進去我的書，擺進了我的土書櫥，拉上小布簾。雙手拍拍土，送回了拉拉車。我進了門，掀起那塊厚厚的毛氈，走進去。火牆熱烘烘的，小水鍋在灶上咕嚕咕嚕冒著泡。我把開水倒進茶缸，坐在床上，摸摸乾爽爽的床單、被褥，伸手抽出一本已經「改頭換面」的《約翰．克利斯朵夫》，覺得自己真在天堂裡。

春節，外屋只搬進了三張空空的木板床，它們的主人都回家過年去了。

這個大地窩子裡只有我。反正沒事，我用墨水瓶做了個很精巧的小煤油燈，燈芯是一根白鞋帶，泡在煤油裡，清晰可見。亮堂堂的燈光映在書頁上。我靜靜地度過了大年夜，獨自一人迎來了七四年的春天。

這一次搬家，從我脫胚、砌火牆、劈木頭、修門，一直到拉著東西搬進來，不用說沒有人幫忙，連個伸頭看熱鬧的也沒有。

我還記得，搬家那天，小拉拉車上堆滿了，我頭點著地，背彎成一張弓，拉車上坡。坡上，女人們正排隊在連部商店門口買春節供應的豬肉和紅糖。我從她們身邊上坡，從她們眼前走過，她們似乎沒有看到，也沒有聽到，只一味地在評論紅糖的成色和豬肉的肥瘦。

夜深人靜，我舒舒服服地縮在我的小天地裡養精蓄銳。我知道，煉獄的門已經對我大開。我預備好了。物質上，我有個清靜地方吃飯、睡覺。精神上，我有偉大的羅曼·羅蘭向我揭示一個又一個偉大而不屈的心靈。

我還怕什麼呢！

醫生走了，丟下了一條綴滿了磁性鈕扣的腰帶。耳邊還留著他嚴厲的聲音：「紮上它，不管白天還是黑夜，如果你不願意腰椎繼續變形的話。」

你憂鬱地瞧著我：「醫生還以為你打網球傷了腰呢！」

不，不是網球，那是在超負荷的重壓下所造成的變形，那是日積月累的結果。

七四年春，一年幹到頭的打埂子、清渠、放水的工作又緊緊張張地開始了。

我是婦女班唯一的單身女工。夜班，早出工，晚收工，理所當然是我的正常時間表。原因很簡單。別人得給孩子餵奶；別人都有家累，得回家作飯；別人年紀大，身體不好。總之，我這個住集體宿舍，吃食堂的就「理當」多幹一點兒。

不久，我就發現，這「一點兒」竟越來越大。修渠，我一定分在離連隊最遠的一頭。如果一人五十米，分到最後，剩下的起碼有六十米，必是我「包圓兒」了。況且，等我走到地方，人家都幹了四分之一了。我為了省點力氣，總是從最遠處幹起，等到了我跟別人分界的地段兒，總是發現那挨著我的人自動向連隊方向挪了幾公尺。那幾公尺的活兒還在那兒，人可扛鍬走出多遠了。我不幹，誰幹呢？去吵嗎？誰會走這麼老遠再來替你丈量一次？於是，再接著煉。一來二去，無論中午還是晚上，收工的時候我都遠遠地落在了後面，成了獨行俠。往往，夜色朦朧中，我還走在大田裡，聽著食堂開飯的鐘聲，才能扛上鍬回「家」。

晚下工，最大的壞處還不是沒有熱水。因為熱水從來不夠，我總是自己燒的。冷天在屋裡，熱天在門口，兩塊磚支個小鍋，鍋底塞上一把樹枝，一會兒也就燒熱了。最操心的是吃不上。食堂的菜已經是鹽水煮白菜。打到最後，連菜幫子都剩不多了。菜又洗得不淨，一嚼，滿嘴沙子。「鍋底嘛，湊合吃吧。」掌勺的大師傅這樣說。

長此以往，不是辦法，我開始斤斤計較。分地段，一定要班長量到底，多一公尺我也不幹。而且，連隊不是專政機關，整人只在暗處，我明著要個公平，她們也沒轍。於是，我的工作量基本上控制住了，不會無限大，我踏實了許多。我改變路子，從和別人接頭的一端做起，幹上十米，二十米，再跑到另一頭，朝回幹。這麼一來，想甩幾米給我的人沒了法子。休息時間，我不紮堆聊天，悠著點兒把渠裡渠外弄得乾乾淨淨，齊齊整整，讓人挑不出毛病。一天挨一天，竟是越幹越順手，也就常常能和大隊人馬腳前腳後地回到連隊，吃上一碗熱糊糊（玉米麵粥）了。

無論我怎樣算計得好，人家總還是想得出法兒，笑模笑樣地給我加大了工作量，如此這般，我形單影隻的時候總在多數。身心的疲累自是沒有話講。腰痛的次數日益頻繁。打埂子、修渠、一把鍬、一把砍土鏝，用的都是腰上的功夫。腰痛，活兒還是得照幹不誤，唯一的法子就是腰裡加上一根寬寬的「板兒帶」，靠它支撐著。

終於，早上穿襪子如同受刑。終於，不能在床上平躺著翻身，須得支撐著坐起來，轉過身，再躺下。終於，早晨洗臉，得把臉盆兒放在小凳上，跪在地上洗。然而，鐵鍬一上肩，人一到了大田，下腰，蹬鍬，鏟土，擰身兒，把鍬裡的土準確無誤地揚出渠外，扣在渠頂上，拍在埂子上。這一系列的動作已經下意識地，極其圓熟地連成了一氣，腰也逐漸麻木，等到回家的路上才再次痛得鑽心。

終於，開始浮腫，得著機會去團衛生隊檢查。蛋白高達三個加號，白血球大量增加。腎炎的所有症狀一起出現。但是，按團裡的規定，腎炎是慢性病，夏收大忙時節是不能請假的。

我不得不每天在日頭下，在暴土狼煙中，在麥場上和瘋狂轟叫著的脫粒機拚上十二個鐘頭。這段時間我已經沒有剩餘的精力去毛拉趕集。只要有休息天，或者休息時間，我多半是倒在床上。手捧書本已是不勝負荷的繁重工作，唯一能做的，就是直直地、平平地躺在那兒，把全身的重量放在床板上。你不知道，無時不痛的腰緊貼著床板，那才是一個徹底的休息。

天窗上的光影告訴我天已將晚，或天已將曉。食堂的鐘聲告訴我一定得站起來，去填飽肚子。尖銳的上工哨聲告訴我，上個休息時間已然結束，我得走出門來，重複那些不堪忍受的機械運動，等待下一次休息時間的到來。周而復始，時間好像停住了，漫長的夏天。

門簾子外邊三張板床上的主人換了一批又一批，我都不太認識，也不知誰來了，誰走了。她們很少和我說話。我也沒有必要去跟她們說什麼。有時候她們的男朋友也來，「外屋」驟然熱鬧起來。不過，畢竟有家長在團裡，甚至師裡「遙控」著，到了九點、十點鐘，外屋的客人走淨了，小姑娘們還會嘰嘰咕咕說笑一會兒。最後，只剩下呼嚕和磨牙的聲音了。

我睜眼躺在床上，腰、背一跳一跳地痛，腦子裡只剩一片空白，我不得不承認，物質確是第一性的。飢餓、病痛、無休止的勞作會把人磨成一片空白。

弦越繃越緊，終於到了斷裂的一天。

正上中班，自下午四點到夜間十二點，中間連上廁所的機會都沒有，更不用說喝水、吃飯了。

脫粒機正全速運轉著，「虎口」揚起的麥秸，灰塵嚴嚴實實地包裹著整個麥場。

人們用布單子包著頭、臉，只露出兩個眼睛，飛快地向「虎口」傳遞著麥個子。我站在脫粒機前，用一把鐮刀割斷麥個子上面的要子，再把打散的麥子遞給「餵老虎」的。彎下腰去，揮動鐮刀，再別過鐮刀頭抱起麥子，勉強直起腰，送上虎口，再回來，再從頭來。腰痛得一直竄上脖頸，之後又溜下去，直竄到腳跟。汗水合著灰土，麥秸黏黏地貼在身上，刺癢難熬。

忽然脫粒機發出幾下極尖銳的叫聲，猛烈地晃動了幾下，又上下蹦跳了幾下，然後就不動了。場上一片死靜，運送麥個子的人們一下子倒了一地。有人在吆喝著找人來檢修。我直挺挺地倒在身後的麥堆上，眼睛瞪著天上的星星。天真高，星星真小。我想著。有人在頭頂上叫：「嘿，都站起來，把機器旁邊的地方騰出來。」

人們陸陸續續地站起來，把已經堆到機器旁邊的麥個子拉開。

我知道自己躺的不是地方，想快點站起來，卻動不了了，脖子以下的部分似乎已經不存在，旁邊有人走動，我試著叫人，自己先嚇了一跳，聲音好像岔了氣，嘶嘶的，怪怪的。遠遠聽見自己說：「拉我一把，我站不起來了。」

一個人跨過來一步，伸手想拉我，我一瞧，挺面熟，好像是「外屋」那位姑娘的男朋友。

我拉住了他的手，用出了全身的勁兒，不能動。而且我終於明白，我什麼勁兒都用不上，腰、背、腿似乎已經離我而去。我只覺出了眼睛的痠痛，咬緊牙關，滿臉是淚，仍是一動不動。

那個年輕人大概也看出了異樣，和別人說了些什麼，以後，又過來了三、四個人，他們把我「掀」了起來，架回了地窩子。

一條打溼了的毛巾替我拭去了滿臉的汗、淚和灰塵。我到底看清了站在我面前的人是新來的上海女青年，衛生員小張。

「打盤尼西林吧，要不然真不知什麼結果。」她這樣說。

旁邊的人都掀起門簾子出去了，只留下她和我。「無論如何，你得臥床一個禮拜。我去跟連長說。」打了針以後，她又叮囑我。

第二天，我是從床上滾下來的。下了地，又爬又跪的，把自己和那四平方米的空間收拾乾淨。我永遠記得我怎麼一拖一拖地爬著掃掉了頭天留在床上的灰土和麥秸。

小張來了，手裡捏著一張假條。「連長只批三天。三天以後，他說他給你找點兒輕活兒幹。」她苦著臉：「針可是每天要打的。」她又這樣告訴我。

我已經不在乎連長說什麼了。只要有一分鐘，身上不痛，不出冷汗，我就心滿意足，覺得那一分鐘實在可貴，實在美妙，巴不得過上一會兒，再來那麼一分鐘。

那三天，我的日程非常簡單，夜裡，除了想辦法睡著一會兒之外，就是掙扎著換一件內衣。那大概需要一個鐘頭。換上之後不久，就又全部溼透，不能再換，就在被子裡焐乾。白天，除了吃飯和上廁所，就把精神全部集中在一件事上：一步一挪地去弄一點兒水，洗我的襯衣。那是整整一天的工作。

因為慢，因為不得不走一走、停一停。我又看到了那個男青年和他的女朋友。他們端坐在外屋的一張床上。正頭對頭地在吃飯。聽到門響，他們都抬起頭來看我。我正扶著門喘氣，也就只好站住，瞧著他們。

他們畢竟年輕，還不善於掩飾他們心裡的不安。那女青年還動了一下，似乎想站起來，終於沒有動，埋下頭，繼續吃飯。

我喘過了氣，抓住門簾，一晃一晃地回到了我的床跟前。

第四天早晨，生產連長自己來了，帶著笑模樣。

「麥地正在深翻，中午，駕駛員午休的時候，你去看一會兒機器吧！也就是四、五個鐘頭。」頓了一下：「三夏大忙，輕傷不下火線嘛。」看我不搭理他，他帶著笑模樣走了。

七月的南疆，到了正午，磕一個雞蛋在地上，轉眼就熟了。維族老鄉從上午十點到下午四點，絕對不出門，坐在葡萄架下或者乾脆坐在屋子裡喝茶休息。農場工人也有相當長的午睡時間，也要到下午三點以後才出工。中午的戈壁灘，那是人待的地方嗎？

我當時想，無論怎麼著，拖拉機跟前總有個涼快地方吧。跟這種存心要整你的人費口舌實在划不來。去就去吧。我先靠在被子上養養神再說。

吃了中飯，門口拾根粗粗的紅柳棍兒。我把草帽子扣在頭頂上，一瘸一拐地上了路。

一臺拖拉機孤零零地立在大田正中央，離連隊少說也有一千五百米。這中間還橫著兩條一米多寬的小毛渠。平日有水，我拿鍬一杵就跳過去了。現在，渠裡乾得裂口，我卻得滑下去，再手腳並用地爬上來。腰腿無力，一千五百米走了一個多鐘頭。

正午啊，毒日頭正在頭頂心，拖拉機四圍竟連個陰影也沒有！我才發現，我到了絕路兒上，這不得曬死嗎！

心下一慌，腳跟不穩，人直跌下去，草帽碰歪了，臉上挨了一下燙。猛一縮，倒看清了在車頭和犁鏵架之間有一個小空兒，勉強能坐下一個人。犁鏵架有個半尺寬的陰影。我剛試著坐下去，又被燙得跳起來。準確地說不是跳，而是被滾燙的戈壁灘彈起來。好容易穩住神，我一手撐著熱得燙手的犁鏵架，一手拿紅柳棍兒在地面上刨上一個小坑兒。坑裡的土沒那麼燙。我抖抖嗦嗦地坐下了。

戈壁灘一片金黃，我趕快閉上眼睛。眼前仍是一片黃的、綠的。身後，那鐵傢伙帶著逼人的熱氣緊抵著我的後背。頭頂驕陽似火。汗水順著帽沿直淌下來，滴在脖子裡，熱辣辣的。腳下像踩在滋滋冒煙的油鍋上。我忽然明白了什麼叫作「煎」。

求生的欲望讓我嘗試著離開煉獄。幾次努力竟動不得分毫，只賺得了滿身的汗、滿臉的淚。我就這麼「坐」在那兒。痛從腰上來，痛從打了針的兩腿來，痛從燙得要命的腳心來，我已經分不清哪兒痛、哪兒不痛了。時候一長，不再覺得痛得不能忍受，什麼知覺都正在漸漸地離我而去。身體好像已經不是自己的。我知道，反正沒法子，沒人相助，我是不用想動一動的，熬吧！

時間停住了，不知過了幾個世紀，我從半暈眩的狀態中醒過來。天陰了！那毒日頭不見了。腳下的戈壁灘灰濛濛的。我真想歡呼，張開嘴，卻乾得出不來氣。一急，又是一臉淚。好不容易沉住氣，慢慢睜開眼，面前竟沒有金星飛舞了。

我終於看到了一雙滿是灰塵的靴子，灰是白色的。

那人蹲下身來，我看見了一張驚愕的臉，一雙充滿關切的灰眼睛，是阿孜木。

「你怎麼來了？」我張了好半天的嘴，才發出聲音。

「老師，真的是你！」阿孜木的臉上烏雲密布。「我都聽說了。你那麼久不來毛拉，我就知道不好，四處打聽。可沒想到在這兒看見你。」

當時，求生的願望幾乎是唯一的願望。我知道，阿孜木的到來真是天意，是我活著回連隊的唯一機會。我不能在這兒讓他們把我曬死，我不能就這麼不明不白地痛死！我得走回去。看看腕上的錶，四點半，我在這兒已經曬了四個鐘頭了！

「阿孜木，幫我站起來！」

「我背你回連隊。」小伙子焦急的聲音。

「不用，扶我站起來。」

費了九牛二虎之力，我們終於在滾燙的麥茬地裡站住了。抹掉滿臉的汗水，我看見了阿孜木身後的黑馬，也想起了來路上的那兩條小毛渠。就我現在的情形。那兩條小乾溝無疑是高山大海。我自己，是過不去的。

「陪我翻過毛渠，你就走。」

阿孜木牽著馬，架著我，向連隊走去。

有這一雙大手，我輕飄飄地過了渠，現在，離連隊只有五百米，也就是一華里了，我不怕了。

「走吧，別叫人找你麻煩。」我囑咐阿孜木。

「是不是你們生產連長？」他盯著問。

我看著他，沒說什麼，只揮手讓他快走。

他走了，我聽到了那遠去的馬蹄聲。

有風了。我深深地吸了一口氣，邁開不聽使喚的腿，一步步向連隊挪去。

遠處出現了上工的人群。遠遠的，連隊辦公室門口走出來幾個身穿藍色工作服的人，他們是團裡的拖拉機手，負責給各連隊翻地的。這會兒，吃飽了，睡足了，正朝大田裡的拖拉機走來。

我拄著紅柳棍，盡量走得穩，盡量不晃盪，不摔倒，目不斜視，小心地走著、挪著。看得見、聽得著拖拉機手們說著、笑著、鬧著。走到離我不遠的地方，他們不說也不笑了，悶聲不響地擦肩而過。我沉下心，喘勻了氣，慢慢地走自己的路。

這一個回程，走了足足一個鐘頭。

吃了一點中午的剩飯，小張來了：「你怎麼腫成了這個樣子？」

「我曬了四、五個鐘頭。」我平靜地告訴她。

「我跟連長說了，你打了針，千萬不能曬太陽。」小張驚叫著。我卻聽不清她還說了些什麼，就昏昏沉沉地睡了過去。

這一覺睡得很沉，是許多天來從沒有過的。

忽然我被驚醒了，從天窗裡流瀉下來的是一片紅光。耳邊聽到的是女人的尖叫，「著火了，著火了，救命啊……」

門的開關聲，人們的腳步聲，水桶、扁擔的磕碰聲，大人、孩子的哭叫聲，響成一片。

這回可完了。如果有火災，我是絕對逃不出去的。別的沒什麼，可惜了我這些書。我轉頭看看那小花布簾，伸手摸了摸那些書，心涼透了。

門外傳來沉重的腳步聲。

「小軍，小軍，韓秀回來了嗎？」居然是指導員的聲音。外屋有了響動：「指導員，快進來，我們怕死了。外面出什麼事兒了？」

「我問你們，韓秀呢？」

「在裡面，下午小張來打了針，她就睡了，沒出去過。」

氈子門簾掀開了，露出了那張老鼠臉。

「你要幹什麼？」老鼠臉後面有一個年輕的聲音。

「連長家被人放了火，我來看看。」指導員轉身出去了。

「找縱火犯嗎？不在這兒！她根本動不了。」那聲音很大。

「你怎麼知道？」

「我一直坐在小軍這兒，聽有人叫救火，我才出去。」那聲音清清楚楚，底氣很足。

門又開又關，外面一片吵嚷，在這一切的混亂中，夾纏著一個尖厲的女人的哭罵聲。

「缺德的呀……你缺德，欺負人呀……我們跟上你遭罪呀……天報應……讓你養不下兒子呀……燒完了……叫我們咋過呀……」

那是連長女人，五朵金花的母親，在跳著腳罵她的丈夫。

我躺在床上，看著天窗上漸漸小下去的紅光，聽著那一聲高一聲低的叫罵，想像著生產連長穿著大褲頭子跳出跳進潑水救火的樣子，不由得想笑。可憐那女人，還有那五個拖鼻涕的女兒；這種房椽子連著柴火垛的土房子，點火就著，再加上睡得懵懵懂懂，劫後剩不了什麼了。

阿孜木！除了他還有誰呢？我心裡一熱。

愣了半天才發現我是半躺半坐的。我能坐起來了。

第二天，出門打水洗臉。喝！連長那寬大的「平房」成焦炭了，黑糊糊的一堆立在連隊中央。

「火是從柴火垛上著起來的。」燒水的老羅頭往我臉盆兒裡舀了一大勺熱水，悄悄說。

「我見一個人影兒，騎馬過去的，挺老快。黑燈瞎火的，啥也看不清楚。」他又說。

我只當沒聽見，捧著臉盆往回挪。

小張又來了，帶來了兩個禮拜的假條子：「連長讓一把火燒得什麼威風都沒有了，假條一批就准。」她告訴我。

不久以後，毛拉趕集的日子裡，常有維族老鄉來賣吃的東西，他們帶來了鐵木爾校長一家的問候，也帶來了酸奶子、哈密瓜、葡萄乾，甚至羊肉包子，塞到了我床頭的小木板上。

又過了不久，阿孜木和他的媽媽、爺爺都常常在連隊裡出現了，我的地窩子前面竟熱鬧起來了。住外屋的姑娘們和那些男孩子們也有了買東西吃的好機會。他們很快開始向維族老鄉們學維語，一天到晚「亞克西」叫個不住。

這一場大病之後，婦女班的人也學乖了，我有時也能作為「病號」分在比較近，比較容易幹，活兒不太吃重的地方上工了。我自己知道，並沒好徹底，周末假日還是臥床休息的時候居多。

一天，我聽到了阿孜木和小軍的男朋友，那個年輕人的對話：

「韓老師亞克西嗎？」

「亞克西！」他清清楚楚地回答，還是底氣很足的樣子。

告別荒原

一九七五年的冬天，是一個陰森森的冬天，特別冷。到了年底，接二連三地出事。人們都縮進了他們的殼裡，白天，把棉襖領子豎起來，扣上棉帽子，捂上厚厚的棉手套。晚上，躲進自己的小天地，關上門，燒上火，坐在屋裡，睡在被子裡，不聽門外的響動。

儘管躲得嚴嚴實實，人們還是被不斷傳來的慘叫聲驚動了；那是十二月初的一個半夜裡，從七連方向傳來了哭叫聲。那天刮大風，風把那淒厲的聲音送得很遠。

我聽得心驚，披上棉大衣，鑽出地窩子，左右看看。許多家屬地窩子左近有黑糊糊的人影；前面平房區也站了不少人，大家聽了一會兒，莫名其妙，又都縮回去了。好在，那叫聲沒有持續太久。

第二天，在大田裡「平整土地」，人們紮堆兒往小獨輪車上加土，再推到低窪處，斷斷續續地聽說了這麼一個故事。

七連的一個上海青年回家探親剛回來就發現少了一個小箱子。於是那天在他宿舍出入過的人都有了嫌疑。找來一個個問，都回說不知道。其中一個在「歷史」上，曾「有過偷摸行為」的記錄。這就「坐了實」，他們連隊的保衛幹事認定了是那小伙子幹的，組織了人馬，開了夜班飯，吃飽喝足了，給那小伙子上刑。他們用兩塊門板夾住那小伙子，用手臂粗的木棍鎚那兩塊門板，開頭，還聽那小伙子叫，越叫打得越狠，直到血水從門板下面流成了河，人也無聲無息了，才住了手。

「送師部醫院了，聽說人腫得比病床還寬。」有人說。

「還活著哪？」人們七嘴八舌地問。

「沒聽說死了。」

又過了兩天，消息傳來，人死了，死時只有一句話，「我沒拿箱子。」

「那箱子呢？」又有人問。

「聽說那個上海鴨子又找著了，這不是拿人開心嗎？」

沒人搭腔，個個悶頭抽菸，不響。

又過了兩天，又有消息說團裡馬參謀長發話了，叫連隊打棺材把人趕緊埋了，告訴上海，就說他「因公犧牲」，寄回五百元撫卹金，並且「盡一切可能勸阻其家長前來探視。」

「看樣子，勸阻成功，沒什麼戲了。」有人說。

「住棚戶區的，哪兒見過錢？五百塊還不就了了？還有什麼戲？」答話的人不屑的口氣。

七連的事剛完，五連又出事。

年年修龍口大渠的工程都在冬天進行，這一年也不例外。大隊人馬出發之前，得有人先打前站，得去測量一番，瞧瞧得挖多少方土，全連得去多少人，得在那兒呆多少日子。派去的人裡有那麼一位老職工，從前是喀什汽車營的鉗工，人稱「千面手」的能工巧匠。他到了地方兒，還沒拉開皮尺呢，就肚痛如絞。送醫院的路上，「幾個人都按不住，痛得要往車下跳。」一同去的人說。

當然，人立馬三刻就死了。大隊人馬還沒動呢，他先死了。人們都噤了聲，誰也不提龍口了。

快過元旦了，上下總動員，人心惶惶，都知道過了元旦就上龍口啊，誰也不言語，都忙著弄吃的，先慰勞慰勞自己吧。

廣播裡播哀樂了，說是康生死了。

「那可是大官兒，文革盡看他的了。」有人小聲說。

元旦冷冷清清地過去了，元旦剛過，人們還在糊糊塗塗，瞎聊著怎麼變變花樣，弄點什麼吃，讓那過年期間剛剛有了點油水的腸胃不至於一下子又乾癟回去了。

連裡來了個人，一位挺乾巴的小老頭子，腿腳卻很麻利的樣子，來了便問那死在龍口的老職工葬在了何處。有好事之人引他去了，回來告訴大家，那是那死者的親哥，「不依不饒地找來啦！」

人們抱著瞧熱鬧的心看他和連裡領導爭辯，好不容易人們才鬧明白，那老職工檔案袋裡寫他是地主出身，按「規定」撫卹金是分文沒有的。人家不服：「五〇年第一次土地改革，我家定的上中農，六四年四清，二次劃成分，劃成了地主，那是劉少奇的反動路線。劉少奇打倒快十年了，我家的成分還按六四年的算，那不是給劉少奇翻案，『走回頭路』了嘛！」來人一番話，連裡無以應對。人們樂得看哈哈，都忙著瞧熱鬧。「文化大革命可真鍛鍊人，瞧人家那鄉下的農民，嘴皮子練得多麼勁道！」有人說。

事情鬧到馬參謀長那兒，一錘定了音兒：「我們只按檔案裡所記的出身辦事，你不服，去找當地革委會。我們不能隨便給人改成分。」到底是搞政工的行家，三言兩語就把人趕回了山東煙臺老家。喀什汽車營的人們看不下去，給那來人湊了一筆回去的路費，告訴他：「人都死了，還爭什麼！」送他上了路。

這幾天，聽了一耳朵的「撫卹金」，心裡頭悶悶的。「成分」放不過活著的人，連死人也被吵得不得安寧。

一月八日，我在短波裡聽到了美國之音發布的美國總統尼克松先生的唁電，周恩來逝世了。

我沒說什麼，也不能說什麼。

當地廣播電臺是十日播放哀樂，發布「中央」消息的。

這一次，只有沉默。

沒有花圈，沒有追悼會，沒有北京十里長街上的哭聲，什麼都沒有。

冰冷的大地，陰沉沉的天，灰濛濛的人群和籠罩著這一切的沉默。

外屋的小軍和她的男朋友幾次來我那兒，都是一副欲言又止的樣子。我仍然保持絕對的緘默，多事之冬，閉上嘴吧！

一月二十日，全團進行「龍口會戰總動員」。臺上的人興高采烈地告訴大家，「單身職工一個不留」，「雙職工每戶留一人」採取「人海戰術」，爭取一周之內「凱旋」。

連隊又作動員，生產連長說他「精確地計算過了」，每個人在龍口只有五米長的一段，一天按十二立方米計算，五天可以完成。「天冷，就算一天六方好了，也就在那兒呆上十天吧。」他慷慨地許願。

人人心裡明白，這回有苦頭吃呢。四米多高的渠幫，渠底起碼兩米到兩米五寬，現在快淤平了。天寒地凍的，每天解凍時間不會超過六個小時，這六個小時片刻不停地幹，也決計挖不出六個立方的凍土。十天！哄鬼去吧。我趕緊把所有的糧票裝好，快快地織上兩雙厚襪子，準備在龍口「打持久戰」。

果不其然，經過整整一天的急行軍，到了那如丘陵一樣浮在戈壁灘上的「龍口」，站到了分在我名下的地段上，我可真傻了。渠底已經淤成了一條美麗的弧線，淤泥的最高線幾乎已達渠頂，而從渠底中心起碼下挖一米五才能見到老渠底。站在渠心，身上的熱汗結了冰，心裡涼透了。

那個時候已經是傍晚，腳下的淤泥軟軟的，帶著十成兒的水分，一鍬下去，起碼三、四十斤，端都端不動，只好下半鍬，甩出去倒挺容易，鍬頭一挺，滋溜就飛出了堤外，還行，試著來吧。

我顧不上去紮帳篷，趕著在接頭的地方一邊兒挖上了半鍬，作了極清楚的記號。開玩笑，這裡差上十公分都是上立方的工程呢，可不敢馬虎。

帆布帳篷一座座支了起來，割了大抱的蘆葦鋪在了冰凍的地上，再鋪上被褥。天很快就黑了，溫度也在直線下降著。睡到半夜，覺著冷，伸手摸摸棉被外面，涼得瘆人（意思是冷到骨頭裡。），只好再縮進去一點，挨到天亮，想站起來，被子凍成冰殼。人得曲著身子爬出來。推一推被子，亂響，不敢再動了，再動不定折了呢。

人們敲著碗，跳著腳站到了隊裡，等著買早點。臨時食堂只是一個大灶炕，上面支著兩口大鐵鍋，外加一塊大案子而已。大師傅就站在灶前收飯票。一人一碗棒子麵粥，一個或兩個窩頭，一小點兒鹹菜，很快就吃完了。不等人動員，個個往自己地段上跑。誰都知道，到了這個地界兒，可是任誰也幫不了你，自己趕緊幹吧。

走到我的地段上，我一瞧就蹲下了。昨晚挖的那半鍬只留下一排齊齊的小白印兒，好像是牙咬的，可憐地閃著白光。站起身來，鐵鍬往下一杵，彈起老高，只留下一絲白線。淤泥完全凍實了。丟下鍬，換上鎬，一鎬下去也沒見動靜，還是一點白印而已。我慌了，現在才八點。離淤泥化凍還有四個鐘頭，我怎麼辦？就在這兒硬挖嗎？瞧瞧周圍，一片嘆息聲，人們都在一籌莫展地轉磨呢。

渠底淤泥太厚，渠幫呢？我邁步登上渠堤從頂兒上開始。淤泥也凍住了，可是渠幫上畢竟淤得淺，凍得也不那麼磁實，一鎬下去，翻起五六寸厚的一塊，露出了老渠幫。得，咱們就從這兒開始。我甩下棉襖，只穿一件秋衣，掄起鎬頭，狠狠刨下去，一直刨到了另一頭。換上鍬，再把那一塊塊的凍土塊遠遠甩到了渠外。忙到中午，跑到食堂，一頓就吃掉了三個大饅頭——新疆用克（公分）、公斤制——那是整整六百克，一斤二兩糧食！吃完了，沒覺怎麼飽，板帶一紮，回到了渠底。半鍬半鍬的淤泥，被我像切年糕一樣切成了五、六寸寬的長片兒，攥緊了鍬把兒，再把鍬頭高高地拋上去，那些黑不溜秋的「年糕片兒」隨著銀亮的鍬頭，在空中劃出一道長長的拋物線，落在了渠堤外頭。

挖渠是一種線條流暢的全身運動，如果你身強力壯，而且吃飽了，再加上一把順手的利鍬，久而久之，你自己都會欣賞那種運動的美，當然你得讓大腦充分休息，如果你總覺得這是「無用功」，覺得青春年華白白浪費，那你不但覺不出這一機械動作有絲毫美感，而且情緒低落，手裡的鍬也捏不住了。

六點了，食堂大師傅敲著鍋沿兒，吆喝開飯了。土還沒凍上，再挖一會兒，趕早不趕晚，早完了，早回「家」。這會兒，我那半拉小地窩子可實在是天堂了。

大概大家伙兒的想法都差不多，人們都在自己的地段兒上忙著。

一會兒，天一下子黑了，土一下子硬了，人們也死了心，再怎麼著，也是明天的事兒了。

我仔細算算，一天下來，不到三方土，而且是最容易的地段兒。瞧瞧別人的，都差不多，心想，一塊堆兒熬唄，十天回營是別想了。

吃了晚飯回到帳篷裡，糟！被子還是溼的！這被子曬了一天，竟然沒乾！沒法子，穿上秋衣秋褲，戴上棉帽子，鑽進了冰涼的被窩，累了一天，倒頭就睡著了。

無論生產連長怎麼吆喝，打從第二天起，人們就自動的晚上工，晚下工了，盡著化凍的那幾個鐘頭猛幹，其他的時間就想法子換換鋪上的蘆葦，想法子在荒灘上把樹枝樹葉攏上火，烤烤被子、褥子，到了晚上能稍稍睡上一會兒暖和覺。

日子到了二月底，人們手裡的飯票「吃」光了，不少人的糧食赤字早已過了百斤大關。病號一批批地湧現。拉糧食來的大車每回都拉走一車的病人。帳篷裡的空地方也越來越多。白天，還在那兒熬的人們把被子搭在帳篷頂兒上，一步一晃地走上自己的地段兒，慢慢熬、慢慢煉。晚上，人們穿著棉衣棉褲縮在凍成冰殼兒的被子裡，一夜一夜地暖和不過來，周圍戈壁灘上早就連個草棒兒也找不到了，沒法子烤火。

一天，生產連長大聲叫喚著，要大家「加把勁兒」，說是「團首長」要來我們連檢查工作了。沒人言語，各人蹲在自己的地段兒上，一點兒一點兒地刨著鏟著。

一堆草綠色走近了，果然是團裡的幹部來了。他們反正跟我不相關，我該做什麼還是做什麼。那時候，我正站在渠頂上把一大塊一大塊的淤泥清遠一點。他們走到渠底裡，站下了。

「幹得不壞，滿科學的嘛。」

別的人應和著，看我沒反應，就都朝前走了。

一群人走過去，留下了一個，他蹲在我的地段上，抽開了菸。

「下來歇會兒吧。」他招呼我。我想，我在團裡見過這個人，他是政法股的。兵團的政法股相當於縣級人民法院。所不同的只是他們所做的一切都可以祕密進行，不必公開或半公開，所以更加肆無忌憚。理由很簡單，兵團是部隊建制，屬軍區領導，不是地方政權所能干涉的。

我走下去，杵著鍬站在那兒。

「坐下，坐下。」他直說。

我把鍬放倒，披上棉衣，坐在了鍬把上。

「北京那個文化單位來人了。」他開門見山。

「抽走了你的材料，就是他們寄來的那些。」他又說。

「黑材料不是要當著當事人的面銷毀嗎？」我忽然明白這是件大事，不能等閒視之。

「外調的人想來看你，讓團裡擋住了。這個條件……」他往四下一看，沒再說下去。

「總而言之，你的檔案袋裡現在就剩薄薄的兩片兒紙啦！」他一臉輕鬆。

曾堆在人家辦公桌上的那兩大堆「材料」，那逼得我亡命西北，苦熬九年的兩座大山竟然不見了。

「怎麼會呢？」我不能不問問明白。

「不是『解放一大批』嗎?你們家老太太也『解放』了。歷史問題按人民內部矛盾處理。」

「就這一句話?」這就是一個人的歷史結論。這未免太簡單了,我不由得又問。

他站起身來,對我的執迷不悟非常不解,不得不再說兩句:「就這一句話就頂用啊,人民內部矛盾,你又是獨生子女,按政策可以困退回城。北京的知青辦公室正在給你辦。」

頓了頓,他看我還沒什麼反應,丟下一句明白話:「行了,準備撤吧!」甩手走了。

忽然,我醒過夢來了。這寸草不見的戈壁灘,這單擺浮擱在戈壁灘上的巨大渠道,這砍土鏝、鐵鍬、丁字鎬,這飢寒交迫的日子,就都要過去了嗎?

我坐在鍬把兒上,抬頭看看天,天可真藍,一大塊,圓圓的,像一大塊冰,真想拿手摸摸。手抬起來,卻放不下去了,這還是一隻手嗎?虎口上裂著小孩兒嘴那麼大的口子,指甲蓋灰禿禿的只剩了半截,每個指頭上都裂著血口,血珠兒凝在上面,黑黑的、紅紅的。

一下子,我覺得全身力氣都耗盡了,看著渠幫上一大塊一大塊黑油油的淤泥,我簡直不能相信這是自己用鍬甩上去的;現在,我用雙手抱住一塊,好沉哪,只能顫抖著腿，把它挪到渠頂，再由它滾出渠外。站在渠頂，抬眼一看，活像一條黑色巨蟒被人剖開肚腹，將內臟翻了開來。看著這條奇形怪狀的渠道，只覺一陣噁心。趕快垂下眼皮，繼續一塊一塊慢慢搬，直熬到日落西山。

暮色中，聽到生產連長吆喝「全連集合」。人們慢騰騰地挪動著，蹲到了帳篷跟前。人們一堆堆地跎蹴在地上，聽生產連長口沫橫飛地說了老半天，我只聽明白了最後兩句：「剩下不多的幾個女同志明天跟大車撤回。男勞力留下作最後的修整工作……」他還在說些什麼，人們聽不見了，也不想聽了，工地上一片口哨聲、歡呼聲，夾雜著快活的叫罵聲。這是這個冬天，我頭一回聽見人們大聲說笑、叫喊。

夜裡，不再那麼冷清，帳篷外邊不時傳來人們的腳步聲、笑鬧聲。後半夜，靜了下來。左不過凍得睡不著，穿好棉大衣鑽了出去。清冷清冷的夜，只有伙房有火光，信步走過去，看見燒火的老羅頭正坐在灶火前抽莫合菸。

他彎著腰，膝蓋快要頂到灶火門兒，手裡的「大炮」又粗又大。火光映著他滿布皺紋的臉。那臉上的表情卻是平靜的、安詳的。火光跳動著，把他的輪廓鮮明地刻在那一片漆黑的，巨大無邊的戈壁灘上。

我站住了，默默地看著他，看著這個在連隊一聲不響，默默勞作的老北京人。

他說過，二十年前，他在北京一家高級賓館當服務員。一天，一個蘇聯「專家」

要回國了，他奉命去收拾房間，換洗床單、沙發套、做清潔工作。那蘇聯人離開房間以前，遞給他一支鋼筆，連聲為他周到的服務表示感謝。他手裡忙著，接了那「老大哥」送的筆，插在衣兜裡，向客人道「一路平安」，繼續忙著。

那蘇聯人出去轉了一圈，在服務檯前面站住了。拍拍腦門兒說他在房間裡丟了一支筆。那時候，老羅早在洗衣房忙開了。人們把那「專家」住過的房間翻了個底兒掉，沒找到筆。經理急得汗都下來了——一支筆有關兩國關係，這責任太大了。過了一會兒，那蘇聯人又一拍腦門，說是「糟糕，糟糕，看我的記性多麼壞，我把那支筆送給服務員作紀念了。」然後，他拍拍屁股走了。

洗衣房的門被人推開的時候，老羅——當時還是小羅——從堆滿肥皂泡的洗衣盆上抬起頭來，他完全被經理和賓館保衛人員的凶神惡煞嚇壞了。人們問他為什麼得了「專家」的禮物不報告，不上繳。他趕緊擦擦手，摘下胸前的筆，恭恭敬敬送上，連聲為自己忙到現在沒來得及馬上去報告致歉。但那已經太晚了。「涉外」的罪名已經坐實。他被判勞動教養二年。期滿後留在京郊農場勞動。文革剛開始，被遣送新疆。老婆離了婚，帶著個孩子留在北京。他一個人在戈壁灘上幹活兒，掙錢，三、五個月寄回「家」去一趟。久而久之，人們在毛拉碰上老羅，永遠只那一句話：「上郵局啊？」「上郵局。」他笑笑，埋頭走路。

現在，他坐在那兒，看著火，一派氣定神閒的模樣。

「快走啦，睡不著了吧？」他笑笑地問。

「明天就回連隊了。」

「再過幾天，就回北京了吧？」他笑著。

消息可真快，我一楞。

「那個政法股的也是個河北人，他告訴我的。」老羅怕我多心。「來，坐這邊兒，乾爽又暖和，舀上點兒熱水，燙燙手，再擦上點兒凡士林，慢慢兒烤烤，裂的那口子好得快。」他絮叨著。

我在一個劈柴火的木頭墩子上坐下。他端過一個小臉盆兒，從另一口鍋裡舀了水過來。

「這麼晚了，你還燒鍋幹麼？」我問。

「棒子麵兒沒了，這是玉米楂子（玉米連皮碾碎，熬煮費時，而且極不容易消化。），不熬上幾個鐘頭，沒法兒吃。夜裡凍得睡不成，還不如坐這兒烤火，看鍋呢。」

我笑笑，一點兒一點兒地把手泡進熱水裡，那無數大大小小的口子裡針扎般地痛，身上直打冷戰。咬牙把手放在盆底，好一會兒，才不那麼疼了，身上也暖和過來了。

「你回北京，我求你件事兒吧。」老羅撥著火。

「成，只要辦得到的。」

「好辦。捎幾個錢給我老婆，完了給我個信，說說他們的生活情況。」

我沒應聲兒，十年了，他們只收他的錢，從來沒有給過他一個字的回音嗎？

「你是個好人，我信得過。」他又說。

「放心，老羅，回北京，如果我真的回北京。第一件事就是去看你家裡人。」我誠誠懇懇地對他說。

他看著火，眯著眼，心滿意足地笑著。火光下，那些深深的皺紋，那些灰灰的頭髮都不見了。他整個人被鍍上了一層金紅色。我才發現，老羅是個很不難看的男人呢。

「要走，就走遠一點，北京就算第一站吧！」

他發了話，這句話竟像鎚子一樣重重地敲在我心上。頭上的天，漆黑，天上的星光好像很近，抬手可以摸到，在星光下，還有別的天地嗎？不是星光，那裡現在正是白晝，在明晃晃的陽光下……

回到連隊。這一通大刷大洗，讓我累折了腰，洗完涮完，又輕鬆了不少。

這邊還沒忙完呢，生產連長就進了門，帶來了一紙北京市知識青年安置辦公室開來的準遷證。憑它，我就可以到團裡遷戶口，領三百元退職費，回北京重新分配工作了。

他剛走，婦女班的班長進了門，她是來問我要雨靴的：「北京啥樣兒的雨靴沒有？你的留下給我吧。」

我二話沒說，就把雨靴丟給了她。

夜深了，終於靜了下來，我正坐在燈下補襪子。門簾外邊，響起小軍怯生生的聲音：「韓老師，我們能進來嗎？」

「請進。」我抬起頭來。

小軍和她的男朋友第一次並肩走進我這個小天地。

「韓老師，譚少華想跟您商量個事。」原來，那年輕人姓譚。

「您快走了，您今後的天地不知多大；我們可能得在戈壁灘上住一輩子。」他像背書一樣地開始了，又皺起眉頭，停在那兒，好像對自己很不滿意。

我沒言聲，站起身來，在床沿上坐下，等著他把話說完。

「您的書，留給我們吧！」他一口氣說了出來，好像輕鬆了不少。

唉，我可真笨，還以為自己瞞得不錯呢。這一剎那，我明白了，沒有他們打掩護，這些書，連同他們的主人恐怕早就不在了。那，我還猶豫什麼呢？書該留給愛書人。

「行，不過，我需要一點時間，讓這些書恢復它們本來的面目。」

以後的幾個晚上，我們三個人忙得很高興。當那些書輕輕脫下了「園藝學」、「農作物病蟲害防治」、「農藥學」這一類封皮之後，它們有了新的素面包裝，我工工整整寫下了一個又一個光輝的名字：《戰爭與和平》、《包法利夫人》、《金錢》、《悲慘世界》、《紅與黑》、《約翰·克利斯多夫》、《小婦人》、《紅字》、《老古玩店》、《苔絲姑娘》……。

「哈代是法國人？」他問。

「英國人。」

「您寫上點兒吧？」她要求。

於是，我又在每本書的作者名字前面，劃上一個小括號，寫上他們的國籍。這些閃光的名字使我的小屋沉浸在一派祥和、溫暖的氣氛中，它們像寶石一樣讓我身邊的年輕人兩眼放光，雙頰暈紅，呼吸急促。

「您真是大富翁！」譚少華由衷地說。

「現在，你們也是大富翁了。」

「還不是呢，等把這些書都看完，那才有希望。」

每天做一些，他們搬走一些。幾天之後，我的小書架空了，也到了該走的日子了。

老羅來了，帶來了一個信封，上面端端正正寫著他妻子的姓名、地址。

他從上衣口袋裡掏出錢，靦腆地說：「五十三塊。」

「你還有錢買莫合菸嗎？」

「有呢，有呢，下周就開支了，她們在城裡開銷大。」他有點兒慌。

「你放心，我到北京就給你信。」我鄭重地把錢放進信封，小心地收好。

「你好好走，路上自己小心，我就不來送你了。」老羅這樣說；幾乎人人都這樣說。

於是，到走的那天，連隊裡沒有一輛車有空，沒有一個人過來說再見。

老宮的馬車從團裡去毛拉拉鹽，「順便」把我送到毛拉。好在我兩手空空，只有幾件換洗衣裳。

在市集上，買了一斤莫合菸，囑咐老宮帶給老羅。艾買提家老爺爺的勒勒車又「順道」把我送到了師部。

沿著毛拉河，我聽著老人悲愴的長調，心平氣和地瞧著河兩岸的景致。北岸，毛拉公社的轄區是一片翠綠。南岸，兵團墾區卻是一片灰黃。二十歲到二十九歲，我不得不把自己的生命浪費在這場變林區為荒原的愚蠢行動裡。明知這是天怒人怨的災難，無力阻止，無法改變，只能在其中隨波逐流。還說什麼呢？這鹼殼子蓋得嚴嚴實實的荒原啊！

「走吧，走得遠遠的，比北京再遠一點。」老人這樣說。

「這裡還會變成綠洲嗎？」我問老人。

「會。人不會總是這麼愚蠢，遲早他們會變得聰明起來。」老人肯定地說，「九年，你覺得很長。可是九年，我的鬍子只長長了這麼一點點。」他用手指比了一下。

我笑了。我們都笑了，笑聲和著勒勒車的吟唱，飄了開去，飄了很遠。

十二天後的傍晚，一下火車，不管腰疼背痛，不管兩腿腫脹。我夾著提包，直奔老羅家。老羅的地址寫得清楚詳盡，我不用找人打聽，很快在安定門外找到了那座簡易樓，在擠滿樓道的煤爐、碗櫥、雜物中間，就著昏黃的燈光，找到了老羅家的門兒。

我敲了敲門，門無聲地開了，一位中年婦女站在門裡，瞧著我。她背彎了，兩鬢灰白。

「您是羅大嫂嗎？我從新疆來。」話沒說完，那婦女一把把我拉進去。

那是一個不會超過八平方米的小房間。屋裡除了兩張單人床，中間一個三屜桌，兩把木頭椅子之外，幾乎沒有什麼東西。床上的床單補過，洗得乾乾淨淨，拉得平平整整。

看著我手裡的提包，她問：「探親？」

「困退。」

「不走了？」

「不走了。」問的和答的都是喜不自禁。

她一把拉出椅子，「坐。」轉身拿暖壺倒水。

我趕快坐下，從上衣口袋裡掏出老羅的信封。

她把水遞到我手裡。捧起那個信封，抽出那些稀髒的、破破爛爛的票子，一張一張展開，細心地在膝蓋上摩平，輕輕地放在桌上。

「十年了，我頭一回見著老羅身邊兒的東西。」她抬起頭來，笑著，淚水也在臉上淌著。

「為了孩子，我們熬著，不寫信，不見面……」她笑不出來了，抽泣著。

我心裡很安慰。老羅有這樣的好妻子，難怪他那麼寧靜、安詳地面對孤獨。

「快了，兒子一分配工作，我們就復婚。我把他辦回來！」

我嚇了一跳，這是真的！

我面前那淚流滿面的弱女子一下子變成一個極有心機、辦事果斷、潑辣幹練的女人。看著我的呆樣，她又笑了：「老羅信得過的人果然是個誠實人，我把你嚇著了吧？」

於是，她詳細告訴我她將託怎樣的關係，打通什麼樣的關節，把老羅調回來。

「當然，我們得先復婚。他走的時候，孩子還小。這會兒，中專快畢業了。今年夏天就分配工作，孩子一有了準地方兒，我們就不怕啦！要不然，背上他這個黑鍋，孩子可怎麼受哇！」

我就在她那兒，給老羅寫了一封信，向他詳細報告了他妻子的戰略部署。

「你呢？」

「我得先等分配工作。」

「甭管什麼，先幹起來，有了單位，才好辦事。」她千叮嚀萬囑咐。

夜深了，我懷著信心，懷著對人的信心，走在空蕩蕩的北京大街上。

明天，我就去安置辦公室，試試我的運氣。

學徒工

「聽說，回城以後等分配等了好幾年的年輕人多得很。」你憂心忡忡。

「那是年輕人，幸虧我已經不再年輕。」

東城區知青安置辦公室和勞動局同在米市大街西側的一個小胡同裡。清晨，不到九點鐘，這條胡同裡已經聚集著不少回城知青，三三兩兩地圍在一起，說得熱鬧。我走在他們中間，心裡冒出的第一個念頭就是：他們多麼年輕！

走進院子，看見一塊牌子，箭頭所示：登記處在二樓。拾級而上，到處是聚在一起的年輕人，他們站在大門口，他們在院子裡踱步，他們在樓梯上向上上下下的人們打著招呼，他們在樓道裡輕輕交談，交換消息。他們的臉色白裡透紅，已沒有一絲塞外的風塵。女青年銀灰、淺藍的春秋衫裡面，露出了鵝黃、水紅、藕荷色的小翻領。男青年深藍的卡上衣裡露出雪白的的確良襯衫硬領。他們從頭到腳，清清爽爽，已經沒有了鄉下的土味兒。他們伸出重新又變得細膩的雙手，抽出圓珠筆，互相留下通訊處，以便「互通消息」。鄉間、邊疆的三、五年日子早已被抛到了九霄雲外，他們正一心一意地等著新的機會。

看著他們意氣風發的笑臉，我非常氣餒，大好年華一去不再，我憑什麼和他們競爭呢？我在鄉間、塞外呆了不是三、五年，而是十二年。失去了青春，帶回了一身病痛。我把腳步放輕，放慢，悄悄從他們身邊走過，我的洗得發白的舊上衣、舊褲子，自己做的布鞋，沒有引起他們絲毫的注意。我悄無聲息地推開登記處的門，走了進去。

辦公室挺大，十幾張寫字檯前面都有人。我站在門邊等著。

一個女青年站起來，走了出去，我向那張桌子走過去。心裡一陣莫名的緊張。

桌子後面的女幹部，年齡大概和我不相上下，她從一堆表格上抬起頭來：「坐吧，我這就完。」她和顏悅色。

看她手上很快地把表格裝進一個牛皮紙口袋，放進抽屜。我從書包裡取出知青辦公室的通知和兵團的退職證明，遞給她。

「高中畢業？」她邊看證明，邊填寫一張表格，邊問我。

「北大附中。六四屆。」

「文化大革命以前畢業的高中生，哪兒都搶著要。」她友好地笑著。

我也笑笑，身子坐直了一些。

「六四年就下去了？」她又問。

「北京第一批集體插隊的。」我回答。

「沒參加過紅衛兵，沒造過反，現在，什麼單位都歡迎。」她態度誠懇。

天可憐見。多年來，被拋在一切「活動」外邊，如今卻擁有「受歡迎」的優勢。

「得等多久？」我沒有被意外的喜悅衝昏腦袋，想得到一個比較具體的回答。

「別著急，長不了。歲數不小了，又是老高三的，不難分配啊。像那些，」她朝外邊一嘴：「說起來，初中、高中的，其實連小學都沒畢業。下去沒幾天，又忙著回來，別的什麼都沒學會，就練得了一張嘴皮子，能說著呢，分哪兒，哪兒頭疼。」她竟說個滔滔不絕了。

我又替那些年輕人抱屈。他們不學無術是事實，可是這不是他們要的，他們有什麼選擇？現在，卻是他們在吞咽那被拋棄的苦果。

耳邊，那女辦事員還在極知心地絮叨著：「最好，能給你分一個搞縫紉的廠子，女同志嘛，學點兒技術，家裡也用得著。這麼大歲數了，找個活兒不太重，技術要求又不太高的，最理想。」

話沒說幾句，她已經說了兩次「這麼大歲數了」。可不是嗎，二十九歲，在鄉下，孩子都有了，哪裡還能困退回城呢？那些出身「好」的，也早就在鄉下招工、上大學、參軍，無論怎樣也不會熬了十二年才回城。我忽然覺得這也「公平」，像我這樣的，也確實得「照顧照顧」了。

我沒話可說，只笑著看她，等著下文。

「不過，全民單位不容易，大集體怎麼樣？你從全民單位來，分大集體，可能分得快一點兒，當然，福利不如全民。」她還挺替我著想。

「有工作就行了，大集體就大集體吧。」我說。

她竟是一臉喜色：「那更好辦了，你回去聽信兒吧，有了工作就通知你。」

我站起身來，想想，還是問了一句：「您貴姓？」

「都一樣啊。」瞧我不懂，又說：「你登了記，再來，找誰都一樣。其實，你不來也行，有了地方兒，就通知你。」

我聽懂了。可能是於心不忍，她還是追了一句：「我姓文，文化的文。」

我點點頭，謝了她，走了出去。

北京的春天，除了風沙還是風沙，一出門，漫天黃沙，刮得人眼睛都睜不開。外邊飛沙走石，心裡頭卻是平靜的。登了記，等著唄。蹓蹓躂躂，回到家。

忽然一下子，早晨不必出工，晚上不必在煤油燈下補補縺縺。時間慢了下來。

一天，乘著外婆高興，我坐在小板凳上給她剝蔥、剝蒜，一邊跟她聊著。不一會兒，扯到文化大革命，外婆滿口「土匪」、「長毛」地罵起來。我就順便問了問：

「外婆，抄家物資都還了嗎？」

「還什麼？他們開了個單子，要你媽簽字，簽了字才給結論。她怎麼敢不簽？簽完了，那一句話的結論到手了；再看那單子，抄走的東西可少了好些。」

「那就算了嗎？」

「不算了，還怎麼樣？一家三口都活著，比什麼都好，東西，就算了吧。」

「外婆，東西發還的時候，您仔細看過嗎？」

「看過。」

「有沒有我的出生證和護照？」我問。

「沒有。我記得清清楚楚，那份東西沒回來。你父親那麼多照片，也沒回來一張。」

「您肯定？」

「我肯定。」頓了一頓，外婆又說：「十年了。誰知道還有沒有。」說完，她深深看我一眼，一臉的愁苦，搖頭嘆氣。

沒在家，我也不必在家裡下功夫了。一心一意等分配。

報紙上出現了「反擊右傾翻案風」的字樣。我現在是散兵游勇，大可不去過問了。

四月初，北京城山雨欲來，我到天安門去了幾次，發現不少人手裡有宣傳品，人們三三兩兩，議論紛紛。

四月五日清明節，人們不聲不響地湧向天安門。我是下午去的。離老遠，已經看到了那個飄浮在白花中間的孤島，貼滿標語、詩詞的「人民英雄紀念碑」。走近了，清楚地感覺那緊張的氣氛。人們在抄錄詩詞，還有人站在高臺上演講。人們的臉色相當沉重，演講者、朗誦者慷慨激昂。表面上，他們在歌詠「人民的好總理」，實際上，人人聽得出來，他們的矛頭直指江青、張春橋、姚文元和王洪文。當然，有人也在痛斥已然死去的康生。人群中，有人手裡有相機，更有人拿著簿子在抄寫騎車人的車號。便衣警察在人堆裡穿來穿去。天逐漸暗下來，人群中可疑的面孔越來越多。長年的小心謹慎讓我馬上聞到了他們身上那股子鷹犬的味道，我不敢流連，匆匆離開。一個鐘頭之後，血洗天安門的行動就開始了，大批手持木棒的「首都工人民兵」在公安人員摩托車的幫助下，迅速縮小了包圍圈，圈中人活著的，被拖進了「勞動人民文化宮」整夜坐在磚地上，直到弄清各人身分才分別關的關，放的放。至於那些據理力爭的人在當場遭到了怎樣野蠻的對待，我不是目擊者，無法詳述。但第二天清早，「有關單位」用滅火水龍清洗廣場上的血跡卻是我親眼所見的事實。

但無論怎樣，我沒有被「捲」進去，使我的「分配」問題更順利地得到了解決。

七月二十七號安置辦來信了，叫我去「談談」。這次，文同志不是一個人，她桌子前面還坐著一位中年幹部。他留著短短的頭髮，一身藍布制服整潔、合體，正坐在那兒和姓文的有說有笑地聊著。

我走過去，還沒站定，他就站起身來：「我姓黎。」

文同志馬上介紹：「老黎是東城區光明服裝廠的一把手。」

「一把手」通常是黨委書記，有時候還兼任廠長。

於是，我畢恭畢敬地向他問好：「黎書記，您好。」

「好，好。坐下談，坐下談。」他向我擺手，挺客氣。

「六四年就走啦？」他和顏悅色地提出問題。

「嗯。」我點點頭。檔案裡必有的東西，我懶得重複。

「不易啊。」他瞧瞧文同志，開門見山：「我們廠是個小廠。地方挺好，離你家挺近，兩站地就到了。就是工資少點兒，一個月才二十六元，比你在新疆少多了。要是還行，就上我們那兒吧。」

「應屆畢業生進廠學徒，一個月十六元。你是回城知青，歲數大了，一個月二十六元，一年後轉正、定級，再調整。」文同志補充。

「行。工資不是問題。咱們廠都幹什麼？」

一個「咱們廠」，把他惹笑了：「加工工作服，技術要求不像西服、襯衫那麼高。有時候，有不少厚帆布的，活兒挺重，挺累人。歲數大了，技術性太強的，恐怕也不大好學呢。」他挺實在。

我從來沒摸過縫紉機，當然希望活兒不太難。

「那成，我就去您那兒。」

他們比我還高興，趕緊辦完了手續，我的一堆表格進了黎書記的黑塑料包，告別了文同志，一塊兒走出來。

一路上，黎書記很有感情地告訴我，他這個廠的工人本來都是一九五八年在「大躍進」中，「走上社會」的家庭婦女。

「十八個『孩子媽』抬著她們自己的縫紉機，搬進了一個廢棄不用的存自行車棚子，開了工，辦成了一個街道生產合作社。二十年來，什麼都做。小孩子的圍兜啊；少先隊的紅領巾啦，臂上的符號啦；小鞋幫啦；什麼小，什麼不賺錢；大廠不願意做的，她們都做。時候兒長了，也替國家掙了利潤。從合作社成了街道廠，小集體又成了大集體。那十八位老師傅有的退休了，有的快退休了，現在全廠百十個工人。除了專門搞工作服加工，還開了三個門市部，多少解決一點兒首都人民的穿衣問題，對國家有點兒貢獻吧！」

一路走著，一路聽他聊著。這位工人出身的當家人還真心疼這個廠，心疼這些個工人吶。

我覺得，和黎書記說話兒有點兒像我在山西和老鄉們說話兒，挺容易的，心放下了不少。

「四·五，你沒去天安門吧？」冷不丁，他問了一句。

「去了。去了一會兒，就走了。」我回答，鬆快一點兒的心又縮了起來。

「沒抄詩，沒寫大字報，沒幹什麼吧？」他又問了一句。

「沒有。」我回答。

「沒有就好，這會兒查得嚴；要是你在天安門幹了什麼，街道沒查出來，到了廠子發現了，還得退回去。這會兒，我先問問你，啥事兒沒有，咱們都踏實，省得將來麻煩。」他誠誠懇懇的。

我知道，這是「公事公辦」，沒再說什麼。到了廠子門口兒，跟他道了「明兒見」，就回家了。

七月二十八日，是我當學徒工的第一天，早上八點正，我已經走進車間，在指定給我的電動縫紉機前面坐下來。師傅姓王，戴著一副老花鏡，仔仔細細地告訴我機器的用法之後，示範了一回，就給了我幾塊零碎帆布，讓我「練練」。

一個上午，沒動地方，我已經掌握了要領，「縫趟子」，縫得很直了。把那幾塊零頭布，剪剪縫縫，做了個機器罩子。下午，開始縫最簡單的瓦工用的大圍兜，一下午也沒直腰，機器一直響著。

五點半，下班鐘聲響了。我停了機器，把它裡外擦淨，罩上罩子。喘了口氣，才直起腰，站起身來。我把圍兜平展展地疊好，放在了師傅的案子上。

黎書記和王師傅站在案子旁邊兒，瞅著我笑吶。

「不愧是老三屆的，真行。」黎書記拍著那一疊圍兜，無限感慨。

「到底歲數大了，好帶。」王師傅一臉歡喜。

我笑笑，向他們道了「明兒見」，走了出去。

肩、背、腰、腿，沒一處不痛得鑽心。多少年來，又有幾天不痛呢？走走吧，走走，活動活動就好了。兩站汽車地，晃晃悠悠，走了四十來分鐘。

半夜才睡，還沒睡熟，人就被一股大力從床上拋起，又重重跌下，想拉燈，燈繩在空中晃動，完全抓不到手，勉強支住身子，抬眼一看，窗外一片白光。正楞著，整個屋子搖起來，地板上的零星物什滾來滾去，響成一片，外面有人喊：「地震、地震啦……」

睡在旁邊小鐵床上的外婆，聲音嘶啞，叫著：「秀兒！」

我趕緊爬過去，不是走，完全是爬，走是走不成的。把外婆夾起來，地面又一晃，把我們兩個像篩元宵一樣篩了過來，外婆正好坐在了屋角，兩邊有衣櫥和堆放的箱子。

「外婆，您別動，這個地方最好，有什麼掉下來，也有櫃子支著，您千萬別動。」

我又花了不少力氣，撈過一條薄被，把老人蓋好。免得什麼東西滾動中碰了她，快八十的人了，碰一下就吃不消。

我站在當地，全身力量撐著嗦嗦抖顫的衣櫥，不知時間過了多久，終於地不動、房不搖了，外面漆黑一片，只是人聲嘈雜。看看錶，只是二十多分鐘，竟長得有半個世紀。

揉著腕子，搥著腿，拐了出去。母親早就披了一條毯子站在了院當中，這會兒見我出去，忙不迭地問：「你外婆沒事吧？」

「沒事。」我答應。

四面看看。這座一百四十多年的老房子儘管像篩糠一樣地抖了一陣，終於還是穩穩地站住了。

廠子呢？廠子怎麼樣？原來的自行車棚早已改成廠房，但那廠房多麼簡陋，能經得起這樣的地震嗎？別的不說，老師傅們二十年的勞動積累不都在那兒嗎？那一分錢、一分錢攢起來的廠子要是垮了，一個集體單位還能怎麼樣呢？

心裡想著，腳下就一溜煙向廠子跑去。大街、小巷，擠滿了人。人們把躺椅、板凳、蓆子搬到了大街上，大家寧可睡露天也不肯呆在險象環生的破房子裡了。

廠門口有幾位師傅在說話。我還叫不上她們的姓，她們也叫不上我的名字，互相打了個招呼：

「來啦？」

「家裡還行吧？」

幾句話一問，互相通了聲氣，放心不少。

「黎書記在裡邊兒，不怕別的，就怕電線出了故障，發生火災。」一位師傅告訴我。

「廠房沒塌吧？」我問。

「沒有。房頂輕，還行。」另一位這麼告訴我。

正說著，黎書記走了出來，一手一臉土。

「家家都有事，師傅們先回去吧，今兒晚上我在廠子裡。明天咱們再排日程輪流值班。就怕餘震再來，出什麼故障，大家留神聽廣播，有消息互相通個氣兒吧。」他囑咐著，讓大家走了。

「上班頭一天，就趕上了這麼一場禍。」他看見了我。

「廠子沒損失就好。我先走了。」向他道別，我又從人堆裡穿出穿進回了家。到了屋裡，地中央放著一口箱子。

「天亮，我就去買車票，先上無錫去躲一躲。這次震央在唐山，不知成了什麼樣呢！餘震還沒完，我們上年紀的人還是躲躲好。你剛上班，這時候離開不合適，你看家吧。」母親一邊把衣服放進箱子，一邊頭也不回地說。

我沒理她，上床一拉被子倒頭就睡。

天剛亮，我就來到了廠子。

門口的工人師傅比夜裡又多了十幾位。都是來打聽廠子情形的。

黎書記兩眼紅絲地跟車間幹部們商量著什麼，等著電工檢查完全廠線路才能讓工人們進廠幹活兒。

「除了電工以外，咱們還得有人不斷在廠房裡外巡邏，萬一什麼地方出了裂縫，有了險情，早作預備，少出問題。」聽到人堆裡，黎書記的聲音。

「排值班表吧。」大家紛紛議論。

「一人先排上兩個鐘頭兒，這個時候，家家都亂著呢，不能說家裡什麼都不管，全在廠裡值班。」黎書記又開了口。

「我沒家沒業，我排長一點兒。」我說。

「你們老太太呢？」黎書記問我。

「今兒都走，去無錫躲震，就剩我一個兒。」

「那也好，早晨，你先值上。我們趕緊把表排出來，師傅們知道了自己當班兒的時間，就好安排了。」

我二話沒說，從黎書記手裡接過鎯頭就進了廠子門兒。

以後的幾天，廠子裡弄了些木料發給職工回家搭「防震棚」。我告訴王師傅，我那份兒不要了。

「你不搭棚子？」老頭兒從眼鏡上邊瞧著我。

「不搭。我們住那房，別說裂縫兒，連牆皮都不掉。搭棚子幹麼？」

「還是小心點兒好，出了危險不是鬧著玩兒的。」王師傅還是一萬個不放心。

「實話對您說，王師傅。夜裡住外邊又溼又冷。就算有了棚子，我也沒法兒住，我的腰受不了。」

王師傅低了頭：「受過大罪的孩子喲。」不言語了。

「咱們組裡，哪位師傅缺木料，您給她們就是了，我真的不要。」

「行啊，就這麼的。」王師傅終於點了頭。

很快，大街兩旁，稍微開闊一點的空場上、院落裡，「防震棚」林立。從唐山郊區，天津一帶湧來的傷員，難民充塞了各醫院、各街道診所。

無數的消息滿天飛著。報上公布此次唐山地震震央震級七點八級。可是人們說唐山已經夷為平地，死亡人數高達百萬之巨。唐山附近的地震儀器都震裂了，必定超過八級。不少人詢問著：為什麼不承認災情呢？沒幾天，消息傳來了，地震八級，國際紅十字會可以直接派專家實地考察，進行救援。為了不讓外國人看到現場，寧可讓老百姓受罪。天災加人禍，人禍超過了天災。人們無話可說。

廠子沒發生什麼意外，輸電系統也沒發生大的故障，很快恢復了正常的生產，只是晚間依然值班巡邏。

「小心不為過。」黎書記說，大家都同意。

我又主動多值了幾個班，弄得組裡的老師傅感動得不得了。我對她們說：「你們上有老，下有小，家裡事兒一大堆。我是一個人兒吃飽了全家不餓。您別跟我爭，我多值幾個班兒實在算不了什麼。」她們走是走了，回來總不忘給我帶點兒家做的好吃食。

一位老師傅瞧著我吞麵條直掉淚，「孩子，這些日子可苦了你了。」

「苦什麼？吃著雞蛋麵還苦？」我直樂。

「唉，我那小小子兒也插過隊——五年哪——也這麼說。可都是些受過苦的孩子。」

老太太眼淚花花的。

其實，我真不覺得有什麼不得了，不就是在廠子多呆幾個鐘頭嗎？老師傅們心腸極好，活在她們中間實在是容易得很。

一個晚上，我正值班，周圍靜悄悄的，手裡捧著一本《文心雕龍》在看。

黎書記進了門：「今兒晚上你又值班啊？」

「蘇師傅孫子發高燒，我替她一班兒。」我從書上抬起頭來。

「大家的眼睛都是亮的。這次『抗震救災』，你表現得不錯。」他笑咪咪的。

「跟您說實話，呆在廠子裡，心裡還痛快一點兒。」我這的確是實話。

「不管怎麼說，你活兒沒少幹，力沒少出，不少老師傅都直跟我誇你。」

我不好說什麼了。

「有什麼事兒，組織上能幫助解決的，就告訴我。咱們試著來唄。」黎書記開了口。

我心裡砰砰直跳，房子？祖孫三代住著八平方米……不行，這麼個小廠的頭兒，他能有什麼轍？也許，可以試一試另外一件事，一件比房子大得多，但只用走「前門」，不必「開後門兒」的事。只是，他敢嗎？

我瞧著他，瞧著這個瘦瘦的中年人，半天開不出口。

「說嘛，辦到辦不到，咱們試著來嘛。」他誠心誠意的。

「六六年，紅衛兵抄家，拿走了我的出生證和護照，老太太問題落實了，抄家物資算是發還了，這兩樣東西還是沒有。」我掏出小夾子，在汽車月票後面抽出一張小照，遞給他：「這是我父親，這張照片跟我走了大半個中國。雖然他是個外國人，可他是我父親，如果，抄家的單位還有我父親的照片什麼的，也請他們還我。」我怕他有什麼顧慮，趕快把話說完：「不管別人怎麼看他，他是我父親。」我真恨自己，到了這樣的時候，就控制不住自己，聲音也打抖了，眼淚也湧出來了。

黎書記小心翼翼地托著照片，那張黃黃的、四角皺皺的照片，半晌，他笑了。

「你還真像他。」黎書記把照片遞給我：「紅衛兵抄走的東西，當然應當還你。不還，就不符合政策。放心，組織上替你出頭。」他竟一口答應。

我有點慌了。他大概不知道一紙美國出生證和一本美國護照意味著什麼。看他神情，他確實不太知道。要跟他解釋嗎？我心裡亂成一團，他卻自顧自地聊了起來：

「說起來，誰也想不到。我家三代血統工人，就因為打從六四年開始，當了這麼個小廠的廠長兼黨委書記。文革一開始，紅衛兵上廠子串聯，楞說我是走資派，戴高帽子遊街，坐噴氣式，罰跪，蹲牛棚，什麼苦頭都吃過了。提起紅衛兵我就來氣……這不，知青回城分配工作，一聽說當過紅衛兵，我頭一個兒不要……」他聲音越來越高，竟是一肚子的火氣。

我靜靜地坐著、聽著。心裡非常可憐他，也可憐那些當過紅衛兵，打過人，又被徹底拋棄了的那一大群。瞧著他大包大攬，我又有點擔心，以後真有點什麼差錯，不是大大地對不起人嗎？

可是，我一聲沒吭，我太清楚，現在，他和他所代表的組織是我唯一的指望，只有他們才能要回我的證件。

北池子到日壇

「中國人講究天時、地利、人和。你占了『天時』，九月份毛去世；十月份，『四人幫』下臺；這都是你取回證件的好條件。」你這麼說。

「特別是幾經折騰的老公、檢、法（公安、檢查院、法院）人員回到了原單位。一切被翻過去的，又被翻了過來。一切本來可能永沉海底的，也翻了上來。我的證件就是在那麼一個時候出現的。」

快過年了，「文革」結束的第一個年，人們的喜悅都是掛在臉上的。那時候，最讓我高興的是被「批判」了九年的貝多芬也被「解放」了。十二月二十八日，清早，滿城沉浸在第九交響樂的聲浪中。我跑上大街，第九，久違了！她是那樣悲壯。她用她的熱度湯平了人們心裡的溝溝壑壑。她向受盡苦難的靈魂預示著可能來到的陽光普照的明天。

我真想大喊大叫一番。但僅是想想而已，我沒有叫，也沒有喊，只是腳下的步子邁得輕快一點而已。原因太簡單。腳下還是中國大陸的土地，十年「浩劫」過去了，並沒有跡象顯示太平盛世的到來。飽經憂患的百姓，誰都在忙著自己的一攤兒。

「黎書記找你。」王師傅沒讓我進門兒，朝廠長辦公室努了努嘴兒。

廠長辦公室在大門裡邊一個不起眼的旮旯裡。敲敲門，門馬上就開了。門後面站著個公安警察，一片藍，大檐帽上一團紅，它們把我嚇了一跳，廠長室裡撲面而來的熱氣擋不住那一陣陣發自心底的冷戰。我機械地邁著步子往裡探著步。

「小韓，這位是市公安局的老李同志。」黎書記走過來。

我好容易才從一團模糊中看清了兩張笑臉。

「坐、坐。幾份文件送還給你。」那位「老李」的聲音。

一個白紙信封，鼓鼓的，躺在桌上。

我恍恍惚惚地坐下，打開那個不曾封口的信封。

一本護照，號碼二五七四二一，綠色封面的、一九四八年簽發的美國護照。

是它，沒錯。就是它。我捧起它，打開來。

一張名片滑到膝上。

「韓恩先生的東西只剩了這一張名片。」是那老李的聲音。

這是一張我從未見過的名片。

美軍總部重慶指揮部運輸聯絡參謀
陸軍輜重兵少校　韓恩　威利
美國

另外一面是英文，他的姓名和地址的中間，有一個號碼，〇九二二三七五。

幾年後，我憑那個號碼，找到了長眠在阿靈頓軍人公墓的他。

但是七六年十二月那天，我卻只是呆呆地看著那幾行字，雙手冰冷，不知說什麼好。

「一九五〇年，『忠誠老實』運動中，你母親交給組織的。現在，還給你吧，它總是你父親的東西。」還是那個聲音。

護照上，那個留著一頭鬈髮，穿著白裙子，天真地笑著的小女孩兒快活地瞧著我。二十七年了。我沉重地闔上護照。

「還有一份文件。」還是那個聲音。

我用手指探探。抽出來一式三份的三張紙。是的，是我的出生證。一九四六年九月十九日，一個小生命誕生在紐約曼哈頓東區的一家醫院裡。這個小生命好容易熬過了三十年。

我忽然覺得熱起來了。覺得父親的血在血管裡突突地跳，我對自己說：「鑰匙已經在手裡，看你的了。」

我完全冷靜下來，摸著這些紙的邊邊角角，上面有明顯的圖釘，大頭針留下的痕跡。

「六六年，它們被釘在人民劇場的大廳裡，示眾一個多月，幸虧那個時候，你已經走了。」老李說。

「都對吧？」黎書記溫和地問我。

「都對。」我抬起頭來。黎書記轉過頭去。我想，當時的自己，大概相當可怕。我開始努力「調整」自己，使氣氛自然一些。

「那就簽個字吧。」老李遞過來一張表，上面只簡單地寫歸還我三份文件。我簽了字。

「我走了。十年哪，公、檢、法翻了幾個個兒，欠了不知多少債。現在，還得我們一點點兒地還哪！」老李拍著那個鼓鼓囊囊的公文包。

「向人民負責嘛。你們辛苦了。」黎書記站起來去開門。

「謝謝您，謝謝您幫我找到了它們。」我說。

「沒費什麼事兒，公安局保存了十年。還給你，留個紀念吧，都是過期的文件了。」他笑笑。

我也笑笑。他走了。

「謝謝您，黎書記。」我說。

「不用謝，沒費多大事，還行。」他非常滿意。

我手裡拿著那個白紙信封，在街上轉了好久，讓冷風把我吹涼了，才回車間。

正陽門附近的北京市公安局。那是一個什麼樣的地方？這些年，不是有不少人一心一意想把我送進去嗎？現在我真的要和這個大衙門打交道了嗎？

一九七七年一月四日，當我站在寒風裡，面對這個白色的龐大建築物，無論如何擺脫不掉那個自投羅網的感覺。

連大門都不必進，右首有個小屋子，掛著白底紅字的大牌子「問事處」。我走進去。裡面有個大窗戶，公安人員坐在大玻璃後面回答人們的問題。來「問事」的人很少，我走過去。

「什麼事兒？」

「我是在美國出生的，有美國國籍，詢問回國的手續。」這句在心裡想了一千遍的話，終於出了口。

「北池子八十五號，外事科。」回答簡單明確。

所以，我的問題是外事問題。我心裡大大鬆快了，出門，找到三路公共汽車，來到了北池子。

這就是外事科？它不像市公安局那麼大，那麼嚇人，它是一個大門緊閉的院落，坐落在北池子路西的合歡樹下。街上沒有什麼行人，八十五號門口更是連個人影也不見。風捲起幾片廢紙，幾張落葉，拋撒在那緊閉的大門前。

我穿過馬路，走到八十五號門口，抬手按門鈴。

小門開了，露出一個穿藍布棉制服的人，他看看我，大概覺得和「外事」對口，把門開大了一點。

走進院子，一個小得多的白底紅字的牌子掛在一間屋子的門上。既是「問事處」，就走進去問問吧。我推開門。

「我說不行，就是不行。」長長的櫃臺後面，一個梳小刷子、穿制服的女民警伶牙俐齒地說著。

站在櫃臺前面的是一個男孩子，恐怕不會超過十四歲。黑黑的短髮，單薄的後背，薄薄的灰布棉襖邊邊上有一些細密的補綻。

「文革結束快半年了。」那稚嫩的聲音爭辯著。

「這跟文革沒關係，從抗美援朝以來，我們的政策是始終一貫的。你們要去漢城，可以。經過平壤。」她帶著笑。

男孩爭辯著，她熟練地回答著，連想都不必想。

他們，是韓國人。

靠牆的長凳上坐著一位老人，她頭髮全白了，腰彎成了一張弓，背駝得非常厲害。她的衣著已看不出顏色，綴滿無數的補綻。一個竹籃放在她腳邊，那竹籃也用碎布縫過了，變成一個非常奇怪的形狀，說圓不圓，說扁不扁的，不知用過多少年了。她坐著，身子向前探，仔細地聽著室內的一問一答。

櫃臺後面的門開了，又走出來一個男民警。他很年輕，沒戴帽子的頭髮黑亮黑亮的，臉上掛著笑，站在當地，聽男孩子說著。一會兒，他打斷了他們，插了進來，他的聲音沉穩有力，胸有成竹的樣子：

「這裡面兒有個技術問題。你想想，什麼海關能接受你奶奶的護照呢？護照過期三十多年了。而且，沒有中華人民共和國的簽證。你呢，連護照都沒有。」他兩手一攤。

「其實，加入中國籍多好，入學、分配工作都沒有問題。」

那「小刷子」接茬。

「不願意入籍也可以，到朝鮮民主主義人民共和國大使館去辦個手續。有了朝鮮籍，留在中國按外僑待遇對待，回到朝鮮，也可以嘛……」那男警察絮叨著。

他的話沒完，老人站起身來，向孩子招招手。孩子扶住她，把一個硬皮小本子交給老人。她彎身從籃子裡拿出一個小布包，打開，把小本子放進去，包好，再用細麻繩紮牢，放進懷裡。

她挎起竹籃，對那男孩說了句什麼，他們邁步朝外面走去。

我推開門，把一老一小送了出去。望著寒風中那兩個單薄的背影，我久久反應不過來，收不回自己的目光。

「你有什麼事？」身後有人問我。

我轉過身去，面對一男一女兩個警察，拿出了我的護照和一張出生證。

「我出生的時候，就具有美國籍。我希望你們可以協助我辦理回國手續。」

「回國？」那兩人一驚一乍的。

他們拿起那兩份文件看了看。那男的打開門向裡面叫著：「老王，你來一下。」

門口出現了一位頭髮灰白的人，他也穿著藍制服，年齡大概在五十以上了。

那年輕警察把護照遞給「老王」。他掂在手裡，翻開來看看。

「不是偽造的吧？」那年輕人問。

「老王」不回答，笑笑：「那時候的護照，本子大，分量也重。」

「是真的？」「小刷子」又問。

「老王」點點頭。

「你想憑這兩份文件去美國？」「老王」問我。

「回國。」我糾正他。

「文件是四八年的，早過期了，不大好辦哪。」他皺了眉。

「也就是說，你們不能辦？」我問。

「等等，我們研究研究。」他又說：「你把護照留下吧。」

「這本護照在北京市公安局待了十年了，剛還給我，沒有必要再留下了吧？」我問。

「這不一樣，我們總得研究研究嘛。」「老王」說。

「小刷子」攤開一堆表格：「叫什麼名字？」「哪個單位的？」一副寫犯罪記錄的樣子。

就這樣，這本護照在我身上待了一個星期，又回到了公安局。我摸摸口袋裡的另外兩張出生紙，轉身走了。

隔了幾天，再去問。

另外一位「小刷子」接待了我：「你有什麼事兒啊？」

「我來問問你們研究得怎麼樣了？我的護照留在你們這兒了。」

「哪國的？」

「美國的。」

「誰給辦的？」

「一位姓王的。」

她笑了，笑得挺甜：「姓王的？我們這兒姓王的可多了。我給你問問吧。」

不得要領，只好離開。

一月二十一日，我又邁進了那個問事處。一眼看見了第一次來時見過的，那個青年警察。

「你來了好幾趟了吧？」

「三趟。今天是第四趟。」我回答。

「你的問題我們研究了；你的證件早就過期了，不但中國政府不能承認，美國政府也不能承認。」

「你怎麼知道美國政府也不承認？」我問。

「中美兩國雖然沒有正式外交關係，聯絡處還是存在的嘛。我們和聯絡處的官員還是有業務上的聯繫。」他油腔滑調，好像美聯處的官員是他的小哥們兒似的。

「行啦，廠子對你不錯，知足吧！三十大幾的了，在廠裡好好幹，安個家，不是挺好的？別想那麼多啦。」他還挺仗義！

「護照什麼的都還你，留個紀念吧！」他把一個白紙信封遞給我。

「這是你們研究的結果？」我打開信封，看到護照，出生證仍在，封上信封，放進書包，抬頭問他。

「這是領導上作了研究之後的正式決定。」他像背書。

「正式拒絕我回國的要求？」我追問。

他一楞，想不出用什麼詞兒回答我。

看著他的可憐樣兒，我一笑，推開門走了。

從第二天開始，我用了一個月的時間，精心研究進入美聯處的具體步驟。

借了一輛自行車，一身電工、泥瓦工的工作服，騎車沿建國門外日壇公園轉了一圈，看到星條旗飄揚在日壇公園西南角的馬路對面。看到了分布在美聯處圍牆外的中國武裝警察。看清了，我腳下猛蹬，向北飛馳而去。

工餘時間，做了一條在建國門外使館區隨處可見的喇叭褲，一件紅不紅、黃不黃的短夾克。

穿戴起來，把梳在腦後的辮子打開，自信建外的武警們不會再留意我。

能和人商量嗎？我在腦子裡過著人影兒。一個又一個，不行，都不行，不是怕他們嘴不牢，就是怕給他們帶來不必要的麻煩。

一切的一切，只有自己幹。

「參考消息」上，卡特總統對人權的呼籲不斷出現。越戰結束後，美國為尋找戰死人員的屍體，為尋找失蹤人員，和越南、蘇聯不斷爭吵……

美國連屍體都不肯丟棄，何況是一個活人！我問自己，你敢闖一闖嗎？為什麼不？我會失去什麼？我有什麼怕失去？

一九七七年二月二十一日，後來我才知道，那一天是假日，美國人在那一天休息。那一天，也是我被北京市公安局外事科「正式拒絕」後整一個月。在北京，那是極普通的一天。

清早，套上了那條曲線畢露的喇叭褲，那件秀秀氣氣的緊身夾克。繞到了八面槽出租汽車站，用生硬的中國話告訴值班員，我要去友誼商店。出租汽車站對面就是華僑大廈，辦事員二話沒說，就呼叫了一聲：「外賓，去友誼商店。」

我坐上了一輛「上海」牌出租汽車，在「友誼商店」西門下了車。從那兒往北走，離我的目的地只有兩個路口，五分鐘的路。

走在空無行人的馬路上，只聽到自己的腳步聲；看到的只是使、領館門前門後背著槍的武警們冷淡的面孔。

我走著，五分鐘的路，走得我腰痠腿痛。

到了十字路口，馬路的東北角是日壇公園，西北角是美聯處，西南角是一個非洲國家的使館。我面對那使館門口的武警走去，走得很近了，他正想問我什麼。

一個急轉身，我穿過馬路，走到美聯處門口，站到了那條白線上。我的心狂跳著。

線內五米處，星條旗在冬日的寒風裡呼呼啦啦地飄著。

美聯處門外的武警是個年輕人，他作夢也沒想到那個要到對面使館去的女人忽然飛了過來，而且站到了白線上。

「你要幹什麼！過來！」他疾言厲色地叫著，但他不敢走過來，他不敢接近那條白線。

我從貼身口袋裡拿出那本護照。

「我來辦回國的手續。」我拿著護照伸出手去，腳下卻沒動。

「你過來，快一點。」他臉紅筋漲。

正在這時候，一輛小車停在了白線上，從車裡跳出一位臉色紅撲撲的美國年輕人，他手裡拿著網球拍子。他匆匆看了一眼我手裡的護照，就衝進了美聯處，開門關門的砰砰聲，伴著他的大呼小叫，這個冷清的街角，一時竟熱鬧起來了。

我的心放下了，依舊站著不動。

那武警的臉急成了紫色，三九天，汗水從他的帽簷兩邊滴了下來。他吼叫著。

我不動，站在白線上，萬一他動手，我就跨進去，別的，什麼也不想了。

一會兒，恐怕只有一分鐘。美聯處的大門又開了，從臺階上跑下來兩個人。

剛才開門進去的年輕人手上的網球拍不見了，換了一本大書。一年後，在華盛頓，他告訴我，那是《美國領事法》。

他興奮地笑著，向我伸出手來。

「萬樂山。」

「你好。」我伸出手去。他的手有力地握住我的手。

「滕祖龍。」和那年輕人一起出來的那位身穿白毛衣的男人，用左手拿下了叼在嘴上的菸斗，把右手伸給我。

「你好。」我握住了那隻溫暖、有力的大手。

「我是美國領事，請你給我看看你的護照。」他笑著。

我把護照和出生證遞給他。

萬先生在一邊興奮地看著、指點著。

「不錯，這是一本美國護照。韓小姐也確實是在美國出生的。」滕先生把證件還給我，轉身對著那大汗淋漓的武警說：「我們要請這位小姐進去談談。」

「我得請示領導。」那武警說，走進他的崗亭，撥響了電話。

「好。我們陪韓小姐在這裡等。」

滕先生臉上的笑容消失了，他把菸斗放進嘴裡，兩手插進褲袋，站得舒服一些，大有不達目的、決不罷休的神態。

萬先生笑著，問我現在在哪兒工作，從那兒到這兒遠不遠，等等。

北風中，只穿一件毛衣的滕先生神態自若地站在那兒。熱情的萬先生雙手捧著那本大書，和我有一句沒一句地聊著。那武警已經掛上了電話，滿臉晦氣地站在崗亭前。

五分鐘過去了，一個騎自行車的警察來到了美聯處。他想必就是用電話叫來的「領導」了。

車沒停穩，滕先生已經迎上去：「過年好啊！」那騎車人慌著點頭：「好。好。」

他下了車，先走進崗亭，和那武警低語了一番，然後走到我們面前，問我：

「你的證件呢？」一臉笑，和藹可親。

我遞給他。

「這照片上是個小孩子。」他皺起眉頭。

「輪廓還是一樣的，而且名字也一樣。」滕先生指出。

「工作證。」那人說。

我遞給他。

「你看，名字、輪廓一點兒改變也沒有。」滕先生極為高興。

這個時候，我們都注意到在附近的領、使館門前、左右，出現了一些外國人，他們饒有興致地觀望著美聯處門口出現的「非常事件」。

那人把證件還給我，沉吟了一下，看了看周圍，開始「背書」：

「按照『上海公報』的原則，我們不禁止美國人進入美聯處。」

「我們都承認她是美國人。」兩位先生異口同聲。

「請。」那人說，伸出左手。

我向白線內走去。

跨進白線，滕先生站住了，半面對我，半面對那人，一字一句地說：「韓小姐，是中國政府請你進入美聯處的。」他的臉上洋溢著歡快的笑。

我點頭同意。

萬先生一步三跳上了臺階，開了門。

「請。」滕先生在我身後說。

一步邁進去，熱浪撲來，腳下失去了聲音。站在厚厚的地毯上，我不知向哪裡邁步。

一個拐彎，又一道門打開了。

「這是我的辦公室，請進。」是滕先生的聲音。

「請坐。」

我坐在一張皮圈椅上，滕先生向辦公桌後走去。眼前，只剩下了那面星條旗。他站在窗前，緊靠辦公桌，領事將在星條旗下接受我的申訴。

看著那面靜靜的旗，一種孤兒見到久違的親人般的熱浪從心底裡重重地翻上來，淚水順著兩頰止不住地滾下來。

淚眼模糊中，看到滕先生的眼睛也紅了。

門開了，萬先生手裡拿著一大堆吃的東西走進來。

「喝杯可樂，吃塊餅乾，在大風裡站了二十分鐘，你一定又冷又餓了。」他熱情地招呼著。

他一下子坐在了滕先生辦公桌上，「事情慢慢辦，先吃一點，喝一點。」

他的快樂沖走了我的淚水，我笑了。一手端起杯子，一手拿起餅乾，「又吃又喝」了。

「你有沒有用過別國護照？」滕先生問我。

「沒有。」

「你有沒有申請過別國國籍？」

「沒有。」

他大手一揮：「我們已經贏了！」他舒舒服服地坐進他的大椅子，拿起菸斗，笑著：「別急，慢慢吃。然後我們來辦你回國的手續。」

「這簡直太精采了。」你說。

「我常說，我的運氣實在太好了，那天是總統誕辰，是個假日，可是萬先生、滕先生他們都在。更可貴的是萬先生是一位不屈不撓的人，滕祖龍領事也是在原則上一分不讓的硬漢。」

「可是，這一切都是你自己爭取來的。」

「滕先生也這樣說，但我依然深深感激他們，感激一九七七年初在美聯處工作的美國外交官們，蓋茨主任，丁大衛副主任。」

「你見到蓋茨先生了？」

「我見到了他的背影，他的腿不方便，但他還是下樓來，問了問情況。」

「丁先生對中國的情況是非常熟悉的。」

「丁先生用一流的中文告訴我，最大的困難是回美聯處領取新的護照。『那將非常艱難，可是你一定要想辦法回來，想辦法跟我們聯絡。』丁先生的話讓我冷靜下來，面對吉凶難卜的現實。」

是的，那個時候，拿著丁先生給我的五個聯絡電話，我知道，外事科不會放過我，艱難的日子還在前面。

「你不會有那種經驗的。」窗外是風雪彌漫的曼哈頓上城東區。我喝著滾燙的茶，對著窗外的風雪。

你放下手中的報紙，走過來在長沙發上坐下。「什麼經驗？」

「一把刀高懸在頭上，你知道它遲早會落下來，但不知到底是什麼時候。等著挨刀的滋味，不是人人都嚐過的。」

你無言。

我曾經多麼希望馬上就看到外事科人員暴怒的臉。但是沒有，日子一天天地挪過去。十天、十五天、二十天過去了。距離三月二十一日這個回美聯處取新護照的日子越來越近，外事科仍然一點動靜也沒有。廠子裡也是一切照舊，每天上班幹活，沒有絲毫異樣，心裡反倒忐忑起來。

三月十七號。這天也和平常一樣，我坐在機器前邊，一絲不苟地幹著分派給我的活

大牆內外（上）

兒，一直幹到下班鈴聲響。

一個在工會工作的女幹部走進車間，一直來到我的機器旁。

「黎書記要你去一趟。」她彎下腰，悄聲說。

我點點頭，她快步走了出去。

照老規矩，把機器打掃乾淨，套上罩子，用小掃帚掃淨渾身上下的線毛兒，把活兒交上去，自忖可以不露痕跡地對付目前的事兒了，這才跟師傅們道了「明兒見。」拎起帆布書包，往廠長辦公室走去。

在窗外，就看到裡面坐滿了人，多數是藍制服，一晃，是一點紅。心一下子跳到喉嚨口，好容易穩住自己，走了進去。

黎書記和廠子裡的負責人坐在屋角，占據著黎書記辦公桌的是三個警察，一個居中，兩個打橫。

我一走進去，裡面正在交頭接耳的人們馬上正襟危坐，頓時，屋子裡鴉雀無聲。

「你坐下。」那個居中坐在辦公桌後面的警察點點桌前的一把空椅子。

看我坐了下來，他看一眼他右手邊的那個警察，那人馬上攤開紙筆，準備記錄。這一切讓我狂跳的心頓時恢復了正常的節奏。我穩穩地坐好，暗中調勻氣息，預備接受挑戰；決不讓他們抓住一個字的把柄。

「我們來的目的，你應該清楚。」那居中而坐的警察提高了聲音，兩眼盯著我。

「我們來，是為了警告你，你犯了私闖美聯處的錯誤。」他沉著聲音，加重語氣。

「第一，我沒有『私闖』美聯處。我先去了外事科，你們說，不但中國政府不承認我的證件，美國政府也不承認。所以，我才去問問。結果，你們撒謊；美國政府承認我是美國公民，一個公民得到所在國武裝警察的同意進入自己國家的駐外機構，怎麼能算『私闖』，又談得上什麼『錯誤』？」我心平氣和。

「誰允許你進入美聯處了？」左邊打橫的警察問。

「美聯處門口的武警打電話叫來了他的領導，那領導看了我的證件以後，『請』我進去的。」我坦然地把重音放在「請」字上。

「你不用狡辯！」那坐在辦公桌後面的警察動怒了，鐵青著臉大聲吼：「在這兒，沒有人當你是外國人，你有北京戶口，你在北京市的廠子裡上班……」

「一九六四年，我考大學的時候，招生委員會連考卷都不看，說是『此生不宜錄取。』」

「那是你的家庭有問題。」他們相視一笑。

「可是校方告訴我，因為我有雙重國籍，而且美國是中國的頭號敵人，所以我沒有可能上大學。」

「瞎說，誰告訴你的？」右邊那個警察也急了。

「我高三時候的班主任。」

「她胡說。」

「沒有上面的指示，她怎麼敢胡說！」我接下去：「而且，現在，就是你們自己也沒拿我當中國人。」

「我們？」那坐在辦公桌後的一位居然問。

「就是。試問，一位中國公民如果像我這樣走進了美聯處，你們還會和他坐在這兒談話嗎？早就把他送進大牆裡邊兒去了，那叫作『叛國罪』，而不是什麼『私闖』美聯處的『錯誤』。」

我一口氣說完，他們竟呆在了原地，不知怎樣接下去好了。

眼睛餘光掃過，黎書記嘴角上竟閃過一絲微笑，我決定乘勝追擊。

「如果，一位僑居美國多年的中國人，有朝一日，因為葉落歸根的觀念，或者僅僅是思鄉，他要回國了。那個時候，美國政府怎麼說？難道也像這樣如臨大敵？」我把手一揮，把三個警察圈了進去。

「你不用要小聰明，你不要把問題弄得更嚴重，真到了觸犯刑律的份兒上，就不好辦了。」坐在辦公桌後面的那位首先沉不住氣了。

一直坐在角落裡悶頭抽菸的黎書記，忽然抬起頭來，坐直了，發起言來：

「你們別爭好不好，讓我說兩句。」他把菸蒂丟進痰盂。

那幾個警察也把臉上的肌肉稍稍放鬆一點，看著黎書記。

「馬克思、恩格思早就教導我們：『全世界無產者聯合起來』。她在中國是個工人，」他手指著我，「到了美國，兩手空空的，大概也成不了資本家，還得當工人。也就是說，她在這兒是無產者，在美國不會就變成有產階級了。既然全世界的無產者都應該聯合起來，你們何必還為國籍問題爭個沒完呢？」

說完，他笑笑。

我看著他一臉的真誠，實在是打心眼兒裡感激他。他把眼看要上升為「敵我矛盾」的問題拉了回來，而且加上了「國際主義」的色彩。我轉過頭來，想瞧瞧那三個警察的反應。

誰知道，他們竟沉默了，個個臉上罩著陰雲。那個負責記錄的把紙筆也收了起來。

坐在辦公桌後面的那位首先站了起來：

「我們代表市公安局向你宣布兩條紀律：第一，不許去美聯處，不許以任何方式跟美聯處官員聯絡。第二，如果你在街上碰到他們，不許以任何方式和他們接觸。」

「否則，一切後果由你自己負責。」他大聲喊。

然後，他左右的兩個警察也站起來，很響地搬開椅子。他們三個頭也不回地向外走去，沒有向黎書記打一聲招呼。

我知道，我給這位書記帶來了麻煩。看看他身邊那兩位廠子負責人，覺得最好還是什麼都不說。只道了「再見」，就離開了他的辦公室。

那是我最後一次看見他。第二天，聽說「區裡」為他辦了「學習班」，「幫助」他「提高認識」。「學習班」結束之後，又把他調到了別的單位。直到我離開中國，沒有再見著他。雖然到了美國不幾年，我成了有房、有車、有存款、有股票的小「有產者」，但我仍然感激這位黎書記，他盡力保護了他的工人，他也是我在中國遇見過的最開明的領導之一。

「警告」事件的第二天，廠子裡發生了很大的變化，我身邊的空氣在一夜之間凍結了。沒有人願意和我交談，為了生產上的事，不得不說話，也是粗聲大氣，三言兩語，說完就走。我也識相，埋頭幹活。

廠子門口，來了個公安警察，他每天比我早到，我下午離開的時候，他也離開，像個尾巴，送我到家。

推門進屋，外婆正坐在靠門的桌子前自酌自飲，桌上一個小酒盅，一碟花生米。

「回來啦？累了吧？」她笑咪咪的。

我拿起一粒花生米，丟到嘴裡，在外婆對面坐下來。

「今天，來了兩個公安局的，他們說你上美聯處了。」外婆深深瞧我一眼。

我沒言語，聽她說。

「他們是來查背景的，問是誰給你出了這樣的主意。」

我笑了，問外婆：「您怎麼說？」

「你媽先推了個一乾二淨，說她什麼都沒聽說，說你三十了，萬事都該自己負責。」

「她說得對，她是不知道。」我笑得更歡了。

「你確實沒和什麼人商量吧？」外婆緊緊盯我一眼。

「沒有。」

「那就好，他們讓她寫個單子，你的什麼要好的同學啦，同事的，一個也跑不脫，這不，她出去找清靜地方寫去了。」外婆朝門外點點頭。

「問誰都沒關係，誰都不知道。」我還是笑著。

「那就對了，別給人添累。」老太太舒心地啜了一口，開始說故事了。

「她走了，一個警察又和我聊了半天。轉著圈兒地問，這孩子在哪兒工作都是老老實實、勤勤懇懇的，怎麼忽然辦出這麼件事兒來！總不會背後沒人吶？」

「您說什麼？」我嚼著香噴噴的花生米問她。

「我告訴他，如果有人指使她走，那人就是我。」

我停止咀嚼，瞧著這位聰明透頂的老太太。

「你別急，聽我說呀。我告訴那警察：『您也說她是個好孩子，在哪兒也是勤勤懇懇、老老實實的。可她的前途在哪兒呢？想上學、不讓上，想工作不讓好好工作，非得去充軍──不是充軍是什麼？她去的地方比林則徐充軍的地方還遠三千里呢──回了北京，三十歲的人了去當學徒工，不用幾年，還不把眼睛熬瞎了，腰累斷了。識文斷字的孩子！這個地方自來就不是她的土，換了您，如果您是她家老人，您不主張她走嗎？』」

「那他怎麼回答您吶？」

「他還能說什麼，笑笑罷了。」外婆笑咪咪的。

「後來呢？」

「後來，他說美聯處裡盡是特務，那個姓滕的領事更是CIA的情報人員。說你和他打交道，太危險。」

這回，我樂出聲兒來了，外婆也直樂。

「我就告訴他，四九年以前，我在社會部做事，因為丈夫去世了，所以無冬無夏，一身黑衣黑褲。那時候，就有人說我是CC。四九年以後，『肅反』當中，有人去報告，說我是漏網的CC。我問他：『你看我像嗎？』」

「這回，他說什麼？」我笑不可抑。

「他什麼也沒說，站起來走路。臨走要我告訴你，別再去美聯處，要再去，就得進去了。到了那個時候，可就沒有法子想了。」

說到這裡，老人拉住我的手，「孩子，該做什麼，就做什麼。別惦記我。我活了八十歲，實在夠了，你的路還長著呢……」

那兩天，「警告」連連，外婆想方設法讓我吃好一點。我也挺爭氣，吃得下，睡得著，決心跟他們來個「馬拉松」大賽。身體是本錢，吃飽、睡足才有可能拚智力、拚體力。

三月二十一號，到了我該回美聯處的日子，清早一出門，朝露裡三步一哨、五步一崗。我好奇心大發，出了胡同口，往南走去，到了東單，發現往建國門方向的警察數量更大，其中不少是女的。

後來，滕先生告訴我，那天美聯處附近的警察多得不得了，「我們簡直像在蜂窩裡一樣。」他這樣形容，而且他和他的同事們相信，我不會自投羅網。

那天，我乖乖地在車間蹲了一天，連中飯都沒出去吃，自己帶了飯盒。

到了下班時間，那個站在門口的警察竟熟門熟路地走了進來，一直來到我的位子上，「到廠長辦公室去一趟。」他的話簡短、明白。

我站起來就走，我不願意看見車間裡的人們像看瘋瘋病人一樣的目光。

廠長辦公室裡只有一位女工會幹部是我們廠的，其餘全是公安局人員，少說也有六、七個。

我坐下了，看著那些不懷好意的「笑」臉。

「你不錯。遵守我們的紀律，今天沒有去美聯處，我們希望你今後也不去，永遠不去。」一個警察從廠長辦公桌後面盯著我，一字一頓地說。

「這是紙和筆，你寫一份保證書，保證今後不和美聯處發生任何關係。」旁邊一個人推過來一疊紙和一枝筆。

血往臉上湧著，我覺得憋屈，覺得無法呼吸，真想狂叫一聲。

但我沒有，我沒有出聲的權力。

鋪開紙，刷刷地寫起來。他們或坐或站，在屋裡待著，等著我寫完。

很快，兩張紙寫滿了字。我抬起頭來，「信封。」

「不必了，我們負責轉交外事科領導。」那個坐在辦公桌後面的人說。

「信封。」我重複。

那個給我紙、筆的人遞過來一個白信封。

我看著他：「再給我一個。」

他默默地又遞過來一個。

這時候，我才在寫滿字的兩頁紙上寫抬頭。

那六、七個人都站了起來。

我坐在那兒，看不見他們的表情，也不想看，只是把寫好的紙分別裝進兩個信封。

一個上面寫：「煩交中共中央主席華國鋒先生」。

另一個上面寫：「煩交外交部長黃華先生」。

兩封信，我都沒有封口，寫完了，我把它們放在辦公桌上，對那站在對面的藍制服說：「麻煩你們轉一轉。」

說完，我就轉身向外走去，離開了那無聲的房間。

那個時候，已經過了晚上八點，廠子對面的小飯鋪已經開始上板。我只覺得虛脫，覺得渾身的骨節在鬆開來，不吃點什麼，我沒有力氣走完那十五分鐘的路。一句話，不坐下來吃點什麼，我是回不了家啦。

我從那正在往門上掛板子的小徒工身邊擠了進去。

站在空無一人的店堂裡：「你們下班了。」我無力地說。

「坐下，坐下，吃碗熱湯麵再說。」眼前晃動起每天見到的那位大師傅油乞麻花的圍裙，耳邊響著他低低的聲音。

「他們走了，你踏踏實實地吃了再說。」面前頂尖的一碗麵。頂上切得極細的黃瓜絲青茸茸的。我用筷子攪攪，下面翻上來一個蛋。

幾口熱麵下去，心裡實在了許多，回想著那一式兩份的兩封信，字字句句咀嚼著。我自覺沒有什麼遺漏。我寫了事情的來龍去脈，寫了公安局外事科的欺詐，也寫了他們對我家人、朋友、同事的追逼、威脅和利誘。要求的只是回國的自由，也是第一次無聲地喊出了「愛國無罪」這四個字。

那幾個外事科的，不敢不轉這兩封信，他們也必得等新的指示。

急迫中，我用這兩封信，拒絕了寫「保證」。

那麼下一步呢？我一定要搶在他們前頭。

腦子裡翻上來的，是那五個早已爛熟於胸的電話號碼。從明天起，我要開始試一試。

主意打定，頓時輕鬆下來。吃完了麵，把碗送到櫃檯上，把麵票、錢交給老師傅。

老師傅低聲問：「天安門？」

我搖搖頭。

「挺過這一陣兒就好了。」他又說。

我點點頭。

真想問他：「您貴姓？」話到口邊又縮了回去，只說：「謝謝您，師傅。」

「甭客氣，天黑了，走好。」

「噯，明兒見。」

「明兒見。」

走在黑漆漆的路上，路燈把人影拉得又細又長，我走著，深一腳、淺一腳。計畫得不錯，行動起來卻讓我出了一身又一身的汗。

敢情北京公用電話多半都撥不通使館區的電話，號碼撥完，裡面一片嗡嗡聲。換了一處又一處，走了一家又一家。打不通，到處都打不通。

想到幾個家裡有電話的人，又一一否決了，這個時候連累了誰也不是好事。一個禮拜之中，借著上醫院看病，上藥房買藥，上雜貨店買東西，種種因由，試撥不知多少電話，那一片熟悉的嗡嗡聲讓我的心直沉下去。

難道真的就這麼完了嗎？

外婆要我去買一隻扒雞，到了西單，在長長的買雞的行列中站了半個鐘頭，一眼瞥見路邊一個小飯鋪的小窗口上，放著一部老式的電話機，掛在一塊灰不灰、黃不黃的木板上，聽筒歪歪地掛在旁邊呢。我跟排在我前面的大嫂說了聲兒：「勞駕，我排您後邊兒，去打個電話。」

她笑著應了，「去吧，去吧，家裡人等這雞大概等得著急了。」

我回道：「可不是嗎？」

抓起那個黑不溜秋，缺了一點兒的聽筒，我撥了滕先生的電話。一個停頓，鈴……，那邊響了！

「喂，您找誰呀？」那邊是一位有南方口音的。

「請滕先生聽電話。」我盡可能簡短。

「我，滕祖龍。」很快，電話機那邊傳來滕先生的聲音。

「我明天上午去您辦公室。」我說。

「好，再見。」他肯定地回答。

我掛上電話。

「四分！」小窗口內有人喊。

我放下錢，走回隊伍裡。

「瞧，您電話都打完了，咱們還在老地方呢！」那大嫂跟我說。

「可不，這隊動得可夠慢的。」

緊閉了幾天的嘴，忽然想跟人聊聊了，於是我和那大嫂有一搭沒一搭地閒扯起來。

「那天滕先生說，他到現在都不明白，那個在他辦公室工作的『翻譯』，怎麼會問都不問就把聽筒遞給了他。」

「可能，匆忙之中放鬆了警惕性。」我說：「也許，我的聲音太大，太清楚，滕先生就在旁邊，那個翻譯想也許滕先生已經聽到電話是找他的，來不及問什麼就趕快遞了過去。」

「這種可能性比較合理。」你說：「總之，他這一遞，就把你遞到了大牆裡邊兒。」

「不是裡邊兒，僅僅是邊緣而已。」我哈哈大笑。

大牆內外（下）

「三月三十號那天，一清早，我們就坐在閉路電視前面，只要你一接近美聯處，我們就準備接應你。」滕先生坐在寬大的沙發裡，含著他的菸斗，若有所思地說。

「本來，我們準備見到一位長髮披肩的小姐，誰知你出現的時候，梳兩條小辮子，穿一件藍上衣。」他笑著。

那天，我跑了一趟密雲。天不亮，我已經搭火車到了密雲水庫，從那裡搭一班長途公共汽車。這趟車從密雲發車，直達建國門外日壇醫院，中途不停。從日壇醫院往南走，第一個外國駐京機構就是美聯處，慢慢蹓躂也只需要七分鐘。

公共汽車披著一身黃土準時地把一大堆看病的、探病的卸在日壇醫院門口。我隨著人流下車，又隨著人流走進擠滿了人的候診室。坐了二十來分鐘，又隨著看完病的十來個男男女女走出了日壇醫院。

我跟他們一起一步三晃地走到了日壇公園的西南角，他們繼續往前，我卻向右，加快步伐，大步走到美聯處門前。

武警看到我，還沒容他開口，西裝畢挺的滕先生手裡揚著一本護照已然大步迎了出來。

「她來取她的護照。」滕先生對那武警說。

那武警不置可否地一擺手，我走了進去。

「快簽字，簽了字，這本護照才真正生效。」滕先生指點著。

「剛才，我把手指按在你還沒有簽字的地方。可惜，那位武警沒有注意。」滕先生一臉調皮的笑，為我如此輕易又「闖」進美聯處，有點兒覺得不夠緊張、刺激，不大過癮。

「現在，你是一位持有有效護照的美國公民，我們會全力以赴幫你早日回國。」滕先生把護照遞給我。

這是一本嶄新的，深藍色的護照，握在手裡，比三十年前的那本輕一點也小一點。

「我希望在我任內，可以看到你順利回國。」他憂心忡忡的聲音讓我吃了一驚。

正如滕先生所擔心的，他和他的同事們沒能在他離開之前擊敗他們的對手。他不得不把這件事交給他的後任譚慎格先生。最終，我是在譚先生任內離開的。這是後話。

當時，滕先生只是囑咐我：「千萬小心，一切都靠你自己了。當然，你可以放心，我們會繼續為你申訴，直到你回國。」

「這些證件，也許，他們會拿去。」我有點不祥的預感，就說了出來。

「不要緊，他們拿去的東西，還得還給你，只是時間的問題。」滕先生告訴我。

「時間！」我眼前晃過那韓國老人的身影，心裡不禁一抖。「我沒有的就是時間。」我苦笑了。

短短半個鐘頭。我離開了美聯處，坐一路公共汽車回到了廠子裡，照樣跟班幹活，不言也不語。

整個晚上，心神不定。過了半夜，家裡人都睡熟了，風啪啪地拍打著窗戶，我睡不著。睜著兩眼看天花板。窗外的樹映在天花板上，枝條紛亂，搖搖晃晃，攪得心裡越發不安。我摸摸枕頭下面的護照，心裡別別地跳著，等著什麼。

忽然，外面響起悉悉索索的聲音。很快到了窗外，然後，房頂上出現了腳步聲。我把手邊的證件檢視一番，抽出一張出生證放進內衣裡，其他一切都在枕下放好。坐起身來穿好上衣，長褲，正低頭找鞋，傳來了敲門聲。

打開門，外面站著不知多少警察，街道革委會的幹部，這個大院兒的治保人員，也擠在他們中間。

一男一女兩個警察先走了進來。

那男的，挺面熟，他就是我第一次去外事科的時候，喝斥那韓國男孩的青年警察。今天，他戴了大檐帽，更加威風凜凜。

「……根據中華人民共和國刑法第××條，你被逮捕了。跟我們走吧。」他抽出一張紙，簡簡短短地念了這麼幾句就停住了。我披上大衣，向門外走去。

出了門，聽到身後發出的「搜查」的命令。

大門外，一輛灰色「上海」小汽車停在那裡。那個女警察打開車門，我坐了進去。

車窗被白色窗簾擋住，只時不時有路燈投下的昏黃的光柱掃進車內。

車子左彎右繞，我早已不知方向，平心靜氣坐待下一幕。

車子終於停下來，那是在走了二十多分鐘之後。

我下了車，向開著的大門走去，大門左近有個牌子，幾乎完全隱在黑暗中，看不出名堂。

邁進大門，身後「砰」的一聲大響使我止了步，回頭一看，大門已然上鎖，高牆，電網，一閃一閃的紅色鬼燈。這才心裡怦地一驚：「這是『進來』了！」

這，是在大牆裡面了！

一盞雪亮的燈懸在一個白底黑字的木頭牌子上。

「第二審訊室」。

「審訊」兩個字把壓在心頭的火氣釋放了出來。暗暗告誡自己：決不允許他們把自己放在被告的位置上，決不。

心裡實在了，腳下也穩當得多。

一跨進門，看到地當中無依無靠的一個木頭方凳，心裡就打定了主意。

「坐下。」一個警察指著那方凳對我說。

我馬上走過去，把那方凳推到牆邊，然後靠牆坐下。

「你幹什麼？」還是那個警察，一聲暴喝。

「我有腰疾，從來不坐凳子。」我坦然回答。

「好了，你就坐在那兒吧。」辦公桌後面一個聲音說。

坐定了，我抬起頭來，向整個「審訊室」看去。

這個屋子差不多是正方形的，四壁空空，陳設簡單。我們進來的那扇門在我右手邊那面牆的中間。門對面的那面牆下放著一張木板床，上面的床單枕套都是淺灰色的。也就是說，這個屋子也可以是一個臨時的囚室。想到這兒，不由得多看一眼。

我背後的牆是實在的，靠在上面比較放心，最少可以預防來自背後的襲擊。抬頭，對面牆上「坦白從寬，抗拒從嚴」八個黑色大字直壓向頭頂。

低下頭來，正前方，一張大辦公桌，辦公桌後面的中年人只穿白襯衫，外面披一件藍上衣，很有長官派頭的樣子，坐在那兒喝茶。辦公桌兩側，一男一女兩個警察。那女的，我在家裡、在車上都見過了。

照例的姓名，年齡，民族，宗教信仰，家庭出身，本人成分，工作，工作單位地址，電話。一問一答。

「我們並不願意對你採取行動。可是你實在太過分了，一而再、再而三地違反我們的紀律。」那中年人放下茶杯。

「首先，沒有什麼再而三；第二，你們的『紀律』也是有限的，不適用於所有的人。」我一個字也不讓。

「你很聰明。」那人靜了一下，大概發現信口說下去不是上策，開始採取穩健的態度，字斟句酌地接了下去：

「你向黃華外長，華國鋒主席申訴你的問題，得到回答了嗎？」

「還沒有。」

「沒有回答，你怎麼又跑美聯處了呢？」他聲音大起來了。

「如果他們永遠不回答，我就永遠不回國了嗎？」

「你怎麼知道他們不回答！」

「文革以後，你們政府各部門擠滿了上訪人員，十年來，人命如草芥，冤、假、錯案堆積如山。你們辦那些案子還不知得辦到何年何月呢？」

「那是國內的情形，你的問題有所不同。」

「所以，我的問題不屬於國內問題的範疇。」我忍不住想笑了。

忽然，一大片藍色當頭罩下，定睛一看，原來是那個年輕警察。大概「搜查」已畢，不知何時，他已經悄悄進來。現在，他一個箭步從門邊直竄過來，高高挽起了袖子。

「你他媽的少耍花槍，你怎麼會活著回來了！」他一肚子怒氣，口不擇言。

是的，我活著回來了，沒死在戈壁灘上，這就是問題的癥結所在，我的存在對他們而言，就是麻煩。他的一句惡言惡語，點醒了我，也點燃了那壓抑多年的豪氣。

他說的對，這裡不是耍花槍的地方，這裡是有你沒我的戰場。

我一下子跳起來，指著他的鼻子：

「你的嘴放乾淨一點兒！我警告你，今天，你要是敢動我一個指頭，我就告訴全世界，中國大陸比蘇聯更沒有人權！」

聽到辦公桌後面的人喝斥了一句什麼，那年輕警察推開門走了。從那以後，我沒再看見他。

整個屋子裡冷了下來，那領導模樣的人大概也意識到今天晚上是完了。那女警察和他在我的注視下都別過臉去，他們大概從我的眼睛裡只看到輕蔑和仇恨了。

僵住了。

「你得寫檢查。」那中年人打破沉默亮出了底牌。

「不，我不寫，我的行為光明正大。而且，我沒有寫檢查的習慣。」

「這，我們清楚。」他竟苦笑了一下。「可是，這次，你的行為驚動了太多的人，檢查一定得寫。你可以住在這兒，慢慢兒寫。」他瞥了一眼那張灰色的床，站起身來。

我也站起來，向門邊移動：「你們想扣留我？扣留一個美國公民？因為她去了自己國家駐中國的機構？你們不怕這個笑話鬧得太大了嗎？」

我站在他和門之前，不動粗，他是出不去的，可他不敢動粗。我站著，等著。

他厭煩地把記事簿啪地一聲扔在桌上：「好吧，檢查你回去寫，交到外事科以後再去上班。」

他轉過身去，用後背掩飾他失敗的窘迫。

我也轉過身，向門外走去，電網上的紅燈在我身後閃亮。

還是那垂著窗簾的小汽車，還是那女警察，還是二十多分鐘東彎西繞的路，我到了家。

外婆應了門。「沒事吧？」她先放我進去，然後問那女警察。

「沒事。天不早了，您休息吧。」是那女警察的聲音。

我抬頭看鐘，四點半。前後三個鐘頭。

母親披衣坐在床邊，臉色鐵青。

「你做的好事！家裡翻得亂七八糟。」

「你的家又不是沒翻過，掘地三尺的經驗都有過八次。」我不再忍讓。

「那不一樣。那是『四人幫』時期。現在，『四人幫』已經垮臺了。」

「六六年，有什麼『四人幫』！」

「反正我倒楣，還得向組織上寫檢查！」

「寫什麼檢查！他們要你寫了？」

「他們沒說什麼，我還不得自覺點兒？」她竟聲淚俱下了。

「你寫了三十年檢查，那是你的事，可是如果是為我，你一個字兒也不用寫。一人做事一人當。我早告訴他們，你們是局外人，不知情。其實，如果他們給了我房子，我住在自己的地方兒，你也就不必接受這再翻一次的經驗了。」

她楞著，似乎沒想到一夜之間我竟變得伶牙俐齒起來。

「其實也沒翻什麼，開了兩個抽屜，沒見東西，掀開你枕頭，什麼都在那兒，拿上就走了。他們也不找別的。」外婆淡淡一句。

「都拿走了嗎？」

「都拿走了。」

那就是新舊兩本護照，兩張出生證，滕先生的名片，上面有他的兩個電話號碼。

「現在，你打算怎麼辦？」母親試試探探地問。

「睡覺。」我說。

我瞥見了閃過外婆臉上的微笑。我朝她擠擠眼睛。

「無論怎麼說，兩國沒有正式邦交，你辦得太早了。」母親在我背後繼續嘮叨。

拉開被子，我臉朝牆睡下了。

一片漆黑中，「你怎麼會活著回來！」那藍色的影子和那恨恨的聲音又出現了。

「檢查」？笑話。寫是要寫的，就從這句問話開始，我得好好地罵罵他們。

四月二號，我又到了外事科，放在桌上一個厚厚的信封，那信封裡的紙，摸著都燙人。

我告訴他們，我沒有錯。

他們的人希望我死在新疆，死得連骨頭渣子都不剩，那才稱他們的心，不會給他們「找麻煩」。我活著回來了，雖然一身病，可還活著。這就是我的「錯誤」！為了這樣的「錯誤」，我還得寫「檢查」！這是什麼世道！

最後，我勸他們不要把我對這塊土地最後的那一點感情也打得粉碎。

一個警察把我寫的東西拿了進去，要我「等著」。

四十分鐘以後，一位沒見過的「小刷子」走出來，要我到另外一間屋子去等。垂著窗紗的奶油色窗外有一個用中英文書寫的牌子，中文是「會客室」，英文是「Reception Room」。

這個房間比旁邊的「問事處」要「高級」的多了。屋子中間，一張大桌子，漆成奶黃色，明光澄亮，桌子旁邊的椅子上套著白色細帆布套子，邊角處露出裡面的紅絲絨。四月初了，屋裡還有暖氣。陽光從落地紗窗直洩進來。

桌子後面坐著另外三個人，都是陌生面孔，年齡都比我大，總有四十出頭了。我這麼想。

「坐，坐。我們談談。」中間一個，指指桌旁的椅子。

我在他們對面坐下。

「你寫的，我們看了，也研究過了。你對我們的國家還是很有感情的。十年浩劫，你和大家一樣吃了不少的苦。」他眼圈竟是紅紅的了。

我保持沉默。

「說實在的，我們真不願意你出問題，我們擔心啊。」竟「苦口婆心」起來。

我警惕著。

「你知道滕祖龍是什麼人？」他十分知己的樣子，殷殷地從桌子上面探過身來。

「他是美國領事。」我平靜地回答。

「他是美國中央情報局的特務啊，高級特務。」他兩隻肉乎乎的大手向桌上輕輕一拍，好像惋惜我已經掉進那「特務」設下的陷阱裡似的。

看著那雙肯定沒摸過鋤頭的手，我直噁心，掉開頭去。

「你到他辦公室去了兩次，都幹了些什麼事？」

原來如此！

「辦回國手續。」

「不是那麼簡單的一句話。」他說，「他給了你什麼表格？有沒有中文的？都是什麼內容？他有沒有強迫你在什麼文件上簽字？」

「有表格，都是關於身在國外的美國公民請求美國政府幫助回國所需要的具體手續，不外是姓名，性別，年齡，出生地，簡歷而已。我當然簽了字，因為是我自己要回國的，我應該對自己的行為負責。」

「美聯處有沒有給你財務支持？」他差不多站了起來，兩眼瞪得溜圓。

「還沒有，但是美國政府將給我提供財政支援，幫助我回國。這是依照美國法律行事，並不是因為我這個個案才有的例外。」

「那你抽屜裡的三百塊錢是哪兒來的？」一個警察忽然插了進來。

「你給滕祖龍提供了什麼，他給你這麼多錢？」另一個警察也逼了過來。

「那三百元是我離開新疆的退職費。而且，美國是個富有的大國，什麼情報那麼不值錢，才付三百塊人民幣！」我毫不客氣地反脣相譏。

對面那人向兩邊一擺手。

「那麼，你在滕祖龍辦公室出入了兩次，總不會看不見他的辦公桌上有什麼吧？越詳細越好。」

我靠在椅子裡，笑著回答：「你們在美聯處的『翻譯』呀，『清潔工』啊，多得很。這個問題，你該去問他們。」

然後，我坐直一點：「而且，滕先生並沒問過我，『你去外事科若干次，他們那兒有什麼？』這種問題是你們問出來的。還好意思說這個是特務、那個是特務。你才是特務！」

我按捺不住了。

那三個人你看我、我看你，竟說不出什麼了。我推開椅子走了出去。

無論怎麼樣，我「完成」了「交檢查」的任務，可以回廠子幹活兒了。

「那個時候，我是每個禮拜準時去挨罵。」滕先生說，窗外是華盛頓的春天，一片姹紫嫣紅。「我去外交部問他們：『那個女孩子的事情，你們研究得怎麼樣了？什麼時候放她走啊？』他們就對我拍桌子：『滕祖龍！你怎麼可以給一個中國人發一個美國護照！』簡直是暴跳如雷！」「成語大王」並沒有丟掉任何一個可以用成語的機會！

他繼續告訴我們：

「我對他們說：『對不起，我只給美國人發美國護照。比如說你吧，如果你去我的辦公室，我一定不給你一本美國護照，無論如何不給。』……」

大家笑了，只是苦笑，在座的人都在中國大陸工作過，都知道那是一種什麼滋味。

「我每天問祖龍，那位小姐怎麼樣了，你們千萬得去追啊，不追不問，她就完了，連骨頭都剩不下。」是滕夫人姜女士熱情的聲音。

「我們一定得追，一定得問。在美聯處兩年，我就辦了這樣一件正經工作，發了一本美國護照。我多希望你能早一天回國啊。」

他的聲音裡充滿了遺憾：

「可惜，我最終沒辦成。談判一直持續到我離開北京的最後一天。」

「但無論怎樣，我還是回來了，我們還是在美國見面了！」我打起精神。

「可是，那是在你去美聯處一年以後。」滕先生說。

「一年可不長！」我眼前浮起那韓國老人的背影，不禁黯然。

返航

有人說：「一九五六年華沙談判中，中國方面再三強調，『沒有一個美國人非自願地留在中國大陸。』因此，我的問題的出現是一件丟面子的事。」

有人說：「一九七七年夏，范錫國務卿大陸之行，建交問題提上日程。美方談判的先決條件是，將被迫滯留大陸的美國公民送回國。於是，我的問題才得以『順利』解決。」

在我的印象裡，一九七七年的春天卻是特別冷的一個春天。嚴冬遲遲不肯離去，時不時尋找機會，施展它的餘威，而夏天，又遲遲不得露面。我自己，則是筋疲力竭，常覺得冷，心底一團冰，凍得人受不了。

從四月到七月的三個月裡，算是上了一次「速成」大學。一次又一次突如其來的「談話」可以算是「課程」，那些換了一批又一批，年齡越來越大，「馬列主義」水平越來越「高」的公安幹警也許可以算作「教員」。

只是，這是一所非常奇怪的大學。「教員」許許多多，想方設法，輪流「轟炸」，目的只有一個：開除那唯一的「學生」的「學籍」，把她送進一個他們希望她去的地方。

「學生」無法可想，只好孤軍奮戰，不分日夜地和「老師」們較量著，用她的生命爭取早日「畢業」，去一個她想去的地方。

在那些可怕的日子裡，我已經不太記得那些「教員」的面孔，他們都在藍色的面具後面，發出那些機械的聲音。

我只記得，只感激當時廠子裡的老少師傅們，他們沒給我「小鞋兒」穿，沒給我臉色看。不便說話就少說。少說不等於不說。說出來的話兒簡短卻熱得燙人，每每讓我在幾乎凍僵的時候有了幾分活氣。

過堂如「上課」。課程緊迫，一天比一天瘦。從鍋爐房往車間端飯盒。霧氣中，常聽見某位師傅囑咐：「瞧，瘦的！吃好著點兒！」

霧氣罩臉，睜著淚眼，說不出話來，只點點頭。

心中的焦慮，委屈一個字兒也不能寫在臉上，平靜如常。在廠，是為了不招人煩。在「家」，是為了不給那告密者寫報告添作料的機會。

從家到廠子，從廠子到家，這條路越走越長。只有在路上，在陌生人中間，我才不必掩飾心中的愁苦。寧可讓冷風吹透衣衫，也要讓自己有個鬆弛一下的機會。

越來越經常地，我會踱到美術館外面，在長椅上坐一會兒。

坐著坐著，寒風中，會聽到那陰惻惻的問話聲：

「你對社會主義究竟有什麼深仇大恨，為什麼一定要背棄她，為什麼一定要投入資本主義的懷抱？」

看著他們照本宣科地和我「辯論」連他們自己也未必真正相信的東西，從心底裡厭煩。

中國大陸的社會現實，即使用所謂的「馬列主義」來衡量，也不夠「社會主義」的標準。這樣一個只有人治，沒有法治，民不聊生的地方怎麼談得到「社會主義」？說它是封建主義倒還不是離譜太遠。而「棄」封建主義「投奔」資本主義，按他們「人類發展必然規律」的邏輯，是進步而非反動。

話裡有話，我早就「明戲」：什麼社會主義，資本主義之爭，這不過是個幌子。「棄社會主義而奔向資本主義」謂之「反動」。「思想反動」可勞教，可判刑勞改，也可以槍斃。坐實了「思想反動」這條罪名，要殺要關就得聽他們的了。我怎麼能上這個套！

「你誣蔑社會主義新中國民不聊生！」對方自以為找到了突破口，喜出望外。

看著對手愚不可及的樣子，連跟他們辯一辯的興趣都沒有了。

在許許多多我耳聞目睹的殘酷中，略略舉出幾件就夠了。

「你知道多少斤糧票換個十七、八歲的大姑娘嗎？」

「你在『五、七』幹校轟了兩天鴨子覺得吃了大苦，你知道一九七五年，河南洪泛區的農民吃什麼嗎？」

「你知道現在晉西北山區的農民穿什麼嗎？」

「你能想像南疆兵團農工住在地窩子裡是什麼滋味嗎？」

一連串的問題迫得對方啞口無言，一連串的問題極其表面地勾出了一幅人間地獄的輪廓。僅只是輪廓而已。

諸如此類的「談話」三天一趟，兩天一出。每次都「談」得傷肝動肺。雖然，回回是他們氣勢洶洶地開始，灰溜溜地敗下陣去。而我，卻一次一次打開記憶之門，被自己走過來的路驚得筋疲力竭。

沒有任何具體內容，沒有「走」或「不走」的具體辦法。只有這些「捍衛」和「反對」的空話。

一直到四月十四號，外交部寄來一紙通知，要我十五號下午兩點去外交部。

十五號上午，看看自己那幾條磨得發白的舊褲子，套在身上像麵口袋的襯衫，決定去王府井置辦「行頭」。人瘦了撐不起衣服來，買小一號的吧。對著鏡子，我實在不知該怎麼樣安慰自己。

按信上所指示的，我準時到達朝陽門外外交部老樓的一個房間裡。兩個「幹部」模樣的人指著早已攤放在桌上的一張紙要我看。

那是「黃華辦公室」對我的申訴所作的批覆：

一、母親是中國人，所以你是中國人。

二、如要去美國，有兩個辦法：

1.退出中國籍，加入美國籍。

2.辦理出國探親的手續。

這兩條路都是以我是中國公民為前提的，我無論怎麼做，都會被他們當作我具有中國籍的真憑實據還擊美聯處不屈不撓的努力。

唯一可行的，是提出要求：退出那個並不存在的「中國籍」。

四月十六號，我送去一紙申請。要求退出那個強加於我的莫須有的國籍，恢復我與生俱來的國籍。

以後的日子，仍然在一次次被叫去「談話」中度過。其中的誘騙、陷阱、欺詐、威脅，關於「主義」的「討論」一如以前，並沒有什麼戲劇性的變化出現。只有一次，他們告訴我「華國鋒辦公室」對我的申訴的批覆。只有一句話：

此信很好，按政策辦。

聽到這個「批覆」，我忍不住笑出了聲：把公安局罵得一塌糊塗，是寫得「很好」！政策，政策是什麼東西？一會兒長，一會兒短，哪兒有準？「按政策辦」，豈不是十足的空話、瞎話嗎？

一笑揭過，不再提起。

一天又一天，我對這一切產生了深深的厭倦，只是順著慣性，繼續朝前走著，或者說，繼續原地踏步。

五月二十五日，從大院兒門口的傳達室，一下子收到兩封來信。

一封是滕祖龍先生五月十九日簽字寄出的信。

另一封是一位B先生五月十一日寄自美國波士頓的信。

滕先生在信中寫道：

前幾天，我和外交部領事司的官員談了一下你的情況。外交部聲稱中國政府認為你是中國公民。美國聯絡處清楚地知道，對於中國政府認為是中國公民的在華居民來說，除非他們獲得當地政府簽發的旅行證件，否則是不會獲准離境的。

關於你想到美國旅行一事，美聯處建議你向地方有關部門申請辦理出境許可及中國護照或其他旅行證件。獲准後，你應當通過中國華僑旅行社作出安排，要求他們將你的護照及申請美國簽證的請求轉送美國駐華聯絡處。

此信可證明：美聯處一旦收到由中國政府向你簽發的有效護照或其他旅行證件，並辦完包括關於美國政府為你的旅行提供財政支援在內的各項必要手續後，將向你簽發美方簽證。因此，當你向有關部門申請辦理中方旅行證件時，可以出示此信作為能夠獲得美國簽證的證明。

信中還特別附言：副本送外交部領事司。

另一封署名B先生的信，告訴了我父親於一九六八年因病去世的消息。同時作為我父親的老朋友，他和他太太隨時歡迎我去美國看他們。

把兩封信併起來看，我終於明白：雖然父親已然故去，但我仍有「親友」可以探望，所以可以申請「出國探親」。

美國政府根本不在乎我用何種證件離境，所以「黃華辦公室」所提出的第二條建議也有了可行的前提。

一九七七年五月二十六日，我向中國政府提出「探親申請」，但表示並不收回四月十六日提出的「退籍」申請。

這一切具體的行動並不妨礙公安局外事科繼續找我「談話」。通常是他們打電話到廠子，廠子裡的幹部通知我。有時上午，有時下午，全憑他們高興。

於是這些空洞無物的「談話」就這麼一次一次地繼續著，一次一次地不歡而散。

六月十五日。

十一年過去了，我依然清楚地記得那個本來應該是相當美好的下午。

那天，我手裡的活兒是一堆天青色的紗幕，藍得透明，藍得純淨。我手裡忙著，心裡平平靜靜。

幾個月來沒有過的好心境。

門口兒的武警進來說：「外事科讓你去一趟。」

「什麼時候？」

「現在。」

我依依地看了一眼手裡的活兒，抱歉地告訴王師傅：「真對不起，還沒做完呢。」「擱那兒吧，挺多的。待會兒我手空了，我去做，你走就是了，甭惦著。」

老頭兒從眼鏡子上邊瞅著我，笑眉笑眼的。

踏進外事科，氣氛空前活躍。裡面的警察交頭接耳，樂樂哈哈。前些時候，每次彌漫在「會客室」裡那種說不出的沉重，一掃而空。

一位頭髮全白的老者正背對著門和裡面的人們大聲說笑著，笑得哈哈的。

我走進去，他們停下說笑。那老者轉過身來，他那腆起的肚子和質量上乘，手工精細的衣著告訴我，此人來頭不小。

「你來了。坐。」他拉開椅子，逕自坐下。他們都一樣，頭一次見面也好像老熟人似的。

大家都坐定了，那老者面帶笑容，開了口：

「今天，我們叫你來，就是正式通知你，你的退籍申請被拒絕了，正式拒絕了。好好作個中國人吧。」他一點不想掩飾他的輕蔑，嘴角向下拉著，惡聲惡氣的。

「為什麼？」急切中，我提出疑問。

「為什麼！笑話，拒絕就是拒絕了，還得向你解釋什麼？這幾個月，你折騰得也夠了。上上下下多少人為了你的事忙個不停！你也夠胡鬧的了！」他竟發起脾氣來。

還沒容我說什麼，他繼續為他的手下出氣：

「作個中國人有什麼不好？偏要作美國人！你知道美國是個什麼玩意兒！你什麼都不知道，什麼都不懂。到了美國，人家把你賣了都不知道是怎麼賣的！還想去美國呢！你行了吧，好好在這兒待著，現在又不搞上山下鄉了，你也回了北京了，還有什麼不知足的！」他連珠炮一般打了過來。

「你現在還想揀起『越南』這個老題目嗎？」我直盯著他，狠狠地問。

多少次「談話」中，「美帝在越南殺人放火」是他們現成的攻擊美國的材料。時間不長，北越早已不是「戰友加兄弟」了。他們終於明白，老百姓勒緊褲帶，餵肥了一條狼。就眼前這位大腹便便的傢伙來說，他內心深處一定念叨過：「他媽的，當初老美真該轟炸河內。」

被他們罵得一無是處的美國，是我的國家，我不能允許任何人當著我的面謾罵她：「這是你們最喜歡的題目，你怎麼不言語？」我的聲音提高了很多。

他只「哼！」了一聲，把一片紙扔了過來。

那是那份極其簡短的「所謂『退』籍」的申請。上面批了兩個大大的紅字：「不准」。

「你們拒絕了，我會再申請，直到你們批准為止。」我平靜地說。

他忽然把眼睛瞇起來，「隨便，你可以申請一百年。可是，別忘了，人總是會死的。」他呵呵地笑起來，笑得腮幫子上的肉抖著。

正巧，門外一個身影從蒙著窗紗的大玻璃窗上移過去，從那如弓的側影我一下認出了那位韓國老人，很快又聽到那男孩的聲音，看到那小小的單薄的背影。不錯，是那一老一小。

幾個人看到我的目光都微笑起來。尤其是那個腆著肚子的老傢伙，滿臉得意之色。

這是第一次，那老人，那少年，不是讓我心驚而是使我充滿敬佩之情，使我勇氣倍增。

「你說得對，人總是要死的。如果我死了，請你們記得把我的骨灰送到美聯處。你們的專橫不會改變我要求回國的決定。」

再沒有什麼可以說的了。我自顧自，拉開椅子，走了出去。

經過「問事處」，暢開的窗子裡飄出京劇《沙家濱》裡的一個有名的唱段。《沙家濱》是八個樣板戲之一，結結實實演了八、九年。人人聽得耳朵起老繭。有人一哼，那唱詞都會自動跳將出來，成了條件反射。

這不正是那「指導員」反覆吟唱的：「成功的取得存在於再堅持一下的努力之中！」嗎？

從窗口一眼看到那「老王」，「問事處」的「老王」，他正怡然自得地在桌前整理報紙，一面有板有眼地哼唱著。他抬起頭，看見了我，目光極自然地平視著，好像根本沒瞧見我。低下頭，一邊兒唱，一邊兒繼續忙他的。

好一個「再堅持一下」，謝謝你，「老王」。我步子輕快地走出那灰色的大鐵門。

果不其然，六月三十日，廠保衛科幹事找我，他帶來了申請出國手續的表格。我填好以後交給他，同時交上他們需要的四張照片。

那幹事帶著似曾相識的表情，仔仔細細地瞧著那照片，問我：「你給美聯處的也是這照片吧？」

我說，「是啊，二寸免冠，怎麼不對嗎？」

他猶猶豫豫地說：「你再去照一次吧，完全一樣的照片，公安局不讓用。」

我懂了，真是死要面子。再去照相，再送到公安局東城分局，時間已經是七月九號。

六有十五日的威嚇是他們最後一次的表演。

七七年的夏天和秋天，我把全部精神撲在廠子裡。這一年來，給廠子裡添了不少亂，總覺得虧欠大家太多，於心不安。

節、假日，有家有孩子的師傅們實在不願意再加班、加點。我是一個人兒，等於沒有家。在廠子裡待著，精神上比較愉快。於是攬下活兒，多幹幾個鐘頭。終於，我有了新的發現，無論我幹到多晚，廠子裡都有人，我從沒有最後一個離開過。難道他們奉命監視我？

我覺得值得一試。

一個風雨交加的晚上，我攬下了一件第二天必得交給客戶的活兒，工作到八點多。抬頭一看，大案子邊上還坐著一個人，她姓林，是團員，在我印象裡，她心靈手巧。這會兒，她正在案子邊兒上打毛衣。

四下沒別的人，車間外邊電閃雷鳴。大雨從天上直潑下來。

我走到案子邊，插上熨斗，瞧著對面的人：

「你還沒走，林師傅？」

「你不走，我怎麼走得了？」她直笑，笑聲淹沒在排山倒海的雨聲裡。

「看著我？」

「這麼些日子裡，你還沒看出來？不看著你不行啊！」她更樂了。

我拔下插銷，「真是的，我要是想到了這層，哪天都早早兒回家。」

「你快走了吧？」她問我。

「填表申請探親快兩個月了，還不知道什麼時候能走得成呢。」

「大概快了，這會兒比春天那陣兒可鬆活多了。」

「那是。」我同意。

「要是走不了，你可真完了。」她定定地看著我。窗外一個炸雷，雪亮的閃電倏地照亮了她的臉，一張鄭重的臉。

我明白。沒說什麼，只衝她點點頭。

她低下頭，繼續織毛衣。

過了一會兒，聽見她說：「快走了，做兩件衣裳帶出去穿。買點兒真絲，先下了水，熨平了，我給你裁。」她抬著頭，眼睛裡閃過笑意。

「成。哪天咱們一塊兒去買。」我也笑了。

一九七七年終於熬了過去。形銷骨立的我迎來了一九七八年。

一月十九日，最後一次去北池子八十五號。這次他們明說了，是讓我去「辦手續的」。

一批人馬中，只有一位，我在幾次「談話」中見過，他好像「姓李」，其他的又都是新面孔。

「來，來，來，坐，坐，坐。」

茶几上有茶水、香菸、沙發摘去了布套子，放上了織錦靠墊。面前的藍制服們個個喜笑顏開。

這是第一次，也是唯一的一次，有這麼「融洽」的氣氛。

「這些文件都是你的，你點點。」一個官兒遞過來一堆文件。

上面是一本棕色封面的中國護照，裡面已經有了美國領事譚慎格先生辦的「簽證」。我曾收到他一封情詞懇切的信，字裡行間，在在流露出他的憂慮。他一直希望我能去美聯處安排好回國的事。對他的關心我是非常感激的，也非常希望能向他們辭行，可是公安局三令五申不准我再去美聯處。這個時候再一次激怒當局是不智的，我沒能去。

下面是那本新的，沒有任何簽證的美國護照，裡面夾著滕先生的名片。

再就是那本三十年前的綠皮護照，裡面有兩張出生證。

忽然，我想開一個玩笑。

「怎麼少了一張出生證？」我問。

「少了一張?!」那當官兒的趕快趨前來問。

「少了一張。」我淡淡回答。

他馬上回過頭去，問那個「姓李」的：「怎麼搞的？」口氣之凶狠完全出乎我的意料。

又是三九天了，那「姓李」的頭上直冒汗，臉都白了，「我馬上去找。」慌不贏要走。周圍的人也都傻了眼。

「噢，真是的，我想起來了，你們搜查那天，我放在別處一張。」我說。

「那就好，那就好，什麼都不缺就好。」那當官的鬆了一口氣。

「姓李」的掏出手帕抹汗，看著我的目光竟有幾分感激。不由得，我又有點可憐他們。

那當官的從桌上拿過一卷錢來，張張卷邊缺角，髒兮兮的：「這是一百三十元人民幣。我們付你從北京到香港的火車票。聽說，從香港到美國，是美國政府負擔！」

我不置可否。

「你簽個字吧。」

我拿過筆就簽。

「這可是中國政府給你的。到了美國，對美國政府不大好交代吧？」他居然這樣說。

「我在中國住了二十八年，還沒成年就開始賣苦力，足足工作十三年，這一百三十元人民幣不太少了嗎？還有什麼不好交代的。」

他的臉色略沉了沉，然後很快又恢復了常態。

「過去的不愉快就忘了吧！」他輕鬆起來了。

「恐怕不容易。我只希望今後，中國老百姓的日子能過得好一點。」沒法子，我還是誠心誠意地說出自己的想法。

「大家反映，你的馬列主義學得不錯。有這樣的信仰好得很嘛！」他的反應竟是這樣的。

「我不信仰馬列主義。你們在「談話」中百般逼迫我，我只是原物奉還而已。」我不得不說清楚。

「當然馬列主義也是在發展，在前進的，真理越辯越明嘛！」他得意起來。

「也不盡然，有許多學說、思想沒有什麼發展不發展的。」

「那當然，放之四海而皆準嘛！」他哈哈大笑，為自己的「高水平」興奮得紅光滿面。

「您錯會了我的意思，有些學說、思想已經死去，不再有生命力，還有什麼發展？」我一字一句清清楚楚說出來。

他沉不住氣了，惱羞成怒地站起來。

「你離境的時候，只許使用中國護照。至於你其他的東西，如果帶出去，在海關上發生什麼問題，你自己負責。」他惡狠狠地說。

我無言。當然，我得遵照美國法律，用美國護照入境。但這，我不必跟他討論。

「三天之內離開北京，走之前不准去美聯處和任何外國機構！」他咆哮著。

「放心，如果可能，我今天就走。」

從那裡，我直接去華僑旅行社，把那一百三十元錢送進小窗口，買了南下的火車票。

一月二十二日，離開北京。

天黑了，月臺上冷冷清清，北風呼嘯而過。老羅夫婦來送我。老羅終於調回北京，羅嫂說：「現在是真正一貧如洗啦！人回來了，比什麼都強。」看著兩個人熬白了的頭髮，我什麼話也說不出來。

鈴聲響著，我上了車，他們還站在月臺上，站在寒風裡，招著手。

車身一晃，火車怒吼著向南衝去，我癱倒在床位上，不能思想，不能動作，任滾滾而下的淚水落在枕頭上。

羅湖海關，我那點隨身行李經過了四個小時的檢查，每件衣服的邊邊，角角都被仔細察看過了。最後，十餘本日記和在新疆拍的照片全部「寄給了」外婆，是海關人員「陪」我去寄的。我知道，無論是我還是外婆都不會再看到它們。

在香港，美國領事葛睿毅先生辦完了我本來應當在北京辦的所有手續。

在美國西北航空公司的辦公室裡，葛先生問我是否去波士頓。我告訴他，去華盛頓，離阿靈頓軍人公墓近一點，離父親近一點。他黯然。

「我已經寫信給B先生夫婦，等我安定了，一定去看他們。」我這樣告訴葛先生。

一月三十一日，葛先生把我送上飛機。他雙手一攤，極其愉快地說：「現在，我可以告訴譚慎格，你平安離開大陸開始回家了。」

在西雅圖入關。

我剛把護照遞過去。那移民局官員伸出大手：

「Welcome home!」

他大聲說，從櫃檯後面繞過來，把我引進候機大廳，他親切地告訴我，飛機在西雅圖只停一個小時，把貨物裝好以後，直飛東岸。

「你坐坐，等一下，我來接你。」他揮著手走了。

陽光斜斜透過窗玻璃，在空中幻化成五彩繽紛的光束，折射出塊塊藍天，朵朵白雲，和那幾乎伸手可以摸到的太平洋的萬頃波濤。自由的鳥兒在藍天白雲之中穿出穿進，幻化出無數美妙的身姿。

寧靜的大廳裡幾乎沒有什麼人行走。只我一個，坐在面對跑道的大玻璃窗前，欣賞陽光造就的美景。

忽然心上兩片陰影閃過，是那祖孫倆。但願此時此刻你們也已踏上歸途了。我衷心地祝願著。

一陣腳步輕響。

我知道，那位笑容可掬的官員來了。

果然是他，他笑著，「希望你沒覺得寂寞。」

「沒有，沒覺得寂寞，有陽光、藍天、白雲和飛鳥作伴。」

我隨他向登機口走去，忍不住回頭再看一眼，看那明麗的陽光在身後幻化出的七彩光帶。

一九八八年十一月十三日於北維州維也納小鎮

國家圖書館出版品預行編目資料

亞果號的返航 / 韓秀 -- 初版 . -
臺北市：幼獅，2015.03
面；　公分 . --（小說館；11）
ISBN 978-957-574-986-6（平裝）
857.7　　103025668

・小說館 011・

亞果號的返航

作　　者＝韓　秀
出 版 者＝幼獅文化事業股份有限公司
發 行 人＝李鍾桂
總 經 理＝王華金
總 編 輯＝劉淑華
副總編輯＝林碧琪
主　　編＝林泊瑜
編　　輯＝黃淨閔
美術編輯＝吳巧韻
總 公 司＝ 10045 臺北市重慶南路 1 段 66-1 號 3 樓
電　　話＝ (02)2311-2832
傳　　真＝ (02)2311-5368
郵政劃撥＝ 00033368

門市
● 松江展示中心：10422 臺北市松江路 219 號
電話：(02)2502-5858 轉 734　傳真：(02)2503-6601
● 苗栗育達店：36143 苗栗縣造橋鄉談文村學府路 168 號（育達科技大學內）
電話：(037)652-191　傳真：(037)652-251

印刷＝祥新印刷股份有限公司
定價＝360 元
港幣＝120 元
初版＝2015.03
書號＝987228

幼獅樂讀網
http://www.youth.com.tw
e-mail:customer@youth.com.tw

行政院新聞局核准登記證局版臺業字第 0143 號

幼獅文化公司／讀者服務卡／

感謝您購買幼獅公司出版的好書！
為提升服務品質與出版更優質的圖書，敬請撥冗填寫後（免貼郵票）擲寄本公司，或傳真（傳真電話 02-23115368），我們將參考您的意見、分享您的觀點，出版更多的好書。並不定期提供您相關書訊、活動、特惠專案等。謝謝！

基本資料

姓名：..先生／小姐

婚姻狀況：□已婚 □未婚　職業：□學生 □公教 □上班族 □家管 □其他

出生：民國..................年..................月..................日

電話：（公）..................（宅）..................（手機）..................

e-mail：..

聯絡地址：..

1. 您所購買的書名：**亞果號的返航**

2. 您通常以何種方式購書？：□ 1. 書店買書 □ 2. 網路購書 □ 3. 傳真訂購 □ 4. 郵局劃撥
（可複選）□ 5. 幼獅門市 □ 6. 團體訂購 □ 7. 其他

3. 您是否曾買過幼獅其他出版品：□是，□ 1. 圖書 □ 2. 幼獅文藝 □ 3. 幼獅少年
□否

4. 您從何處得知本書訊息：□ 1. 師長介紹 □ 2. 朋友介紹 □ 3. 幼獅少年雜誌
（可複選）□ 4. 幼獅文藝雜誌 □ 5. 報章雜誌書評介紹..................報
□ 6.DM 傳單、海報 □ 7. 書店 □ 8. 廣播（ ）
□ 9. 電子報、edm □ 10. 其他..................

5. 您喜歡本書的原因：□ 1. 作者 □ 2. 書名 □ 3. 內容 □ 4. 封面設計 □ 5. 其他

6. 您不喜歡本書的原因：□ 1. 作者 □ 2. 書名 □ 3. 內容 □ 4. 封面設計 □ 5. 其他

7. 您希望得知的出版訊息：□ 1. 青少年讀物 □ 2. 兒童讀物 □ 3. 親子叢書
□ 4. 教師充電系列 □ 5. 其他

8. 您覺得本書的價格：□ 1. 偏高 □ 2. 合理 □ 3. 偏低

9. 讀完本書後您覺得：□ 1. 很有收穫 □ 2. 有收穫 □ 3. 收穫不多 □ 4. 沒收穫

10. 敬請推薦親友，共同加入我們的閱讀計畫，我們將適時寄送相關書訊，以豐富書香與心靈的空間：

(1) 姓名..................e-mail..................電話..................

(2) 姓名..................e-mail..................電話..................

(3) 姓名..................e-mail..................電話..................

11. 您對本書或本公司的建議：

廣告回信	
臺北郵局登記證	
臺北廣字第942號	

請直接投郵　免貼郵票

10045　臺北市重慶南路一段 66-1 號 3 樓

幼獅文化事業股份有限公司

請沿虛線對折寄回

客服專線：02-23112832 分機 208　傳真：02-23115368
e-mail：customer@youth.com.tw
幼獅樂讀網 http：//www.youth.com.tw